OS 8 DISFARCES DE OTTO

LOLA SALGADO

OS 8 DISFARCES DE OTTO

RIO DE JANEIRO, 2022

Copyright © 2022 por Lola Salgado
Todos os direitos desta publicação são reservados à Casa dos Livros Editora LTDA. Nenhuma parte desta obra pode ser apropriada e estocada em sistema de banco de dados ou processo similar, em qualquer forma ou meio, seja eletrônico, de fotocópia, gravação etc., sem a permissão dos detentores do copyright.

Diretora editorial: *Raquel Cozer*
Coordenadora editorial: *Malu Poleti*
Editora: *Chiara Provenza*
Copidesque: *Sofia Soter*
Revisão: *Solaine Chioro e Vic Vieira*
Projeto gráfico de capa, e ilustrações de capa e miolo: *Sávio Araújo*
Projeto gráfico de miolo e diagramação: *Eduardo Okuno e e Vitor Castrillo*

Dados Internacionais de Catalogação na Publicação (CIP)
Angélica Ilacqua CRB-8/7057

S158o
    Salgado, Lola
       Os 8 disfarces de Otto / Lola Salgado ; ilustrações de Sávio Araújo. -- Rio de Janeiro : Harper Collins, 2022.
       416 p.

       ISBN 978-65-5511-281-8

       1. Ficção brasileira I. Título II. Araújo, Sávio

21-5727   CDD B869.3
                                                         CDU 82-3(81)

Os pontos de vista desta obra são de responsabilidade de sua autora, não refletindo necessariamente a posição da HarperCollins Brasil, da HarperCollins Publishers ou de sua equipe editorial.

Rua da Quitanda, 86, sala 218 — Centro
Rio de Janeiro, RJ — CEP 20091-005
Tel.: (21) 3175-1030
www.harpercollins.com.br

Ao Charles, minha Joia do Infinito.

Sumário

Parte 1: Otto
Freddie Krueger 19
Um adolescente despretensioso 27
Algumas coisas nunca mudam.................. 40
Assunto inacabado 54
Tudo tem a primeira vez 70
Foi por muito pouco 85
Coisas de menina....................................107
Dançar na frente de qualquer pessoa 125
Essa festa virou um enterro 135
Quanto antes disser, antes termina 146
Feliz com a desgraça alheia 158
Medo de cavalo 168
Andar só de toalha..................................183
Identidade secreta 192
Foi mal pelo climão................................206
Um mal-entendido..................................219
Harmonização facial 233
Confraternizando com o inimigo.............246
Jeito para uma vida de crime...................261
Camisinhas e bananas.............................281

Parte 2: Vinícius
O arqui-inimigo.................................299
O verde não mente 314
Azul turquesa...................................332
A vingança é vermelho sangue 339

Parte 3: Otto
Muitos elementos em comum 351
Melhor se arrepender 362
Uma mensagem muito clara 373
Foi o desespero 384
Na frente do colégio inteiro 396

Agradecimentos 411

Freddie Krueger

Otto se remexeu preguiçosamente e uma perna despencou da cama, acertando Hulk, a gata cinzenta gorda que dormia no tapete. Com um pulo, ela parou ao lado da cama e lançou um olhar profundo ao dono, que cobriu os olhos com o antebraço para fugir da luz intensa vinda de fora, recusando-se a aceitar o novo dia que começava.

O despertador tocou pela terceira vez. A melodia estridente ecoou nas paredes repletas de pôsteres de super-heróis e pelo chão coberto de peças de roupas. Otto tateou o colchão até pôr fim ao ruído e se aconchegou de novo, sem conseguir escapar do sono pesado.

Foi somente ao som da campainha, minutos depois, que o garoto despertou, o coração frenético no peito. Esfregou os olhos no automático e gemeu de dor ao tocar no roxo ao redor do olho direito. Sentiu um gosto amargo quando as lembranças do dia anterior começaram a voltar, mas não teve oportunidade de aprofundá-las. O som da campainha persistia, sem folga.

Existia apenas uma pessoa no mundo inteiro que sabia ser tão irritante a essa hora da manhã.

Otto se esticou para o lado e abriu a janela, botando a cabeça para fora.

— Já vai! — berrou, debruçado no parapeito.

Khalicy, sua melhor amiga e vizinha, acenava do outro lado do portão, sorrindo. Porém, o sorriso desapareceu quando o olhar recaiu nele e, mais precisamente, no que vestia.

— Você nem saiu da cama ainda?! — perguntou, dando uma espiada no celular. — A gente vai se atrasar, Otto.

— Cinco minutos — pediu ele, antes de abandonar a janela. — Já vou.

Ao pular para fora da cama, totalmente alerta, a ouviu reclamar lá fora.

— Não acredito que você perdeu a hora de novo, que saco...

Ele duvidava que qualquer outra pessoa fosse perder a hora com Khalicy falando tão alto na rua.

Ele se inclinou para pegar Hulk no colo enquanto se dirigia ao quarto da mãe, apertando o passo. Quando encontraram a gata na lata de lixo, três anos antes, e Otto implorou, aos prantos, para ficarem com ela, nenhum dos dois soube dizer se era macho ou fêmea. A mãe de Khalicy, dona Viviane, abriu as pernas do filhote cor de chumbo e, depois de muito ponderar, deu o veredito final: macho. Otto o nomeou de Hulk sem precisar pensar duas vezes — amava o universo de super-heróis. Levaram alguns meses para descobrir, com a chegada do primeiro cio, que Hulk na verdade era fêmea, mas era tarde demais para mudar o nome.

Otto a soltou sobre a cama da mãe e correu até o banheiro da suíte, onde ela guardava as maquiagens. Parou diante do espelho por um segundo e observou a mancha roxa do hematoma recém-conquistado. Apertou os lábios, em um misto de frustração e raiva.

Cinco anos. Cinco anos que estudava no colégio Atena e vinha aguentando a perseguição de Vinícius e suas agressões, sem nunca conseguir revidar ou bater de frente. Tudo bem que o garoto jogava no time de basquete da escola e tinha braços definidos e fortes que davam dois dos dele, mas ainda assim... Ele era mais alto que Vinícius! De que adiantava ter todo aquele tamanho se nem ao menos conseguia intimidar as pessoas?

Ele mal podia esperar pelas férias, para ter uma folga. Menos de dois meses e estaria livre daquele babaca por todo o verão. Infelizmente, isso também significava ficar sem ver Bruno, sua única alegria no colégio. O motivo pelo qual, apesar de tudo, seguia empolgado manhã após manhã. Passar poucas horas por dia a algumas carteiras de distância de Bruno, sentindo o cheiro suave de sabão em pó vindo do seu uniforme e espiando discretamente, por cima do ombro, a maneira como o garoto agarrava a lapiseira com a mão esquerda, fazia valer o resto.

Otto se abaixou em frente ao armário da pia da mãe e arrancou a bolsinha de maquiagens de lá. Surrupiou o frasco da base e lamentou no mesmo instante. Era pelo menos dois tons mais escuro do que sua pele. Diferente dele, que era pálido, a mãe tinha um bronzeado natural.

Voltou a encarar o reflexo. Era isso ou aparecer na escola com o hematoma. Ele preferia a base. Despejou um pouco direto no rosto e espalhou o mais depressa que conseguiu — Khalicy voltara a resmungar alto na rua e ele temeu que os vizinhos começassem a ralhar. Os olhos lacrimejaram de dor, mas Otto parou apenas quando conseguiu uma boa cobertura. De longe, se ele estreitasse os olhos até quase fechá-los, quase passava despercebido. O problema era que, de perto, parecia que o garoto havia sofrido alguma queimadura feia e ficado com graves sequelas. Encaixou os óculos para miopia no rosto e torceu para que disfarçassem o borrão marrom cobrindo parte da pele.

Como não dava tempo de continuar sentindo pena de si mesmo, correu para se vestir antes que a amiga voltasse a gritar. Saiu de casa ainda acabando de calçar o tênis. Khalicy mexia no celular sem nem piscar, montada na bicicleta, com o pé direito apoiado na calçada. O garoto alcançou a própria bicicleta na garagem, fingindo não notar quando a melhor amiga lançou um olhar ameaçador em sua direção.

— Sete e vinte, Otto!

— Foi mal — resmungou, de ombros encolhidos —, não ouvi o despertador.

Khalicy respirou fundo, alto o bastante para ele ouvir, e guardou o celular na mochila. Juntou o cabelo em um coque, cuidando para deixar as mechas amarelo canário recém-pintadas soltas. Levara dois anos de muita insistência para que Dona Viviane cedesse; desde então, a garota não passava um único dia sem prender os cabelos para dar destaque às mechas.

Otto montou na bicicleta e ajeitou a mochila nas costas.

— Vamos logo, a prof. Jurema vai me mat... — Khalicy parou de falar quando o olhar pousou no rosto do melhor amigo. — Que merda é essa?

Ele se fez de desentendido e olhou por cima do ombro, fingindo procurar algo.

— Onde?

— Na sua cara! Que é isso?

Otto se sentiu atacado. Esperava que ela fosse se dar ao trabalho de *fingir*. Era para isso que amigos serviam, até onde ele sabia.

— Um roxo. Esqueceu de ontem?! — perguntou, na defensiva.

Sem deixar tempo para uma resposta, deu impulso e começou a pedalar, disparando na frente. Khalicy custou a alcançá-lo. Sua respiração estava ligeiramente ofegante quando alinhou a bicicleta ao lado da dele.

— Tá, mas... e essa maquiagem bizarra?

Ela não ia desistir. Ela *nunca* desistia.

Otto virou à direita, fazendo uma curva fechada com facilidade. Khalicy veio logo atrás.

— Não queria dar esse gostinho pro Vinícius — confessou.

— E vai dar o gostinho de chegar parecendo o Freddie Krueger?

Otto freou de uma vez.

Os pneus rasparam no asfalto, deixando o som arranhado no ar por alguns segundos. Ela demorou um pouco mais para parar a bicicleta, de modo que os dois ficaram metros de distância um do outro.

— Vai se ferrar, Khalicy!

— Estou sendo sincera.

Ela conferiu o celular e o gesto os lembrou de que estavam atrasados. Os dois recomeçaram a pedalar, dessa vez com mais velocidade. A ruazinha em que seguiam era pequena e tinha carros estacionados dos dois lados. Sons vinham de dentro das casas, de famílias acordando, preparando o café, arrumando-se para um novo dia. Canecas tilintando, conversas sonolentas, motores de carros sendo ligados. Passaram por uma pequena padaria de esquina e o cheiro de pão quentinho, recém-saído do forno, fez o estômago de Otto roncar. O garoto lamentou ter se atrasado e saído sem comer nada. Olhando para trás enquanto se afastavam, invejou cada uma das pessoas na fila.

— Não é sua função ser sincera. Quero biscoito. — Ele a encarou, ajeitando os óculos. — Tô com um olho roxo, você podia ter um pouco de piedade.

Khalicy não se deixou abalar. Apelos emocionais não costumavam funcionar, a garota era dura na queda. Vinícius até desistira de mexer com ela no colégio. Mesmo quando tecia comentários maldosos sobre o corpo dela, inventando um leque de apelidos cruéis sobre o fato de ser gorda, ela erguia o queixo ainda mais e o olhava direto nos olhos. Às vezes, quando Khalicy e Otto estavam sozinhos, ela trazia os sentimentos à tona e deixava transparecer como realmente se sentia, mas nunca na frente dos outros alunos.

Então, numa manhã sem nada de especial, respondeu a um comentário de Vinícius enquanto caminhavam em direção às salas de aula. Os alunos que estavam por perto ovacionaram e riram da resposta, mas o garoto fechou a cara e voltou a atenção para Otto. Bastaram outras três respostas atravessadas para que ele perdesse o interesse nela e o direcionasse inteiramente para Otto, a partir de então, seu alvo favorito.

Os amigos alcançaram a avenida movimentada em que ficava o colégio e desmontaram das bicicletas ao mesmo tempo. Enquanto esperavam o semáforo fechar, Khalicy lançou um olhar demorado ao amigo. Ele nem precisava ver para saber o que passava na cabeça dela.

— Sabe quem não vai ter piedade? O Vinícius!

Para Khalicy, as coisas pareciam mais simples do que eram. Para ela, bastava enfrentar Vinícius e os problemas se resolveriam. Mas era diferente. Em primeiro lugar, a garota era um ano mais nova e não estudava na mesma turma deles. Nem mesmo os intervalos eram compartilhados – o horário de aulas do ensino médio era diferente do ensino fundamental. Sem contar que ela era uma *garota*. Jamais ficaria de olho roxo se tentasse confrontar Vinícius. O máximo que ele podia fazer era apelar para comentários idiotas sobre sua aparência.

— Não adianta ficar emburrado — continuou, porque se havia algo que Khalicy não fazia era largar o osso. — Você sabe que é verdade.

Lado a lado, atravessaram a avenida empurrando as bicicletas.

— O que eu sei é que não está muito fácil gostar de você agora — resmungou Otto, subindo os óculos com o indicador. — Fico feliz em não precisar olhar na sua cara pelas próximas horas.

Leonel, o segurança que ficava no portão da escola, franziu o cenho ao perceber quem eram.

— De novo vocês dois? — ralhou, sem conseguir parecer ameaçador. Até mesmo bravo, Leonel era amigável e gentil. — Anda, anda, anda! Eu nem devia deixar vocês entrarem.

— Mas o senhor vai, né? — Khalicy pestanejou, oferecendo um sorriso angelical ao segurança. — O senhor não quer fazer esses dois alunos exemplares perderem um dia de aula na biblioteca por descuido.

Leonel estreitou os olhos, surpreso com o atrevimento dela. Khalicy quase sempre conseguia escapar de encrencas com sua lábia.

— Anda logo! Antes que eu mude de ideia.

Sem trocarem uma palavra, os dois deram uma corridinha até o bicicletário, onde amarraram as bicicletas. Otto limpou as mãos na calça do uniforme e segurou as alças da mochila, apertando o passo.

Khalicy abriu a boca para provocar um pouco mais o amigo, quando viu algo atrás dele e mudou de ideia. Ele se sentiu agradecido pela intervenção do universo. Sabia que a amiga não fazia para irritar e sim por se preocupar com ele, mas ter consciência não fazia ser menos desagradável. Além do mais, ele tinha o namorado da mãe, Anderson, para tecer comentários dignos de *coach* sobre sua incapacidade de se defender.

Anderson era um homem enorme, idêntico ao Terry Crews. Perto dele, Otto parecia minúsculo com seus 1,80. A mãe e ele namoravam havia bons anos, e o garoto pressentia que era só questão de tempo até que resolvessem unir as escovas de dentes e Anderson virasse oficialmente seu padrasto.

Ele não tinha nada contra Anderson. Até gostava do namorado da mãe, se fosse honesto consigo mesmo. O problema era que, para Anderson, as coisas também pareciam muito mais simples do que de fato eram. O homem era bombeiro, durão, com braços do tamanho do tronco do garoto. Sempre que Otto se queixava de Vinícius ou aparecia com algum arranhão em casa, precisava ouvir longos discursos motivacionais sobre a importância de se impor.

— Essas coisas nunca vão parar se você não colocar limites. Na escola, na faculdade ou no trabalho. Sempre vai ter alguém para montar em você, Otto. Quando eu tinha a sua idade...

Então contava sobre como conseguiu se livrar das implicâncias de um garoto com o dobro do seu tamanho na época da escola. Ou sobre a vez que pensaram que ele era supermaduro, graças à postura que passava ao mundo.

Anderson amava falar sobre a imagem que passamos ao mundo. A de Otto, em sua visão, não era muito animadora, e por isso o adolescente se tornava um alvo tão fácil. Ele se mostrava frágil demais.

Otto não tinha problema em abraçar sua fragilidade. Não dava para lutar contra quem era. E também achava difícil de imaginar que alguém, em plenas faculdades mentais, fosse louco de enfrentar um cara que mais parecia uma montanha, como Anderson. Já até sabia as coisas que ouviria quando o namorado da mãe visse seu olho roxo.

De toda forma, nem conseguiu pensar muito mais nisso. Logo a razão para Khalicy ter se contido nas alfinetadas apareceu na voz debochada e grossa de Vinícius, que chegou de trás.

— Olha só, se não é meu parça! — exclamou, rindo, enquanto se aproximava. — Saudades de mim, Ottinho?

Otto cerrou os punhos e girou nos calcanhares para encarar Vinícius. Os dois seguiriam para a mesma direção; tentar fugir apenas deixaria as coisas piores.

Seu coração parou por um microssegundo quando viu que Bruno vinha logo ao lado do garoto que o atormentava. Apaixonado pelo melhor amigo do pior inimigo! A sina de Otto desde o quinto ano, quando mudou para o colégio Atena.

Vinícius e Bruno formavam um conjunto engraçado. Vinícius tinha cabelos louros cacheados e era parrudo. Bruno, por outro lado, era quase tão alto quanto Otto. Tinha o corpo longilíneo, o nariz arrebitado e um punhado de pintas espalhadas pelo rosto e pescoço, que lembravam a Otto sorvete de flocos.

Vinícius se aproximou e deu três tapas pesados no ombro de Otto, que o fizeram balançar. Khalicy levou as mãos à cintura, olhando feio para o garoto loiro, que não se deixou abalar.

— Cara... — queixou-se Bruno, com uma expressão desaprovadora.

— Qual é? Estamos atrasados.

— Calma aí, quero cumprimentar o meu amigão.

Vinícius sorriu de deleite, mirando o hematoma mal coberto. Otto abaixou a cabeça, querendo esconder a maquiagem, mas era tarde. Sua respiração ficou agitada e, por mais que odiasse admitir, os joelhos tremeram um pouco.

— Adorei o visual, Ottinho! Uma vibe meio queimadura. — Vinícius pousou a mão sobre o ombro de Otto e o apertou com força.

— Combinou com você.

Bruno deu dois passos à frente e conferiu as horas no celular, parecendo mais impaciente com o amigo a cada segundo.

— Assim vamos ficar pra fora.

Vinícius abanou a mão, descartando a ideia, sem deixar de olhar para Otto.

— Mas cá entre nós, eu teria ficado com o olho roxo. Dava pra fingir que foi uma briga e ter um pouco de dignidade, pra variar. Você podia dizer que deixou o outro cara pior. — Vinícius soltou o garoto e ergueu as mãos no ar, se divertindo com a situação. — Assim só ficou patético, Ottinho.

Dessa vez foi demais para Bruno, que soltou um gemido cansado e esfregou o rosto com as duas mãos.

— Ah, fala sério, Vinícius! Deixa ele em paz. O professor Juliano vai deixar a gente pra fora por causa dessa merda.

Sem dar tempo a Vinícius de retrucar, Bruno deu uma ombrada leve no amigo e o empurrou para longe de Otto. Vinícius olhou para ele, em parte sorrindo, em parte desconcertado.

— Vai falar que tá com peninha?

Bruno revirou os olhos e deu chutinhos na panturrilha do amigo, até que voltasse a andar em direção às salas de aula.

— Bora. Você não tá podendo receber outra advertência.

Khalicy e Otto permaneceram parados, lado a lado, observando os dois se afastarem. Otto precisava chegar junto deles. O professor Juliano não ficava muito satisfeito de ser interrompido e sempre sobrava para o aluno que chegasse por último. No entanto, suas mãos formigavam e os pés pareciam feitos de chumbo.

Não bastasse a bolada na cara no dia anterior, feita propositalmente durante uma partida de queimada, ele ainda precisava passar pela dose de humilhação diária. Na frente de Bruno, para piorar!

Não tinha como seu humor afundar mais. Otto estava no fundo do poço.

Khalicy não ousou dizer nada quando retomaram a caminhada. Esperou até chegarem no ponto do trajeto em que se separavam e virou de frente para ele, o semblante sério.

— O que me deixa puta é que você fica sofrendo à toa, Otto. Você podia fazer tan...

— Não começa, mãe dos dragões — interrompeu o garoto e deu-lhe as costas antes que pudesse responder.

Um adolescente despretensioso

Otto fingiu não notar os olhares demorados dos colegas de turma em seu rosto. Tampouco as risadinhas ou os cochichos. Foi particularmente difícil na segunda aula do dia quando Anabela, a professora de literatura, se engasgou na frente de toda a turma ao se dirigir ao garoto para fazer uma pergunta sobre Machado de Assis. Pior ainda quando ela tentou disfarçar e se atrapalhou ainda mais. As gargalhadas de Vinícius foram tão altas que Otto teve a sensação de que até mesmo os alunos do jardim da infância, no outro lado da escola, escutaram.

O único consolo de Otto estava no fato de que o seu lugar ficava na fileira da parede e, por isso, o machucado seguia escondido na maior parte do tempo. Porém, não teve muita sorte naquela manhã, e a paz durou apenas a primeira aula. Vinícius parecia determinado a compensar os meses em que ficariam de férias para atormentar a vida do garoto em dobro. Embora no colégio Atena os lugares fossem determinados por etiquetas nas carteiras e escolhidos pela diretoria, os professores vinham fazendo vista grossa desde que novembro começara. Vinícius aproveitava a falta de supervisão para trocar de lugar e se sentar ao lado de Bruno, que o ajudava com a matéria.

Otto só lamentava que esse lugar precisasse ser logo atrás dele.

Durante toda a aula, Vinícius fazia questão de chutar o pé da cadeira de Otto com insistência; assoprar bolinhas de papel com o tubo da caneta, que colavam em sua nuca e cheiravam a baba; ou então roubar apostilas de sua bolsa e rabiscar genitais na capa com caneta permanente.

A presença constante do inimigo tirava todo o prazer de lançar olhares esporádicos para Bruno, registrando os menores detalhes sobre ele. Como a mania de girar objetos no dedo indicador, igual fazia com a bola de basquete. Ou o fato de que, naquela manhã, a barra da camiseta laranja do uniforme estava um pouco enrolada para cima, revelando milímetros da pele da barriga.

Otto soltou um suspiro e apoiou o rosto nas mãos. Não conseguia entender como alguém como Vinícius e alguém como Bruno podiam ser melhores amigos. Também não entendia por que, de todas as pessoas do colégio, ele precisava gostar logo, e por tanto tempo, de alguém tão próximo do garoto que tornava sua vida um inferno.

Fazia cinco anos que ele e Khalicy haviam começado a estudar ali. O colégio que frequentavam antes ia apenas até o quarto ano e, como os dois eram inseparáveis, a garota escolheu mudar um ano antes do necessário, para o acompanhar.

Aos dez anos, na época da mudança de escola, Otto começou a suspeitar que gostava de meninos. Quando assistira a um filme do Homem-Aranha pela primeira vez, sentiu coisas bem específicas pelo Peter Parker, que achava que os outros meninos da sua idade não sentiam. A maioria deles queria ser igual ao herói, mas Otto sentiu um aperto no peito muito esquisito e um friozinho na barriga que demorou a passar.

No entanto, sua certeza veio somente depois de alguns meses estudando com Bruno. Até então, nunca havia experimentado nada parecido por outra pessoa. Os colegas brincavam de namoradinhos e andavam de mãos dadas no intervalo, mas Otto preferia correr, gritar e se sujar o máximo que pudesse a passar seu tempo livre com qualquer garota que não fosse Khalicy.

Aconteceu perto da páscoa. O garoto se queixava de dor de cabeça para a mãe quase todos os dias depois da aula, quando ela ia buscá-lo. Depois de quase um mês, a professora de inglês observou que ele tinha dificuldade de enxergar o quadro, mesmo sentado na primeira fileira, e precisava perguntar para os colegas quase todas as palavras.

Joana o levou ao oftalmologista na mesma semana: dr. Levi Neves, um homem alto e de dedos muito compridos que não parava de tamborilar na mesa do consultório. Enquanto esperavam sentados na recepção, Joana com o nariz enfiado em um romance de banca e Otto lutando para enxergar o jogo no celular com as pupilas dilatadas, Bruno apareceu. Rodava um caderno no dedo indicador – mal começara no time de basquete e já não conseguia mais deixar os objetos ao seu redor parados. Falou algo com a recepcionista e então pareceu reparar no colega de classe.

Otto nem teve tempo de processar a informação antes que Bruno se sentasse ao seu lado, com a tranquilidade que apenas garotos de dez anos dominam.

— E aí?

— O-oi.

O primeiro instinto de Otto foi abaixar a cabeça e encarar os pés. Tinha dificuldade em sustentar olhares por muito tempo. Além disso, o aperto em seu coração e friozinho na barriga não estavam ajudando em nada.

— Você vai usar óculos? — perguntou Bruno, cruzando as pernas sobre a cadeira de espera.

Joana jamais teria deixado Otto se sentar assim em público. Com certeza teria ralhado com ele entredentes, para que ninguém mais ouvisse a bronca. Pelo canto dos olhos, espiou para descobrir se ela havia reparado e se seria arriscado demais imitar o outro garoto. O que ele menos queria era uma bronca na frente de Bruno.

Sua mãe estava alheia ao resto do mundo, no entanto. Mal parecia lembrar que se encontrava em um consultório médico, de tão absorta no livro. Para o espanto dele, Joana contrariava suas próprias regras, pois estava esparramada na cadeira.

Otto deu de ombros e ergueu as pernas sobre o assento.

— Acho que vou. A professora Chris diz que preciso.

— Legal.

— Você também vai?

Bruno negou enfaticamente com a cabeça, ainda girando o caderno no dedo.

— Não. Meus pais são os médicos. Eu moro aqui em cima.

Ao dizer isso, apontou para o teto.

Otto seguiu o gesto e olhou para cima, distraído, como se esperasse encontrar alguma coisa reveladora ali.

— Legal.

Os dois ficaram em silêncio por alguns minutos antes de Bruno se remexer até ficar de frente para o garoto mais alto. Abaixou o braço e parou de mover o dedo até o caderno perder velocidade e despencar em seu colo.

Por alguma razão, estar de frente para Bruno fez com que seu coração se desgovernasse. As batidas ficaram tão rápidas e fortes que Otto as sentia na garganta.

— Homem-Aranha! — exclamou Bruno, apontando para a camiseta de Otto e quebrando o silêncio.

No modo automático, Otto olhou para o super-herói estampado na altura do peito. Assentiu, sentindo como se um gato tivesse comido sua língua. Nunca havia estado tão perto assim do outro garoto, e por isso não notara vários detalhes interessantes. Pensando bem, nunca tinha sequer olhado com atenção para ele. Otto era tímido e, sempre que podia, preferia encarar os pés para evitar cruzar o olhar com as outras pessoas.

Mesmo de pupilas dilatadas e com a vista embaçada e sensível, gostou tanto do que viu que não conseguia mais parar de olhar.

— Aham. É o meu herói favorito.

— O meu também! — exclamou Bruno, sorrindo.

Otto retribuiu o sorriso, empolgado. Aquele era um assunto que ele dominava. Se ajeitou na cadeira para ficar de frente para o outro, esquecendo por completo da mãe sentada logo ao lado. Aos poucos, o nervosismo se dissipava e restava apenas a empolgação de fazer uma nova amizade.

— Tô louco pra ver o Vingadores novo — falou, querendo puxar assunto. — Você já viu o trailer?

— Umas trinta vezes! Cara, não vejo a hora, pedi pro meu pai me levar na pré-estreia e...

Pelos próximos cinco minutos, Otto e Bruno conversaram, atropelando palavras umas nas outras, sobre tudo o que esperavam do próximo filme, o que tinham achado do último, além de comentários empolgados sobre cada super-herói. Tudo com efeitos sonoros pronunciados com a boca e explosões ilustradas com os dedos.

Mais cedo do que Otto gostaria, a recepcionista chamou seu nome em alto e bom tom, e Joana foi trazida de volta para a realidade. Fechou o livro num rompante, procurando o filho com o olhar.

— Otto! — exclamou, enquanto levantava e guardava o livro na bolsa. — Isso é jeito de sentar? Foi assim que ensinei?

Com as bochechas quentes de vergonha, ele se levantou em um pulo. Nem teve tempo de se despedir antes que a mãe o agarrasse pelo pulso e o arrastasse em direção à sala do médico. Olhando por cima do ombro, Otto encontrou Bruno acenando com a mão e retribuiu.

Minutos depois, quando saíram do consultório com a receita de óculos para miopia, Bruno já não estava mais lá.

Passaram na ótica e o garoto escolheu a armação que queria – um processo bem mais demorado do que Joana previra. Provou no mínimo vinte, nenhuma parecida com a outra, até chegarem em uma azul e quadrada que Otto usou pelos próximos anos, até cansar e trocar pela vermelha arredondada que usava desde então.

Ficou tão entretido que só se lembrou de Bruno horas depois, quando voltaram para casa. Em seu quarto, se deparou com um pôster imenso do Homem-Aranha e sentiu o mesmo aperto no peito de quando estava conversando com o colega da escola. Sentou na cama e respirou fundo, estranhamente vazio, como se uma peça faltasse. Nem mesmo Khalicy conseguiu arrancar dele o que havia acontecido. Tiveram uma pequena discussão e foram cada um para sua casa, o que raramente acontecia.

No dia seguinte, Otto pedalou com o dobro de velocidade, mal cabendo em si. Custara a pegar no sono, pensando na breve conversa do dia anterior; ele tinha a consciência de que algo importante mudara. No entanto, só teve certeza ao ver Bruno do outro lado do pátio, segurando as alças da mochila enquanto conversava animado em um grupinho de meninos. Sentiu um calor gostoso preencher o vazio deixado pela sua ausência no dia anterior.

Bruno era a peça que faltava.

Aqueles cinco minutos se transformaram em cinco anos. E tanta coisa mudara desde então. Na época, ele acreditou que devia significar alguma coisa, qualquer uma, o fato de ter sido Bruno a se aproximar e começar a conversa. Depois, porém, ele desejara que não tivesse acontecido. A cada ano que passava, se convencia um pouquinho mais de que era impossível. Otto estava cansado de prolongar o martírio que era nutrir um amor não correspondido.

A sala de aula virou uma cavalaria quando o sinal do intervalo tocou. Otto esperou quieto, desejando, com todas as suas forças, que passasse despercebido enquanto Vinícius saía da sala. Ouviu a cadeira de trás ser arrastada com certa violência, mas não viu o garoto passar ao seu lado. Em vez disso, sua cadeira foi puxada para trás de uma vez, e Otto soltou um berro estridente que fez os colegas que ainda restavam ali dentro darem risada.

— Cuidado para não cair, Ottinho. Não quer virar um panda, com os dois olhos roxos, né?

Otto lançou um olhar feio ao garoto loiro enquanto ele saía da sala, mas foi atraído por outra pessoa que o encarava. Seu olhar cruzou o de Bruno, que mexeu os lábios sem emitir nenhum som:

— Não liga pra ele.

E logo em seguida, abandonou a sala, na cola do amigo.

Depois de pegar o pacote de salgadinho na mochila, Otto saiu e encarou o pátio com um suspiro. Para a infelicidade dele, os intervalos do ensino fundamental e médio eram em horários diferentes. Fora um longo ano comendo sozinho, ansiando pelo ano seguinte, quando ele e Khalicy voltariam a compartilhar as refeições.

No entanto, o que mais o frustrava nem era tanto *estar sozinho*, afinal eram apenas vinte minutos. Mas sim, estar sozinho *e* escondido. Se Vinícius pegava em seu pé em sala de aula, longe da supervisão dos professores a chateação era em dobro. Nem mesmo Bruno conseguia refrear o amigo.

Otto havia cometido o equívoco poucas vezes, no começo do ano, e descobrira do pior jeito que não dava para baixar a guarda com Vinícius. Depois disso, passou a se refugiar atrás do prédio do fundamental I, em um corredor estreito entre a parede e o muro, cheio de teias de aranha, lagartixas e, algumas vezes, baratas, que o garoto suspeitava nunca ser limpo. Sentava no chão, de costas para a parede, e apoiava os pés no muro. Um espaço tão apertado que não dava para manter as pernas esticadas. O ar parado, denso.

Otto passava o tempo sentindo o gosto amargo da ira, enquanto sons de conversas e pessoas rindo chegavam abafados até ele. Detestava Vinícius. Detestava por tudo que o fazia passar, mas também por ser o melhor amigo do garoto de quem gostava desde o quinto ano. Detestava por não poder almoçar no pátio junto dos demais, se quisesse ter um pouco de paz.

No entanto, Otto *se* detestava ainda mais.

Talvez Anderson estivesse certo, assim como Khalicy, e tudo o que ele mais precisasse fosse enfrentar os medos e impor limites. Quem sabe ele fosse mesmo o único que pudesse dar um fim nas agressões, nas perturbações e no deboche. E isso só o deixava ainda mais bravo consigo mesmo. Não tinha força para enfrentar Vinícius. Assim como não tinha para tentar fazer algo a respeito dos seus sentimentos por Bruno, tampouco para contar para a mãe que, não, ele e Khalicy não iam acabar namorando em algum momento, como ela parecia acreditar.

Otto odiava ser covarde e tão passivo. Nos seus filmes preferidos, os heróis enfrentavam desafios muito maiores do que garotos com complexo de superioridade. Ele não os imaginava levando uma bolada na cara e deixando por isso, por exemplo. Nenhum deles aceitaria isso. Com exceção, talvez, do Homem-Aranha. E não por menos era o seu favorito.

As coisas seriam tão diferentes se tivesse superforça. Enquanto jogava uma batatinha frita na boca, Otto se imaginou, pela milésima vez, com braços de aço e dando socos que jogassem pessoas longe. Bastaria um único, e Vinícius pensaria duas vezes antes de atormentá-lo de novo. Ou então poderes de aranha. Uma teia para enrolar o inimigo ali, naquele cantinho escuro e sujo, enquanto ele próprio andava livremente pelo colégio.

Tantos poderes legais que poderiam servir para alguma coisa, além de ficarem escondidos para sempre, e ele tinha logo aquele, que não o ajudava em nada.

Otto amassou a embalagem de alumínio e apoiou os cotovelos nos joelhos, desanimado. A quem ele queria enganar? Mesmo se fosse o próprio Super-Homem, com uma gama imensa de poderes apelativos, jamais faria nada. Como poderia? Não fazia a menor ideia do impacto que isso teria em sua vida e na das pessoas que ele amava. Além do mais, nunca tinha ouvido falar de pessoas com poderes. Não sabia se existiam outros como ele, ou se era o único. Sem contar que era tão surreal pensar em contar para Joana, por exemplo. Quem levaria a sério algo assim?

Não. Otto não podia arriscar.

Era um adolescente despretensioso. Nunca almejou grandes feitos como salvar o mundo ou ser o amigo da vizinhança, como seu super-herói favorito. Também não se imaginava aterrorizando ninguém, ou dominando a galáxia. Gostava de passar despercebido, vivendo a vida com tranquilidade, seguindo o fluxo. E estava bom assim. Sem contar que tinha uma leve pretensão a se meter em problemas, e não gostava nem de imaginar o que seria da sua vida se desse uma ajudinha para o azar.

Por outro lado, era um desperdício. As pessoas passavam a vida pensando no que fariam se tivessem poderes, desejando ser especiais, diferentes. Otto *tinha* isso, mas não podia ser mais ordinário. Khalicy nunca o deixava esquecer do quanto o achava burro por não usar o que tinha de melhor.

Olhando para si mesmo escondido naquele corredor mal iluminado e cheio de mofo, sofrendo para encontrar uma posição adequada, Otto teve certeza de que a amiga tinha razão.

★★★

Depois de almoçar na casa de Khalicy – ele nunca perdia a chance de comer a comida maravilhosa de Viviane – e passar as próximas horas fazendo a lição de casa junto da amiga, deitados em sua cama de casal, Otto voltou para casa. Hulk o recebeu logo na entrada e o guiou até o potinho de comida na cozinha.

Otto colocou ração para a gata e a aprisionou em seus braços, procurando melhorar seu estado de espírito. Sentia-se lastimável desde o dia anterior, com a bolada na cara. O impacto forte e a mira perfeita de Vinícius o fizeram cair para trás, batendo a cabeça no chão com uma pancada inaudível. Professor e alunos o cercaram, preocupados, com exceção do autor da bolada, que se manteve alguns passos para trás, de cabeça baixa para esconder a risada. No entanto, os ombros balançando não deixavam dúvidas.

Uma nova chama de ira dominou Otto, que finalmente deixou Hulk comer a ração fresca e correu para o quarto. Enquanto o computador ligava, aproveitou para roubar uma latinha de guaraná da geladeira. Joana vivia tentando fazer com que o filho tivesse hábitos alimentares mais saudáveis, mas não adiantava. Desde quando era um bebê, sendo introduzido aos primeiros alimentos, já recusava a maioria dos legumes, vegetais e até mesmo algumas frutas. Otto não se orgulhava de várias coisas sobre si mesmo, mas ter o paladar infantil não era uma delas. Ele não podia se importar menos com beterrabas, bananas ou alface. Em sua opinião, tudo muito superestimado.

Sentou na cadeira do computador e tomou um gole enorme, seus olhos e nariz queimando com o gás do refrigerante. Soltou um arroto e abriu *The Sims*, que, por acaso, era o seu jogo favorito. O garoto perdera madrugadas e madrugadas de sono graças àquilo, e não se arrependia, gostava daquela vida inventada.

O jogo carregou. Sua casa, uma mansão de três andares, com uma piscina imensa e uma academia particular, apareceu na tela. No entanto, o que mais o alegrava ali não era a construção – em que trabalhara durante horas até estar perfeita –, mas o casal que a habitava. Um homem de nariz arrebitado e pintinhas no rosto. O outro, de olhos azuis e óculos. Em seus piores dias, Otto ficava horas na frente do computador, fazendo os avatares dele e de Bruno se beijarem o suficiente para que a opção *oba oba* ficasse visível. Depois recomeçava tudo do zero, testando todas as interações românticas até a vista cansar.

Havia também um terceiro personagem, que Otto usava apenas em situações especiais, criado com o propósito único de vingança. O Vinícius do jogo era idêntico ao da vida real e sempre tinha as mortes mais sombrias – Otto já o queimara em uma fogueira, o trancara em um cômodo sem saída e o afogara na piscina. Nunca se cansava de ver o avatar loiro sofrendo até que a morte aparecesse para buscá-lo. Era catártico. Não tanto quanto ter superforça e se defender na vida real, mas ao menos servia de consolo.

Talvez estivesse apenas cansado, depois de tanto tempo aguentando Vinícius, mas o garoto não conseguia se livrar do gosto de bile que subia cada vez que pensava no inimigo e na bolada do dia anterior.

Aquela havia sido diferente das outras, por alguma razão que ele desconhecia. Não era a primeira vez que ficava com algum hematoma ou era humilhado na frente da turma, mas ele sentia algo mudando dentro de si. Antes, Otto se conformava com as coisas como eram. Tudo bem que agora o conformismo dera lugar à frustração, e não pela força para agir, mas já era alguma coisa.

Sem se dar conta, amassou a latinha e derramou um pouco de refrigerante. O cheiro de guaraná ocupou o quarto, e ele deixou escapar um palavrão baixo, voltando a atenção para o Vinícius do jogo. Decidiu que a morte da vez seria por fome. Otto se esparramou na cadeira e curtiu, com certo sadismo, desejando que Vinícius soubesse como era estar em seu lugar.

Os minutos se transformaram em horas. Otto só percebeu quanto tempo passara quando ouviu o motor do carro da mãe, seguido pelo portão sendo aberto, com um barulho enroscado que doía nos tímpanos. Abandonou a cadeira do computador e se debruçou na janela, querendo descobrir se Anderson tinha vindo com ela. Os horários dele eram incertos, dependia muito da escala. Por isso, o namorado da mãe podia aparecer literalmente a qualquer momento. Já acontecera de ele aparecer antes da mãe de Otto sair para trabalhar, às seis da manhã, com o café para os três. O garoto tinha terror de acordar com uma visita inesperada desde então.

Para seu alívio, era apenas a mãe, com uma expressão cansada e carregando um pacote de comida. Estava desalinhada, como se, em vez do trabalho, estivesse voltando de um passeio na montanha-russa. A camisa, um pouco torta para o lado; os cabelos, despenteados; o botão da calça, aberto.

Deu tempo de Otto abandonar a janela e fechar o jogo antes que ela entrasse, usando os pés para arrancar os sapatos, logo na porta. O rosto cansado deu lugar a um sorriso sincero ao ver o filho. Joana deixou o pacote de comida sobre o sofá e abriu os braços, pedindo um abraço.

O garoto percorreu a sala e a envolveu. Aos quinze anos, já era bem maior que a mãe, de modo que podia descansar o queixo no topo da cabeça de Joana tranquilamente. Apesar da relação boa entre os dois e da abertura que partia dela, Otto passara a se sentir meio esquisito com a mãe conforme envelhecia. Tudo permanecia igual e, ao mesmo tempo, diferente.

Primeiro, vinha a culpa. Escondia um segredo imenso sobre si que não compartilhara com ela até agora, e nem sabia muito bem se queria, em um futuro próximo. Por um lado, sabia que a mãe aceitaria sua sexualidade superbem, afinal, nunca existiram grandes dramas entre eles. Sempre foram só os dois, e Joana o tratava também como um amigo. Por outro lado, era constrangedor. Ele não queria ter que falar sobre isso, não parecia natural. A Khalicy jamais precisaria sentar com a mãe para sair do armário, porque não existia o armário dos héteros.

Para além disso, o que o fazia adiar ainda mais a conversa, era a desconfiança de que Anderson não receberia a notícia tão bem assim. Otto imaginava uma porção de comentários do namorado da mãe, e nenhum o agradava. E talvez, se fosse apenas um relacionamento casual, a opinião de Anderson não importasse tanto. Mas os dois namoravam havia anos, e Otto já os ouvira conversando sobre os próximos passos em mais de uma ocasião. Gostando ou não, o bombeiro fazia parte de sua vida.

Depois, existia algo mais profundo e difícil de explicar. Otto se sentia distante dela – e da maioria das pessoas, com exceção, talvez, de Khalicy. Ainda assim, havia a sensação permanente de que ninguém conseguia *compreender* exatamente como era estar em sua pele. O amor platônico, sua sexualidade, o bullying e o poder (que ele nem ao menos usava). Era tanta coisa para processar, e tudo tão particular, que ele preferia guardar para si. E nessa decisão inocente, aumentava o abismo que o separava das outras pessoas.

— Como foi a aula? — perguntou Joana, desvencilhando-se do filho.

— O de sempre.

Ele deu de ombros.

Joana o examinou com um sorriso divertido enquanto se inclinava para buscar a comida outra vez.

— Uau, quantos detalhes.

— É sério. Nada de emocionante. — Otto a seguiu em direção à cozinha. — O ponto alto do dia foi o Vinícius sentar atrás de mim e me infernizar, mas isso não é novidade, né?

Ela colocou o pacote sobre a mesa e o abriu, tirando duas caixas de papelão de dentro. Olhou por cima do ombro, procurando o filho.

— Mas vocês não têm os lugares certos?

Otto soprou para cima, afastando o cabelo da testa.

Era isso que ninguém conseguia compreender. As coisas eram mais delicadas do que pareciam. Ele se conformara há alguns anos de que a única maneira de se livrar para sempre de Vinícius seria quando terminasse o colégio. E nem mesmo assim era garantido, já que a cidade era minúscula.

— Sei lá, mãe. Ele é do time de basquete da escola, os professores fazem vista grossa. E todo mundo está contando os dias pro ano acabar... Ninguém se importa mais.

— Por que você não troca de lugar, então?

— Não adianta!

Joana parou o que fazia e virou de frente para ele, com os braços cruzados, apoiando-se na mesa. Otto era uma versão mais jovem da mãe, os traços cópias fiéis, exceto pela altura e os olhos azuis, que ganhara do pai. Até mesmo os trejeitos eram parecidos, por isso ele soube exatamente o que significava aquele vinco entre as sobrancelhas e se preparou para o que viria.

— Otto, a gente não fala essas coisas pra pegar no seu pé, mas porque nos *importamos*. Parece que você aceitou o que está acontecendo! — Joana mordeu o lábio, ensaiando falar três vezes antes de conseguir. — Chegou com o olho roxo ontem e não me deixa ligar pro colégio... Aliás, eu ainda não concordei com isso, hein?

— Mãe! MÃE! — Otto arregalou os olhos, parando diante dela e segurando seus ombros. — Mãe, não! Por favor! Já falei, só vai piorar as coisas, sério. O diretor vai chamar a gente pra conversar e só vai irritar ainda mais o Vinícius.

— Não posso deixar isso continuar acontecendo. Passou do limite há muito tempo. — Ao dizer isso, ela levou a mão até a maçã do rosto do filho e percorreu o hematoma delicadamente com o polegar. — Ele precisa descobrir que as coisas têm consequências.

O garoto respirou fundo, cobrindo o rosto com as mãos. De repente, se sentiu exausto. Esse era apenas um dos motivos que o distanciavam da mãe dia após dia. Otto entendia a preocupação, mas ele gostaria que sua opinião fosse levada em conta, só para variar.

— Aí é que tá, mãe: não existe consequência pro Vinícius! Ele me deu uma bolada no meio da aula e o professor não disse nada! — Otto entreabriu os lábios, desesperado para que ela entendesse algo que para ele era óbvio. — Tipo, vamos lá, quantas vezes você já conversou na escola? Resolveu alguma coisa?

Joana prendeu uma mecha de cabelo atrás da orelha, examinando o filho com atenção, os lábios apertados em uma linha fina. O cheiro da comida havia acordado o monstro que ele abrigava no estômago, mas teve a sensação de que ainda demorariam para jantar.

— Otto, olha só pra isso! — Ela levou a mão ao rosto do filho outra vez. O garoto ficou grato por ter se livrado da base antes que ela chegasse, ou a mãe estaria surtando ainda mais sobre a gravidade da coisa. — Como vou ficar aqui parada? A escola precisa fazer algo. A gente paga mensalidade igual o Vinícius.

— Por favor, confia em mim. Por favor, mãe. — Otto juntou as mãos em frente ao rosto, em um gesto de súplica. — Óbvio que não gosto disso! Mas sabe o que vai acontecer se você falar? Ele vai levar uma advertência e depois vai começar a me perseguir fora da escola, onde não tem ninguém vigiando. Isso aqui — apontou para o próprio olho — vai ser fichinha perto do que vai rolar.

Segundos de tensão passaram enquanto Joana e Otto se entreolhavam. Ela parecia considerar suas palavras, relutante. Por fim, puxou o filho para um abraço apertado.

— Não sei. Não concordo com isso. A gente precisa pensar em uma alternativa — falou, no ouvido dele.

— Vou dar um jeito, mãe — Otto respondeu, e foi assolado por uma nova onda de culpa.

Ele sabia muito bem que não faria nada. Não havia o que ser feito.

Joana esfregou os braços dele e então voltou a atenção para a comida na mesa. Sem dizer nada, Otto abriu o armário e tirou dois pratos de lá.

— Temos nhoque ao molho pomodoro e penne com molho quatro queijos e bacon. Qual você vai querer?

Otto, que pegava os talheres na primeira gaveta da pia, olhou por cima do ombro para responder.

— O de bacon!

Joana riu.

— Não sei nem por que pergunto.

— Né?

— Enfim. O Anderson vem aqui hoje — falou, enquanto passava o indicador pelo molho de quatro queijos e o levava a boca. — Contei o que aconteceu e disse que você tá muito abalado. Pedi pra ele pegar leve.

O garoto parou o que fazia e encarou a mãe, perplexo.

— Ah, nossa, que alívio. Em vez de ouvir uma hora de ladainha, vou ouvir só quarenta minutos! — E, engrossando a voz para imitar o namorado da mãe, continuou: — "Esse olho roxo é culpa sua. Não vai mudar enquanto você não reagir."

Ela abanou a mão no ar, descartando a provocação.

— Ele se preocupa com você. Queria até ter uma conversa com o Vinícius, vê se pode.

Otto apoiou os cotovelos na mesa e deslizou as mãos pelo cabelo, chocado demais para responder. Imaginou Anderson tendo uma conversa de homem para homem com o Vinícius e, embora não quisesse admitir, gostou da sensação de imaginar o inimigo amedrontado por alguém com o dobro do tamanho dele, passando na pele uma amostra do que ele vinha aguentando por toda a adolescência.

Algumas coisas nunca mudam

Otto freou primeiro, seguido por Khalicy. Desmontaram das bicicletas ao mesmo tempo. Uma família, que saía pela porta de vidro da clínica, os olhou com curiosidade e certa reprovação pelo alvoroço, para, então, entrar em um dos carros estacionados no meio-fio e partir.

Um letreiro de aço no prédio roxo de três andares indicava que ali era a Clínica Oftalmológica Neves, em que trabalhavam Madeleine e Levi Neves, os pais de Bruno. Otto sabia, desde a primeira vez em que esteve ali e se apaixonou pelo garoto, que a família morava na sobreloja. Com o passar dos anos, descobriu onde ficavam os quartos dele e da irmã, Raissa, da mesma turma de Khalicy.

Não se orgulhava em desviar o caminho com a bicicleta de vez em quando, não importava para onde estivesse indo, na esperança de encontrar Bruno voltando de um treino de basquete, ou descendo para a clínica dos pais, como fazia com frequência. Acreditava que, longe da escola e sem a interferência de Vinícius, seria mais fácil começar uma conversa. Queria tanto que Bruno o conhecesse melhor que até doía.

Nunca dera sorte, mas ao menos tinha uma desculpa para olhar um pouquinho pelas janelas, colecionando fragmentos da rotina do garoto. Da rua, ele não conseguia ver tanta coisa, além de cabeças que passavam de um lado para o outro, ou o som alto de filmes e séries que o alcançavam na calçada. Ao menos, sabia para onde olhar. E foi o que fez, parado ao lado de Khalicy. Com a mão fazendo sombra sobre os olhos, ficou nas pontas dos pés para descobrir se Bruno estava em casa.

Perdeu a noção do tempo enquanto observava as paredes pintadas de verde do quarto do garoto e só acordou do transe ao ouvir o pigarro de Khalicy. Sacou o celular do bolso e descobriu que estavam em cima da hora para a consulta.

— Eita, vamos? — murmurou, sem notar que a amiga já esperava por ele, parada diante da porta.

Rindo, eles entraram juntos e seguiram para o balcão.

A secretária era a mesma desde que Otto estivera ali pela primeira vez e, como sempre, abriu um sorriso genuíno para ele. Otto era tímido demais para conseguir sustentar aquele olhar amigável por muito tempo, e por isso se concentrou nos tênis encardidos.

— É só sentar e aguardar que já vou pingar o colírio, tá?

Assentindo, ele se juntou a Khalicy e se jogou na cadeira de plástico desconfortável. Olhou ao redor, buscando por qualquer sinal de Bruno, sem conseguir fugir da decepção ao não encontrar nada. Mãe e filha dividiam uma revista e riam, aos cochichos; um menino de no máximo oito anos corria pelo consultório, sob o olhar recriminatório do pai; e uma senhora idosa se dividia entre gravar e ouvir áudios no WhatsApp no volume máximo.

Era tudo tão familiar. Encarou o teto, soltando um suspiro, e imaginou Bruno andando de meias pela casa, girando objetos no dedo.

— Deixa que eu faço.

Otto se sobressaltou ao ouvir a voz de Bruno, como se o garoto tivesse acabado de se materializar dos seus pensamentos. Deu um pulo no lugar e se ajeitou na cadeira, puxando a calça de Khalicy para que ela desviasse os olhos da tela do celular.

Diferente dele, Bruno não vestia o uniforme da escola, mesmo que não fizesse nem duas horas que a aula havia acabado. Otto vestia a camiseta laranja e a calça cinza o dia inteiro e só os trocava pelo pijama à noite, depois do banho. Às vezes, quando estava muito frio, ele até dormia com o uniforme limpo, para não precisar trocar de roupa cedinho pela manhã.

Bruno vinha com um frasco de colírio e dois chumaços de algodão em mãos. Quando os olhares deles se cruzaram, fez um aceno com a cabeça e a boca se abriu em um sorriso cheio de dentes.

Otto estava ocupado demais tendo um ataque cardíaco para retribuir o aceno, mas sorriu. Ele sentia raiva de si mesmo por passar a maior parte do tempo desejando encontrar Bruno fora da escola para terem a oportunidade de conversar, e quando acontecia, não fazer a menor ideia de como reagir. O corpo ficava desgovernado e ele sentia um impulso fortíssimo de sair correndo.

A única coisa que o impediu de fazer isso foi a certeza de que a mãe o esfolaria vivo se soubesse que perdera a consulta.

— E aí? — cumprimentou Bruno, parando em sua frente.

Otto se deu conta do quanto suas pernas estavam próximas do outro garoto. Se ele as esticasse um pouquinho de nada...

Em vez disso, apontou com o queixo para a estampa da camiseta dele.

— Homem-Aranha!

— Algumas coisas nunca mudam. — Ele piscou e virou para a garota, com cara de quem forçava a memória. — Não lembro o seu nome, mas você estuda com a minha irmã, né?

— Estudo! Meu nome é Khalicy, não é muito fácil de lembrar mesmo.

Ela abanou a mão no ar e os três riram.

— Eu ia chutar Karine, que bom que não falei. — Então se virou para Otto, encolhendo os ombros. — Acho que você precisa tirar os óculos.

Otto fez uma careta e se esparramou na cadeira outra vez. Percebeu tarde demais que não era uma boa ideia, quando encostou o joelho no de Bruno.

— Ah, odeio essa parte!

— Foi mal — disse, rindo. — Também odeio. Meu pai me examina todo ano, e eu nem preciso de óculos.

— Ele gosta de te torturar?

Bruno riu com gosto, assentindo.

— Mal de ser filho de oftalmologistas.

Bruno apoiou o braço no encosto da cadeira e se inclinou para a frente, com o colírio no jeito. Otto observou o pescoço dele, a curva suave do gogó, alguns fios de barba que despontavam do queixo. O cheiro de pele limpa e perfume fresco o desconcertou tanto que o garoto nem se deu conta do olho que queimava como se, em vez do colírio, Bruno tivesse acabado de pingar pimenta.

Não era a primeira vez que o colega de turma ajudava na recepção, dilatando as pupilas para as consultas. Mas também estava longe de ser corriqueiro. Era como jogar na loteria – Otto sempre ficava tenso, na expectativa de que seria Bruno a pingar o colírio.

Conforme os anos passavam, mais difícil ficava não transparecer as reações do corpo, das quais ele não tinha nenhum controle. O simples toque gelado dos dedos de Bruno em suas pálpebras era motivo para lá de suficiente para que calafrios descessem pela coluna, arrepiando os pelinhos da nuca. Ele se sentia um pouco bobo, mas a sensação durava muito menos que o prazer de estar tão perto do outro garoto, de sentir o calor da pele emanando em sua direção, de reparar, pela vigésima vez, na manchinha que Bruno tinha perto do pulso esquerdo.

— Pronto — disse o garoto, oferecendo os chumaços de algodão para Otto, que os aceitou.

— Você vai pingar mais, né?

Bruno encolheu os ombros, sorrindo com culpa.

— O lado bom é que é só uma vez por ano.

Otto riu, deslizando um pouco mais na cadeira.

— Se você tá dizendo...

Seus olhos não paravam de lacrimejar e arder. Cobriu-os com o algodão e sentiu, com certo espanto, o banco ao seu lado balançar de leve com o peso do corpo de Bruno.

O estômago deu uma cambalhota. Khalicy deu dois apertões discretos nas costelas dele, em um ponto que Otto esperava que Bruno não pudesse ver. Desejou que ela não estivesse tão calada. Manter uma conversa na sala de espera de um consultório, sem conseguir abrir os olhos, não era exatamente a maneira como imaginava uma aproximação.

Ainda assim, era um cenário melhor do que na escola, com a presença de Vinícius. Por isso, Otto fez um esforço imenso para vencer a ansiedade e se remexeu na cadeira, lembrando com nostalgia de cinco anos atrás, quando sentaram um de frente para o outro.

— Você v-virou oficialmente o cara do colírio, ou é impressão minha? — balbuciou.

Khalicy se remexeu ao seu lado, dando sinal de que percebera a tentativa fajuta de Otto de começar uma conversa. Ele se arrependeu no mesmo instante. Tantos assuntos interessantes e precisava começar logo com aquele papinho de elevador?

— Mais ou menos. Não consigo sempre por causa do basquete, mas venho quando posso. Meus pais gostam de ver a gente envolvido com a clínica.

— Sua irmã também?

Otto não conseguiu disfarçar a surpresa. Nunca havia cruzado com a garota fora da escola.

— Aham. Ela é assistente da minha mãe. Fica no consultório. — Bruno respirou fundo e a cadeira rangeu quando ele se remexeu. — Como eu disse, mal de ter pais oftalmologistas.

— Das outras vezes que vim, você também tava por aí...

Finalmente, Otto conseguiu arrancar os chumaços de algodão dos olhos. Piscando, focalizou o outro garoto sentado de frente para ele, com o braço apoiado no encosto das cadeiras, quase tocando seu ombro.

Bruno sorriu, apontando para os próprios olhos.

— Parou de arder?

— Tá tolerável.

— Você tá engraçado. As pupilas dilataram super-rápido. Parece que tá drogado.

— Ou apaixonado — falou Khalicy, distraída com o celular.

Todos os membros de Otto congelaram, um a um, em câmera lenta. O garoto sentiu um impulso para vomitar e, discretamente, se dobrou um pouco para a frente, preparando-se para o pior.

— Ahn? — inquiriu Bruno, rindo.

Quando a garota desviou o rosto do vídeo que assistia, encontrou o amigo a metralhando com o olhar. Khalicy arregalou os olhos ao perceber o que acabara de dizer.

— As pupilas — explicou, atrapalhada. — Dilatam. Quando estamos apaixonados. Ou drogados.

— Ou quando pingam colírios dilatadores. Que é o meu caso! — Otto se apressou em corrigir, eliminando qualquer possibilidade para interpretações dúbias.

A garota ergueu as mãos no ar, perplexa.

— Eu sei! Era pra ser uma piada. Por isso falei. A gente sabe que você não tá drogado. Nem apaixonado.

Bruno caiu na risada, mas Otto continuou pálido, estreitando os olhos para a melhor amiga. Tinha desejado que ela participasse da conversa antes, mas fora um equívoco. *Caramba, Khalicy!* E se Bruno desconfiasse que era verdade? E se ele descobrisse do amor platônico de Otto?

— Enfim. As férias tão quase aí. Vocês vão passar direto?

— Já passei faz tempo — gabou-se Khalicy. — No segundo trimestre fechei tudo.

Otto sabia disso há tanto tempo que deixou passar a cara de espanto de Bruno.

— Sério?

— A Khalicy é nerdola — explicou Otto. — Ela *gosta* de estudar.

— Existe isso? — Bruno arregalou os olhos, encarando a garota como se fosse um extraterrestre.

Ela se limitou a dar de ombros, sem se deixar abalar.

— Acho interessante aprender coisas novas. E quero me dar bem no Enem.

Bruno continuava perplexo. O garoto se remexeu na cadeira e abriu a boca para responder, mas parou quando a recepcionista fez um sinal para ele. Ficando em pé em um pulo, ele segurou o colírio com mais força e olhou com culpa para Otto, que fez uma careta insatisfeita e se endireitou no banco.

— Eu tô meio ferrado em química orgânica. Vou ficar de recuperação. Mas é a única. O Vini ficou numas oito... — Bruno parou de falar subitamente e mordeu o lábio inferior, fechando os olhos por um momento. — Foi mal.

— Deixa pra lá — murmurou Otto, desviando o olhar.

— Não, sério. Viajei.

Um silêncio esquisito os cercou enquanto Bruno pingava o dilatador.

Dessa vez foi ainda pior que na primeira, e Otto teve a sensação de que o outro garoto despejara ácido em seus olhos. Espremeu as pálpebras assim que Bruno se afastou, esfregando os olhos com as mãos em punhos.

— É sério que você deixa seu pai fazer isso sem precisar? — perguntou, irritado, como se Bruno tivesse feito de pirraça.

O outro riu, voltando a se sentar no banco ao lado.

— Não é bem assim. Eu meio que não tenho escolha.

Otto tombou a cabeça para trás, abrindo os olhos com custo. Bruno apareceu desfocado em sua frente, sorrindo. Seu peito comprimiu.

O garoto costumava ver momentos como esse apenas de longe, como um espectador. O sorriso largo e confiante do jogador, que contaminava quem estivesse por perto. Ele o distribuía muito a Vinícius, o que Otto nunca conseguiu compreender, tampouco aceitar. O inimigo não era engraçado, era apenas cruel e inconveniente.

Desejou que estivesse enxergando perfeitamente para conseguir registrar aquela imagem e se apegar a ela. Mas precisou se contentar com o que tinha.

— Eu também fiquei de recuperação em química orgânica — falou, de repente, lembrando do assunto anterior. — E em biologia.

Bruno não escondeu o desconcerto. Olhou rápido para Khalicy, esperando que a garota desmentisse o amigo, mas ela voltara a prestar atenção no vídeo que assistia e se mantinha alheia à conversa.

— Tá zoando?

— Pior que não. Preciso de sessenta em química orgânica e cinquenta em biologia.

— Caralho, você tem a maior cara de nerdola! — Bruno arregalou os olhos, exasperado. — Achei que já tivesse passado também, igual a Khalicy.

As bochechas de Otto esquentaram. Então era por isso que Bruno se surpreendera! Ele sofria bullying e era retraído, o único traço de personalidade que faltava para completar o bingo dos clichês era ser estudioso.

Então se deu conta de que, apesar de gostar de Bruno há tantos anos, não sabia quase nada sobre ele. Assim como o garoto também não o conhecia. Até mesmo coisas básicas, como o fato de não gostar de estudar. Eram estranhos um para o outro.

Otto ignorou o desânimo e não se deixou abalar. Teria tempo para remoer aquilo depois.

— Tenho nada! Eu só uso óculos, e é de ficar muito no computador — protestou. — Não chego a ter tanta dificuldade, mas não gosto de estudar. Não tenho paciência.

Bruno esfregou uma mão na outra, relaxando o corpo na cadeira.

— Tá aí algo que eu entendo bem! Mas minha mãe pega no meu pé e...

— Otto Oliveira? — chamou a secretária, olhando diretamente para eles, e Bruno parou de falar no mesmo instante. — Pode entrar. É a sua vez.

O garoto concordou, chateado por encerrar a conversa mais longa que haviam tido desde o quinto ano. A pior parte era não saber quando teria outra oportunidade.

— Você vai comigo? — perguntou, voltando-se para Khalicy.

Ela negou com a cabeça sem se dar ao trabalho de responder. Na disputa entre quem se desconectava mais do mundo real, ele não sabia dizer se quem ganhava era sua melhor amiga com o celular ou a mãe com os romances de banca.

O garoto se levantou, atrapalhado, e foi seguido por Bruno quase que no mesmo instante. Otto o encarou com curiosidade, decidindo que Levi podia esperar um pouquinho.

— Pera, rapidão. Não sei se você sabe, mas vai ter churrasco lá em casa na primeira semana de férias.

Otto sabia, é claro. Era impossível não saber quando a sala não falava de outro assunto. Mesmo se tivesse ficado escondido em uma caverna nas últimas semanas, não seria exatamente uma novidade para ele.

Desde o sétimo ano, os pais de Bruno o deixavam fazer um churrasco para os colegas de classe, dele e de Raissa, sempre que as aulas acabavam. Churrascos para os quais Otto nunca era convidado, tampouco Khalicy. No caso da amiga, até dava para entender – Raissa chamava pouquíssimas pessoas. O que mais doía era que Bruno convidava a turma toda.

Ano após ano, Otto era bombardeado por fotos dos colegas rindo e se divertindo na piscina dos Neves, Bruno e Vinícius abraçados perto da churrasqueira, ou Raissa tomando sol com as melhores amigas. Ele nunca estava nelas. Embora ninguém além de Vinícius pegasse em seu pé, o chateava saber que sua falta não era notada pelos outros. Não fazia diferença, era como se ele nem mesmo estudasse com os colegas.

A amargura alimentada por anos o impediu de perceber para onde a conversa caminhava. Com um sorriso amarelo, assentiu para o outro. De repente, tudo o que desejou foi sair dali.

— Ouvi falar — respondeu, mal-humorado.

Bruno pareceu não notar, ou preferiu ignorar o desconforto do outro garoto.

— Vai começar lá pelo meio-dia. Normalmente vai até umas dez, onze da noite. Se você não tiver mais nada pra fazer, tá convidado... vocês dois, aliás. — Bruno se empertigou, apontando com o queixo para Khalicy, que, contrariando as expectativas, estava bem atenta à conversa. — É bem de boa. Só o pessoal do colégio. Topa?

Otto foi pego desprevenido. Arregalou os olhos, esperando que Vinícius saísse de um esconderijo secreto anunciando que tudo não passava de uma pegadinha e os amigos caíssem na risada juntos. No entanto, conforme os segundos passavam e nada acontecia, Otto caiu na real de que o convite era sério.

As mãos suaram frio e ele as limpou na calça.

— Hum... sei lá, cara. Não quero atrapalhar.

A confusão ficou evidente no rosto de Bruno.

Ele olhou de Khalicy para Otto antes de abrir um sorriso desconcertado.

— Nada a ver! Se tô convidando, ué. Não precisam trazer nada, só roupa de banho mesmo, essas coisas.

Otto abriu a boca, mas ficou sem palavras.

Uma parte dele queria continuar inventando desculpas e recusando o convite. Ele sentia rancor pelos três anos em que fora deixado de lado, não sabia o que havia mudado. Talvez Bruno estivesse com peso na consciência depois de tudo que Vinícius o fizera passar. Talvez ele só quisesse dormir bem à noite, sabendo que fizera o mínimo.

Outra parte de Otto queria desesperadamente aceitar. A mesma parte que seguia gostando de Bruno depois de tanto tempo, graças a cinco minutos de conversa ali, naquela mesma sala de espera. Ele vivia fantasiando oportunidades para estar mais próximo do garoto longe da escola e não conseguia imaginar um cenário melhor do que uma festa na piscina, em um dia ensolarado e quente.

Não teve tempo de decidir, no entanto, pois a recepcionista lançou um olhar impaciente na direção deles e o chamou outra vez, enfatizando que o médico o esperava no consultório.

— Melhor você ir, mas ó: o convite tá em pé. Colem aí, vai ser legal — disse Bruno, dando um passo para trás, em direção ao balcão. — Vou subir. A gente se vê.

Apesar do olhar ameaçador da recepcionista, Otto esqueceu como fazer as pernas o levarem para onde queria. Ficou paralisado, vendo Bruno deixar os colírios atrás do balcão e depois sumir pelo corredor que dava para os consultórios.

Pulou de susto ao sentir as mãos de Khalicy nos ombros, em um aperto gentil. Quando deu por si, caminhavam juntos. Sentiu tanto carinho pela amiga que desejou parar ali mesmo para abraçá-la apertado, mas teve medo que a recepcionista acabasse gritando com ele se enrolasse mais um segundo.

— Puta merda! — sussurrou Khalicy no ouvido dele, a voz trêmula de empolgação. — Isso rolou mesmo?

Otto não teve tempo de responder. Levi Neves o esperava na porta, com cara de poucos amigos.

★★★

O caminho de volta foi cansativo. Sob o sol escaldante de um verão que prometia ser o mais severo dos últimos cinquenta anos, Otto e Khalicy empurravam a bicicleta de volta para casa, lado a lado.

De olhos espremidos e sensíveis com a claridade, Otto não enxergava para onde caminhavam. Confiava plenamente na amiga para levá-lo em segurança. As cores do mundo borravam os contornos, misturando-se umas nas outras. Ele não sabia onde terminava a calçada e onde começava a rua e, vez ou outra, a garota precisava puxá-lo pela manga da camiseta, alinhando-o outra vez no percurso.

Mas nada disso o incomodava. Não passavam de meros detalhes.

Otto nunca esteve tão feliz como na última hora. Tentou manter a cabeça no lugar e pensar com racionalidade, mas o coração disparava cada vez que ele se lembrava do sorriso de Bruno.

Não estava nem um pouco disposto a alimentar o rancor. Era uma batalha perdida. Ele *queria* ir ao churrasco. De que adiantaria mentir para si mesmo?

— Ai, merda... — resmungou Khalicy de repente, trazendo-o de novo para a realidade.

— Que foi?

— Ottinho!

A voz conhecida veio do outro lado da rua, tão agradável aos ouvidos de Otto quanto giz arranhando a lousa. O garoto agarrou o guidão com força e procurou o inimigo com o olhar.

Vinícius era um borrão disforme do qual só era possível identificar o cabelo loiro. Fazia o caminho contrário ao deles, de skate, em direção à casa de Bruno. O estômago de Otto deu uma volta de trezentos e sessenta graus.

Claro que o dia estava bom demais para ser verdade e Vinícius precisava aparecer para estragar tudo.

— E aí, meu parça?

— Ignora — aconselhou Khalicy, puxando-o pela manga do uniforme.

Otto abriu a boca para responder, mas a amiga o arrastou com ainda mais força, sem dar tempo que ele piorasse as coisas.

Vinícius reagiu com uma gargalhada debochada. Por cima do ombro, Otto descobriu que o inimigo dobrara o corpo para a frente, as mãos apoiadas no joelho como se chatear os outros fosse a coisa mais engraçada do mundo.

— Que é isso, cara? Tá com medo *de mim*?! Eu tava louco pra te encontrar, vamos nos divertir um pouco.

Otto cerrou os dentes, tomado pela raiva. Sem pensar direito, parou no lugar e olhou para trás, de queixo erguido. Khalicy engasgou, incrédula.

— Otto?

Nem mesmo ele entendia de onde a coragem surgira. Nunca enfrentava Vinícius. Preferia se esconder e evitar conflitos porque sabia que o outro tinha vantagem.

Mas Otto não parava de pensar no sorriso de Bruno e no convite para o churrasco. Ele não permitiria que o inimigo destruísse a sensação boa que estava sentindo.

— Para de ser burro! Ele quer um motivo e você tá dando.

Do outro lado da rua, a alguns metros de distância, Vinícius havia endireitado a postura e os encarava de braços cruzados. Otto não via seu rosto, graças às pupilas dilatadas, mas o conhecia bem o suficiente para imaginar a expressão petulante e provocativa.

Apertou o guidão com tanta força que os nós dos dedos ficaram brancos. Os joelhos tremiam de leve quando retomou a caminhada rua acima, afastando-se ao máximo de Vinícius.

Andaram bons minutos em silêncio, até Khalicy olhar para trás para se certificar de que o outro garoto não os seguira. Ela soltou um suspiro, e Otto sentiu o corpo relaxar outra vez, aliviado.

— Que azar cruzar com ele... — resmungou ela, enquanto dobravam a esquina.

Ele revirou os olhos, irritado.

— Que azar ele ter nascido! — rosnou. — E logo aqui, nesse fim de mundo.

De cara fechada, evitou encarar a amiga. Seu único desejo era chegar em casa para torturar Vinícius no *The Sims*.

— Não deixa ele te afetar assim...

— Khalicy, me deixa em paz. Não tô afim.

Ela lançou um olhar atravessado para ele, mas não disse nada. Eram amigos havia tantos anos que ela sabia exatamente até onde podia ir, e a raiva nos olhos azuis de Otto soou como um aviso para que não abusasse.

A garota continuou guiando ele pela camiseta e, num silêncio incômodo, seguiram a caminhada preguiçosa de volta para casa.

Otto engoliu o caroço na garganta com dificuldade.

Embora não estivessem se olhando na cara, ficou grato pela companhia de Khalicy. Não só naquela tarde, como nos últimos anos. Se não fosse por ela, não teria suportado continuar estudando no colégio Atena.

Não existia ninguém no mundo com quem Otto se sentisse mais à vontade para ser ele mesmo. Nos últimos anos, passara mais tempo junto dela do que sozinho. Dormiam juntos várias noites na semana, revezando as casas; iam e voltavam da escola, se ajudavam no dever de casa, confidenciavam tudo o que sentiam.

Khalicy não era apenas a única pessoa que sabia do seu poder, como a única para quem ele saíra do armário. Também foi nela que Otto dera o primeiro beijo, quando ainda tentava compreender a sexualidade. E foi assim que teve certeza que não sentia atração por garotas. Se nem mesmo

Khalicy despertou a menor centelha de reação em seu corpo, nenhuma outra garota teria a menor chance. Otto esperou pelo friozinho na barriga de quando via Thor sem camisa, o mesmo formigamento percorrendo suas pernas e braços, mas foi apenas esquisito e incômodo. Parecia errado enroscar sua língua na da melhor amiga.

O garoto também foi o primeiro beijo dela, mas a situação teve um peso diferente para Khalicy, que sentiu tudo o que Otto gostaria de ter sentido, mas não conseguia. Ao contrário dele, o beijo não apenas despertou uma centelha, mas uma corrente elétrica de alta tensão.

Então ele confessou que gostava de meninos. Que já desconfiava, mas achou que talvez estivesse enganado, talvez tudo mudasse quando beijasse uma garota. Ainda mais se essa garota fosse alguém que ele amasse tanto.

Houve muitas lágrimas e abraços. Khalicy fez o possível para acolher o amigo sem deixar transparecer que ficara arrasada. Mas seu coração se partiu em dois e, em um lugar muito profundo de si, guardou a certeza de que nunca mais alguém a olharia como Otto.

Depois disso, as coisas ficaram diferentes por um tempo. Foi a única turbulência entre eles que realmente preocupou Otto e o fez temer pela amizade.

Custou para que eles se soltassem de novo e voltassem a se sentir à vontade um com o outro. Criaram um acordo silencioso de nunca tocarem no assunto outra vez, como se o beijo jamais tivesse acontecido.

Pouco depois, Otto confessou que gostava de Bruno desde que haviam mudado de colégio. Só então ela entendeu que nunca existiria nada minimamente parecido entre os dois. O brilho no olhar dele e a forma como pronunciava o nome de Bruno, como se sentisse prazer no som, dissiparam qualquer resquício de estranheza. E, se era possível, os uniu ainda mais. Otto e Khalicy nunca mais passaram um dia sem se falar, embora ele tivesse vontade quando ela o atormentava além da conta, com a sua mania irritante de achar que sabia mais do que o garoto sobre a vida dele. O que estava acontecendo naquele segundo.

Os amigos pararam de frente para a casa dela e continuaram em silêncio. Evitaram o olhar um do outro, encarando qualquer coisa que surgisse no campo de visão. Otto brincou com o freio da bicicleta, morrendo de sede depois da caminhada longa. Forçou a vista para focar uma borboleta azul voando perto deles. Khalicy, por outro lado, fitava a pegada eternizada na calçada dela, tomando coragem para enfrentar o azedume do garoto.

— Deixa o Vinícius pra lá, ele é um idiota.

Otto deu de ombros.

— Tá.

Ela respirou fundo.

— Mano... o Bruno te chamou pro churrasco! — falou, com impaciência. — É nisso que você devia gastar sua energia. Pensar no que vai falar, na roupa que vai usar, sei lá. Qualquer coisa, menos nesse cuzão.

O garoto tombou a cabeça para a frente, rindo com desânimo.

— Você acha que eu vou?

— É óbvio que vai! Nós dois vamos!

— Não, Khalicy. — Ele segurou a ponte do nariz. — Não vou. Você não viu o que acabou de acontecer?

Ela piscou os olhos, confusa.

— O Vinícius...

— Sabe *quem* vai estar lá? — interrompeu Otto, elevando o tom de voz. — O Vinícius! E sabe quem não vai? Os professores, os pais, ou qualquer adulto pra impedir esse lunático de me afogar na piscina.

A vizinha da frente, que varria a calçada, olhou para eles com curiosidade.

— Otto...

— Não, sério, consigo imaginar umas vinte formas de ser humilhado por ele. E eu nem sou criativo! Valeu, mas prefiro ficar em casa vendo as fotos, como faço todo ano.

Khalicy apoiou a bicicleta no muro e se aproximou, com as mãos juntas em frente ao rosto.

— Você vive reclamando que não tem chance de se aproximar dele! E agora que tem vai desistir?

Otto deu outra risada incrédula, negando com a cabeça.

— A gente meio que não pode chamar isso de chance, né? Não quando existe a possibilidade de eu ser espancado.

Ela abriu a boca como se tivesse a resposta na lata, então mordeu o lábio inferior, incerta. Desviou os olhos e observou a vizinha juntando as folhas em um montinho antes de conseguir encará-lo outra vez.

Khalicy não era de pisar em ovos, por isso Otto soube, assim que viu sua expressão cautelosa, que não ia gostar nadinha do que estava por vir.

— Você tá certo, também acho perigoso. Mas e se eu fosse no churrasco com... *outra pessoa*?

Otto estreitou os olhos, confuso. *Como assim, outra pessoa?*, pensou. Num primeiro momento, achou que a amiga estivesse tentando se livrar dele.

Então entendeu.
E desejou que tivesse sido a primeira opção.

Assunto inacabado

Apoiados no parapeito da janela, os cotovelos colados um no outro, Otto e Khalicy observaram Joana correr até o carro de Anderson, estacionado em frente ao portão. Ela se inclinou para dentro da janela dele e, mesmo no escuro, eles viram a silhueta dos dois se beijando.

As bochechas de Otto esquentaram. Era sempre constrangedor ver a mãe e o namorado demonstrando carinho. Embora ela cuidasse para que o garoto não visse, inevitavelmente deixava escapar um beijo aqui, uma carícia ali, ou a voz fininha e carinhosa que soava ridícula fora de contexto. Nessas ocasiões, ele gostava de fingir que fazia qualquer outra coisa, só para não precisar lidar com o clima esquisito.

Certa manhã, enquanto terminava de se aprontar para a escola, ouviu barulhinhos baixos e estalados de saliva sendo trocada quando chegou na lavanderia, para buscar os tênis, e descobriu que a mãe e o namorado estavam ao lado da máquina de lavar, tão entretidos que mal notaram sua presença. Otto ficou muito concentrado em pegar os sapatos e calçar, sem nem se dar conta de que eram pés de pares diferentes. Só percebeu na escola, quando Vinícius o atentou para o erro, rindo até ficar sem fôlego.

Joana deu a volta no carro e, antes de entrar, acenou para os dois. Anderson deu duas buzinadas rápidas e acenou também, bem-humorado. Otto e Khalicy retribuíram ao mesmo tempo, em um movimento sincronizado.

— Qualquer coisa, é só ligar. Pra mim ou pro Anderson!

Era a décima vez que ela dava as instruções, só aquela noite. Se ele levasse em consideração todas as vezes em que ela já havia passado a noite fora, o número chegava na casa dos cinco dígitos.

Desde que começou a namorar com Anderson, Joana reservava algumas noites do mês para dormir na casa dele, já que era ele quem sempre vinha. Naquelas ocasiões, o garoto costumava dormir na casa de Khalicy, logo ao lado. No entanto, conforme os anos passaram e de tanto ele insistir, ela acabou cedendo e permitiu que eles revezassem na casa de quem dormiriam. Além do mais, não era como se ficassem totalmente desamparados – Viviane estava a uma parede de distância; qualquer coisa de que precisassem, bastava recorrer a ela.

— Eu sei, mãe! Vamos dormir cedo, comer comida saudável e tentar não destruir a casa. Fica tranquila. Qualquer coisa a gente chama a tia Viviane.

A menção ao nome da vizinha funcionou. Era a cartada final de Otto e funcionava todas as vezes. Se fosse uma carta de Super Trunfo, a confiabilidade de Viviane possuía valor máximo e sempre tinha vantagem quando se tratava de sua mãe.

Rindo, Joana entrou no carro. Os faróis acenderam e o ronco do motor rasgou o silêncio. Khalicy e Otto ficaram acenando para o carro que sumia até que os únicos sons da rua fossem a voz ecoada de William Bonner dando boa noite em várias televisões e cachorros latindo a exaustão.

— Ufa. Achei que a tia não fosse embora nunca. Hoje demorou mais.

Otto abandonou a janela, deslizando pela cama até estar parcialmente deitado.

— Ela tá assim desde que fiquei de olho roxo. Voltou a agir como se eu tivesse dez anos.

— Tá mais pra verde agora... — brincou Khalicy, sentando-se ao lado do amigo. — E você devia agradecer por não ser filho da minha mãe. Ela teria me arrastado pro colégio no mesmo dia e armado o maior barraco, não importa o quanto eu implorasse.

Hulk entrou no quarto correndo, no encalço de uma bolinha barulhenta que o garoto ganhara em uma máquina no shopping. Escorregou no tapete embolado e patinou até trombar com a cama, soltando um miado indignado.

Rindo, Otto esticou os braços e a trouxe para cima, entre os dois.

— Não tenho a sua mãe, mas de brinde tenho o Anderson e você pra me encher. O que deve dar na mesma.

O rosto de Khalicy se iluminou e ele se arrependeu no mesmo instante pelo comentário. Soube exatamente o que estava por vir.

— Bem lembrado! Precisamos retomar um assunto inacabado.

— Fala sério, Khalicy! — Otto terminou de se esparramar, esmagando Hulk no processo. Agarrou o travesseiro e o usou para esconder o rosto. — Não aguento mais falar disso. Você pode ser agradável, só pra variar?

Sua voz soou abafada por trás do travesseiro.

A garota continuou a lançar um olhar ameaçador para a fronha estampada com escudos do Capitão América, que teria dizimado a coragem de Otto. Khalicy sabia se impor como ninguém e metia medo quando queria.

— Não adianta resmungar. Não vou desistir até você entender que tá desperdiçando a oportunidade da sua vida.

— Eu não vou no churrasco de jeito nenhum! Khalicy, você precisa entender... eu não iria nem que fosse meu último dia vivo, e a outra opção fosse ficar preso num quarto com fotos do Vinícius em todas as paredes.

Otto saiu de trás do esconderijo, com uma expressão incisiva que esperava que encerrasse o assunto. Os dois se entreolharam pelo que pareceu uma eternidade antes de ela se remexer na cama para ficar de frente para ele.

— Duvido que você escolheria o quarto!

A carranca de Otto foi substituída por um sorriso. Khalicy retribuiu, embora permanecesse de braços cruzados, sua postura padrão de atormentar o garoto.

— Olha, parece uma boa ideia, mas não é. Eu não posso fazer isso, é perigoso.

— *Como* pode ser perigoso usar o seu superpoder, Otto?! — perguntou, angustiada. — É pra isso que você tem, *pra usar*!

Otto soltou um suspiro. Encarou o teto do quarto para não precisar olhar para a cara da amiga. Um exército de insetos voava ao redor da luz, batendo fraquinho contra a lâmpada e provocando estalos baixos.

Ele não conseguia compreender por que era tão difícil ser levado a sério. Por que todos gostavam de agir como se os seus problemas pudessem ser resolvidos com um estalar de dedos? Como se ele gostasse de ficar sofrendo? De todas as pessoas do mundo, Otto era o mais interessado em acabar com o bullying de Vinícius e ter uma chance com Bruno. Queria ele que a solução dos seus problemas fosse mesmo tão simples quanto todos imaginavam.

— É injusto você ter isso e não usar! — Uma pontada de ciúme transpareceu na voz dela. — Eu daria tudo pra estar no seu lugar.

Tava demorando, pensou Otto.

Era sempre assim quando começavam a discutir sobre sua decisão de não usar o poder. Em algum momento, Khalicy deixava transparecer que faria um bom uso, que gostaria de inverter os papéis, que o odiava por não aproveitar. Ela dizia isso como ele tivesse escolha, como se ter aquele poder fosse uma decisão.

No começo, ele achava que era o choque da novidade e que ela se acostumaria com o passar do tempo. Que deixaria de perturbá-lo, quem sabe até esquecesse. Era o que ele gostaria de fazer – fingir que fora apenas um equívoco, um erro da Matrix, e seguir em frente.

No entanto, os anos passavam e a cobrança piorava cada vez mais. Se Otto desconfiasse que contar para a melhor amiga lhe traria tantos problemas, jamais teria cometido o equívoco.

Mas, no fundo, Otto sabia que jamais conseguiria ter seguido tanto tempo sem se abrir com ninguém. Precisava que outra pessoa visse o que ele podia fazer para ter certeza de que não enlouquecera, o que foi o seu primeiro palpite.

Aos doze anos, quando finalmente ganhou de presente de aniversário a tão sonhada otoplastia, para se livrar das orelhas de abano que o atormentaram durante toda a infância e pré-adolescência, o garoto nem sonhava com as duas grandes mudanças que viriam em seguida.

A primeira e mais óbvia foi passar despercebido, depois de anos ouvindo piadas e comentários de mau gosto sobre sua aparência. Por um tempo depois da plástica, Vinícius insistiu em lembrá-lo do apelido Dumbo, que, na opinião de Otto, não era muito original. Mas, conforme as semanas passavam, mais o sentido da *brincadeira* se perdia, e o tiro acabou saindo pela culatra: em vez de descontente, Otto se sentia bem toda vez que o inimigo o recordava que não podia mais pegar em seu pé por conta disso. Até que Vinícius foi obrigado a largar o osso e encontrar outras maneiras de perturbá-lo.

A segunda grande transformação foi menos abrupta. Sinais jogados que Otto uniu até perceber do que era capaz. O primeiro de todos aconteceu logo que recebeu alta, enquanto trocava os curativos das orelhas. Olhou rápido para o espelho e jurou ter visto os olhos, que deveriam ser azuis, castanhos escuros. Foi um lampejo, não durou mais que um segundo.

Noutra ocasião, acordou com cachos dourados como os de Vinícius. Soltou um berro ao mirar no espelho, considerando, por um momento, que fosse uma pegadinha do inimigo. O cabelo levou mais tempo que os olhos para voltar ao normal, e demandou muita concentração e energia de Otto.

Os sinais não paravam de surgir, inesperadamente. A altura oscilava, os dedos mudavam de formato, pintas sumiam e reapareciam em lugares diferentes. Até mesmo a voz acompanhava as transformações, apesar de nunca perder o timbre anasalado.

Levou pouco mais de dois meses para que ele se transformasse por completo. Esperou até que a mãe estivesse dormindo e, trancado no quarto com Hulk, se concentrou ao máximo, mentalizando cada detalhe que compunha sua melhor amiga, Khalicy.

Doeu. Uma dor tão profunda que parecia fazer parte de cada célula do seu corpo. Os ossos queimavam, a carne ardia, os órgãos se realocavam.

Otto precisou morder a língua para suprimir o grito de horror. Não conseguiu se firmar em pé enquanto as pernas encolhiam e os pés diminuíam de tamanho. Caiu de quatro, ofegante, sofrendo.

Então, assim como começou, a dor cessou em um piscar de olhos. Otto se levantou, trêmulo, e encarou o reflexo.

Quando viu Khalicy refletida no espelho, ficou em choque.

Caminhou, em passos vacilante, até o espelho. Era estranho estar em outro corpo. Estava acostumado a ter pernas maiores, então os pés se embolavam. O pijama, antes folgado e confortável, parecia ter encolhido. Apertava nos seios e quadris, o elástico pressionando a pele macia de um jeito incômodo conforme andava. A mão esticada para a frente, os dedos curtos da amiga em vez dos seus, ossudos e compridos. Tocou no reflexo, pensando em mil coisas ao mesmo tempo.

Sua primeira certeza foi a de que estava louco. Era uma alucinação. Não existia nenhuma explicação lógica para o fato de ter se transformado na garota que morava na casa ao lado. E Otto apreciava coisas lógicas. Lógica o confortava.

Ele estava decidido a contar para a mãe, na manhã seguinte, os episódios que vinha tendo desde a cirurgia. Quem sabe não fosse apenas uma reação adversa? Talvez ela o levasse ao médico, que abanaria a mão no ar e os acalmaria dizendo que todos passavam pelo mesmo processo depois da otoplastia, ele não precisava se preocupar.

Mas uma pulguinha atrás da orelha o fez hesitar em contar para a mãe assim tão cedo. Se fosse mesmo loucura, não doeria tanto. Otto tinha certeza que não imaginara as pontadas agudas na pele esticando, ou os estalos surdos vindos de dentro dele. Primeiro porque ele nem era assim

tão criativo, e depois porque duvidava muito que pudesse inventar uma dor daquele nível.

Ele passou horas acordado, tomando coragem para voltar a sua forma original. Enrolou uma toalha e a mordeu com força enquanto sentia que mãos gigantes e invisíveis o amassavam, como uma bolinha de papel, e depois o rasgavam em mil pedacinhos.

Nas semanas seguintes, rolou na cama para conseguir dormir quase todas as noites. Ensaiou diversos planos para se revelar à melhor amiga, Khalicy. Não fazia ideia de como abordar o assunto.

Não era como se estivesse saindo do armário para ela outra vez. Conhecia a garota bem o suficiente para saber que reviraria os olhos e depois cairia na gargalhada.

Também não fazia ideia de em quem deveria se transformar para passar credibilidade. Tampouco estava certo de que era uma boa ideia revelar sua nova descoberta. Contar tornaria tudo mais real, e ele não sabia se temia mais a ideia de estar louco ou a de não estar.

Como não conseguiu pensar em nada melhor, Otto preferiu aparecer transformado para tirar a prova. Em uma tarde, quando estavam sozinhos na casa dela, pediu para ir ao banheiro e, lá, virou a única pessoa que Khalicy não esperava ver na cidade: o pai dela. Na verdade, a versão dele eternizada na fotografia que a garota ainda mantinha sobre a escrivaninha, da última vez em que estivera na cidade.

Os pais de Khalicy, Viviane e Marcelo, se divorciaram quando a garota tinha meses de idade e, embora ele continuasse mantendo contato esporádico e lembrando de telefonar em todos os aniversários e natais, não mudava o fato de que eram desconhecidos um para o outro. A relação não podia ser mais mecânica e artificial, permanecendo apenas por insistência de Viviane, que considerava importante que mantivessem contato.

Marcelo morava em outro estado, onde constituíra uma nova família, para a qual dedicava toda a sua atenção. Khalicy nunca chegou a conhecer os irmãos, e não podia se importar menos com eles. Quando era mais nova, a falta do pai era uma presença constante em sua vida. Ela contava os meses para a visita anual dele, sempre em janeiro, quando ela estava de férias. Com o passar dos anos, a indiferença ganhou mais espaço entre pai e filha, até que ela admitisse para ele que não fazia questão de encontrá-lo. Quatro anos se passaram desde então, e Otto nunca mais viu a cara dele.

Otto encarou Marcelo no reflexo, sentindo uma onda de raiva. Não gostava do descaso dele com sua melhor amiga, e gostava menos ainda de sujeitá-la a isso. Mas era a única maneira de ter certeza.

— Que demora! — a ouviu resmungar do quarto. — Tá vivo?

— Tô indo! — respondeu, a voz mais grossa e rouca. — Você só precisa prometer que não vai surtar.

Khalicy desligou o som da televisão. Ele agarrou o trinco da porta, preparando-se para encarar a melhor amiga.

— Ih, Otto. Você entupiu o vaso de novo?!

— Quê? Não! — Encostou a testa na porta e fechou os olhos. — É outra coisa. Você vai ver.

— Já falei pra você não jogar papel higiênico no vaso. Minha mãe vai me matar — a voz dela se aproximava.

Ele ouviu os passos da melhor amiga no corredor e, antes que a coragem se dissipasse, abriu a porta de uma vez. O tempo caminhou em um ritmo diferente, e Otto se lembrou da cena do primeiro filme do Homem–Aranha do Tobey Maguire, quando Peter Parker via tudo em câmera lenta.

Khalicy deu um pulo para trás, como se tivesse acabado de ser atingida por um soco no estômago. A boca se escancarou, assim como os olhos, e a mão ficou parada no ar.

— Pai?! — perguntou, de voz esganiçada.

Eles permaneceram parados, um olhando para a cara do outro. Otto não saberia dizer qual dos dois estava mais assombrado. O aperto em seu peito foi tão doloroso quanto as transformações. Não restavam mais dúvidas sobre suas novas habilidades. Por alguma razão, isso o deixou arrasado.

— Khalicy...

— O que você tá fazendo aqui? — interrompeu ela. — A mãe tava sabendo dessa visita?

Otto coçou a testa, procurando explicar de uma forma que não soasse tão absurda.

— Sei que pareço o seu pai, mas... sou eu, o Otto.

— *Parece* o meu pai? Oi? É uma piada, né? — Ela olhou por cima do ombro, procurando algo pela casa. — E cadê o Otto? Por que você tá com as roupas dele?

— Merda, como vou fazer isso... — resmungou ele, andando de um lado para o outro.

Otto buscou na memória alguma informação ultrassecreta, que apenas os dois soubessem, mas se deu conta de que a vida deles estava tão entrelaçada uma na outra, e por tanto tempo, que não fazia a menor ideia do que era ou não segredo.

Khalicy se mostrava mais assustada a cada segundo. Ele precisava agir rápido, mas como? Como fazê-la acreditar em algo que ele mesmo não tinha certeza até minutos atrás?

Começava a se desesperar, até que teve uma lembrança de quando ainda estavam aprendendo a andar de bicicleta, juntos, e Otto se machucou feio. Tinham recém tirado as rodinhas de apoio e ele já se sentia muito confiante, então teve a brilhante ideia de descer a rua de declive acentuado em alta velocidade. Perdeu o equilíbrio e caiu direto no asfalto, ralando a canela direita. Como lembrança, ganhou uma cicatriz grande ali que, por alguma razão, Khalicy achava que lembrava uma trama xadrez. Era isso. Se ele mostrasse, se ela visse com os próprios olhos, assim talvez ficasse mais fácil de acreditar.

O garoto se agachou e enrolou a calça do uniforme até a altura do joelho, revelando uma perna muito peluda e bronzeada, que não estava acostumado a ver. A única coisa familiar era a marca grande, que evocava lembranças doloridas da enfermeira limpando o machucado ao longo de uma hora, lutando para tirar o seixo que grudara em sua carne.

Pelo que havia percebido, desde o dia em que se transformara em Khalicy, algumas de suas características permaneciam com ele, independente da forma que assumisse. Ainda que se transformasse em alguém com a visão perfeita, isso não mudava o fato de que ele era míope e precisava dos óculos. E, o que mais o intrigava, os machucados também o acompanhavam, independentemente do quanto alterasse sua forma física. Roxos, arranhões, casquinhas de feridas, cicatrizes – Otto suspeitava que tatuagens também, se tivesse alguma – permaneciam intactas em seus lugares. Ele continuava sendo o mesmo por dentro, de alguma forma.

Khalicy soltou um som engasgado e deu um passo para trás, o rosto pálido como uma folha de sulfite, parecendo prestes a desmaiar.

— Olha, a cicatriz xadrez. Fiz quando a gente tava aprendendo a andar de bicicleta sem rodinha, lembra? Fiquei histérico quando vi o sangue e achei que fosse morrer. — Deixou uma risadinha escapar. — Você me deu uma bronca, falou que eu ainda ia viver muito. Seu pai não sabe disso.

Mesmo de longe, Otto viu os olhos de Khalicy marejarem. Não parou para pensar no quanto isso devia ser chocante para alguém de fora até aquele momento. Deu um passo à frente, com as mãos erguidas.

— Vou voltar pro meu corpo. Só... aguenta firme. Tenta não desmaiar. É meio nojento.

A garota abriu a boca para perguntar o que ele queria dizer com "voltar para o meu corpo", mas não encontrou palavras quando o pai começou a mudar, bem diante dos seus olhos. O homem emagreceu, esticou, ficou mais jovem, os olhos mudaram para um azul intenso. Foi bem rápido – em um instante estava de frente para o homem que não via há anos e, no seguinte, para o seu melhor amigo e vizinho.

Um grito ficou preso em sua garganta, mas não conseguiu conter as lágrimas. Nem mesmo sabia por que estava chorando. Talvez fosse o susto, a incredulidade, ou apenas o fascínio de presenciar algo tão extraordinário.

Khalicy levou minutos para despertar do choque, depois correu para Otto e o abraçou com força, surpreendendo-o. A garota aceitou muito mais rápido do que ele próprio e, pelo resto do dia, o bombardeou de perguntas. Há quanto tempo sabia, como descobrira, quantas vezes usara as novas habilidades e o que pretendia fazer a partir de então. Otto não a via tão empolgada havia muito tempo e percebeu, com certo embaraço, que não compartilhava da mesma animação. Pelo contrário, sua única certeza era a de que deveria manter aquele segredo muito bem guardado.

E assim o fez desde então, contrariando todas as possibilidades que Khalicy enxergava, e não o deixava esquecer.

No meio da discussão, Khalicy continuava com uma expressão azeda para o amigo, o olhar de quem o achava a pessoa mais estúpida do planeta.

— Khalicy, você tá *se* ouvindo? — Ele tomou impulso para se sentar. Hulk pulou de susto com a movimentação repentina. — Eu nunca fiquei tanto tempo transformado! E se... sei lá, tem um prazo de validade? E no meio da festa eu volto a ser eu? Fora que não sabemos se existe mais gente no mundo assim. E se existir? E se tiver agentes da CIA me espionando agora mesmo, esperando? E se eu virar um objeto de estudo?

Otto não esperava expor os medos mais profundos relacionados ao poder, mas ficou aliviado em se livrar do peso excessivo que vinha carregando sozinho. Para Khalicy, era fácil ver somente a parte boa, não era ela que precisaria arcar com as consequências.

Ela nem mesmo imaginava o quanto doía virar outra pessoa. E ela era durona apenas com algumas coisas. A lembrança da amiga chorando por horas depois de chutar o dedinho na quina continuava fresca na memória de Otto, assim como Viviane perdendo a paciência e dizendo que Khalicy não havia quebrado o pé porcaria nenhuma. Se ela pudesse experimentar aquela dor uma única vez, ele tinha certeza que nunca mais tocaria no assunto.

Khalicy não se deixou abalar. Na verdade, pareceu ainda mais desgostosa com o rumo da conversa.

— Será que você consegue não ser tão medroso uma vez na vida?

— E será que você consegue cuidar da *sua* vida? Não lembro de ter pedido a sua opinião.

— Mas eu vou dar mesmo assim! É o que os amigos fazem, eles avisam quando o outro está agindo de um jeito burro! — Ela esticou a perna e chutou de leve a perna do amigo. — E não tem ninguém atrás de você, Otto. A CIA tem coisas mais importantes pra fazer do que vigiar um adolescente no Brasil.

Ele fechou a cara, ofendido. Não gostou do pouco caso que ela fez com uma das coisas que tirava seu sono.

— Aham. Exceto quando esse adolescente faz coisas que não são esperadas de um ser humano.

— Eles teriam vindo atrás de você há muito tempo.

Quanto àquilo, Otto não tinha objeções. Afinal, ele se transformara duas vezes no passado, em um curto intervalo de tempo.

Percebendo que, pela primeira vez em anos, Otto não se mostrava tão irredutível, Khalicy rastejou até ele e o segurou pelos braços.

— Não importa se existe mais gente assim.

— Não importa pra você! Eu me sinto uma aberração.

Ela respirou fundo. Às vezes, tinha uma vontade irrefreável de bater na cabeça de Otto até que ele compreendesse o que para ela era óbvio.

— Otto, olha só para o que você consegue fazer. É foda, e é só seu. É sério que você prefere passar a vida sem fazer nada por medo?

Ele abaixou a cabeça, dividido entre raiva e mágoa. Hulk saiu em defesa do garoto e se aninhou em seu colo, ronronando. Sentindo uma onda de afeição enorme pela gata cinzenta e muito gorda, ele enterrou a mão em seus pelos e deixou que o ronronado o tranquilizasse.

— E tá, não tem como saber quanto tempo as transformações duram, não sabemos quase nada. Mas ainda tem tempo até o churrasco! Até lá, você pode ir testando o seu poder. — Khalicy juntou as mãos em frente ao rosto, fitando-o com intensidade. — Você tem um *poder*! E fica aguentando tudo o que o Vinícius faz. Não dá pra acreditar.

Otto engoliu a vontade de mandar a amiga embora para casa, temendo que a mãe nunca mais relaxasse se descobrisse.

— Você acha que eu *gosto*?! Qual é, todo mundo joga na minha cara essas coisas como se eu não soubesse. *Olha, Otto, tem um roxo no seu olho.* Eu sei! Eu *senti* quando foi feito!

— Tá, mas...

— Você queria que eu fizesse o quê? — interrompeu. — Como que virar outra pessoa pode me ajudar? Porque se for pra passar despercebido, eu tô bem lá no meu esconderijo.

Os dois ficaram em silêncio, trocando olhares feios.

Otto se remexeu na cama, com todo o cuidado para não espantar Hulk, e desejou que a amiga fosse embora. Estava com raiva. Talvez ela estivesse mesmo certa, e talvez ele desperdiçasse sua única qualidade. Ainda assim, ela não precisava ser cruel. Khalicy tinha uma porção de inseguranças envolvendo o corpo fora do padrão, pensamentos destrutivos sobre si mesma que ele não entendia e tampouco concordava, mas respeitava seus sentimentos, suas incertezas.

Pegou o celular da escrivaninha, como pretexto para se manter distante, e abriu o iFood. A mãe deixara o dinheiro para o jantar, e só de raiva ele decidiu escolher algum prato que a amiga não gostasse.

— Desculpa. Peguei pesado, né?

— Você sempre pega — resmungou, passando pela lista de restaurantes sem prestar atenção. — Eu não sou idiota, tá? Tem coisas que você não entende.

— Eu sei. Desculpa. Só queria que você experimentasse antes de desistir. Pode te ajudar com o lance do Bruno.

Ela cutucava um amontoado de lençóis e cobertas com o dedo, evitando o rosto dele. Khalicy o tirava do sério vinte e quatro horas por dia, mas era também a única pessoa com quem ele podia se abrir e ser quem era sem medo.

Otto abraçou o joelho, esquecendo do iFood, embora a barriga começasse a protestar de fome.

— Como assim?

— Você gosta dele desde o quinto ano... e se pudesse ter uma chance de verdade?

— Como *assim*? — repetiu, dando mais ênfase.

Khalicy cutucou a cutícula com bastante interesse, entortando a boca para a direita em uma careta pensativa.

— É que mesmo sem o Vinícius perto, ele continua atrapalhando. Tipo no dia da consulta, ficou o maior climão quando o Bruno falou dele. Mas se você fosse outra pessoa... sei lá, um menino forte que metesse medo no Vinícius... Ele não teria motivo pra te odiar.

Ele apoiou a testa no joelho, fechando os olhos.

— Ele *não tem* motivo pra me odiar.

— Eu sei! Só tô dizendo. — Khalicy ergueu as mãos no ar, tentando tranquilizá-lo. — Você teria uma chance de conhecer o Bruno e conversar com ele de boa, igual no consultório. Sem ninguém atrapalhando.

O coração de Otto se comprimiu, como se alguém o tivesse apertado entre as duas mãos com força. Por uma fração de segundo, ele considerou a possibilidade, se agarrou a ela. Imaginou um dia inteiro na companhia de Bruno, sem preocupações.

Mas então, tão rápido como veio, a alegria se foi. Ele percebeu o que aquilo significava. Seus olhos marejaram quando ele olhou para ela, sério.

— Mas daí não seria eu.

— Claro que sim! Por dentro é você, continua tudo igual. É isso que importa.

Otto deu um sorriso triste.

— Então pra que virar outra pessoa?

Tudo tem a primeira vez

Otto era, até onde sabia, a única pessoa *no mundo inteiro* que tinha algo a mais. Um bônus. Uma carta coringa. O garoto tinha um maldito superpoder! Ele podia virar quem quisesse, danem-se os problemas. A vida de Khalicy seria infinitamente melhor se ela pudesse virar qualquer pessoa que quisesse.

Com um suspiro alto, a garota se deixou desmanchar na cama, lançando um olhar feio na direção dele.

— Esquece o churrasco, então. Otto, você *precisa* usar esse poder!
— Por quê?
— Porque sim! — praticamente berrou. — É tipo você ser milionário e andar com um prego no chinelo, com medo de usar o dinheiro!

As palavras de Khalicy rodopiaram no quarto, entre os pôsteres de super-heróis que os observavam. Ficaram se encarando, sérios. Otto se remexeu na cama, querendo manter uma careta ameaçadora, mas fracassou, deixando escapar uma risadinha tímida, que logo se transformou em uma gargalhada. Logo, os dois riram, embolados juntos na cama, até perderem o fôlego.

— Idiota — gemeu Otto, com dificuldade para respirar.

Ela limpou uma lágrima com os dedos.

— Aham, eu. Pelo menos não uso chinelo com prego.

Otto endireitou os óculos no nariz, pensando a respeito. Será que era mesmo tão burro por nunca ter aproveitado suas habilidades?

Nos filmes de super-heróis que contavam histórias de origem, os protagonistas nunca ignoravam os poderes. Nunca deixavam de lado um misterioso raio de visão que surgira do nada, ou o fato de que conseguiam ler mentes. Pelo contrário, encaravam a missão de descobrir e explorar ao máximo o novo poder.

Mordiscando as peles soltas do lábio, Otto ergueu o olhar para a melhor amiga.

— Tá. Digamos que eu decida usar a metamorfose...

Khalicy arregalou os olhos, encorajando-o.

— Hipoteticamente, claro — acrescentou.

— Claro — repetiu ela, sem conter o sorrisinho vitorioso.

— Mas eu nunca usei de verdade antes. Tipo, teve aquela vez na sua casa. E uma antes. Não fiquei nem meia hora transformado e isso já faz um tempão. Percebe o tanto de merda que pode acontecer?

— Minha mãe diz que tudo tem sua primeira vez. Você só vai descobrir tentando. — Khalicy enrolou a mecha de cabelo amarelo ovo no dedo. — Quando a gente perdeu o BV foi horrível, né?

Otto engasgou, perplexo.

Eles nunca, jamais, em hipótese alguma tocavam naquele assunto. Ainda mais para dizer que foi horrível.

— Não por ser a gente! — ela se adiantou em explicar, ao perceber a reação do amigo. — Mas eu não sabia o que fazer com a língua. E tinha muita baba.

— Obrigado. — Ele revirou os olhos, dando uma travesseirada nela. — Isso melhora muito as coisas.

Khalicy riu, devolvendo o golpe direto no rosto do garoto.

— Depois melhorou, né? Meus outros beijos foram bons.

O rosto dele ficou tão quente que Otto poderia fritar um ovo na bochecha. Encarou uma casquinha de machucado na canela e se concentrou em arrancá-la. Ele não tivera tantas experiências quanto gostaria desde que beijara Khalicy. A cidade era pequena, afinal de contas, e sem muitos atrativos para adolescentes. Além disso, por mais interessante que um garoto fosse, ele não era Bruno. E isso mudava tudo.

Ao longo dos anos, Otto beijara apenas três garotos. O primeiro fora no cinema, em uma sessão de *Com amor, Simon*. Levou quase o filme todo para Otto juntar coragem de se virar e encarar o outro, mas tampouco conseguiu aproveitar o filme. Foram horas de tensão e de movimentos calculados no assento, até que, na última meia hora, engoliu em seco, decidido a fazer valer. Saiu de lá com os lábios formigando e se sentindo tão leve que poderia flutuar a qualquer instante. Otto não conseguiu dormir aquela noite – ficou encarando o teto, a respiração pesada enquanto lembrava de todas as sensações, tão diferente de como fora a primeira vez com Khalicy.

Depois disso, teve um beijo no shopping com um garoto que estava de passagem pela cidade, visitando os avós, seguido por horas dançando no Dance Dance Revolution e trombando um no outro, constrangidos. O último fora no estacionamento de uma farmácia, com o filho do dono, que tinha barba por fazer apesar da idade próxima, e sempre o atendia quando ia comprar remédios de enxaqueca para a mãe. Otto até gostaria de ter repetido a dose com ele, a sensação de barba pinicando sua pele era para lá de boa, mas descobriu, em uma minuciosa pesquisa no Facebook e Instagram, que ele era comprometido com uma garota.

Por isso, embora entendesse o argumento de Khalicy, não era como se já tivesse provado o suficiente para ter opinião própria.

— A-acho que sim.

— O que quero dizer é que você não vai saber se não testar. Precisa começar de algum lugar. — Ela estalou o dedo no ar de repente, empertigando-se. Otto teve a sensação de ver um leve tremor na pálpebra da amiga e sentiu medo do que quer que tivesse passado por sua mente. — Meu Deus, já sei! Por que você não vira um adulto e consegue bebida pra gente?

— Um... adulto?

— É! Mas tem que ser com cara de velho, tipo uns trinta ou quarenta. Pra não correr o risco de pedirem identidade.

O coração de Otto acelerou. Enterrando a cabeça entre os joelhos, ele pensou em todos os prós e contras de seguir o conselho de Khalicy. Não entendia de onde vinha o medo paralisante de se transformar, mas começava a ser consumido por ele. Percebendo que o perdia, ela agarrou seu antebraço com firmeza.

— Só hoje. Se der merda eu nunca mais falo disso, prometo.

Ele ergueu o rosto o suficiente para encará-la.

— Nunca mais mesmo? Tipo, pra sempre?

— Dou a minha palavra.

— O que não significa muita coisa — resmungou Otto.

Khalicy riu com prazer, mostrando o dedo do meio para o amigo.

— Mas acho que você tá certa — disse ele, por fim. — Preciso descobrir o que mais sei fazer.

Com um movimento dramático, a garota se levantou da cama em um pulo e se jogou de joelhos no tapete, os braços abertos para cima.

— Puta merda, é um milagre! Nem acredito que esse dia chegou. O mundo vai acabar.

Ele quis fazer pouco caso da comemoração dela, mas um sorrisinho o traiu. A empolgação de Khalicy o contaminou, aliviando um pouco do pânico. Decidiu não pensar em tudo o que podia dar errado. Não pensaria *em nada*, para ser mais preciso. Seguiria o curso das coisas e deixaria para lidar com as consequências depois.

Otto parou em frente ao espelho, a boca seca como se tivesse acabado de comer areia. Fazia três anos desde que se transformara em Khalicy, ali mesmo. E também três anos que o fizera pela última vez. Havia passado tanto tempo se convencendo de que o certo era se manter escondido, que na maioria do tempo até mesmo chegava a esquecer o que podia fazer. Mas ali estava ele, prestes a mudar tudo.

Otto cerrou as mãos, as unhas cravando nas palmas. Então, antes que acabasse mudando de ideia, se concentrou na imagem que se formava em sua mente. Fechou os olhos, preparando-se para a dor. O peito se comprimiu de nervosismo.

Um gemido engasgado rasgou o silêncio do quarto. Otto prendeu a respiração, enquanto a dor se espalhava por todo o seu corpo. Retesou os músculos e espremeu as pálpebras com força. Mal tinha terminado a transformação e já se sentia arrependido. Havia subestimado a tortura que era ter seu corpo esticado e amassado. Três anos era um intervalo grande o bastante para que a memória se esvanecesse, mas ele nunca mais cometeria o equívoco. Lembraria, dia após dia, que a transformação tinha um preço alto demais.

Mas então, enquanto ele amaldiçoava Khalicy com os dentes cerrados, a dor se foi em um estalar de dedos. Passou como se nunca tivesse existido. Otto voltou a se sentir bem e, com um suspiro aliviado, abriu os olhos devagar.

Anderson o encarava de volta. Otto soltou um assovio baixo, encantado com tantos músculos e como era a sensação de ser tão sólido. Arriscou um passo e então dois, acostumando-se com o casco que habitava.

Khalicy tinha os lábios entreabertos, uma soma de maravilhada e assombrada com o que acabara de ver. Pelo jeito, a amiga devia ter subestimado a lembrança, também. Otto sempre fechava os olhos para não ser seduzido pela ideia de espiar. Não queria ter pesadelos.

— Então ser o Anderson é assim — murmurou, a voz soando como um trovão muito grave.

Otto abriu e fechou as mãos imensas e deu uma voltinha na frente do espelho. O pijama se esticara até quase romper. O elástico da manga apertava seus bíceps e a calça marcava de maneira perturbadora certas partes do padrasto.

— Ahn... a-acho que não foi uma boa ideia — disse, com o sangue gelando enquanto olhava para baixo.

Khalicy despertou do transe e balançou a cabeça de leve, se lembrando de fechar a boca.

— Preciso discordar — respondeu, de bochechas coradas. — Foi a sua melhor ideia.

— Khalicy! Ele namora a minha mãe! É... estranho.

Ela abanou a mão, sem se deixar abalar.

— Você só vai pegar ele emprestado pra gente ir até o mercado. Aliás — ela olhou para a tela do celular —, precisa ser rápido. Fecha em dez minutos.

Otto uniu as sobrancelhas, pensando no furo do plano pela primeira vez.

— Tá, mas... como exatamente você espera chegar lá? Andando?

— Que tal um Uber?

— Só tenho dinheiro pra pagar a comida. Acho até que a gente devia comer primeiro, depois podemos ir no posto, que fica aberto a noite toda. Tô com fome — disse Otto, e esfregou a barriga com as duas mãos, fazendo beicinho.

Khalicy caiu na gargalhada, jogando o corpo para trás e abraçando os próprios joelhos. Ele ergueu as mãos no ar, confuso.

— Nunca imaginei ver o Anderson tão soltinho.

Com um sorrisinho surgindo, Otto se encarou no espelho outra vez. Era estranho olhar para a imagem do padrasto e saber que não era ele ali. Que, na verdade, o padrasto estava a quilômetros de distância, com a mãe, possivelmente fazendo coisas em que Otto não queria pensar de jeito nenhum. De forma espontânea, rebolou os quadris sem muito molejo, arrancando mais risadas de Khalicy. Tentou imitar o *moonwalk*, de Michael Jackson, mas o máximo que conseguiu foi parecer que estava tendo uma espécie de derrame e, ao mesmo tempo, apertado para ir ao banheiro.

Até que era divertido, ele precisava confessar. Anderson era todo sólido, andava duro e, quando não se tratava de dar sermões no garoto, era um homem de poucas palavras. Ver o namorado da mãe no pijama dos Vingadores, com as mãos repousadas no quadril e o peso do corpo todo jogado em uma perna, era para lá de surpreendente.

— Como é? — Khalicy o indicou com o queixo.

— Aqui dentro?

Ela confirmou com a cabeça.

— A mesma coisa, acho — respondeu Otto. — Se fico parado nem percebo. Mas quando me mexo é diferente... o tamanho, os pesos.

— E como é se ouvir diferente?

— Lembra quando a gente brincou com gás hélio? E parecia que estávamos dentro de *Alvin e os Esquilos*?

Ela sorriu com a lembrança, assentindo.

Os dois haviam comprado uma bexiga de gás hélio no shopping nas férias de julho do ano anterior, e passaram horas sugando o gás para se ouvirem com a voz afinada. Otto teve a ideia de abrirem a apostila da escola e lerem os enunciados de matemática. Riram tanto que o garoto voltou para casa com a barriga e a garganta doloridas.

— Fala alguma coisa que ele diria.

Otto umedeceu os lábios e endireitou a postura, aceitando o desafio.

— Você precisa impor respeito. Sua postura é uma mensagem clara ao mundo, Khalicy. Que mensagem você quer passar?

O rosto dela se iluminou enquanto ria. Otto foi contagiado pela alegria da amiga e percebeu que havia muito tempo que não se sentia tão bem assim. O olhar dela deslizou pelo seu corpo em um movimento rápido e ele sentiu o rosto esquentar ao perceber para onde mirava.

— Para de olhar aí! Desde quando você é tão depravada?

— Desde que você virou o namorado gostoso da sua mãe e está vestindo uma roupa três números menores.

Otto abriu a boca para responder, mas teve um estalo repentino.

— É isso! Minha mãe!

— O que tem a tia?

— Foi com o Anderson. O carro dela tá aqui. E adivinha quem sabe dirigir?

Ele apontou para si mesmo, caso ainda não tivesse ficado claro. Khalicy se dividiu entre empolgação e descrença.

— Dizer que sabe dirigir já é forçar a barra, né?

O sorriso de Otto sumiu. Ele revirou os olhos.

— Você tá com inveja! Só porque sua mãe não é legal igual a minha.

Desde que o garoto completara quinze anos, Joana vinha dando aulas de direção em suas folgas. Dizia que ter aprendido cedo foi essencial para que ela ganhasse confiança e, conhecendo Otto como conhecia, sabia que confiança não era muito bem o forte dele.

As primeiras foram desastrosas. Otto demorou muito mais do que gostaria de admitir para aprender a soltar o pé da embreagem com suavidade, ao mesmo tempo em que pisava no acelerador, sem deixar o carro morrer com um solavanco. Mas precisava admitir que, depois de conseguir, sua empolgação aumentou em duzentos por cento. Ele amava o vislumbre da vida adulta que sentia atrás do volante e quase não ligava para os olhares aterrorizados que a mãe lhe lançava vez ou outra.

— Um pouco, sim. Mas tô falando sério, você nunca dirigiu pra valer. Na vida real, com carros em volta e tudo mais. Será que... é uma boa ideia?

Talvez em outra ocasião nem tivesse considerado, mas aquela não era uma noite comum. Era uma noite de tomar riscos. Se tudo desse errado, ele tinha o consolo de saber que nunca mais ousaria colocar o poder para jogo. Então precisava valer a pena.

— Nem tem ninguém na rua a essa hora. É só acelerar, frear, respeitar o sinal vermelho, essas coisas... — Otto falou, soando propositalmente entediado. — O que pode dar errado?

Khalicy enrubesceu, desviando o olhar dele.

— E era *você* que tava dizendo que *eu* sou medroso! — insistiu.

— Tem certeza que você dá conta? E se você errar e pisar no acelerador sem querer? E se a gente capotar o carro?

Otto deu risada, achando que se tratava de uma piada. Quando percebeu que a amiga falava sério, deixou a risada morrer e ergueu as mãos no ar, em rendição.

— Cara, eu sei que você me dá pouco crédito, mas aí já é demais.

— Minha tia capotou uma vez, na rua de casa. E ela já dirigia há um tempão!

— Ninguém vai capotar o carro! — disse Otto, encerrando o assunto. — O posto é aqui perto. O máximo que vai acontecer é eu deixar o motor morrer. Confia em mim.

Sob o olhar desconfiado de Khalicy, ele se esticou para pegar o celular esquecido sobre a cama e reabriu o iFood.

★★★

Otto observou os olhos de Anderson pelo espelho do retrovisor. Ao seu lado, Khalicy prendia o cinto de segurança com uma calma calculada, certificando-se, no mínimo três vezes, de que estava bem preso.

— Esse carro tem airbag? — perguntou, toda séria, olhando para o amigo.

— Vou mostrar o airbag no seu c...

— Calma! — pediu, rindo. — É brincadeira!

Otto segurou o volante com as duas mãos e a sensação foi bem diferente do que se lembrava. As mãos de Anderson eram grandalhonas e os dedos davam dois dos seus.

Dentro do carro, sentindo o cheiro suave do couro dos bancos misturado ao aromatizador de laranja e canela que a mãe amava, Otto não se sentia tão corajoso quanto antes. Sem contar que, depois de se empanturrarem com o melhor cachorrão da cidade, cheio de purê de batata e muito bacon, como Otto amava, tudo o que o garoto queria era se largar no sofá e assistir a algum filme com a amiga.

Era legal se transformar em Anderson, ele admitia, mas estar em outro corpo depois de tanto tempo começava a irritá-lo, como uma roupa justa demais, ou um calçado que aperta no calo. Otto se sentia semelhante a quando passava tempo demais na casa da amiga: não importava o quanto ela e a mãe tentassem agradá-lo, era impossível se sentir tão à vontade como em sua própria casa, onde cada cômodo era familiar e confortável.

Khalicy se remexeu no banco, erguendo os quadris para tatear o bolso dos shorts. Dele, tirou várias notas amassadas e as esticou no painel. Viviane vivia brincando que o dinheiro da filha era de bêbado, sempre guardado de qualquer jeito e, muitas vezes, esquecido em peças de roupas. Vira e mexe a garota era surpreendida ao enfiar as mãos nos bolsos e descobrir notas de cinco ou dez reais.

— Temos trinta e três reais e... — O barulhinho suave de metal colidindo ocupou o carro. — Setenta e cinco centavos. Deve dar pra comprar alguma coisa, né?

Otto deu de ombros.

— Vamos descobrir.

Então, antes que pudesse mudar de ideia, abriu o portão com o controle e encarou o volante, relembrando tudo o que a mãe ensinara.

Verificou se o carro estava em ponto morto, girou a chave na ignição em câmera lenta. O carro ganhou vida com um ronco suave. Otto sentiu um tremor leve nos pés e respirou fundo, lamentando que precisasse sair da garagem de ré. Isso dificultava muito.

Pisou na embreagem, soltou o freio de mão, engatou a marcha no R e engoliu em seco, soltando o pé da embreagem devagar. Como o carro não se mexeu, apertou o acelerador, como lembrava de a mãe tê-lo ensinado. Mas talvez tivesse sido com mais força do que o necessário, pois o carro deu um solavanco brusco para trás.

Khalicy arquejou, espalmando o peito com as duas mãos. Lançando um olhar feio para a amiga, Otto recomeçou o processo de soltar um pé enquanto pisava com o outro, tudo isso enquanto girava o volante cuidadosamente, deixando o carro paralelo à rua. O garoto não conseguia *compreender* como a humanidade tinha evoluído a ponto de mandar seres humanos para o espaço, mas não o suficiente para inventar um método de dirigir que fosse menos complicado.

Levou o triplo de tempo que sua mãe para conseguir sair por completo da garagem. Se continuassem nesse ritmo, talvez dessem a sorte de voltarem com as bebidas antes do amanhecer.

— Você vai saber colocar ele ali depois? — perguntou Khalicy, quando começaram a se afastar da casa verde musgo.

— Só Deus sabe. Mas preciso tentar, ou ela vai saber que usei o carro.

Khalicy assentiu, sem dizer nada, mas sua expressão gritava que ela duvidava muito de que Otto conseguisse enfiar o carro na garagem sem causar danos graves. Ele preferiu ignorar a descrença dela e focar na curva que precisava fazer. Teve a leve desconfiança de que invadira a contramão, coisa que fazia a mãe pegar bastante no seu pé durante as aulas de direção, mas não se deixou abalar. O professor de química não dizia sempre que era errando que se aprendia?

Na rua em que entraram, foram recebidos por uma buzinada prolongada que o fez cerrar os dentes. O motorista enfiou a cabeça para fora da janela ao passar por eles e seu berro ficou congelado na noite silenciosa:

— O FAROL, ARROMBADO!

Em pânico, Otto ligou o farol com um tapa, prestes a vomitar o coração. Seus joelhos tremiam tanto que era difícil pisar nos pedais.

No calor do momento, enquanto estavam em seu quarto e tinha acabado de se transformar, subestimou a decisão de usar o carro da mãe. Só então lhe ocorria a quantidade de problemas em que poderia se meter. Khalicy tinha toda razão. A mãe o ensinara a dirigir, mas Otto não tinha o menor conhecimento sobre as leis de trânsito ou do que mais deveria fazer além de intercalar entre embreagem, acelerador e freio.

Talvez capotar o carro não fosse tão difícil assim.

O velocímetro marcava trinta quilômetros por hora. Otto se perguntou se não conseguia fazer isso com a bicicleta e ponderou a possibilidade de dirigir de volta para casa e irem pedalando.

Foi impedido pelo orgulho. O olhar de descrença de Khalicy até podia ser justificável – afinal, não haviam tido um começo muito animador –, mas o garoto se sentiu pessoalmente atacado pelas sobrancelhas vincadas da amiga. Todo mundo sempre o dava tão pouco crédito, ninguém botava fé em suas capacidades.

Com uma nova injeção de ânimo, agarrou o câmbio e trocou para a quarta.

— Você precisa sentir o carro, Otto — sua mãe dissera, em mais de uma ocasião. — Ele mostra o que precisa. Olha como estamos forçando o motor. Você precisa subir a marcha.

Ele ainda não entendia muito bem o conceito de marchas, muito menos o que o carro queria mostrar, mas passou a associar o ronco alto e a sensação de que as rodas do carro estavam enroscadas à necessidade de passar para a próxima marcha.

— Viu só como vai mais fácil? — a mãe dizia então, em tom de elogio.

Não foi o que aconteceu aquela noite, no entanto, enquanto subiam uma rua íngreme. O carro parecia cada vez mais pesado e lento, ao passo em que Otto ficava mais desestabilizado a cada segundo.

Pisou até o fim no acelerador, com o resquício de dignidade que ainda possuía, mas o velocímetro perdia cada vez mais velocidade... até que o carro morreu com um ruído vergonhoso.

Um silêncio pesado pairou entre os dois, mas Otto não ousou olhar para a amiga. Os olhos ardiam e ele precisou de muita concentração para não cair no choro feito um bebê.

— Tá tudo sob controle — resmungou, ainda evitando virar o rosto na direção dela. — Isso acontece o tempo todo comigo.

Khalicy fez um som baixo de engasgo, mas teve o bom senso de não dizer nada.

Depois de três tentativas fracassadas de ligar o carro sem morrer, Otto conseguiu seguir o caminho. Uma fina camada de suor cintilava na pele de Anderson, e o garoto amaldiçoou o momento em que resolvera dar ouvidos à amiga.

No fundo sempre soubera que seus poderes não eram uma benção, como ela gostava de acreditar, mas sim uma armadilha. Se as coisas já davam errado na vida de maneira espontânea, imagina com ele dando uma mãozinha.

Passou o restante do percurso inventando uma justificativa mirabolante para o caso de capotarem o carro e ele ter que explicar para a mãe por que estava dirigindo, para começo de conversa. Mas nenhuma desculpa parecia boa o suficiente, ainda mais levando em consideração que a mãe de

Khalicy morava a um muro de distância. Quem sabe ele pudesse fingir que estava possuído. Até mesmo encarar um exorcista parecia melhor do que sua mãe com raiva.

Quando a fachada iluminada do posto surgiu em seu campo de visão, Otto não conteve um suspiro de alívio. Tinham chegado intactos. Com um pouco de humilhação, é claro, mas ainda assim inteiros.

Com uma entrada atrapalhada, estacionaram em duas vagas e desceram em silêncio. Otto havia trocado de roupas e escolhido suas peças mais folgadas, mas ainda assim eram justas demais para Anderson. Sem contar no chinelo, que deixava metade do calcanhar do padrasto para fora.

— Não faz essa cara! — resmungou Khalicy, entredentes.

— Que cara?

— De assustado. Assim vai dar na cara que tem alguma coisa errada.

Ele olhou para os dois lados, perplexo.

— Acho que ninguém vai adivinhar o que tá acontecendo aqui, Khalicy. Nem se a gente der todos os sinais do mundo.

Ela fez cara de impaciente.

— Só que você parece um armário, é velho, tá com uma garota de quatorze anos, de madrugada, e com cara de quem vai aprontar. Que ideia acha que vai passar?

Otto uniu as sobrancelhas, um filme passando diante dos seus olhos.

Khalicy quase podia ver a fumacinha saindo pelos ouvidos do amigo nos segundos que levaram até ele abrir a boca, em choque.

— Melhor você ficar no carro.

— Tá, mas suaviza a expressão. Ou... sei lá, faz cara de puto.

— Assim?

Otto contorceu a cara inteira, numa demonstração da ideia que fazia de parecer um cara mau.

— Parece dor de barriga. Tenta assim: você tá com muita sede. Passou o dia sem beber nada, no sol escaldante, e só uma garrafa de vodka pode te salvar.

Ele caiu na risada, revirando os olhos.

— Não funciona assim. Você nunca viu ninguém de ressaca? Minha mãe bebe o galão inteiro de água.

Otto abriu a mão no ar, e Khalicy colocou o dinheiro amassado com o maior cuidado.

— Use com sabedoria.

— Já venho.

Pisando firme em direção à loja de conveniência, Otto ouviu a porta do carro abrir e fechar. Não se lembrava de ter sentido tamanho nervosismo na vida. O estômago revirava com tanta ferocidade que o garoto começou a temer que um acidente nada agradável pudesse acontecer. Apertou o passo, então, querendo fugir dali o mais rápido possível.

Uma campainha baixa soou ao atravessar a porta. Ao contrário do que esperava, ninguém olhou em sua direção. Um casal comia em uma das mesinhas, distraídos com a televisão, enquanto uma fila de cinco pessoas aguardava a atendente com cara de entediada. Além dele, um grupo de amigos perambulava pelos corredores, enchendo uma cesta com salgadinhos, chocolates e refrigerante.

Otto se sentiu um impostor, como em um desses filmes que duas crianças fingem ser um adulto usando capa. Ele tinha a sensação terrível de que a qualquer momento alguém perceberia o seu disfarce e, em sua imaginação, uma sucessão de catástrofes viriam na sequência.

Parou em frente ao freezer de bebidas alcóolicas e estremeceu. Nunca tinha se dado conta, até aquele momento, de quantos tipos e sabores diferentes de bebida existiam. Nem sabia muito bem para que servia cada uma, ou que gosto deveriam ter. Otto tinha uma teoria de que os adultos gostavam de complicar as coisas, e teve certeza disso enquanto tentava decidir o que levar. Por que tanta variedade? O propósito não era só ficar bêbado?

Passou o olhar pelos rótulos com calma. Rum, vodka, cerveja, vinho, cachaça, gin, licor, uísque, tequila... algumas bebidas custavam mais que o dobro do dinheiro que tinham para gastar. Seus olhos foram fisgados para uma fileira de garrafinhas redondas, na prateleira mais baixa, que lembravam pequenos barris de plástico, chamadas Corote. As bebidas eram coloridas e chamativas, mas o que realmente fez Otto se decidir foram os preços. Quatro reais cada uma, e vinha meio litro! Ele duvidava que precisassem de muitas.

Demorou mais do que gostaria decidindo os sabores, e no fim acabou se deixando levar pelas cores. Imaginou Khalicy se remexendo com impaciência no carro até não aguentar mais esperar e ir atrás dele. Era melhor se apressar.

Otto pegou uma garrafinha rosa com cor de produto de limpeza, uma verde radioativa e uma azul canetinha. Com as três em mãos, foi para o final da fila do caixa, se remexendo de nervosismo.

Tentou fazer cara de quem estava para lá de acostumado com o ritual de comprar bebida no posto, mas suspeitava que os olhos esbugalhados passassem a mensagem oposta.

— Próximo — chamou a caixa, em meio a um bocejo.

Otto despejou as bebidas no balcão e engoliu em seco. A atendente examinou as garrafas com um brilho divertido no olhar. Ele cerrou os punhos, a um passo de desmaiar. *É agora, ela vai chamar a polícia.*

— Corajoso, hein? — disse, sorrindo, enquanto abria uma sacola.

Corajoso? Será que fizera uma escolha errada? Pessoas normais não escolhiam três corotes coloridos para beber no meio da semana?

Ele se limitou a sorrir, temendo que falar só piorasse tudo.

— Algo mais?

— N-não. Quer dizer... precisa da identidade?

Otto fechou os olhos, arrependido.

Por que precisava abrir a boca? E se ela quisesse a identidade? O que faria?

Mas a atendente explodiu em uma risada anticlimática, seguida por uma piscadela. Ele não sabia se aguentaria muito mais. O estômago chacoalhava mais do que a antiga máquina de lavar centrifugando, quando a mãe precisava sentar para impedir que saísse pulando pela casa.

— Ah, tá! Deu doze reais. Dinheiro ou cartão?

— Di-dinheiro — respondeu, soltando tudo o que tinha sobre o balcão.

Foi por muito pouco

Otto praticamente correu para fora da loja de conveniência, as bebidas balançando na sacola, e a euforia começando a se espalhar pela corrente sanguínea. Tinham conseguido! Não só chegaram intactos, mas estavam voltando com álcool. Quantas pessoas da sua idade conseguiam bebida tão fácil?

Khalicy não parava de rir enquanto ele dava ré, com o rosto formigando de adrenalina.

— Não acredito que você perguntou da identidade. A gente falou disso em casa! — disse ela, ofegante. — Não esquece o farol.

— Eita, verdade. — Otto subiu a haste até o final e viu o reflexo das luzes no asfalto. — Mas é sério, queria ver você lá tentando parecer natural. Dá muito nervoso.

Khalicy virou no banco, com as pernas cruzadas. A expressão muito diferente de quando estavam vindo. Ela estava tão feliz quanto no dia em que a mãe finalmente deixou que pintasse as mechas amarelas.

— E aí, como você está se sentindo?

— Bem pra caralho!

Otto abriu um sorriso que ia de orelha a orelha. Mas o sorriso se desmanchou poucos segundos depois, quando um carro passou por eles buzinando. O garoto mal teve tempo de entender o que fizera de errado e o carro morreu. De novo. No meio da avenida.

Com os joelhos fracos, ele tentou não se abalar. Girou a chave, colocou na primeira e fez o ritual que a mãe o ensinara uma dezena de vezes. No entanto, foi impossível manter o otimismo quando uma luz em sua visão periférica chamou sua atenção.

Otto ergueu o rosto a tempo de ver a sirene de uma viatura piscando, do outro lado da avenida.

— Merda! — rosnou, se embaralhando com os pedais e deixando o carro morrer de novo.

— Vai logo — sibilou Khalicy.

Ele lançou um olhar feio para ela.

— O que você acha que tô tentando fazer?

Ela nem pareceu ouvir suas palavras. O rosto lívido seguia a viatura sem nem piscar.

— Ai, merda, ferrou. Ele tá olhando pra cá.

— Khalicy...

— Ele vai vir aqui. A gente tá frito, Otto. Melhor se transformar logo. Não temos carteira, vai dar ruim, e... — Ela emendava as palavras umas nas outras, atropelando-se. Mal respirava. Poucas vezes na vida ele havia visto a amiga assim.

Com um impulso de desespero, Otto deu partida de novo e acelerou o carro. As batidas do coração ecoavam nos ouvidos, pulsando em seus tímpanos. Faltava tão pouco, nem ele podia ser tão azarado assim. Olhou pelo retrovisor, mas não viu nem sinal do carro.

— Foi embora?

Khalicy ajoelhou de frente para o banco, segurando no apoio de cabeça com as duas mãos.

— Otto... — choramingou, e bastou isso para que ele soubesse que estavam fodidos como nunca estiveram antes na vida. — Ele fez o retorno. Tá vindo aqui.

— Vou acelerar!

— NÃO! — berrou, Khalicy. — Você tá louco?! Nunca viu em filme? A gente precisa parar.

Ele arregalou os olhos, indignado.

— Eu não posso parar!

— Quem não deve não teme.

— Mas eu devo! — exclamou, olhando para ela. — A gente não tem os documentos, somos menores de idade, temos bebidas alcóolicas... se tem uma coisa que a gente está é devendo.

— Eu sei, mas ele não s...

Duas buzinadinhas soaram e, ao olhar pela janela, ele viu o policial fazer um gesto com a mão para que estacionassem. Otto sentiu o momento exato em que a alma abandonou o corpo: os membros gelaram e a garganta secou. Ele viu um filme passando em sua cabeça e pensou no castigo que a mãe daria. Se tivesse sorte, conseguiria se livrar do castigo antes da aposentadoria.

Enquanto agonizava com o inevitável, acompanhou, pelo retrovisor, o policial descer da viatura e caminhar em passos despreocupados até o carro deles. Depois apoiou o antebraço na janela e se inclinou para dentro, a boina do uniforme quase esfregando na ponta do nariz de Otto.

O tempo congelou. O garoto nunca vira esse tipo de abordagem, mas devia significar que estava muito encrencado. O homem, que aparentava ter a mesma idade de Anderson e de sua mãe, olhou direto em seus olhos, sem dizer nada. Vários segundos correram sem que ninguém ousasse mexer um músculo.

— Não vai me dar oi, não? — perguntou, por fim.

Otto enrugou o nariz. A proximidade o permitia sentir o hálito de café do homem, e ele não estava nada contente com isso.

— O-oi, senhor.

O homem franziu a testa, rindo.

— Senhor é seu rabo. E aí, mano?

Ele estendeu a mão no ar, esperando que Otto fizesse sua parte. Mas o garoto estava ocupado demais tentando não transparecer o choque com a resposta. Khalicy precisou beliscar o seu braço para que ele acordasse do transe e reagisse.

Otto apertou a mão do policial, do jeito que sempre via Bruno e Vinícius se cumprimentarem e pigarreou antes de falar:

— Beleza? Tudo na paz?

Khalicy deu outro beliscão nele.

A movimentação chamou a atenção do homem. Otto viu o olhar dele seguir de Khalicy para a sacola cheia de Corote em suas mãos. Uma expressão confusa surgiu no rosto dele.

— Ah, tudo na mesma. Muito trabalho. Tô fazendo plantão sempre que posso pro casamento. — Seus olhos permaneciam fixos na amiga. — E a Joana? Tudo bem com ela?

— Tá sim. Tá ótimo. Maravilhoso. — Otto tamborilou os dedos no volante. — Tava indo lá agora, pra falar a verdade. Foi bom te ver! Vamos marcar alguma coisa. Uma cerveja, sei lá. Colocar o papo em dia.

O garoto encerrou com uma continência e ganhou o terceiro beliscão na noite.

Ele ficaria grato se Khalicy não fosse tão impaciente assim com ele. Estava dando o seu melhor, mas não era nada fácil fingir conhecer uma pessoa que nunca vira na vida antes e tudo isso enquanto se passava por outra.

De qualquer forma, Otto deve ter escolhido as palavras certas, pois o homem suavizou a expressão e deu um tapa na porta, provocando um baque surdo.

— Estamos precisando mesmo. Você sumiu. Abriu uma choperia na vila Toscana que tá com promoção. Toda segunda tem dobro de chope.

Otto forçou a memória para resgatar o tipo de comentário que homens héteros diziam uns para os outros sobre bebidas, mas nada lhe ocorreu. Tampouco foi preciso, já que o rádio comunicador do policial ressoou.

— Atento, soldado Rogério, é o capitão Ícaro — a voz soou chiada.

Rogério tirou a cabeça de dentro do carro, pegou o rádio do cinto e o levou próximo à boca, no automático. Sua expressão se transformou em poucos segundos de relaxada para atenta.

— Às suas ordens, capitão. Soldado Rogério na escuta. — Ele fez um aceno com a cabeça para Otto e se inclinou para baixo uma última vez. — Te mando mensagem pra combinar. E, ah, você tava dirigindo com o farol alto.

Antes que o rádio voltasse a soar, Rogério já tinha dado as costas e se afastado. Otto observou o policial entrar na viatura e dar partida, se segurando para não desmaiar. Parecia que toda a força do seu corpo se esvaíra, ele mal conseguia girar a cabeça para o lado e encarar Khalicy.

— Puta merda... — sussurrou, gelado de medo. — Essa foi por muito pouco.

Ela demorou um pouco mais para manifestar qualquer sinal de vida. Quando ele começava a se preocupar com danos irreversíveis, Khalicy esfregou o rosto.

— Otto Oliveira, você é um maldito de um sortudo! — disparou, quase como se estivesse brava. — Não, sério. Qual a chance de sermos parados por alguém que conhecia o Anderson?

Os dois se entreolharam, pálidos, pensando em todos os desdobramentos possíveis para a noite se o policial fosse um desconhecido. Otto foi o primeiro a deixar escapar uma risadinha que, aos poucos, se transformou em uma gargalhada. Khalicy o acompanhou na sequência, rindo com desespero e alívio.

Ainda rindo e sem acreditar no tamanho da sorte, ele deu partida de primeira e nem se lembrou de ajeitar a luz alta. Levou outras buzinadas no caminho de volta, mas nenhuma o abalou. Conforme o nervosismo abandonava seu corpo, um novo sentimento nascia, timidamente, que o garoto não saberia descrever. Era um friozinho na barriga, parecido com o que sentiu quando andou no Kamikaze pela primeira vez, e uma vontade imensa de rir, gritar e pular. Não se lembrava de já ter se sentido tão bem na vida e, ao mesmo tempo, tão diferente dele mesmo.

Otto conhecia muito bem a frustração, o rancor e a resignação em saber que era fracassado. No entanto, não se sentiu fracassado enquanto sofria para estacionar o carro na garagem de casa outra vez. Nem mesmo quando raspou a lateral no portão e descobriu, ao descer, que o riscara. Não sentiu a culpa e o medo por antecipação que sempre o acompanhavam.

A euforia o inflava por dentro. Otto estava embriagado por ela. Pela primeira vez, em toda a sua vida, se sentiu bem sendo quem era. Também foi a primeira vez que enxergou o seu poder com os mesmos olhos de Khalicy e viu o novo mundo que se abria para ele. Mais que isso, se sentiu invencível. Poderia enfrentar Vinícius, Anderson, ou mesmo um policial qualquer na calada da noite. Porque, caramba, ele era um super-herói!

Otto sempre se lamentou por se sentir diferente e desconectado dos outros. Mas, naquela noite, enquanto comemoravam na sala, abraçados e explodindo em gargalhadas, com Khalicy rindo o tempo todo de qualquer coisa que Otto fizesse no corpo de Anderson, ele amou, com todas as suas forças, não ser igual a mais ninguém.

★★★

Otto teve a sensação de que havia acabado de pregar os olhos quando Khalicy o sacudiu, sem nenhuma delicadeza. Sentiu o mundo girar vertiginosamente com o simples movimento, e o estômago embrulhado deu sinais alarmantes de que colocaria tudo para fora outra vez.

Com a mente anuviada pelo sono, decidiu que ignorar a amiga era o melhor caminho. Dobrou o braço sobre o rosto, fugindo da luminosidade que feria seus olhos.

— Otto!

Uma nova sacudida. Mais uma balançadinha e Khalicy se arrependeria quando ele estivesse vomitando verde feito a protagonista de *O exorcista*.

— Me deixa em paz! — reclamou, com a voz grogue.

— A gente tem aula daqui a... cinco minutos.

O garoto continuou paralisado. Cada fibra do seu corpo parecia fora do lugar. Sentiu como se tivesse sido mastigado por alguém e depois cuspido. Não era a sensação mais agradável.

Ouviu Khalicy respirar fundo e temeu que o atacasse outra vez com um novo sacolejar, mas, em vez disso, um par de mãos suadas afastaram seu antebraço do rosto. Antes que pudesse protestar, a garota separou suas pálpebras com os dedos, semelhante ao movimento que Bruno fazia para pingar colírio, forçando-o a abrir o olho direito.

— O que você quer? Que saco!

— Você precisa se vestir. Estamos atrasados.

— Não quero. Vou ficar bem aqui.

Ela torceu os lábios para o lado, sem esconder a impaciência. Olhou para o relógio outra vez e estalou a língua no céu da boca.

— Também tô mal. Parece que a minha cabeça vai rachar. Mas tenho seminário na primeira aula, não posso faltar.

Otto massageou as têmporas com o maior cuidado.

— Mano, sério que as pessoas gostam disso? — resmungou, mal-humorado.

— Acho que não disso, exatamente. Ontem foi bem legal, né?

Ele aproveitou que ela baixou a guarda e a afastou de suas pálpebras, voltando a fechar os olhos.

— O preço é muito alto. Agora entendi porque o Corote era tão barato. O resto a gente paga com a nossa alma.

Khalicy riu, revirando os olhos. Tomou impulso e se levantou, em câmera lenta, cuidando para não mexer a cabeça mais do que o necessário.

— Para de chorar e vamos logo.

— Vai na frente. Vou tomar um banho gelado, e talvez vomitar mais um pouco.

Ele abriu os olhos para procurar o rosto dela. Khalicy tinha uma expressão desconfiada enquanto o examinava.

— Não vai voltar a dormir?

— Qual é? — Ele piscou. — Pareço com alguém que vai dormir?

— Parece! — respondeu ela, rindo, enquanto conferia as horas no celular uma última vez. — Ai, preciso ir mesmo. Eu te mato se você ficar aqui dormindo enquanto eu me ferro pra apresentar trabalho com ressaca.

— A ideia foi sua. Você que lute.

Khalicy atirou o travesseiro nele, que o atingiu na barriga. Otto o abraçou com força, mal conseguindo manter os olhos abertos, mas não deixou de sorrir. Observou a garota alcançar os pertences espalhados pelo quarto e correr para fora, ainda usando os pijamas.

Os sons de portões sendo abertos e fechados ficaram cada vez mais abafados e distantes, até que o silêncio voltou a tomar conta do quarto e Otto suspirou aliviado. Jogou a mão para fora da cama, chamando Hulk para perto. Logo a sentiu esfregar a cabeça em seus dedos e a agarrou, trazendo-a para cima da cama.

Enquanto afundava os dedos nos pelos dela, se pegou sorrindo. Brincou com Khalicy que o preço por encher a cara era muito alto, mas, se fosse honesto consigo mesmo, sabia que faria tudo de novo e de novo. Estar com a amiga sempre era divertido, os momentos em que ele relaxava e se sentia à vontade. Mas, mesmo com ela, nunca havia se divertido tanto quanto na noite anterior.

Eles tinham escolhido um filme de comédia romântica na Netflix, o mais duvidoso que encontraram, e deixado como pano de fundo. Nenhum dos dois parava de sorrir com a aventura bem-sucedida, mas o sorriso dele era maior. Otto estava elétrico, não conseguia parar quieto. Sentava, cruzava as pernas, tamborilava as panturrilhas, levantava, andava de um lado para o outro, esfregava as mãos e recomeçava tudo do zero.

Percebendo o estado catatônico do melhor amigo, Khalicy escolheu a bebida rosa-produto-de-limpeza para começarem. Abriu e cheirou o gargalo, contorcendo o rosto numa careta.

— Ah, o cheiro da liberdade!

Com uma risada, ele pegou a garrafinha dela e deu o primeiro gole. Primeiro sentiu o gosto doce e suave de tutifruti, que durou bem menos do que esperava e logo deu lugar ao sabor acre e forte que ele imaginava que sentiria se lambesse um joelho suado. Engoliu com muito custo o conteúdo da boca e foi como se tivesse engolido fogo. Um rastro de calor desceu pela garganta e se espalhou pelo tronco.

— Não sei o cheiro, mas o gosto da liberdade é péssimo!

Khalicy, durona como era, precisou experimentar para acreditar em Otto. As bochechas inflaram com a golada que ela deu, e ele viu o arrependimento em seu olhar de desespero. Gotas escaparam pelo cantinho dos lábios dela enquanto mostrava um esforço imenso para não cuspir tudo.

— Meu Deus, que coisa nojenta — disse, ofegando. — As pessoas superestimam muito o álcool.

Otto deu de ombros, abrindo a garrafinha verde radioativa.

— Bom, deve ter alguma coisa boa, né? Tinha uma parede inteira de bebida lá no posto. — Ele esticou o braço, brindando o Corote no dela. — Tim, tim!

E jogou a cabeça para trás, deixando descer feito remédio.

O que talvez tivesse sido, simultaneamente, uma ótima e péssima ideia. Ótima porque era bem mais tragável tomar desse jeito, de forma que o garoto se sentiu confiante para beber cada vez mais, acompanhado por Khalicy. A alegria fácil que o envolveu também foi ótima, assim como a sensação de que o cérebro estava envolto em uma cortina de fumaça colorida e feliz. Eles não paravam de rir, mesmo com as coisas mais bobas. Otto riu tanto que o abdômen doía de tanto contrair, mas era uma dor boa de sentir.

Quando brincaram de Eu Nunca também foi ótimo. Otto e Khalicy diziam coisas para se forçarem a beber, como "eu nunca pintei o cabelo de amarelo" ou "eu nunca fiz uma cirurgia nas orelhas". Logo, o gosto de suor de joelho nem incomodava mais Otto, que passou a degustar o Corote como se fosse um sommelier.

Depois do filme terminar, Khalicy se apoderou da televisão e colocou uma playlist de Broken Boys para tocar. Dançaram juntos, pulando da cama dele para o colchão. Otto, que já era desengonçado sóbrio, enroscava uma perna na outra a cada cinco minutos, numa tentativa de dança muito atrapalhada e dura. Em determinado momento, mirou Hulk como um animal que espreita uma presa, e a tomou no colo. Segurou sua patinha para a frente, como se dançassem valsa, e giraram pelo quarto durante uma música inteira, ignorando os miados mal-humorados dela, até que a gata o mordesse na bochecha e saltasse do seu colo com o rabo espichado.

A parte péssima veio um pouco depois, quando a mãe de Khalicy mandou um áudio dizendo que estavam fazendo muito barulho e já tinha passado da hora de dormir. Otto se sentou na cama e percebeu, com assombro, que o mundo não estava mais sólido e estável. Em vez disso, as imagens captadas por seus olhos eram tremidas e balançavam com suavidade de um lado para o outro, como se ele estivesse em alto mar.

— Que foi? — perguntou Khalicy, de muito longe, a voz ecoando pela cabeça do garoto.

— Não sei — respondeu ele, enrolando a língua. — Tô tonto.

— Assim?

Ao dizer isso, ela saiu rodando pelo quarto, de braços abertos e cabeça baixa. Otto só conseguia ver uma cortina de cabelos pendendo no ar enquanto Khalicy fingia que era um peão. Então, repentinamente, ela caiu no colchão e se esparramou. Um gesto tão calculado que Otto se perguntou se tinha sido de propósito.

Bastou encarar o rosto pálido dela para perceber que não.
— Eu não devia ter feito isso — gemeu Khalicy, com as mãos na cabeça.
— Tava legal de ver.
— Pra mim não tá nada legal. Como sabemos a hora de parar de beber?
— Não sei? Talvez quando você não aguenta mais olhar pra bebida. Deixa eu fazer o teste.
Ele se esticou e pegou a garrafa azul pela metade. A visão borrou como quando ele esquecia de usar os óculos. Parou com o gargalo bem próximo dos lábios, mas bastou sentir o cheiro forte de álcool para o estômago embrulhar.
— É. Acho que...
Otto parou de falar em um rompante, sentindo uma revolução no estômago. A boca começou a salivar e ele entendeu bem depressa o que estava prestes a acontecer, pois saiu correndo, aos tropeços, para o banheiro. Quase pisou no rabo de Hulk no desespero de alcançar a privada.
Ele tinha acabado de abrir a tampa e ajoelhar quando sentiu as contrações e despejou tudo o que havia bebido para fora. Segurando as bordas do vaso, Otto vomitou um líquido azul turquesa de um tom que teria considerado bonito, não fosse o contexto.
Enquanto se dobrava em dois sobre o vaso, ouviu Khalicy correr para o banheiro da mãe, torcendo para que ela não fizesse sujeira. Joana era um pouco obcecada com a limpeza daquele cômodo e o faria limpar com a língua se encontrasse qualquer vestígio de suco gástrico pelo chão.
Depois disso, a noite ficou bem menos divertida. O garoto perdeu a noção do tempo agachado em frente ao vaso, tremendo e suando frio. Sentia-se fraco quando se levantou e se arrastou de volta para o quarto.
Khalicy se ajeitava no colchão, com cara de morte. A camiseta do pijama estava enrolada até a altura do peito, revelando a pele pálida da barriga. Em câmera lenta, ela se abanava com uma revista em quadrinhos de Otto.
— Tá tudo bem?
— Não — resmungou ela. — Tem como trazer o ventilador da sala?
— Tá. — Com o pé, empurrou o ventilador empoeirado na direção da garota. — Pode virar esse só pra você. Ele é melhor.
A última coisa de que Otto se lembrava era de ter buscado o ventilador na sala e o ajustado para ficar de frente para a cama, apontado na

direção do travesseiro. Depois disso, se deitou com dificuldade e fechou os olhos, grato pelo mundo ter parado de girar.

Quatro horas depois, ali estava ele, exatamente igual a quando se deitaram para dormir. Continuava tonto como antes, mas ainda havia todo o resto. Não fazia ideia de como conseguiria ir para a escola, e faltar estava fora de questão. Se a mãe recebesse uma ligação do colégio depois de ter deixado Otto e Khalicy sozinhos em casa, eles não poderiam mais dormir ali quando ela estivesse fora. Seria sempre na casa de Khalicy, com a supervisão de Viviane.

Otto nunca se sentira tão doente na vida. Nem mesmo depois da cirurgia plástica, em que prometeu para si mesmo que nunca mais voltaria a entrar na faca, se pudesse evitar. Já vira a mãe se queixar de ressaca uma porção de vezes, mas nunca imaginou que era *assim* que ela sentia quando exagerava na bebida. Se soubesse, teria sido muito mais compassivo.

Ele teve um estalo ao pensar na mãe e se sentou, com dificuldade, na cama.

Era isso!

Com um sorriso travesso, esticou a mão e alcançou o celular. Fechou os olhos e se concentrou, sentindo a garganta queimar como quando dera os primeiros goles no Corote. Engoliu em seco, esfregando o pescoço para aliviar o desconforto, enquanto pesquisava o telefone da escola no Google.

Sem pensar direito no que estava fazendo, discou o número e repousou o celular na orelha. Demorou três toques para a voz ardida de Dina, a secretária que já tinha cansado de mandá-lo para a biblioteca por atrasos consecutivos, atender.

— Colégio Atena, bom dia!

Ele pigarreou, munindo-se de coragem.

— B-bom dia.— disse Otto, mas foi a voz de sua mãe que encontrou o bocal do telefone. — Aqui é a Joana, mãe do Otto. O-otto Oliveira.

— Otto Oliveira... de qual série?

— Primeiro ano do ensino médio — respondeu, incapaz de se desfazer do sorriso. — Hum... tô ligando para avisar que ele não vai na aula hoje, tá?

Espremeu os olhos, com medo da reação dela. Como se, de alguma maneira inexplicável, ela fosse desmascará-lo e depois contar tudo para sua mãe.

— Ah, sim! Eu repasso pros professores, obrigada por avisar. Tá tudo bem com ele?

Seu suspiro foi tão alto que pareceu um gemido baixo. As bochechas de Otto queimaram imaginando a cara de Dina, do outro lado da linha.

— Ahn... sim. Quer dizer, não! Mas não é nada grave. Ele acordou com febre e... — Otto buscou na memória alguma coisa que justificasse uma falta, mas não fosse grave o suficiente para causar perguntas. Lembrou-se da mãe e de Anderson conversando sobre a mãe do bombeiro. — Pressão alta.

— Nossa, ele tem pressão alta?

— Super alta — respondeu, com firmeza, esperando que fosse o suficiente para passar credibilidade. Roeu a unha do mindinho, se concentrando em lembrar os números que ouvira Anderson dizer. — Hoje estava 19/11!

Dina arquejou.

— Tá brincando?

Ele murmurou uma resposta ininteligível, torcendo para não ter falado nenhuma besteira. Ou algo que a deixasse desconfiada.

— Mas isso é *muito* grave, meu deus! Tadinho, tão difícil ver isso na idade dele, né?

Otto abraçou os joelhos, alarmado. Pressão alta era grave, pelo visto. Ele só esperava que Dina não comentasse com mais ninguém o motivo de ter faltado na aula.

— Bom, espero que ele fique bem! Qualquer coisa, estamos à disposição.

A secretária se prolongou nos votos de melhoras, ao que o garoto respondeu com o que deveriam ser agradecimentos, mas soaram como murmúrios desanimados.

Otto começava a se preocupar que ela fosse passar o resto da manhã dizendo que ele era um bom garoto e ficaria tudo bem quando Dina, enfim, desligou a chamada. Ficou olhando para a tela do celular, sem acreditar no que tinha acabado de acontecer.

Fazia três anos que ele tinha a habilidade de se passar pela mãe para faltar na aula. E de conseguir bebidas sem o menor esforço. Aparentemente, até de despistar policiais. Três anos!

Por todo aquele tempo, desperdiçara a melhor coisa que já havia acontecido em toda a sua vida. Por que esperou tanto para testar? Quantas outras coisas não teria perdido?

No fim das contas, usar seu poder era muito mais fácil do que Otto imaginava. Por mais nervoso que tenha ficado, isso não afetou sua aparência. Mesmo depois de horas transformado em Anderson, tudo continuou igual.

Khalicy tinha toda razão: ele era um idiota. Finalmente entendia.

Nem mesmo essa constatação impediu que a euforia voltasse com força total. Otto afundou a cara no travesseiro e gritou a plenos pulmões, se arrependendo logo em seguida pelo movimento brusco que deixou o mundo todo instável outra vez.

Deitou de barriga para cima, inquieto. Parecia conduzir uma corrente elétrica de alta tensão em seu corpo, quase podia ouvir os estalidos.

Tinha o dia todo livre. Para fazer o que quisesse.

Inclusive para descobrir o que mais podia fazer sendo outra pessoa.

Hulk pulou em cima do seu estômago, arrancando um gemido do garoto. Ele abriu os olhos e a encontrou o encarando. A felicidade era tão grande que Otto queria esmagar a gata em um abraço. Contentou-se em esfregar o queixo.

— Dane-se a superforça, Hulk! Isso é legal pra cacete!

★★★

Otto buscou na internet o que ajudava com ressaca e descobriu, aliviado, que a mãe tinha a maioria dos remédios no banheiro. Tomou um comprimido para enjoo e duas ampolas para o fígado, depois fez uma busca nos armários até encontrar o final de uma barra de chocolate, que devorou sem nem sentir o gosto.

Levou uma garrafa de água gelada para o quarto e se atirou na cama outra vez, prometendo para si mesmo que nunca mais beberia na vida. Esperava nunca esquecer da dor de cabeça lancinante.

No entanto, conforme o mal-estar abandonava o corpo e as lembranças da noite anterior voltavam, menos convencido ele ficava. Tinha pegado o carro da mãe escondido! Ele! O garoto mais sem graça da cidade, que nunca desobedecia nem fazia qualquer coisa que pudesse gerar conflito. O garoto que vinha passando os intervalos escondido em um corredor para evitar aborrecer o inimigo.

Otto abriu os braços na cama, com um sorriso frouxo. Esse era o tipo de coisa que ele faria no *The Sims*, para espairecer e imaginar uma vida que não se sentia corajoso o bastante para viver. No *The Sims*, Otto enfrentava Vinícius e nada o impedia de demonstrar seus sentimentos para Bruno.

E então, em uma noite, algo finalmente mudara dentro de si. Não sabia apontar se graças a Khalicy e Anderson o aborrecendo, o peso esmagador que sentia sentado ao lado de Bruno, tão perto e tão longe de terem qualquer coisa, ou a perseguição de Vinícius. Talvez fosse a soma de tudo aquilo pelos últimos anos. Otto se sentia como uma panela de pressão: por fora, tudo pareceu igual por muito tempo, enquanto por dentro a pressão crescia, até que, de repente, a única coisa que Otto podia fazer era colocar para fora.

Enquanto mexia no celular, passando pelas redes sociais sem de fato enxergar, olhou de relance para uma foto de Henry Cavill e estremeceu. Coçou o pescoço, interessado no maxilar bem marcado do ator, no pescoço largo, nos músculos saltados. Engoliu em seco, relutando em continuar descendo para as próximas fotos.

De repente, o coração saltou no peito e o garoto se sentou na cama em um único movimento, com uma ideia em mente.

Otto teria a manhã inteira e boa parte da tarde pela frente, até que a mãe chegasse do trabalho. Parecia um desperdício rolar nas cobertas pelas próximas horas, com o nariz enfiado nas redes sociais, quando havia um leque imenso de possibilidades a sua frente. Pela primeira vez, poderia aproveitar o poder sozinho! Não que a companhia de Khalicy o incomodasse, mas era diferente não ter ninguém por perto que soubesse da verdade. Transformado e misturado na multidão, Otto seria como outro adulto qualquer.

O garoto olhou para Hulk, agitado de tanta empolgação. Tendo tomado a decisão, não queria gastar nem mais um segundo em casa. As batidas do coração estavam tão fortes que machucavam, mas ele não parava de sorrir.

Correu até o banheiro e arrancou as roupas, se enfiando embaixo do chuveiro. A água gelada deixou sua pele eriçada, mas, ao mesmo tempo, trouxe alívio à ressaca e à inquietação. Otto fechou os olhos e tombou a cabeça para trás, deixando as gotas grossas atingirem seu rosto.

Fisgou o lábio inferior e, antes que pudesse mudar de ideia, começou a se transformar ali mesmo.

— Argh! — urrou, esticando o braço para se apoiar na parede.

De maxilar cerrado, foi abraçado pela dor conhecida. Mas, por alguma razão, daquela vez foi ainda mais intensa. Sua cabeça se esvaziou de pensamentos e Otto só conseguiu prestar atenção na agonia. As pernas cederam um pouco, até que estivesse no meio caminho entre agachado e em pé. Seria engraçado se o garoto não estivesse tão arrependido da escolha do casco que habitaria.

Agarrou a prateleira de acrílico onde ficavam os frascos de xampu e condicionador, depositando toda a sua força nela. Mal conseguia respirar. Ouviu um barulho alto seguido pelo baque das embalagens no chão.

Só percebeu que havia partido um pedaço dela quando a dor passou, em um piscar de olhos. Segurava a quina entre os dedos trêmulos. Ofegou, fechando as pálpebras por um momento. Estava ferrado. Não fazia ideia de como justificar para a mãe que, de repente, tinha ficado dez vezes mais forte e perdido o controle durante o banho.

— Merda! — gemeu, com uma voz grave e profunda muito diferente da sua.

Como da primeira vez em que se transformou, esticou as mãos para a frente, com curiosidade. Eram imensas. As veias estufadas que subiam pelo torso o fizeram soltar um ruído engraçado com a garganta.

Automaticamente, Otto desceu o olhar pelo peitoral peludo, seguindo para os gominhos da barriga. Sentia como se, no lugar do sangue, blocos de gelo corressem pelas veias. O olhar continuou descendo, para um lugar que ele conhecia muito bem. Só que, dessa vez, como era de se esperar, o que encontrou ali era muito diferente da visão que estava habituado.

— Puta. Merda.

Ele se deixou recostar na parede fria, se sentindo completamente desperto. Desperto até demais. O gelo de segundos atrás deu lugar a chamas que vinham direto do inferno. Que era o lugar para onde certamente Otto iria. O garoto olhou de novo, espantado e maravilhado na mesma medida. Se bem que até mesmo o inferno parecia um preço ínfimo a se pagar perto *disso*.

Quando viu a foto do ator do Super-Homem no Instagram, soube na mesma hora que precisava fazer isso. Foi um impulso forte demais para Otto sequer considerar que a situação tinha um quê de errada. Mas, para ser honesto consigo mesmo, que parte do seu poder não era? Ontem mesmo estivera no corpo do padrasto, recebendo olhares de cobiça de sua melhor amiga e quase sendo preso dirigindo sem carteira e comprando bebidas alcoólicas para menores de idade. Se é que uma pessoa podia ser presa por isso.

Além do mais, ele nem tinha certeza que o corpo do ator fosse mesmo assim. Parte dele – a mais lógica –, achava que sua imaginação trabalhava em grande parte das transformações. Até porque, como poderia ter certeza de

corpos que não conhecia? E considerando o que estava vendo agora... a imaginação tinha ido longe demais.

Otto abandonou o banheiro quase meia hora depois, desnorteado. O rosto inteiro ruborizado o denunciava enquanto ele cambaleava para o quarto, sem fôlego.

Hulk deu um pulo para trás e rosnou, eriçando os pelos.

Ele agachou no lugar, com as mãos no ar.

— Sou eu!

Como resposta, a gata correu para fora do quarto o mais rápido que pôde, deixando-o sozinho. Otto soltou um palavrão quando se viu no espelho. Passou as mãos nos cabelos, as bochechas doendo de tanto sorrir.

Era o melhor dia de sua vida. Ele não queria que acabasse nunca mais.

Vestiu as mesmas roupas da noite anterior, que ficaram ainda mais justas que em Anderson. Por mais que quisesse, não dava para sair na rua assim sem chamar toda a atenção para si.

A contragosto, se concentrou em diminuir o tamanho dos músculos. Estava tão anestesiado de euforia que nem mesmo percebeu a dor que acompanhava as mudanças físicas.

Limpou as lentes dos óculos na barra da camiseta enquanto ia até a lavanderia buscar os tênis e, então, voltou para o quarto, pegando o cofre do fundo do guarda-roupa, atrás de um emaranhado de camisetas. Colocou-o em cima da escrivaninha e o encarou, em dúvida. Vinha juntando dinheiro havia mais de um ano para comprar um boneco colecionável de trinta centímetros de Miles Morales, seu Homem-Aranha favorito. Evitava ao máximo mexer naquele dinheiro, e fora disciplinado para guardar dois terços do valor, com muito custo.

Otto soprou o ar, fazendo uma mecha de cabelo voar para cima. Abriu o cofre e enfiou a mão lá dentro, tirando o que considerou suficiente para o dia. Miles Morales teria de entender que andar pela cidade *naquele* corpo era mais urgente, no momento.

Juntou seus pertences na mochila, trancou tudo e, com uma última olhada para o quintal de casa, saiu pedalando rua acima. O sol da manhã aqueceu sua pele, enquanto a brisa fresca e constante desarrumava os cabelos um pouco mais compridos do que estava acostumado. O garoto sorria até mesmo para os postes.

Chegou ao centro vinte minutos depois. As lojas ainda estavam abrindo quando desmontou a bicicleta e a amarrou no primeiro bicicletário que encontrou. Duas mulheres que vinham na direção oposta o engoliram com o olhar e Otto mirou os próprios sapatos, com o rosto queimando. Não estava nada habituado àquele tipo de atenção.

Sentia um friozinho na barriga por estar ali, em horário de aula. A cidade parecia muito diferente àquela hora da manhã. Era um mundo inédito para o garoto. Pensou em Khalicy apresentando trabalho, Bruno rodando o caderno durante a aula chata de história, e Vinícius entediado, sem ter ninguém para chatear.

Pensar em Vinícius o fez sorrir. Por cinco anos, somente pensar no inimigo provocava uma onda de frustração e raiva. Otto se sentia impotente, pois sabia que era mais fraco. No entanto, enquanto caminhava pela calçada irregular, recebendo olhares a torto e a direito de todo tipo de pessoa, se sentiu diferente. Ele ainda não sabia identificar muito bem as sensações novas, mas eram extasiantes.

Otto estava embriagado de confiança. Quem sabe pudesse enfrentar o jogador do time de basquete, como Khalicy fizera no passado. E talvez, sabendo de tudo o que era capaz, pudesse ir ao churrasco na casa de Bruno como ele mesmo! Seria bom não se esconder de Vinícius, para variar.

Tropeçou em um desnivelamento da calçada e, ao se firmar, o olhar foi atraído para o discreto letreiro de neon, do outro lado da avenida, em que as palavras Erotes Sex Shop piscavam em rosa, com uma flecha apontando para a sobreloja.

Os lábios de Otto se entreabriram e as pernas começaram a trabalhar antes do cérebro. Quando se deu conta, estava do outro lado da avenida, andando em direção à loja. Esse era o tipo de coisa que ele jamais poderia fazer sendo um adolescente e que renderia histórias ótimas.

Buscou a entrada entre as fachadas de lojas, até encontrar um corredor estreito que dava para uma escadaria de degraus altos e pouco práticos de subir. Otto secou as palmas das mãos na calça, sem saber muito bem o que esperar. Imaginou pessoas com roupas de couro e luzes vermelhas, mas talvez estivesse vendo filmes demais.

Prendeu a respiração ao passar pela cortina de contas na entrada e a soltou, decepcionado, ao se deparar com o interior. Não era muito diferente de qualquer outra loja em que já estivesse estado. Nas paredes forradas de prateleiras e no balcão no centro da loja, silhuetas de todos os tamanhos, cores e formatos. Otto fez uma varredura pelo espaço, sem se apegar a nenhum detalhe específico. Ficou curioso com as vendedoras discutindo o melhor lugar para expor os ursos de pelúcia que traziam nos braços. Otto achou engraçado que vendessem aquilo em um sex shop, mas então outra coisa o chamou atenção. No fundo havia uma arara com fantasias eróticas e, em outra, roupas de látex, algemas e chicotes de couro.

O garoto parou no lugar, logo em frente à entrada, sentindo a garganta coçar.

— Bom dia! — disse uma das vendedoras, a mais velha e de cabelos curtos, o examinando com interesse.

Ele acenou com a cabeça e sorriu, consternado. A outra vendedora, uma mulher mais jovem e tatuada, abriu um sorriso malicioso em sua direção.

— Procurando algo específico?

Otto enfiou as mãos nos bolsos.

— Eu, hum... vou dar uma olhada.

As duas se entreolharam, sorrindo.

— Se precisar de ajuda com algum produto, é só chamar.

Começou pelo corredor da direita, para não ter que cruzar com elas, mas sentiu as costas queimarem sob seus olhares. Queria parecer relaxado, mas agia como se fosse um robô precisando lubrificar as articulações. Estava rígido, esquisito. Não sabia mais o que devia fazer com braços e pernas.

Inclinou o tronco para a frente, reparando em conjuntos de dados.

Beijar... Ah.

Otto levantou, com o rosto pinicando. A loja ficava cada vez mais quente, e não ajudava em nada que as vendedoras não parassem de cochichar. Voltou a caminhar, passando o olhar com pressa por toda sorte de objetos com formatos fálicos, de canudos a moedores de pimenta, passando por mousepads e até mesmo formas de gelo.

Coçando a nuca, continuou andando até topar com o que esperava ver em um sex shop, para começo de conversa. No entanto, percebeu tardiamente que não estava preparado para observar genitálias de borracha na frente de outras pessoas. Ainda mais quando existiam tantas variações, e algumas tão grandes que o assustavam um pouco.

Pegou um na mão, se deixando vencer pela curiosidade.

— Ah, sua praia é essa? — A vendedora tatuada quebrou o silêncio, olhando-o do outro corredor. — Chegaram uns vibradores ótimos essa semana, dá pra usar em você e no parceiro ao mesmo tempo e...

Otto engasgou e teve um acesso de tosse, pulando de susto. Devolveu a prótese de qualquer jeito no lugar, sentindo tanta vergonha que daria tudo para ficar invisível e nunca mais ser visto de novo, pelo resto da vida.

— E-eu... preciso... ahn... — Otto gesticulou para a saída, incapaz de encontrar uma justificativa convincente. — Tchau.

O garoto nunca correra tão rápido. Atravessou a cortina de contas e desceu as escadas de dois em dois degraus. Temendo que as vendedoras pudessem ir atrás dele para mostrar os produtos novos, atravessou a avenida e entrou em uma padaria, trêmulo.

Somente quando se sentiu em segurança, do lado de dentro, conseguiu respirar aliviado. Esfregou o rosto com força, parado em frente ao balcão, e deixou escapar uma risada atônita.

Quando voltou a abrir os olhos, se deparou com a atendente o encarando boquiaberta.

— Mano... já te disseram que você é a cara do Henry Cavill?

Otto riu, enquanto puxava a banqueta para sentar.

— Todos os dias.

Coisas de menina

Otto se jogou na cama de Khalicy, usando apenas a toalha de banho amarrada na cintura. Às vezes, nem ele conseguia acreditar na liberdade que as mães deles os davam. Não imaginava qualquer pai da cidade deixando Vinícius dormir no mesmo quarto de uma garota, por exemplo, ou mesmo existindo só de toalha perto de uma garota. Mas, diferente dele, Vinícius tinha uma vida amorosa muito ativa, e já havia namorado várias meninas do colégio, então fazia sentido ficar desconfiado, ou pelo menos em alerta.

No passado, quando piadinhas na escola começaram a surgir, insinuando que ele e Khalicy eram um casal, Otto teve medo que sua mãe impusesse barreiras na convivência com ela, e ficou feliz quando as coisas continuaram como sempre foram. Ele não saberia como viver sem dividir grande parte do dia com a amiga.

— Que foi? — perguntou ela, enquanto aplicava uma sombra amarela nas pálpebras.

— Não consegui colocar a lente! — disse, frustrado. — O mais perto que cheguei foi deixar ela dobrada dentro do olho, e agora ele tá irritado.

Ela o procurou pelo reflexo do espelho.

— Quer ajuda?

— Você já colocou lentes em alguém antes?

Ele tomou impulso para sentar, atento a cada movimento que ela fazia.

— Não, mas...

— Então não, obrigado — interrompeu. — Gosto de enxergar.

Khalicy riu, mostrando a língua para ele. Ficou quieta por alguns segundos, concentrada com o delineador, e só depois de concluir a pálpebra direita olhou para ele por cima do ombro.

— Acho os óculos tão sua cara! Talvez isso seja um sinal pra você ir com eles.

Ele revirou os olhos e bufou alto para que ela ouvisse.

O que mais o irritava em Khalicy era que a amiga tinha opinião formada para tudo, e nunca, nunca mesmo, voltava atrás quando as opiniões entre eles divergiam. Se ela metia na cabeça que ele precisava usar o poder, o atormentaria até que usasse. Se decidisse que ele ficava melhor de óculos em vez das lentes, não tentaria nem mesmo fingir para agradá-lo.

Levantou-se e marchou até o banheiro, encarando o estojo com as lentes e o soro. Havia pedido as lentes de presente para a mãe exclusivamente para usar no churrasco, não queria voltar atrás.

Depois de ter passado um dia inteiro como Henry Cavill na semana anterior, Otto fora consumido por uma sensação deliciosa e inquietante, de que, contrariando todas as suas expectativas, não era ordinário, nem invisível, e também não havia motivo nenhum para se esconder. Embora seu poder fosse a coisa mais incrível que já havia acontecido, Otto não queria depender dele, muito menos usá-lo como fuga. Não se sentia confortável com a ideia de se esconder em outra pessoa para fugir de Vinícius, porque isso ele já fazia diariamente na escola. Ele se enfiava no corredor sujo atrás do bloco do fundamental, porque a ideia de enfrentar o inimigo o intimidava demais.

Em vez de desperdiçar a primeira chance que teve em anos de estar próximo de Bruno fora da escola, aproveitou a força e confiança que suas transformações da semana anterior o deram. Bastava saber do que era capaz, e tudo o que fizera sozinho. Ninguém mais poderia tirar aquilo dele. Nem mesmo Vinícius, com aquele sorriso debochado e irritante.

Por isso, Otto decidiu que faria o que estivesse em suas mãos. Arrastou a mãe para o shopping, a empolgação emanando de cada poro dele. Ela o examinou com desconfiança, e um sorriso de quem sabia das coisas insistiu em ficar em seus lábios quando ele a levou primeiro na ótica.

A atendente lavou as mãos e colocou as lentes nele, o instruindo do processo de colocar e tirar. Frisou umas três vezes que ele deveria manuseá-las de mãos limpa e nunca, em hipótese alguma, dormir com elas.

Quando saíram da loja, lado a lado, sua mãe segurou seus ombros, forçando-o a parar. Então, tocou em seu queixo e movimentou sua cabeça de um lado para o outro, como se Otto fosse uma escultura interessante, e não um humano.

— Hum, que bonitão, todo adulto! Quem é você e o que fez com o meu menininho?

— Para, mãe! — Ele olhou para os dois lados, constrangido. Odiava quando ela o chamava assim, principalmente porque era só para deixá-lo encabulado. E sempre funcionava. — Vai que alguém ouve essa bizarrice.

Joana riu, encaixando o braço no dele e o guiando pelo corredor amplo e bem iluminado do shopping.

— Mas me conta, algum motivo especial pra você, do nada, querer usar lentes?

Ele deu de ombros, evitando contato visual, e se concentrou em manter uma expressão neutra.

— Sei lá, só quis testar outras coisas. Todo mundo diz que meus olhos são bonitos.

Não era bem verdade. As pessoas costumavam elogiar seus olhos, sim, mas como uma maneira de encorajá-lo a olhar menos para o chão e não de abandonar os óculos.

Joana o encarou por mais tempo do que o garoto se sentia confortável.

— Sei — falou, por fim. — Não tem nada a ver com alguém em quem você esteja interessado?

Ele tropeçou nos próprios pés e projetou o corpo para a frente de maneira perigosa. Se não fosse pelo aperto firme que a mãe dera em seu antebraço, teria sido uma queda tão constrangedora quanto dolorida.

Pelo menos ela teve o bom senso de esperar que ele se recuperasse antes de encará-lo daquele jeito sugestivo, arqueando uma das sobrancelhas.

— Mãe?! De onde você tirou isso? — perguntou, e sua voz soou esganiçada.

Otto se sentia mal pelo cinismo, mas, se assumisse que gostava de alguém, ela instantaneamente presumiria que se tratava de uma garota. Afinal de contas, era o que todos presumiam de um garoto em um primeiro momento. Era considerado o padrão, o normal, o esperado. E ele não aguentaria sustentar a mentira para ela. Tampouco se sentia preparado para dizer a verdade, nem mesmo saberia por onde começar. Uma coisa era não contar sobre sua sexualidade, e outra bem diferente era fingir ser algo que não era.

Preferia seguir naquela zona cinzenta, assim era mais fácil. Além do mais, omissão não era mentira, em sua opinião. Como ficar triste com algo que nem se tem conhecimento? Se a mãe nem desconfiava de que ele gostava de meninos, não era ele quem contaria. E, enquanto isso funcionasse, Otto deixaria as coisas como estavam.

— Só achei que fazia sentido. — Ela abanou a mão no ar, como se dissesse *deixa para lá*. — É que na sua idade, os hormônios estão à flor da pele. Ainda mais pros meninos. E daí achei que...

— Pelo amor de Deus! — Daquela vez foi Otto quem a segurou pelos ombros. — A gente não tá tendo essa conversa logo aqui, né? Fora que eu nem namoro, é injusto! Deixa pra quando for inevitável, mãe, eu imploro. Pra que me traumatizar? Eu sou um filho tão bom.

Joana caiu na risada, os ombros sacudindo de leve. Mas o apelo dele pareceu funcionar, já que ela balançou a cabeça e retomou a caminhada.

— Dramático! Nem é uma conversa tão ruim assim. Só vou falar de onde vem os bebês, e depois pegar uma banana pra demonstrar como coloca uma cam...

— Mãe! — choramingou Otto, com o rosto vermelho. — Não, sério! O que eu te fiz hoje? Você tá impossível!

Ela riu com tanta satisfação que ele se convenceu de que mães tinham um prazer sádico em deixar os filhos desejando a própria morte.

De volta ao presente, Otto balançou a cabeça, afastando a memória, e respirou fundo, pronto para encarar as lentes outra vez. Buscou um vídeo no Youtube e, depois de assistir com a maior atenção, lavou as mãos de novo e se inclinou sobre a pia, aproximando o rosto do espelho.

Levou aproximadamente dez minutos para Otto abandonar o banheiro outra vez, com os olhos injetados, usando a porcaria das lentes. A carranca se desfez quando reparou na amiga. Khalicy tinha terminado a maquiagem e começava a arrumar o cabelo. Mesmo sem ter terminado de se ajeitar, estava deslumbrante. Era algo que vinha de dentro dela, e Otto vira pouquíssimas vezes antes.

Ficou tão concentrado no que o churrasco significava para ele que não parou para pensar que ela também estivesse empolgada para mostrar uma versão melhor de si, longe da escola e do uniforme laranja que não valorizava ninguém.

Abriu a mochila no pé da cama e tirou a sunga de lá de dentro, que vestiu por baixo da toalha. Depois alcançou a camiseta nova que a mãe comprara para ele, de surpresa, no dia em que foram no shopping. Otto possuía uma pequena coleção de camisetas estampadas com seus super-heróis favoritos. E, como todos sabiam que era aquele o seu maior interesse, também ganhava muitas de presente.

Por isso, quando a mãe estendeu a sacola e ele puxou o tecido azul de lá de dentro, ele se surpreendeu ao constatar que não tinha estampa nenhuma. Era lisa, em um tom de azul muito próximo da cor dos seus olhos.

— É pra realçar — Joana explicou, sorrindo, e Otto foi atingido por uma onda de afeição imensa.

Deslizou-a pelo corpo, olhando para baixo com interesse. Khalicy girou a cadeira para observar o amigo.

— Hum... camiseta nova, é?

As bochechas dele queimaram. Otto puxou a bermuda da bolsa para ter uma desculpa para evitar Khalicy.

— Minha mãe que me deu.

— Francamente, se o Bruno não te olhar hoje... ele é um trouxa.

— Ou só é hétero — suspirou Otto, enquanto abotoava o cinto.

Não gostava de entrar nesse assunto com Khalicy, porque ela sempre ficava tentando animá-lo de uma maneira legal demais para ser sincera. Por mais que fosse pelo bem dele, Otto se sentia muito constrangido, como se fosse uma criancinha iludida nutrindo um romance secreto por um famoso.

Mas... será que ele era tão diferente assim?

Em cinco anos, Bruno nunca dera a menor pista de que podia gostar de meninos. E tampouco o enxergou. Tudo bem que ele era sempre legal e educado com Otto, e tentava distrair Vinícius quando o flagrava sendo um babaca. No entanto, não era como se ele tratasse apenas Otto assim. Na verdade, esse era Bruno. Era legal com todos, incluindo os professores. Não havia uma única pessoa que não gostasse dele. Era tão óbvio se apaixonar por Bruno que Otto sentia vontade de bater a cabeça na parede. Ao longo dos anos, se apegou a cinco minutos de conversa que provavelmente foram só uma tentativa de enturmar o garoto novo.

Se Bruno sonhasse, se fizesse a mais remota ideia de que, ultimamente, Otto vinha tendo ereções só de *pensar* em seu nome... ele nem conseguia imaginar qual seria a reação do colega de turma.

— Ai, Otto... — Khalicy cruzou os braços, entortando os lábios para o lado como sempre fazia quando queria passar a mensagem de *poxa, que pena*. — Nada que eu disser vai fazer você se sentir melhor, né?

— Não — respondeu, bravo consigo mesmo.

Ela abriu uma caixinha de joias e tirou um par de brincos de dentro, aproximando-os da orelha para testar.

— Ninguém tem a sexualidade estampada na testa, sabia? — comentou, distraída. — Eu mesma não sabia sobre você, e a gente vive juntos.

Otto sentou na cama outra vez, apoiando os cotovelos nos joelhos e pendendo a cabeça para a frente. Assim como Khalicy e ele tinham um acordo silencioso de nunca tocar no assunto do primeiro beijo deles, existia também outro assunto proibido; um elefante enorme que surgia sempre que Otto começava a se questionar sobre Bruno e que, de modo geral, eles escolhiam ignorar.

Mas, por mais que quisesse, ele não conseguiria deixar passar ali, prestes a irem para o churrasco.

— Tá, mas... e a Lorena?

Ela deu um suspiro e levantou da cadeira da escrivaninha, ajoelhando na frente do amigo. Sua expressão era de pesar.

— O que você quer que eu fale?

— Diz que eu sou um idiota e preciso seguir em frente.

— E ia mudar alguma coisa?

Otto cruzou as mãos em frente ao rosto, exausto da conversa que havia acabado de começar.

— Não. Eu sou burro, vai continuar assim enquanto eu tiver que conviver com ele. Que ódio daquele narizinho perfeito e daquelas pintinhas no rosto! — disse, com desânimo. — Ele *namorou* a Lorena ano passado, Khalicy. Por três meses! Tipo, quando te beijei eu tive certeza que gostava de meninos, e olha que você é a minha pessoa favorita do mundo. Se existia alguém que podia despertar algo em mim era você. — Otto percebeu o brilho de mágoa que passou pelos olhos da amiga. Esse assunto continuava sendo muito delicado para eles. — Não dá pra namorar uma pessoa se você não sente atração por ela.

Khalicy deu um sorriso tristonho.

— Eu sei que não. — Ela deu de ombros. — Mas ele não pode ser bi ou pan?

Otto fechou os olhos.

Parte dele queria tanto acreditar naquela possibilidade que doía. Ele tentava encontrar significado nas menores ações de Bruno, como no fato de tê-lo convidado ao churrasco pela primeira vez. Seria muito frustrante ter passado tanto tempo apaixonado por alguém que nunca corresponderia.

No entanto, Otto não queria se enganar e se desprender tanto assim da realidade. Dava para contar nos dedos quantas vezes eles já haviam interagido. Na maioria delas para pedir um lápis emprestado ou perguntar sobre alguma questão da prova, nunca além disso. E também teve a vez em que Bruno perguntou a data para Otto, e era três de outubro.

— Não sei, cara. Seria muita sorte a minha, né? — Ele se esticou para alcançar o frasco de perfume na mochila. — Não quero mais me iludir.

Khalicy levantou de súbito, irritada.

— Então por que vamos nessa bosta, pra começar?

— Pra curtir, ué. Tá tudo na mesma, continuo querendo dar uns pegas no Bruno. Só... vou tentar parar de achar que a vida é o *The Sims* e ficar mais de boa.

Terminaram de se arrumar em silêncio, com a atmosfera pesada.

Otto vestia bermudas e chinelos slide, com uma sunga por baixo caso tivesse coragem o suficiente para mergulhar na piscina. Levava protetor solar e toalhas para ele e Khalicy na mochila, embora duvidasse muito que qualquer um dos dois fosse mergulhar.

Khalicy, por sua vez, era a verdadeira estrela. Usava os cabelos presos em dois coques no topo da cabeça e um vestido xadrez, branco e preto, de saia rodada que ia até a metade das canelas.

— Você tá linda! — disse ele, timidamente, saindo do quarto dela.

A garota abriu um sorriso largo e muito sincero.

— Valeu. Estou me sentindo linda mesmo!

Caminharam lado a lado até a sala, onde Viviane mexia no celular, espiando, de tempos em tempos, o filme passando na televisão.

— Estamos prontos, mãe!

Distraída, a mãe dela ergueu a cabeça sem prestar atenção e arregalou os olhos ao reparar em Khalicy. O rosto todo se iluminou e Viviane levantou do sofá em um pulo, correndo até eles.

— Caramba, filha! Como você tá linda! Vocês dois, na verdade — corrigiu, olhando para Otto.

Ele descartou o elogio com um aceno e sorriu.

— Obrigado, tia. Mas perto da Khalicy eu tô no máximo arrumadinho.

Os três riram, enquanto Viviane pegava a chave do carro no suporte que ficava sobre o rack. Ela desligou a televisão enquanto calçava as sapatilhas esquecidas na porta.

— Ah, espera um pouco! Preciso tirar uma foto de vocês.

Viviane esticou o celular em frente ao rosto, bem mais afastado que o necessário, porque não enxergava tão bem de perto. Pediu que eles se aproximassem mais e, então, tirou tantas fotos e de tantos ângulos diferentes que Otto poderia mandar revelar e fazer um book, se quisesse.

Otto e Khalicy seguiram Viviane para o carro. A amiga sentou na frente e ele ocupou o meio do banco de trás, olhando para ela pelo retrovisor. Khalicy não parava de sorrir. Otto a admirou um pouco mais enquanto iam até a casa de Bruno.

A relação de Khalicy com a mãe, no que dizia respeito à aparência, não era das melhores. Viviane fazia de tudo pela filha, virava uma leoa para proteger Khalicy. Mesmo assim, era quem mais pegava no pé dela por causa do peso. Vivia tentando colocar a garota em dietas restritivas, e tecia comentários sobre como a filha ficaria muito mais linda se emagrecesse. No meio do ano, chegou à máxima de dizer que trocaria o guarda-roupa de Khalicy com o maior prazer se ela perdesse peso. Otto ficou feliz por Viviane ter dado uma trégua, justo naquele dia, e ter se contentado com um elogio, sem ser acompanhado de uma ofensa logo em seguida.

Viviane teve uma conversa constrangedora de mãe para filha com Khalicy durante grande parte do trajeto sobre saber que adolescentes bebiam em festinhas, mesmo quando garantiam que não, e que ela ia fingir que não sabia disso, mas gostaria que nenhum dos dois bebesse do copo de outra pessoa, principalmente ela, por ser menina. Otto fingiu que era uma estátua e não ousou mexer um único músculo.

Então, quando Otto começava a se perguntar se o percurso ia demorar para sempre, Khalicy pediu para a mãe estacionar duas ruas antes do endereço. Viviane a encarou como se tivesse sido apunhalada pelas costas.

— Acho que vai ter mais gente chegando, mãe. Vai parecer que somos uns bebês.

A mãe dela riu, sacudindo a cabeça com uma expressão divertida.

— Vocês são. Mas tá bom, vão lá — disse, parando o carro na frente de uma casa em que as crianças brincavam com a mangueira. — Divirtam-se. E me liga quando acabar, tá, filha?

— Beleza. Obrigada, mãe.

— Valeu, tia! — disse Otto, enquanto descia com a mochila nas costas.

Ela deu tchau pela janela, mas não arrancou com o carro. Em vez disso, os esperou atravessar a rua em direção à festa.

— Ótima ideia — elogiou Otto.

— Ai, achei que eu não fosse sobreviver a essa conversa sobre álcool.

Eles se entreolharam, sérios, antes de caírem na risada.

— Amiga, minha mãe quis falar de hormônios à flor da pele quando a gente foi comprar a lente! Você tá no lucro, vai por mim.

Ele estava se sentindo tão leve que era como se tivesse nuvens nos pés. Imaginara diversas vezes como seria ir ao churrasco, e ali estavam eles, prestes a chegar. O principal, no entanto, era que ele estava conseguindo ir como Otto! Se Vinícius quisesse desperdiçar aquele dia o atormentando, era problema dele. Tudo o que queria era se divertir e aproveitar o dia. Nem mesmo o inimigo o impediria.

Os dois ainda riam quando dobraram a esquina para a rua de Bruno. Otto paralisou no lugar ao avistar Vinícius a poucos metros deles. Estava só de bermuda, e inteiro molhado, o cabelo lambido para trás. O garoto loiro fez uma aba com as mãos para proteger os olhos e entortou as costas para trás, olhando para a cobertura.

— Pra onde a bola foi? — berrou, rindo.
— Direita. Atrás daquele carro! — gritou alguém lá de cima.

Khalicy andou mais alguns passos antes de perceber que o melhor amigo empacara no lugar, sem se dar conta de que ele já tinha morrido por dentro, só restara a carcaça.

— Vamos? — Ela passou a mão para cima e para baixo, em frente ao rosto dele. Otto não reagiu. Parecia uma estátua. — Ei!

A garota deixou uma cotovelada nas costelas dele que o trouxe de volta à vida devagar. Otto estava pálido como uma folha de sulfite, enquanto se questionava em que merda esteve pensando para achar que enfrentar Vinícius era uma boa ideia.

— Vou embora.
— Não! — Ela o segurou pelo braço, entrando em desespero.
— E eu?
— Pode ir pra festa, ele te convidou também!
— Otto, isso é ridículo!

Antes que ele pudesse se dar ao trabalho de responder, Vinícius alcançou a bola e girou nos calcanhares, olhando direto na direção deles. Suas pernas trabalharam mais rápido do que seu cérebro, e Otto se enfiou atrás do arbusto que ficava na fachada da clínica.

— Khalicy?! — chamou o outro garoto, indo em direção a eles sem a menor pressa.

— Sai daí, cacete! — murmurou ela, entredentes, para que Otto ouvisse.

Aquilo era dez vezes pior do que chegar de carona com dona Viviane. Se Otto aparecesse de cabeça erguida, quem sabe Vinícius ficasse sem graça de mexer com ele. Mas, não, ele precisava se esconder na primeira oportunidade!

— O que vocês tão fazendo aqui sozinhos? — insistiu Vinícius, cada vez mais próximo. — Não vão entrar?

Otto precisava pensar depressa, antes que acabasse passando a maior humilhação da vida. Bateu com a testa na porta de vidro, se odiando por ter desistido tão rápido. Realmente acreditou que conseguiria. Havia se sentido tão invencível no corpo de Henry Cavill, andando pela cidade no horário da aula e recebendo olhares de interesse aos quais não estava nem um pouco habituado. Tudo parecia possível. Otto se agarrou à inquietação percorrendo o corpo como uma corrente elétrica e se convenceu de que era capaz. Pelo jeito tinha se superestimado. Ele devia ser como todos a sua volta e se dar o mínimo de crédito, pelo menos não precisaria passar por situações como aquela.

Sem ter mais nenhuma escolha, olhou fixamente para as folhas do pingo-de-ouro que o escondia e se concentrou, tentando formar uma imagem na cabeça. Era a primeira vez que pretendia se transformar sem pensar em ninguém que existisse na vida real, mas ele não teve tempo de se preocupar com a possibilidade de dar errado. Vinícius estava praticamente ali. E vestir a carcaça de outra pessoa para uma festa estava fora de questão. Não só pelos problemas que certamente viriam, mas principalmente porque, se fosse o oposto, ele odiaria saber que estavam vivendo com a sua aparência. E uma festa que duraria o dia todo era muito diferente de uma ida ao centro ou uma visita ao posto de gasolina.

Procurou focar nas características de um garoto que impusesse respeito em Vinícius para que tivesse o dia sem ninguém em seu pé, mas os pensamentos não paravam de ser atraídos para a conversa no quarto de Khalicy, sobre Bruno ter namorado Lorena no ano anterior. Sem nem se dar conta, Otto pensou nas garotas que via no Pinterest, onde gostava de passar o tempo quando não tinha mais nada para fazer. O mundo era mais bonito e estiloso lá, como se tudo tivesse acabado de sair direto de um filme. Otto queria ser mais como no Pinterest e menos como ele. E, naquele momento, quis muito ser como uma das garotas que via lá.

Continuou mirando o verde intenso das folhas, enquanto se concentrava. Elas tinham mãos delicadas, lábios carnudos e maçãs do rosto proeminentes. Os cabelos longos e cheios de ondas. Conforme as imagens se formavam diante dos seus olhos, Otto sentia o corpo se manifestar, em uma resposta rápida.

Como não mudou tanto o tamanho do corpo, a dor foi mais suportável do que na última transformação. Ainda assim, Otto soltou um gemido baixo, o rosto todo em chamas.

— E aí, Vinícius? — ouviu uma voz mais distante, que reconheceu na hora. Pertencia a João, outro jogador do time de basquete da sala deles, com quem Otto já fizera dupla algumas vezes, mas que nunca trocava mais palavras que o necessário.

— Fala, João! A porta tá aberta, é só subir. O Bruno tá na piscina.

Ele agradeceu aos céus pela ajudinha. Foi o tempo exato de terminar a metamorfose. Olhou para baixo, deparando com dois relevos na camiseta. Sem pensar duas vezes, passou as mãos neles de cima para baixo, experimentando a sensação. Quando se transformou em Khalicy, ficou tão pouco tempo no corpo dela que nem teve chance de perceber as diferenças. Mas agora não poderia desviar a atenção do peso engraçado nem mesmo se quisesse.

Os mamilos marcavam um pouco a camiseta de tecido fino, e Otto fez uma careta. As meninas da escola não ficavam sem sutiã. Esperava que não tivesse problema, porque já era tarde demais para voltar atrás, de toda forma. A voz de Vinícius estava a centímetros de distância.

— Ahn... oi? — disse Vinícius, um pouco sem jeito. Otto ouviu o som de beijinhos na bochecha sendo trocados e uniu as sobrancelhas, confuso. — Tá tudo bem?

— Oi! — Khalicy estava animada demais. Uma animação artificial de quem não queria deixar transparecer o nervosismo. — É... na verdade...

Otto se apoiou no arbusto e se levantou, sem jeito, antes que ela acabasse falando demais. Um galho seco arranhou sua perna enquanto saía do esconderijo e parava ao lado da amiga. Ele se abaixou para limpar a gota de sangue e, ao levantar, encontrou Khalicy e Vinícius de olhos arregalados e paralisados.

Não soube apontar qual dos dois pareceu mais chocado; era uma competição acirrada. A amiga tinha os lábios entreabertos, mas Vinícius nem mesmo piscava. Quis dizer algo interessante, que desviasse a atenção do garoto para o fato de que havia acabado de sair de um arbusto, mas sua mente estava tão vazia que havia até bolas de feno rolando. Otto piscou, com um sorriso congelado no rosto, sem parar de repetir: *E agora? E agora? E agora?*.

Alguns segundos se passaram sem que ninguém falasse nada. Otto temeu que ninguém quebrasse o silêncio e acabassem ficando ali até o anoitecer. Lançou um olhar suplicante para Khalicy, mas não foi preciso que ela dissesse nada.

— Cara, achei que tivesse visto o Ottinho de longe! — Sua expressão era pura confusão. Ele se virou para Khalicy. — Ele tá aí atrás também?

Sem esperar por uma resposta, Vinícius se adiantou alguns passos, esticando o pescoço para descobrir o que havia atrás da moita. Abriu alguns galhos e inclinou o tronco para a frente, esperando encontrar algo mirabolante.

Como não viu nada, se virou para Otto, um sorriso desconcertado nascendo.

— O que você tava fazendo?

— Eu... — Otto passou a mão pelos cabelos, em uma tentativa fajuta de jogar charme. — Hum... coisas de menina?

Ele se amaldiçoou por aparentemente não saber mais como responder as coisas sem ser em forma de pergunta. E depois se amaldiçoou um pouco mais pela resposta horrível. Que tipo de coisas de menina, pelo amor de Deus?

De toda forma, pareceu bastar para Vinícius, que relaxou a postura e sorriu, embora a confusão não tivesse se esvaído por completo de seu rosto. Era uma sorte que ele tivesse apenas dois neurônios para perceber quão horrível e nada explicativa fora a resposta.

Vinícius girou de frente para Otto e agarrou seu ombro com a mão livre. Antes que pudesse reagir, Otto foi beijado na bochecha. Não bochecha com bochecha, como a maioria das pessoas normais. Vinícius encostara os lábios em sua pele! Seu arqui-inimigo. Ele tinha partículas da saliva do arqui-inimigo no rosto. Seu estômago embrulhou.

— Meu nome é Vinícius. A gente estuda no mesmo colégio — disse, indicando Khalicy com o queixo. Usava um tom gentil que jamais havia usado com Otto em toda a vida. As sobrancelhas, porém, continuavam arqueadas.

Então, sem disfarçar muito, o olhar de Vinícius escorregou para baixo, deixando um rastro de calor pelo peito de Otto. Ele odiou saber para onde o garoto olhava. Pela primeira vez entendeu as queixas de Khalicy sempre que iam até o mercadinho do bairro e o dono mal a encarava no rosto. Cruzou os braços em frente ao peito, envergonhado.

— Como você se chama? — perguntou Vinícius, sem se incomodar em ter sido pego no flagra.

— Ot... Olga! — Otto pigarreou, com as pernas fracas. — Meu nome é Olga.

Khalicy finalmente deu sinal de vida, mudando o peso do corpo de uma perna para a outra.

— A gente é vizinha! Tem problema?

Vinícius encarou Khalicy, parecendo se lembrar que ela também estava ali.

— Que nada! O Bruno é de boa pra essas coisas. — Com uma última olhada atrás da moita, o garoto se deu por vencido. — O Otto não veio?

— E-ele vem depois — respondeu Khalicy, enquanto Otto entrava em uma espiral de desespero sem saber o que falar. Felizmente, a resposta dela bastou. Era por isso que amava Khalicy, ela pensava rápido. — Ficou de encontrar a gente aqui.

Distraído, Vinícius rolou a bola de vôlei no dedo anelar, da mesma maneira que Bruno fazia o tempo todo, e olhou por cima do ombro, para onde os amigos continuavam gritando para que ele se apressasse.

Otto o encarou com atenção. Reparou no peito e na barriga firmes, de quem se exercitava muito, e nas gotículas que escorriam em direção ao cós da bermuda. O bíceps contraído enquanto ele brincava com a bola sem nem perceber. As panturrilhas definidas, que Vinícius exercitava cada vez que saltava para enterrar uma cesta para o time da escola.

Agradeceu por não estar em sua forma natural, ou então precisaria lidar com uma ereção naquele exato segundo. E, ao constatar que sentia atração por Vinícius, teve nojo de si mesmo. Qual era o problema dele? E daí que o inimigo era bonito? Ele podia estar pintado de ouro que continuaria sendo o garoto desprezível que arruinava sua vida no colégio. Era ele quem o xingava, o humilhava e inventava formas de agredi-lo durante a educação física, fazendo parecer que eram meros acidentes. Sem contar na vez em que Vinícius puxara sua calça para baixo e a rasgou da altura da bunda até o joelho. Otto se trancou no banheiro, chorando, e só saiu de lá quando a mãe o buscou.

Odiava Vinícius. Odiava que ele fosse tão próximo de Bruno e arruinasse qualquer possibilidade de se aproximarem. Odiava que precisasse se transformar em outra pessoa para poder curtir uma festa, para começo de conversa. E odiava, com todas as suas forças, ter achado aquele garoto bonito, ainda que por uma fração de segundo.

Vinícius voltou a olhar para ele e, quando os olhares cruzaram, Otto deve ter deixado transparecer o conteúdo dos seus pensamentos, pois o inimigo deu um passo para trás, unindo as sobrancelhas.

— Ah, beleza, então. É... vamos subindo?

O tom também mudara drasticamente. A gentileza de antes deu lugar a um desconforto tangível. Khalicy percebeu, pois lançou um olhar confuso para Otto, que apenas encolheu os ombros.

Sem esperar por uma resposta, Vinícius deu a volta e seguiu em direção à porta de metal entreaberta. Otto arriscou o primeiro passo, mas Khalicy o segurou pelo antebraço, para que ganhassem uma distância segura de Vinícius.

— Que merda é essa? — sussurrou, olhando feio para ele. — Por que você fez isso?

— Ué, não foi você que sugeriu?

Os dois passaram pela porta e deram com uma escadaria estreita e sem janelas. Vinícius estava bem adiantado, quase alcançando o patamar, quando parou e se virou.

— Pode fechar! — instruiu o garoto, olhando-os de cima. — Tem que bater com força.

Otto obedeceu, empurrando a porta até que ouvissem um estalo alto. Khalicy ficou parada no lugar e indicou a subida com um movimento de cabeça. Com um suspiro, ele começou a subir.

— Tá — recomeçou ela —, mas você tinha mudado de ideia. E, de toda forma, eu disse *menino*. Não essa... *Billie Eilish* que você virou.

Ele examinou as próprias roupas, entendendo o que ela queria dizer. Assim como a cantora, a camiseta e a bermuda ficaram largas e despojadas nele. Não era exatamente o tipo de roupa que via as outras garotas da turma usando, mas não se importou muito com isso, pois ao menos estava confortável. Também agradeceu a ideia de usar lentes, pois seria esquisito aparecer com a mesma armação vermelha de sempre.

— Você tá com ciúme, é? — perguntou, e então parou no lugar ao perceber que os cabelos ondulados, que terminavam pouco abaixo dos ombros, eram verdes. — Quê? Meu cabelo é verde?

— Aham? E os olhos também — respondeu Khalicy, mal-humorada.

— Não era pra camiseta destacar seus olhos e sei lá mais o quê?

— Era! Eu... não sei o que rolou.

Ele penteou as mechas com os dedos, achando graça do resultado. O apelido de Billie Eilish caía mesmo como uma luva.

— Deve ser porque fiquei encarando o pingo d'ouro. Não consegui me concentrar direito.

Otto se calou ao perceber que as escadas davam para a sala dos Neves. Engoliu em seco, sem conseguir evitar que seu olhar vagasse pela decoração, captando todos os detalhes.

Era ali que Bruno morava. Ele chegava da escola e jogava a mochila no chão, ao lado daquela porta. Depois tirava os sapatos, andando pelo chão de linóleo com as meias, em direção ao quarto. Era ali que ele via filmes com a família, dividindo baldes de pipoca.

Ouviu um pigarrear suave e se deu conta de que Vinícius o observava, recostado na parede oposta.

— É por aqui. — Ele apontou com a cabeça para o fundo da sala. — Pode fechar essa porta também.

Dessa vez, foi Khalicy que bateu a porta, com mais força que o necessário. Otto respirou fundo, sabendo que a discussão entre eles ainda não havia terminado.

Em silêncio, seguiu atrás de Vinícius, dando uma última espiada. Viu um corredor comprido com várias portas fechadas e se perguntou qual delas era o quarto de Bruno. Pensou nele de toalha lá dentro, recém-saído de um banho, escolhendo uma cueca para vestir. O rosto esquentou e Otto agradeceu, mais uma vez, por não estar em sua forma natural.

Sentiu a respiração de Khalicy em sua nuca, o corpo quase colado ao seu.

— Você tinha que ficar tão bonito logo hoje? — disse, bem próximo de sua orelha.

Otto parou no lugar, provocando um encontrão.

— Khalicy? É por isso que você tá irritada comigo?

Ela cruzou os braços, evitando seu olhar.

— Não. Talvez.

Otto soltou o ar, numa espécie de risada, e segurou as mãos dela.

— Você tá a maior gata. Na real, você *é* a maior gata, mas hoje... não tem pra ninguém. Nem pra Billie Eilish. — Ele alisou a camiseta na altura dos seios. — E, olha, eu tô sem sutiã! Essa camiseta é super transparente, peguei o nojento do Vinícius encarando meu peito.

123

Os olhos dela brilharam e, a contragosto, soltou uma risadinha.

— É horrível, né?

— Muito! Juro que vou moer na porrada todo mundo que te olhar desse jeito!

Khalicy suavizou a postura, rindo mais alto.

— Não vai nada!

— Não mesmo. É mais fácil *me* moerem na porrada. — Ele prendeu uma mecha de cabelo dela atrás da orelha. — Mas é sério, eu que devia estar bravo por estar sendo ofuscado com toda essa beleza.

Khalicy deu um tapa no peito dele, no modo automático, e Otto gemeu de dor, dobrando o corpo para a frente.

— Meu Deus, desculpa! Eu esqueci!

Com o tronco envergado, Otto procurou o olhar da amiga, que o encarava cheia de culpa. Bastou que os olhares se encontrassem para que caíssem na risada.

Vinícius pigarreou outra vez, do topo da escada, sem esconder a irritação.

— Vocês vão ficar aí?

Otto e Khalicy se entreolharam uma última vez, sorrindo, e então subiram, de dois em dois degraus.

Dançar na frente de qualquer pessoa

Cada milímetro de Otto ficou em estado de alerta desde que chegaram na cobertura dos Neves, onde o churrasco acontecia.

Embora a maioria dos colegas de turma ainda não tivesse aparecido, ele não conseguiu evitar o pavor que disparava em seu interior. Era muito diferente virar outra pessoa na frente de desconhecidos, passando poucos minutos com cada um, e estar entre as pessoas com quem convivia desde o quinto ano, durante um dia inteiro.

De repente, Otto ficou muito consciente de cada movimento, cada expressão, cada gíria que saía de sua boca. Coisas tão naturais e que podiam denunciá-lo para pessoas mais atentas. Sem contar que estava no corpo de uma menina sem ter testado uma única vez antes. Embora passasse grande parte do tempo grudado em uma garota, não fazia a menor ideia de como se comportar. Era tudo esquisito e difícil. Se tivesse seguido o conselho de Khalicy e virado um garoto qualquer, poderia agir no automático. Mas não, Otto precisava complicar tudo, como se sua vida não fosse caótica o suficiente.

Os peitos pesavam e pressionavam a coluna de um jeito que ele não estava acostumado. E, dado a maneira como todos os garotos miravam direto para eles, Otto ponderou a possibilidade de ter exagerado um pouco no tamanho, lamentando que o tecido da camiseta nova fosse tão transparente.

Além disso, os colegas de turma passaram a tocar muito nele nos minutos que seguiram sua chegada. Faziam perguntas sobre o colégio em que estudava, desde quando ele e Khalicy se conheciam e – para o terror de Otto – se estava comprometido, usando as perguntas de pretexto para pousar os dedos em seu antebraço, no ombro ou na curva da sua cintura.

— Seu cabelo é muito da hora, Olga! — disse João, alisando uma mecha.

Otto estremeceu, um pouco irritado, e deu um passo para trás, encarando os pés. Não era uma pessoa dada a toques excessivos, e era ainda mais desconfortável quando vinham de quem mal falava com ele no dia a dia. O que João faria se soubesse que alisara os cabelos de Otto? E Vinícius, se descobrisse que o engolira com os olhos depois de beijar sua bochecha?

No entanto, apesar de toda a atenção, a pessoa que mais queria que viesse falar com ele e tocar até em seus seios, se quisesse, limitou-se a dar um oi da piscina, sorrindo.

Vinícius, que ainda os acompanhava de uma certa distância, atirou a bola para Bruno. Com um sorriso tímido, que Otto nunca vira em seu rosto antes, indicou a churrasqueira, onde um grupinho de garotos da sala deles estava.

— Já começaram a sair os espetinhos, acho que o Vitor Hugo tá cuidando, só pedir pra ele. Podem ficar à vontade! — Vinícius se empertigou, olhando de um para o outro com os olhos arregalados. — Vocês comem carne, né?

Otto e Khalicy se entreolharam, rindo.

Era muito esquisito presenciar um Vinícius que não se esforçava para ser o maior babaca da cidade. Até dava para compreender um pouco mais a razão de Bruno gostar dele. Otto ficou se perguntando como o garoto o trataria se não tivesse perdido a coragem no último segundo e aparecido como ele mesmo na festa. Será que ainda estaria esse poço de simpatia ou, àquela altura, estaria afogando Otto na piscina?

Otto pressentia saber a resposta.

— A gente come de tudo — respondeu Khalicy, e ele prendeu a respiração, com medo de que o outro aproveitasse o gancho para fazer uma piada sobre o peso dela, como costumava acontecer com frequência no passado.

Mas Vinícius apenas relaxou os ombros e apontou para um freezer horizontal na área coberta da churrasqueira.

— Ali tem refri e água. E naquele outro, menor, tem picolé de fruta, que o tio Levi comprou — falou, com tanta tranquilidade que até parecia morar ali. — Vocês trouxeram roupa de banho?

— Ahn... — Otto esfregou o braço, sem jeito. — N-não.

— Eu não sou muito de piscina — respondeu Khalicy, com um tom confiante que convenceria qualquer um que não a conhecesse bem o suficiente.

— Poxa, que pena! Meio que todo mundo fica lá depois de um tempo. Mas, se vocês mudarem de ideia, acho que a Raissa pode quebrar um galho.

Otto não encontrou palavras para responder, por isso apenas assentiu. Pelo canto dos olhos, descobriu que Khalicy fazia o mesmo. Se sentiu um pouco melhor por não ser o único achando a mudança de comportamento de Vinícius bizarra. Ainda que Olga fosse uma desconhecida para ele, a amiga não era. Ele não a perturbava mais desde que Khalicy o enfrentou, mas também estava longe de ser legal com ela na escola.

— Qualquer coisa é só gritar. O Bruno não vai sair mais dali. — Ele olhou para a piscina, onde Bruno brincava com mais dois colegas. — E, hum... você tá bonita, Khalicy.

A voz de Vinícius ficou uma oitava mais baixa, como se estivesse *nervoso*, e ele desviou o olhar deles, parecendo muito interessado no guarda-sol a poucos centímetros de onde estavam.

Khalicy fez um ruído estranho com a garganta e suas bochechas ficaram vermelho vivo.

— Eu... obrigada? — respondeu, com um tom esquisito.

Antes que Otto pudesse processar o que havia acabado de acontecer ali, bem diante dos seus olhos, Vinícius se afastou depressa e pulou na piscina ao lado de duas meninas do nono ano, que passavam protetor solar sentadas na borda.

As duas deram risadinhas juntas, entreolhando-se. Quando Vinícius emergiu, uma delas espirrou água no rosto dele, como se ele não tivesse acabado de mergulhar e estivesse inteiro encharcado.

— Mala! — exclamou a garota, toda sorrisos.

Otto procurou o olhar da amiga, boquiaberto, e a encontrou da mesma maneira.

— Meu Deus. Entramos num universo paralelo ou o quê? — perguntou, ainda desacostumado com a voz aguda que saía de sua boca.

— Eu sei? — Khalicy bateu com as mãos nos quadris. — O Vinícius gente boa é mais assustador que o Vinícius escroto!

— É porque ser gente boa é contra a natureza dele. Enfim, vamos deixar nossas coisas ali perto das outras mochilas. Tô com fome.

— Vai lá, vou pegando uns espetinhos pra gente.

Sem esperar por resposta, a garota disparou na frente, indo em direção ao grupinho que rodeava a churrasqueira. Seus quadris balançavam suavemente enquanto caminhava, e os fios de cabelo soltos pulavam de maneira graciosa. O elogio de Vinícius arrancou a nuvem de amargura que havia pousado sobre sua cabeça quando Otto saíra de trás da moita, transformado em menina. Ele ficou feliz de ver a amiga assim, confiante, mesmo que o vetor responsável por isso fosse seu arqui-inimigo.

Otto deixou a mochila e a bolsa dela amontoados com os pertences dos demais convidados e se recostou no muro, cruzando os braços em frente ao peito. Até mesmo aquela posição tão corriqueira era diferente para alguém com seios. Otto iria perguntar para Khalicy depois como ela conseguia viver com duas coisas moles pendendo do corpo. Se bem que... não era como se ele também não tivesse coisas moles pendendo.

O rosto enrubesceu de vergonha, enquanto o olhar era atraído para a piscina. Bruno havia acabado de lançar a bola para um dos garotos, os músculos se contraindo. Primeiro o bíceps, depois o tríceps, ao esticar os braços. Mesmo de longe, Otto conseguiu ver as veias dilatadas que começavam nas mãos e subiam até os ombros. Engoliu em seco, desconcertado. Era a primeira vez que o via despido. Uma parte se quebrou dentro de si; Bruno era bonito demais.

Deu um passo à frente, descobrindo que as mesmas pintas marrons que Bruno tinha no rosto salpicavam seu peito e ombros e, por um milésimo de segundo, se imaginou lambendo cada uma delas, da mesma maneira que faria com um sorvete de flocos. Diferente de sardas, as pintas eram mais espaçadas e definidas, e Otto tinha a sensação de que poderia ligar os pontos de umas às outras com uma canetinha e revelar imagens escondidas na pele do garoto.

Otto esfregou o rosto, assustado. A mãe devia ter razão sobre os hormônios, no fim das contas.

Se tivesse aparecido como Otto e alguém percebesse sua ereção, o que ele faria? O que seria menos pior? Algo dizia que ficar excitado em festas casuais com os amigos não era muito bem aceito em nenhuma hipótese.

— Hummm... — Khalicy se aproximou, mastigando. — Tá maravilhoso! Só cuidado que tá quente.

Ela trazia dois espetinhos e uma latinha de refrigerante nas mãos. Otto pegou o seu e assoprou, com o estômago roncando de fome.

— Você não vai ficar aqui escondido o dia todo, né?

— Tava só te esperando.

— Vamos mais pra lá.

Ela apontou para a piscina, piscando para Otto.

Apesar do nó na garganta, ele assentiu, enquanto mordia um pedaço de carne. Não fazia sentido ter ido ao churrasco e se transformado se não aproveitasse cada oportunidade para se aproximar de Bruno. E mesmo que não fizesse a menor ideia de como começaria um assunto com ele, preferiu descobrir arriscando. Se fosse apenas para ficar imaginando um cenário ideal, Otto poderia ficar em casa jogando *The Sims* que não faria a menor diferença.

Khalicy deu um gole na lata, o examinando com atenção, mas não saiu do lugar.

— Só... calma. Deixa eu fazer um negócio antes. — falou, abaixando para deixar o guaraná no chão. Depois, entregou o espetinho pela metade para o amigo. — Segura, por favor. Você tá muito largado. *Largada*. Ai, essa situação é muito estranha!

Otto sorriu, antes de abocanhar outro pedaço.

— Imagina pra mim — respondeu, de boca cheia.

Ela se aproximou e segurou a barra da camiseta de Otto. Puxou o tecido mais para cima, até que sua barriga estivesse de fora, e a amarrou em um nó, que deslizou para dentro da camiseta, a transformando em um *crop top* estiloso. Ele encarou o umbigo de fora, sem saber se gostava da ideia. Apesar de combinar mais com Olga, era esquisito, porque continuava sendo ele, e Otto jamais usaria a camiseta daquela maneira.

Depois, a amiga se posicionou atrás dele e começou a mexer nos seus cabelos.

— Abaixa um pouco! Precisava continuar tão alto?

— Alta. Eu sou alta — respondeu, obedecendo.

Os dedos dela fizeram cócegas enquanto mexiam em seus cabelos, até que começaram a puxar como se quisesse arrancá-los de sua cabeça, mas Otto não ousou reclamar. Estava feliz demais com a ajuda dela.

— Pronto. Agora sim!

— Fez o quê?

— O penteado da Ariana Grande. — Khalicy deu um sorriso travesso e abaixou para pegar a latinha outra vez. — Agora você parece uma garota misteriosa e descolada, que não gosta de usar sutiã porque não vai se dobrar ao patriarcado.

Otto caiu na risada, balançando a cabeça para ela.

— Não são nem duas da tarde, Khalicy. Corta essa.

Ela respondeu batendo o ombro no dele enquanto caminhavam para a piscina.

★★★

Khalicy e Otto se sentaram em uma das mesinhas espalhadas pelo deque de madeira, protegidos do sol escaldante do meio-dia pelo guarda-sol.

Enquanto se revezavam para buscar mais espetinhos e refrigerante, os colegas de escola não paravam de chegar, em grupinhos risonhos.

Otto reparou que muitos deles chegavam e iam direto para a borda da piscina, mostrar o conteúdo das mochilas para Bruno e Vinícius, que respondiam com sorrisos travessos e expressões satisfeitas.

Na quarta vez que viu acontecer, cutucou a cintura de Khalicy e fez um movimento discreto com a cabeça para que ela acompanhasse com o olhar.

— Bebida?

— Certeza. Ouvi um pessoal da minha sala combinando de comprar.

Aos poucos, cerca de quarenta pessoas se espalhavam pela cobertura, segurando espetinhos e conversando, empolgadas. Não fazia nem vinte minutos que eles estavam sentados quando Raissa se aproximou da caixinha de som e trocou a música que tocava por Pabllo Vittar, aumentando o volume no máximo.

— Ahhh! Eu amo essa música! — exclamou Khalicy, se levantando em um pulo e esticando a mão para ele.

Otto ficou em pé logo em seguida, e segurou a mão dela. Os dois correram para a área aberta entre a piscina e a churrasqueira, longe das mesas, onde um grupinho de pessoas havia se juntado ao redor da caixinha de som.

As reações foram divididas. Metade das pessoas gritou, empolgada, e começou a dançar timidamente. Mas alguns garotos – e Otto reparou, sem nenhuma surpresa, que Vinícius era um deles – fizeram caretas insatisfeitas. Com mais expectativa do que gostaria de admitir, procurou Bruno na piscina, mas o garoto parecia não ter se dado conta do som ensurdecedor. Brincava com a bola como se estivesse em um mundo à parte. Otto nunca imaginou que Bruno fosse tão apaixonado por água, tampouco que tivesse aquele lado mais brincalhão, que o fazia parecer mais novo. Na escola e na clínica, sempre tinha a impressão de que Bruno era bem maduro. Ali, vendo-o sorrir de orelha a orelha enquanto pulava de um lado ao outro, gostou de conhecer aquela faceta.

Khalicy tirou os sapatos e pulou ao redor dele, radiante, com os braços acima do corpo. Era impossível não se contagiar por ela quando começava a dançar. Havia perdido as contas de quantas vezes ela ligara a música em seu quarto e o puxara para se unir a ela. Às vezes usava o artifício para dissipar uma briga da qual era culpada. Khalicy não era muito de pedir desculpas e preferia se reaproximar sorrateiramente, até que estivessem de bem. Otto chutou os chinelos e também ficou descalço. Sem nenhum molejo, começou a requebrar o quadril e balançar os braços enquanto cantarolava a música em voz alta.

Se estivesse em seu verdadeiro corpo, jamais teria coragem de dançar na frente de qualquer pessoa que não fosse Khalicy. Em parte, porque era desengonçado e duro, por ter esticado muito depressa, mas principalmente porque a timidez o acorrentava. Além disso, porque Vinícius nunca mais o deixaria em paz, seria apenas mais uma razão para pegar em seu pé. Otto não estava nem um pouco disposto a especulações e brincadeiras idiotas sobre sua sexualidade, ainda que achasse ridículo que uma coisa simples como dançar, que deveria ser feita por todos, pudesse causar aquele tipo de reação.

Por isso, aproveitou que não seria julgado, porque ninguém nem ao menos imaginava quem era, e curtiu o anonimato. Dançou e cantou sem medo, inventando passos ridículos com Khalicy e tomando um picolé roubado do freezer.

Mais ou menos na quinta música, a pele estava inteira cintilante de suor, o cabelo colava na testa e na nuca, e os pés ficaram pretos de sujeira. Otto ofegava, mas era incapaz de se desfazer do sorriso.

Raissa se aproximou deles, sem parar de remexer os quadris e dar pulinhos no ar, segurando uma latinha de guaraná.

— Adorei o lookinho! — disse, olhando para Khalicy.

A amiga ficou com o rosto corado em tempo recorde. Otto sabia que, apesar de estudarem na mesma sala, as duas mal se falavam.

— Valeu. Também gostei do seu.

— E aí? — Dessa vez foi para Otto, que respondeu com um aceno de cabeça. — Seu amigo não veio? Acho que nunca vi vocês separados.

Khalicy riu, lançando uma piscadinha de cumplicidade para ele.

— Disse que chegava depois, mas pelo jeito me deu um bolo.

Quando Raissa abriu a boca para responder, começou a tocar uma música que Otto amava. Ele girou no lugar, estalando os dedos no ritmo das batidas, feliz demais para se concentrar na conversa delas. Resolveu arriscar um passo de *hula* quando sentiu que alguém o observava. Olhou para o lado, buscando o dono do olhar, e estremeceu inteiro ao descobrir que era Bruno, que estava de braços cruzados na borda da piscina.

No entanto, assim que percebeu que fora pego no flagra, Bruno se ocupou com outra coisa, desviando o rosto. Foi mais rápido do que Otto gostaria. Ele só teve tempo de ver a expressão séria do outro garoto enquanto mirava em sua direção, coisa que nunca tinha acontecido antes. Em cinco anos estudando na mesma sala e quase sempre sentando próximos um do outro, Otto nunca vira nenhum sinal, o menor que fosse, de que Bruno tivesse perdido alguns segundos nele. E Otto passava tanto tempo secando o colega que tinha certeza. Daria tudo, tudo mesmo, para descobrir em que Bruno estava pensando, mas se contentou em saber que, ainda que não fosse de fato o Otto aquela tarde, tinha acontecido. Ele o encarara.

— Isso aqui tá demais! — Khalicy rodopiou, então perdeu o equilíbrio e se chocou nele.

Otto sorriu e beijou a bochecha da amiga, puxando-a pela mão até a borda da piscina, aproveitando a chama de coragem que se acendera em seu interior antes que ela se apagasse.

Sentaram-se bem próximos de onde Bruno estava e afundaram os pés na água fria. Ele lamentou um pouco não poder mergulhar como todo mundo, mas afastou o sentimento ao olhar para a alegria de Khalicy. Mesmo que ela tivesse garantido que não se importaria se ele entrasse, ele pressentia que se importaria, sim. Além do mais, sua insegurança com o corpo vinha crescendo com o passar dos anos. Quando eram mais novos, os dois viviam na água, como peixinhos. Depois, ela começou a usar camisetas por cima dos biquínis, não importava quão quente estivesse. E, por fim, deixou de entrar na água, com a desculpa de que não gostava mais. Embora ele tentasse de toda forma convencê-la de que não devia deixar de fazer as coisas que gostava, era difícil competir com dona Viviane e seus comentários constantes sobre o corpo de Khalicy.

Àquela altura, grande parte dos convidados tinha entrado na água, como Vinícius previra, e a piscina ficou caótica. Uma parte das pessoas brincava de bola, a outra de briga de galo, e havia ainda alguns que não paravam de sair da piscina só para pular outra vez, espirrando água em todo mundo.

Otto não conseguia parar de sorrir. Desde a primeira vez que ficou de fora do churrasco, tentou se convencer de que não era nada demais. Que não ligava se ninguém queria sua companhia e, mais que isso, que nem devia ser tão legal como parecia nas fotos.

No entanto, estando ali, não havia porque fingir para si mesmo que não estava se divertindo muito mais do que imaginara. Queria não se importar com o pessoal da escola, mas a verdade era que, independentemente do que tinha mudado para Bruno convidá-lo, Otto se sentia muito grato por aquilo. Quando o assunto era escola, poucas vezes ele se enxergou como um garoto qualquer; dava para contar nos dedos. Mas naquela tarde foi como se sempre tivesse sido assim. Ele teve um gostinho de como as coisas seriam sem Vinícius pegando em seu pé, como seria pertencer, e gostou.

Tinham acabado de se acomodar quando os pais de Bruno e Raissa apareceram na cobertura. A princípio, pensou que fossem repreendê-los pela bagunça, mas bastou olhar um pouco mais para perceber que estavam muito arrumados, e pareciam prestes a sair. A mãe de Bruno estava deslumbrante com um batom cor de vinho, e Otto se pegou comparando as semelhanças dela e Bruno. Ele já havia visto a dra. Madeleine algumas vezes no consultório, mas foram encontros rápidos pelo corredor, enquanto se dirigia para a sala do dr. Levi. De toda forma, era a primeira vez que os encontrava sem os jalecos brancos de trabalho, e precisava admitir que era um pouco esquisito ver seu oftalmologista assim, descontraído e sorrindo.

Os dois se aproximaram da piscina de mãos dadas e dr. Levi se agachou ao lado de Otto e Khalicy. No mesmo instante, Bruno nadou para a borda e Raissa, que ainda dançava com as amigas, deu uma corridinha para se juntar a eles.

— Tudo certo por aqui? — perguntou dr. Levi, e os dois assentiram ao mesmo tempo. — Estamos de saída. Vamos visitar a Vó Nilde e depois jantar com um casal de amigos, devemos voltar só no fim da festa.

Bruno resmungou um *aham* enquanto espirrava água com as mãos juntas, sem nem se dar conta. Otto não conseguia desviar os olhos dele. Estavam tão próximos que via seus dedos enrugados, parecidos com passas. Ficou tão vidrado em engolir Bruno com os olhos que nem teve tempo para se sentir mal por ouvir uma conversa íntima.

— Sei que vocês estão cansados de saber, mas nada de irem pro andar de baixo, viu? — Novamente, os dois concordaram sem dizer nada. — Fiquem com os celulares por perto, caso a gente queira falar com vocês. E, Raissa, obedeça ao seu irmão enquanto estivermos fora!

A garota revirou os olhos, mas não disse nada. Bruno, por sua vez, caiu na risada, encarando-a de maneira provocativa.

— Ouviu, né? Eu que mando!

— Ah, tá — disse ela, com ironia.

Dra. Madeleine riu, conferindo as horas no relógio de pulso. Então apressou Levi, ajeitando a bolsa no ombro. Ele apoiou as mãos nos joelhos e se levantou.

— Boa festinha, divirtam-se!

— Vocês também. — Bruno acenou, e algumas gotas voaram em Otto. — Manda um beijo pra vó e pro vô!

Madeleine mandou um beijo no ar para cada um. Então, quando Levi a alcançou e segurou sua mão, os dois sumiram pela porta. Tinha sido isso, um aviso de que ficariam fora pelas próximas horas enquanto os filhos estavam dando uma festa! Otto achava que sua mãe era tranquila, mas ela jamais o deixaria fazer o mesmo, ainda que tivessem espaço para isso em casa. A mãe de Khalicy era pior ainda nesse sentido, era capaz de rir na cara da amiga se ela pedisse.

Mas pelo visto os pais de Bruno terem subido para se despedir era esperado. Quando finalmente conseguiu desgrudar os olhos dele, Otto percebeu o alvoroço crescente e os olhares cheios de cumplicidade que eram trocados ao seu redor.

Essa festa virou um enterro

—É agora que a festa começa, então? — exclamou Vinícius, e todos ovacionaram. Até mesmo Otto e Khalicy.

Para comemorar, o garoto deu um mortal na piscina e uma nova onda de gritos dominou a cobertura. Otto retorceu o rosto, em uma careta de asco.

— Que coisa mais hétero... — resmungou, e Khalicy gargalhou.

— Quer apostar quanto que daqui a pouco aparece um pandeiro?

— Ou um violão.

— Ou os dois — disse Khalicy, arqueando as sobrancelhas.

Otto riu, esticando o tronco para a frente para afundar as mãos na água.

— Daí começam a tocar "Faroeste caboclo".

Bruno, que tinha se aproximado da borda, deu uma risada discreta e piscou para eles.

— Se isso acalma vocês, minha irmã nunca deixaria isso acontecer. Ela leva a playlist muito a sério.

— Ufa! Nada de Legião Urbana! — disse Otto, aliviado, e os três riram em uníssono.

— Ainda bem que temos ela pra salvar a música dessa festa, então! — Khalicy olhou para a área em frente à churrasqueira, onde um grupinho considerável continuava pulando de um lado para o outro, com copinhos descartáveis nas mãos. — Tá mandando superbem.

— O Vini até tentou se aproximar hoje umas duas vezes pra escolher uma música, você tinha que ver a cara dela. Parecia que ia matar ele com o olhar.

Ele olhou na direção do amigo, que estava fora da piscina, com uma garrafa de vodca na mão, e colou o peito na borda.

Seu ombro estava a milímetros da panturrilha de Otto, que ficou muito consciente disso.

— Matar pessoas com o olhar seria um poder bem útil — comentou, distraído com a visão da clavícula de Bruno.

Sentiu a cotovelada de Khalicy nas costelas e a encontrou com um olhar ameaçador para ele. Agradeceu por ela não ter aquele poder, ou ele estaria morto àquela altura.

Bruno, por outro lado, pareceu achar graça. Concordou, enquanto se preparava para sair da piscina, olhando direto para Otto.

— Não sei... acho que deve ser fácil perder o controle e acabar matando sem querer. Bom, *eu* ficaria cabreiro, pelo menos.

Otto abriu a boca para perguntar qual poder ele gostaria de ter, mas congelou quando Bruno apoiou o pé na borda e, com a maior facilidade, lançou o corpo para fora d'água. Nem se deu ao trabalho de voltar a fechar os lábios. Toda a energia do seu corpo estava concentrada em memorizar cada detalhe de Bruno. Nem em seus maiores sonhos Otto imaginou que o veria praticamente pelado, molhado e tão de perto.

Bruno usava uma sunga preta e mais nada. Otto fez de tudo para que seu olhar não fosse atraído para lá, mas foi automático. Muito antes de entender o que estava fazendo, passeou os olhos pelo peitoral definido, a barriga lisa, o volume na sunga – que o deixou com o rosto pegando fogo –, e depois as pernas. Foi ali que perdeu toda a compostura. Os quadríceps pareciam talhados na pele.

Sentiu um formigamento engraçado no ventre e uma sensação curiosa de umidade entre as pernas. Por um milésimo de segundo ficou horrorizado com a possibilidade de ter feito xixi sem se dar conta, mas logo descartou a ideia.

Com o coração acelerado, se remexeu no lugar, pigarreando.

Para sua sorte, Bruno estava distraído demais tentando desentupir o ouvido para reparar que a vizinha de cabelo verde de Khalicy passara os últimos segundos o encarando fixamente.

— Vocês querem alguma coisa de lá? — perguntou, olhando-os de cima.

Otto estava pronto para recusar, quando ouviu a amiga responder:

— Traz um espetinho de coração?

— Hum... também quero — pediu, batendo os pés na água. — Se não for atrapalhar.

Bruno estreitou os olhos por um instante, se mostrando confuso com a escolha de palavras... e algo mais que Otto não conseguiu interpretar.

— Eu que ofereci! Já venho.

Khalicy esperou que ele se afastasse e deitou a cabeça no ombro de Otto, soltando um suspiro. Ele nem precisava olhar para ela para saber que sorria.

— Acho que vou dançar mais um pouco já, já. Mas pelo jeito sozinha. Parece que um certo alguém tá querendo conversar com você.

Ao dizer isso, ela afundou os dedos nas costelas dele, fazendo-o rir.

— Cala a boca, ele só tá sendo educado.

— Aham, sei. Só tenta não deixar a baba escorrer a próxima vez que ficar secando ele.

Otto respondeu batendo com o ombro no dela e escondendo o rosto com as duas mãos.

— É injusto! Por que ele precisa ser tão... gostoso? — Otto afastou as mãos e girou um pouco no lugar, ficando de frente para a amiga. — E eu preciso ser outra pessoa pra ter uma chance?

Ela deu um sorriso triste e segurou a mão dele de maneira carinhosa.

— Não pensa nisso agora! Hoje a gente curte. Deixa o remorso pra amanhã, igual no dia do Corote. Se você já vai ficar na *bad* de qualquer jeito, pelo menos faça valer a pena.

Bruno voltou equilibrando três espetinhos em uma mão e três copos descartáveis em outra. Sem dizer nada, agachou ao lado de Otto, roçando o braço no dele enquanto distribuía tudo.

— O que é isso? — perguntou Khalicy, e cheirou a bebida de cor suspeita no copo plástico, fazendo careta.

Ele riu e colocou o próprio copo no chão.

— Só confia. É bom!

— Quando uma pessoa te pede pra confiar nela, é daí que você precisa fazer o oposto — brincou Otto, e os três riram.

Bruno fez o maior malabarismo para entrar na piscina sem molhar o espetinho, e teve sucesso. Khalicy e Otto bateram palmas de brincadeira, e ele retribuiu com uma reverência.

— Todo mundo deve fazer essa pergunta, mas por que Khalicy?

Otto e ela se entreolharam e riram. Ele puxou um coraçãozinho com os dentes, curioso para ouvir a resposta. Ao contrário do que Bruno imaginava, quase ninguém fazia aquela pergunta, e, quando faziam, desistiam de saber a resposta assim que ela dava um de seus olhares gelados. Khalicy detestava o próprio nome. Era um dos motivos mais recorrentes de suas discussões com a mãe: ela vivia prometendo que o mudaria quando completasse dezoito anos, ao que Viviane rebatia choramingando que era uma falta de consideração mudar o nome que ela havia escolhido. Otto já presenciara a briga milhares de vezes, mas nunca deixava de ser interessante. Era por saber disso que, quando queria irritá-la, ele a chamava de *mãe dos dragões*, em referência à personagem que inspirara Viviane.

Ela deu um gole da bebida misteriosa em seu copo, decidindo se contava ou não. Então, contrariada, se ajeitou na beirada da piscina, olhando para Bruno.

— Você via *Game of Thrones*?

O garoto arqueou as sobrancelhas, sorrindo.

— Tá me tirando?

— Não! — respondeu Otto, se segurando para não cair na gargalhada.

— Você tá falando com a mãe dos dragões.

— É, na verdade não é bem isso que significa, mas... enfim — disse Khalicy, tentando, sem sucesso, não demonstrar o aborrecimento.

Bruno olhou de um para o outro, esperando que fosse uma pegadinha. O sorriso ficava cada vez maior.

— Mas a série não é meio nova? Eu tinha uns cinco ou seis anos quando começou.

Khalicy soltou uma risada consternada, percebendo que Bruno não a deixaria em paz enquanto não soubesse a história toda.

— Minha mãe trabalhava pra um cara nerdão, foi bem antes da série. Ele tava lendo os livros e ela sempre perguntava o que tinha acontecido... virou meio que um lance deles. — Otto reparou no sorrisinho da amiga e se perguntou se ela teria coragem mesmo de trocar de nome. Por mais que o odiasse, duvidava que o ódio superasse o amor pela mãe. — Toda semana ele contava mais um pouco. E ela amava a Daenerys, ficou encantada com a força dela e pensou *bom, vou ter uma filha, por que não arruinar a vida dela?*

Bruno caiu na risada, cuspindo um pouco da bebida na piscina. Otto se sentiu aquecido por dentro vendo-o rir daquele jeito e estar tão próximo para conseguir captar os detalhes. Sempre tivera um pouco de inveja de Vinícius e de como, apesar de ser um babaca, ele conseguia tirar o melhor de Bruno sem o menor esforço.

— Pelo menos não é Daenerys — disse Bruno.

— Eu sempre falo isso pra ela!

— Fala mesmo — confirmou Khalicy, com um olhar divertido de um para o outro. — O maior problema é que, como só ouvia falar sobre, ela não sabia como escrevia. Não é nem a grafia correta!

— Você tem que ver pelo lado bom — respondeu Bruno, alternando as palavras com risadinhas. — No sétimo ano tinham outros três Brunos na minha sala. Começaram a nos chamar pelo sobrenome pra diferenciar.

Otto sorriu, distraído com as memórias. Sempre acontecia dos professores darem broncas em um dos Brunos e os outros perguntarem *qual, professora?*. A sala caía na risada e a bronca era, na maioria das vezes, esquecida.

— Nossa, eu nem lembrava disso!

Ele só percebeu o que tinha acabado de fazer quando Khalicy o beliscou nas costas. Então reparou a confusão estampada no rosto de Bruno.

— Ahn...?

— Nem lembrava d-de ter estudado c-com três Amandas — balbuciou, com o coração acelerado. — Dava a maior confusão. A gente nunca sabia com quem os professores estavam brigando.

A resposta pareceu funcionar com Bruno, que assentiu várias vezes, sorrindo. Khalicy puxou um coraçãozinho do espeto e o levou até a boca, pensativa.

— É, por um lado é legal não ser confundida com ninguém..., mas eu queria ser igual o Otto. Ter um nome diferente *e* bonito.

Ele a encarou, alarmado, sem saber se era uma boa ideia falar de si mesmo quando tinha acabado de cometer um deslize. Khalicy evitou seu olhar, brincando com o palito sujo.

— Ah, é! O Otto não vem?

— Acho que não. — Ela encolheu os ombros. — A gente não conseguiu vir juntos, mas já era pra ele ter chegado.

— Deve ter acontecido alguma coisa — soltou Otto, depressa. — Ele não é de dar bolo em ninguém.

Khalicy fez uma cara impagável. Um *sério mesmo?* ficou estampado em sua testa quando ela olhou para ele. Mas havia levado três anos para que Bruno o convidasse ao churrasco, ele não queria parecer ingrato deixando de ir logo na primeira oportunidade. Fora que ela nunca entenderia como era estranho ouvir falarem dele como se não estivesse bem ali. Pior de tudo: precisar falar junto!

Antes que ela ou Bruno pudessem responder, Vinícius veio em direção à piscina com um megafone.

— Essa festa virou um enterro. Vamos animar as coisas — falou, com a voz amplificada.

Otto precisou se controlar muito para não revirar os olhos até conseguir enxergar o cérebro. Não importava o que Vinícius dissesse, era seguido de aplausos e risadas. Exceto por Raissa, que parecia tão feliz quanto Otto, e fuzilava Vinícius com o olhar. Mesmo com a música no máximo, quando o megafone era acionado, só dava para escutar sua voz irritante.

Bruno acompanhava o melhor amigo com o olhar, e tinha um sorriso travesso no rosto. Sem nem perceber, girou o corpo um pouco para o lado, dando as costas para os dois, se preparando para algo.

Antes que ele pudesse tecer um comentário emburrado para Khalicy, Vinícius se agachou ao lado da piscina e estendeu a mão. Bruno aceitou a ajuda para sair da água e parou em pé ao lado do amigo, que entregou o megafone.

Otto sentiu uma mistura de gratidão e ódio. Por um lado, a visão era muito bem-vinda. Ele não reclamaria se a escola mudasse o uniforme de Bruno e o obrigasse a usar somente sungas. Não teria nenhuma objeção. Por outro lado, Bruno se afastava cada vez mais, contornando a piscina. Logo quando tinham começado a conversar!

Era incrível como Vinícius tinha o dom de atrapalhar sua vida, até mesmo sem querer.

— O jogo é: eu nunca! — disse Bruno, empolgado.

Os burburinhos recomeçaram. As pessoas não paravam de se olhar, sorrindo em aprovação. Os meninos que estavam na churrasqueira se aproximaram da piscina, assim como a galera da sala de Khalicy e Raissa, que não havia parado de dançar até aquele momento.

— Vamos passando o megafone pra todo mundo ter sua vez de falar. — Bruno continuou andando de um lado para o outro como um general. Um general de sunga e muito gostoso. — Quem já tiver feito algo, é só erguer a mão. Nossos amigos aqui vão fazer a gentileza de levar a bebida pra vocês.

Bruno tinha acabado de alcançar cinco garotos da turma deles, que usavam os macarrões da piscina amarrados na cabeça, como chapéus. Uma nova explosão de risadas tomou conta da cobertura, e até mesmo Otto se pegou sorrindo. Mais pelo entusiasmo de Bruno do que qualquer outra coisa.

— Eu nunca me transformei em outra pessoa — sussurrou Khalicy em seu ouvido, pegando-o de surpresa.

Assim que o susto passou, Otto caiu na risada.

— Eu nunca fui elogiado pelo Vinícius — devolveu, cuidando para que só ela ouvisse.

— Beleza, eu começo. Eu nunca dormi na aula do professor Fernando!

Otto ergueu o braço, rindo para Khalicy. Mais meia dúzia de pessoas ergueu a mão também, assim como Bruno, e logo os garotos com as bebidas se espalharam. João parou atrás de Otto com uma garrafa de tequila e, assim que ele tombou a cabeça para trás, o garoto despejou uma quantidade considerável em sua boca.

Sem pensar muito, Otto engoliu, contorcendo o rosto com o gosto forte. Khalicy sorriu para ele, parecendo orgulhosa.

— Isso foi horrível! — riu Bruno, dando pulinhos no lugar depois de tomar sua dose de tequila. — Dá pra melhorar, hein?

Então passou o megafone para Vinícius e mergulhou na piscina, sumindo embaixo d'água, entre todas aquelas pernas amontoadas.

Otto tentou acompanhá-lo com o olhar, mas era difícil quando ninguém parava quieto no lugar, e a maioria das pessoas erguia o braço, desesperados para conseguirem bebida.

Por isso, quando Bruno emergiu em sua frente, Otto sentiu uma pontada tão intensa no peito que teve medo que fosse um ataque cardíaco. Morrer justo naquele dia seria azar demais até para ele. Otto não desejava isso nem mesmo para Vinícius. Tudo bem, talvez para Vinícius. E só.

Bruno cuspiu um pouco de água, com o cabelo caindo na testa. Havia um sorrisinho teimoso em seus lábios, desde que a brincadeira começara. Ele se aproximou até quase encostar nas canelas de Otto, encurralando-o.

— Até você caiu nessa, é? — perguntou, rindo.

Otto deu de ombros e, embora a única coisa que quisesse fazer pelo resto do dia fosse admirar Bruno, não conseguiu fazer isso naquele momento. Era difícil, ainda mais quando conseguia *sentir* o olhar de Bruno como uma pluma deslizando em sua pele. Odiava que a timidez continuasse o atrapalhando mesmo quando estava escondido em outra aparência. Só queria ser mais desinibido e dar respostas atrevidas. Queria fazer Bruno rir com gosto, como Vinícius conseguia com tanta facilidade.

— Fernando é um nome comum, vai! Todo mundo deve ter um professor chamado Fernando.

Khalicy apoiou o queixo em seu ombro, sem disfarçar que queria ouvir a conversa.

— Tá, mas não é *qualquer* professor Fernando. É o professor Fernando que dá sono! — protestou Bruno, fazendo-os rir. — Agora sério, vocês não vão entrar na piscina? A água tá ótima.

Como Otto já sabia que aconteceria, Khalicy se apressou em responder:

— A gente não trouxe roupa de banho....

— Minha irmã tem mais biquíni que roupa, acho que ela deve ter alguma coisa pra emprestar

Khalicy abanou a mão no ar, descartando a ideia. Otto soltou um suspiro de desânimo. Não queria que ela fosse a única pessoa da festa a não entrar na água, e por isso se manteve quieto. Mas, em seus pensamentos, uma chuva de imagens envolvendo os corpos seminus dele e de Bruno se encostando sem querer o deixou revoltado.

Parecendo ler seus pensamentos, Khalicy pousou a mão em sua coxa e deixou um apertão ali. Otto olhou para ela, sem entender.

— Na verdade vou dançar mais. A música tá ótima.

Piscando para ele com cumplicidade, ela tirou os pés da água e levantou. Ele ficou sem saber se sorria ou se deixava transparecer o pânico crescente. Acabou fazendo uma careta que era a mistura dos dois e arrancou uma risadinha dela.

— Já volto.

Seu estômago revirou. Otto observou a melhor amiga se afastar, saltitando em direção à pista de dança. De repente, tudo o que mais desejou era que tivesse uma moita para que pudesse se esconder até Khalicy voltar. Passava dois terços do dia imaginando cenários em que esbarrava com Bruno sem querer e, em sua imaginação, era bem mais fácil. Ali, com o garoto tão próximo, mal conseguia respirar. Dava para sentir as pulsações nas orelhas, no pescoço e nos olhos. Otto se sentiu como quando usava o medidor de pressão da avó, inflando e inflando sem parar. Ele estava prestes a explodir.

— Eu nunca brinquei de eu nunca! — gritou Giovana, da sala deles, no megafone.

Todos que estavam na piscina espremeram os olhos com a voz aguda amplificada.

Bruno colocou as mãos em volta da boca e vaiou, junto de outras pessoas, como vinham fazendo com as perguntas apelativas. Mesmo assim, não deixou de erguer o braço para o alto logo em seguida. Como Otto não se mexeu, ele se adiantou em sua direção e agarrou seu pulso, levantando-o junto do seu.

— Só pode mentir se for pra beber mais — explicou, sorrindo.

As bochechas de Otto doíam de tanto sorrir, mas ele não podia evitar. Olhou para os dedos de Bruno em sua pele e engoliu em seco, temendo que a qualquer segundo pudesse acordar de um sonho muito bom.

— Desde quando existe essa regra?

— Desde que eu inventei. Aqui, a gente! — Ele agitou as mãos, chamando Vitor Hugo.

Otto ficou com lágrimas nos olhos depois de engolir a tequila. Era bem mais forte que Corote, mas ao menos não tinha gosto de joelho suado, o que já era uma vitória, em sua opinião.

Começou a sentir a fumacinha de felicidade se espalhando ao seu redor, como gelo seco. O coração acalmou, assim como a respiração. Otto balançou os pés na água, ponderando se as pessoas ficariam muito escandalizadas se ele pulasse de roupa e tudo na piscina.

Será que a roupa marcaria muito os seios? Será que alguém perceberia se ele fosse até o banheiro e os diminuísse um pouco?

Enquanto Vitor Hugo despejava bebida na boca de Bruno, seu olhar passeou pela festa. Não dava para acreditar que tivesse tanta gente enfiada na piscina. Na outra extremidade, um casal se beijava com tanto fervor que Otto se perguntou se eles lembravam que não estavam sozinhos ali. Khalicy dançava animada com Raissa e ele via seu sorriso de longe.

Bruno sacudiu a cabeça, com uma careta divertida. Então pegou um punhado de água e jogou no rosto.

— Você ficou fora da piscina por mais de cinco minutos hoje? — perguntou Otto, se assustando com a facilidade com que as palavras escaparam.

Bruno negou, rindo.

— Algum dia você vai sair daí?

— Nem a pau! — respondeu Bruno, jogando um pouco de água nele.

Suas risadas se misturaram e, sem se dar conta, Bruno se aproximou um pouco mais. Pela segunda vez, ficaram tão próximos que bastaria Otto esticar um pouquinho de nada o dedão do pé. Em vez disso, encolheu todos os dedos, com medo de que acabassem se esbarrando por acidente.

Quando as risadas se transformaram em gemidos e, então, morreram, deixando um clima esquisito na atmosfera, Otto se remexeu no lugar. A bunda estava quadrada depois de tanto tempo sentado, mas ele não sairia dali nem se começasse um incêndio na cobertura.

— Esse é o seu poder secreto?

Fechou os olhos, irritado consigo mesmo. Por que estava tão obcecado com poderes aquela tarde?

— Talvez? — Bruno fez cara de quem pensava a respeito. — Mas não tem mar na nossa cidade, é um poder meio inútil, né?

— Acho que não existe poder inútil. Por mais besta que seja, ele ainda é alguma coisa a mais.

Otto pensou em Khalicy ao dizer isso. Se não fosse por ela, talvez ele nunca tivesse tido coragem de usar sua carta na manga e continuaria lamentando por não ter nenhuma outra habilidade mais interessante.

Bruno deu um sorriso torto, ainda sem se convencer.

— Mesmo se o poder for sentir cheiros fedidos a quilômetros de distância? E bem mais fortes? — Apesar do que dizia, seu rosto estava muito sério. — Porque meu olfato nem é tão bom assim, e eu quase gorfo depois dos treinos de basquete. O vestiário fica com o maior cheiro de cecê.

A risada que Otto deu foi tão alta que algumas pessoas ao redor giraram a cabeça para encará-lo. Tinha sido a coisa mais ridícula que ele já escutara, e isso só o fez gostar ainda mais de Bruno.

— É, até deve ser chato ficar sentindo cecês de longe, mas não é inútil. Você ainda poderia trabalhar de investigador forense. Ou... sei lá, tentar achar petróleo?

Bruno apoiou o cotovelo ao lado do seu quadril e sustentou a cabeça com a mão. Otto se perguntou se conseguiria contar as pintinhas do outro garoto sem que ele percebesse seu olhar vidrado.

— Ok, mas eu ficaria de cara de ter logo esse, dentre todos.

— Qual você teria, então?

Ele arqueou as sobrancelhas, satisfeito com a pergunta. Tamborilou os dedos na bochecha, pensando a respeito por um momento. Então olhou para Otto com aquela expressão *tão Bruno* que o enlouquecia. Talvez fosse culpa do nariz arrebitado, ou do olhar que parecia ter um quê de petulante, e o deixava com um ar esnobe.

— Isso sempre muda. Mas acho que eu queria voltar no tempo. Tipo naquele filme, sabe?

— *Questão de tempo?* — Otto arriscou, animado.

Bruno fez que não, com um sorriso divertido.

— *Efeito borboleta.*

— Ah! — Riu e, sem pensar direito, apoiou a mão direita muito perto do braço de Bruno. Talvez tivesse até roçado nele sem querer. — O que você ia mudar?

— A questão é: o que eu *não* ia?

Bruno ergueu a mão livre para pedir mais bebida. Otto teve a impressão que, daquela vez, a tequila desceu mais suave.

— E o seu? — perguntou Bruno, espirrando mais um pouco de água em Otto de propósito.

— Metamorfose, com toda certeza — respondeu, sem nem pensar.

Sua resposta surpreendeu Bruno, que arqueou as sobrancelhas.

— Mesmo? Pra se transformar em quem?

— A questão é: em quem não? — respondeu Otto, com uma piscadela.

Quanto antes disser, antes termina

O vento gelado da noite despenteou os cabelos de Otto enquanto ele se projetava para fora da janela do carro do pai de Vinícius, mal aguentando parar de olhos abertos. Dez minutos antes, quando Khalicy parara ao seu lado com o rosto pálido, ele continuava sentado na borda da piscina, conversando com Bruno e vendo o mundo girar devagarinho.

Mesmo quando ela disse que passavam das onze e que precisavam correr, ele não conseguiu mover um único músculo. Não parava de pensar no brinquedo xícara maluca, a que ia quando era criança, e ficava girando a xícara no próprio eixo, vendo o mundo passar em um borrão. Sentiu como se Bruno e ele estivessem em uma xícara isolada do mundo, só os dois, e escolheu ignorar detalhes mundanos como ter hora para voltar para casa e pais que ficavam histéricos quando os filhos não apareciam.

Khalicy não estava tão disposta assim a abrir mão desses detalhes e, por isso, enquanto tentava puxar Otto pelo braço para que levantasse, apressando-o em um tom não muito discreto, Vinícius se aproximou, de olhos entreabertos.

— Meu pai tá vindo me buscar… acabou de sair do trabalho, vai passar aqui. A gente leva vocês.

— Não vai sair muito do caminho? Eu tinha combinado de ligar pra minha mãe.

— Relaxa, ele adora dar carona.

— Verdade! — concordou Bruno, tirando os pés da água e tomando impulso para levantar.

Otto olhou ao redor, desolado, percebendo que a piscina estava quase vazia agora. Ao redor, os colegas de escola iam de um lado para o outro, se enxugando com toalhas compartilhadas, vestindo roupas secas, beliscando os últimos espetinhos e ligando para os pais.

A contragosto, imitou os movimentos de Bruno e parou em pé ao lado da amiga. Se sentia um pouco como a Cinderela, precisando abandonar seu sapatinho de cristal e um príncipe bonito e voltar para a realidade com as duas meias-irmãs chatas.

— Vou só trocar de roupa e a gente já desce, beleza? — disse Vinícius, enquanto secava os cabelos com movimentos rápidos que faziam espirrar pingos de água por todo lado.

Khalicy aproveitou para buscar duas garrafinhas de água no freezer e entregou uma para Otto.

— Li na internet que é bom pra ressaca. Talvez ajude a gente a não chegar tão bêbados em casa. — Ela desrosqueou a tampinha, olhando-o com atenção. — Se for verdade, acho que você precisa de duas.

Otto riu, antes de virar metade da água em um só gole e limpar a boca com as costas da mão. Só tiveram tempo de juntar as mochilas antes de Vinícius aparecer, encarando algo em seu celular.

— Vamos? Meu pai tá lá embaixo. Ele adora dar carona, mas odeia esperar.

Com a mochila em um dos ombros, Otto se juntou a Khalicy e Vinícius para se despedir de Bruno, que comia um espetinho, recostado na churrasqueira. Raissa estava sentada sobre a bancada, parecendo tão cansada quanto ele, enquanto chupava um picolé.

Otto esperou sua vez de dar tchau, balançando sobre o peso dos pés, sem conseguir esconder a empolgação. Observou ele e Vinícius darem um aperto de mão meio misturado com abraço que os meninos usavam para se cumprimentar e se sentiu grato por ter virado uma menina. Até podia esquecer o trauma de ter sido beijado na bochecha por Vinícius no começo do dia se esse fosse o preço para ter a saliva de Bruno em sua pele para fechar a noite.

Khalicy foi na frente, agradecendo sem parar pelo convite e se desculpando por Otto. Então, quando deu por si, estava parado em frente a Bruno. Sentiu os olhos do garoto irem parar direto em sua mochila, e as sobrancelhas se uniram por uma fração de segundo.

Otto agradeceu, com a língua enrolando, pela festa. Não parara de sorrir para os dois Brunos que o encaravam de volta. Os Brunos siameses inclinaram o tronco em sua direção e, antes que Otto pudesse se preparar, sentiu a pele macia do rosto do garoto em sua bochecha. A ponta do nariz também tocou sua orelha e Otto estremeceu, sentindo um calafrio descer pela coluna. Mas, rápido demais, Bruno se afastou dele, voltando a prestar atenção em algo que Vitor Hugo dizia.

Não teve saliva nenhuma. Bruno nem mesmo pediu seu celular, como Otto ansiou que fizesse. Embora, pensando melhor, tivesse sido melhor assim. Otto não teria nenhum número para passar, e seria esquisito.

De qualquer forma, estava feliz demais com o dia mágico que tivera para se incomodar com fluidos corporais (ou a falta deles), ou mesmo o fato de estarem indo de carona com Vinícius. Vinícius! Otto nunca conseguiria superar quão próximo esteve do inimigo e como foi estranha a sensação de ser tratado como um ser humano por ele!

— Tá tudo ok aí? — Khalicy cutucou sua cintura carinhosamente.

Ele endireitou a postura ao perceber o olhar de reprovação que o pai de Vinícius o lançava pelo retrovisor.

— Só muito cansado — disse, olhando para ela.

— Eu também! Acho que só vou me atirar na cama, dormir de maquiagem e tudo.

— Mas dormir de maquiagem não é tipo, o maior pecado da *skincare*?

Otto transpareceu seu espanto na pergunta. Desde o ano anterior, Khalicy vinha levando o cuidado com a pele muito a sério. Usava grande parte do tempo livre assistindo a vídeos no Youtube e pesquisando sobre produtos bons e baratos para pedir de presente. Nem mesmo dona Viviane conseguiu convencê-la de que ainda era cedo para se preocupar com isso; Khalicy estava determinada a chegar aos sessenta anos com a mesma pele da Madonna e parecia que nada poderia desviar seu foco.

Com exceção do álcool e de um dia inteiro pulando sem parar, pelo visto.

— Um dia só não vai fazer mal — disse, em meio a um bocejo. — Amanhã eu compenso.

— Depois não reclama quando aparecer a primeira ruga — respondeu Otto, com um sorriso torto. — E torce pra sua mãe não ver a cor que tá o seu pé no lençol branquinho, que ela ama mais que você.

Khalicy caiu na risada, deslizando pelo banco do carro até tocar os joelhos no encosto de Vinícius.

— Cala a boca, seu bobo! *B-boba*. — corrigiu depressa, ao perceber três pares de olhos voltados para ela.

Otto disfarçou o arquejo com um acesso de tosse. Embora sua parte mais racional soubesse que era impossível alguém no mundo descobrir que, na verdade, aquele corpo era apenas uma carcaça escondendo outra pessoa, também não se sentia confortável quando deixavam passar deslizes como esse. Eram pontos frágeis, sua criptonita, e ele odiava se sentir vulnerável quando estava transformado. Uma vozinha irritante em sua cabeça insistia que as coisas estavam boas demais, e qualquer escorregão poderia colocar tudo a perder.

Por isso, se manteve calado pelo restante do percurso, e só voltou a abrir a boca quando o pai de Vinícius estacionou entre a casa deles, com um pequeno solavanco. Ele e Khalicy se atropelaram nos agradecimentos e nas despedidas, repetindo mais vezes que o necessário. Otto percebeu que, apesar de beber muito, a única coisa que denunciava Vinícius eram os olhos semicerrados e a expressão cansada. Diferente deles, que levavam letreiros luminosos na testa que diziam *bebemos muito nessa festa que nem deveria ter bebidas alcoólicas*.

Antes que o inimigo pudesse encostar os lábios asquerosos em sua bochecha pela segunda vez, Otto escapou do carro e se espreguiçou. A cada minuto que passava, mais seu corpo pesava e os pensamentos se atrapalhavam uns nos outros. Ele só conseguia pensar na cama macia, com o ventilador apontado em sua direção.

Khalicy o abraçou carinhosamente e Otto retribuiu, encostando o queixo em sua cabeça. Então, o barulho enguiçado da porta da frente da casa dela sendo aberta os fez se desvencilharem, sobressaltados.

— Ai... — murmurou ela, com pesar. — Tô ferrada.

— Boa sorte! Amanhã a gente conversa — respondeu Otto, mas ela já sumia portão adentro, deixando-o na escuridão da noite.

Otto entrou e bateu o portão com força. O pai de Vinícius deu dois soquinhos na buzina e, ao se virar para conferir, viu a mão do inimigo acenando para fora da janela enquanto o carro se afastava.

Apesar do carro da mãe estacionado na garagem, tudo parecia muito calmo e escuro para que tivesse alguém em casa. Com certeza ela tinha aproveitado a oportunidade para escapar com Anderson, o que, para ser honesto, Otto até preferia. Pelo menos ela não estava ali para brigar com ele por passarem da hora combinada quando ele mal conseguia manter os olhos abertos.

Acendeu a luz da sala e olhou ao redor. Hulk dormia um sono tão profundo no sofá que ele teve pena de acordá-la. Em vez disso, se arrastou até o quarto, atirando a mochila ao pé da cama e se deixou cair no colchão macio com um gemido de prazer.

Pensou na mulher da ótica sendo muito enfática sobre não dormir de lentes, que era perigosíssimo e, para usar lentes, era preciso ter responsabilidade. Mas ele não faria isso de jeito nenhum, era um garoto responsável. Já levantaria para tirar, só precisava descansar um pouquinho a coluna e os olhos.

Também precisava tomar banho ou, pelo menos, lavar os pés. Colocar os pijamas. E tinha algo mais, um detalhe importante que parecia estar lhe escapando, mas Otto podia pensar nisso daqui a pouco. Antes, ele só precisava descansar, embalado na alegria inabalável pelo dia que tivera.

★★★

Otto relutou em acordar.

Cobriu a cabeça com o travesseiro e se remexeu na cama, sem encontrar uma posição confortável. Tinha algo errado com ele. Até mesmo as posições que mais adorava, como dormir de bruços, pareciam mal encaixadas. Havia algo fora do lugar, mas a sonolência o impedia de buscar a fundo a explicação.

Além do mais, o sonho era tão bom... nadava com Bruno na piscina, apenas os dois e mais ninguém. Bruno o beijava na bochecha, e então tomava impulso para sair da água, vestindo apenas a sunga preta que deixava sua bundinha irresistível.

Continuou insistindo no sono até não conseguir mais. Com a garganta arranhando de sede, foi obrigado a ceder. Soltou um suspiro, decepcionado por abrir mão do sonho e de Bruno. Esfregou o rosto, inteiro dolorido, a mesma sensação de quando ficava gripado. Pelo menos não estava com dor de cabeça e o mundo tinha parado de girar. Não estava mais na xícara maluca.

Estranhou a ausência de Hulk na cama com ele. Desde que a adotaram, não houve uma única manhã em que não acordaram juntos. Talvez fosse muito tarde e ela tivesse cansado de esperar Otto acordar. Ou talvez achasse que estivesse morto. A mãe vivia dizendo que seu sono era tão pesado que assustava. Em mais de uma ocasião, a mãe o chacoalhou por minutos antes de conseguir fazer Otto voltar para a consciência. E também teve uma vez que não conseguiu acordá-lo nem mesmo o colocando em pé.

As vozes da mãe e de Anderson chegavam abafadas da cozinha. Risadinhas baixas e palavras que se sobrepunham, um completando a frase do outro. Quanto mais o tempo passava, mais eles faziam aquilo, era assustador. Otto não parava de pensar que logo, logo aquilo seria parte de sua rotina. Precisaria ver Anderson andando só de toalha pela casa, lavando louça, ou mesmo vendo televisão com a mãe de madrugada. Então deixariam de ser ele e a mãe contra o mundo. Teria algo mais entre os dois. Ele odiava se sentir assim; Anderson tratava sua mãe com cuidado e carinho, como ela merecia, mas, ao mesmo tempo, era estranho que, para ela dividir a vida com alguém que amava, ele também precisasse.

Abriu a porta do quarto e se espreguiçou a caminho da cozinha.

— O carro tá com um arranhão na lateral que não lembro de ter feito! — dizia a mãe, entre um gole de café e outro. — E chegou uma multa, daquele pardal da avenida quinze de novembro, parece que por velocidade baixa.

Anderson, que abrira a boca para morder uma torrada, parou no meio do que estava fazendo, unindo as sobrancelhas.

— Velocidade baixa? É sério?

— Pelo jeito, sim. Cansei de falar que você é uma lesma no trânsito, Anderson! — provocou ela, e os dois caíram na risada. — Só fiquei confusa com o dia... achei que a gente tivesse ido com o seu carro. Mas devo estar confundindo.

O coração de Otto acelerou. Tinha tomado uma multa. No carro da mãe. Com o corpo de Anderson. E logo no dia em que estavam fora. Caramba, se ele pudesse voltar no tempo, voltaria para o exato segundo em que achou que aquela seria uma boa ideia e se estapearia. Apavorado, adiantou os passos e alcançou a cozinha antes que tivessem chance de continuar essa conversa.

— Bom dia! — resmungou, em meio a um bocejo prolongado.

Sem esperar pela resposta, abriu a geladeira e pegou a garrafa de água. Ainda escondido pela porta, abriu a tampa e bebeu direto do gargalo. A sede era tão grande que achou que nunca mais fosse conseguir parar de beber. Conforme sentia o geladinho da água descendo pela garganta, era recompensado com um alívio como nunca havia sentido antes. Finalmente entendia todas as vezes em que a mãe acordara de ressaca no passado e atacara a geladeira. Era maravilhoso matar a sede assim.

Quando, enfim, se deu por satisfeito, com um gemido baixo de prazer, secou a boca e viu que tomara quase os dois litros de uma vez. Fechou a porta com a ponta do pé e se deu conta da falta de resposta.

— Bom dia? — insistiu, girando nos calcanhares para ficar de frente para eles.

Joana e Anderson estavam paralisados. Pareciam chocados, ultrajados e constrangidos, tudo ao mesmo tempo. Olhou de um para o outro, tentando entender o que estava acontecendo. Eles não podiam estar tão bravos só porque tinha bebido direto da garrafa, certo?

Otto os examinou com atenção. A mãe tinha as sobrancelhas unidas e os olhos semicerrados, um péssimo sinal. Anderson, por outro lado, o encarava como se fossem completos desconhecidos.

Ah, não...

Otto despertou em um rompante, sentindo o sangue gelar. Qualquer resquício de sonolência foi arrancado de si em um puxão só. *Desconhecidos.* Fechou os olhos, arrependido por ter sido tão descuidado, e se xingou em pensamento, com medo de olhar para baixo e confirmar seu maior pesadelo.

Precisava fazer alguma coisa, antes que o estrago piorasse. A contragosto, subiu as pálpebras devagarzinho e conferiu seu corpo. O mundo parecia em câmera lenta. Viu as mechas verdes, os seios enormes, os pezinhos delicados.

Tudo fazia sentido. O desconforto na cama, Hulk o evitando...

Ele não conseguia *acreditar* no tamanho do seu descuido e da sua burrice. De todas as suas preocupações, a maior delas foi a lente? Francamente.

Colocou os pensamentos para funcionar e, antes que desse por si, ouviu a voz aguda de Olga dizendo:

— Vocês são os pais do Otto, né? — Soltou um riso nervoso e esganiçado. — É um prazer conhecer vocês. Eu... é... — Otto apontou em direção à porta, alarmado. — Tchau! A gente se vê.

Nem deu tempo de pensar se era um bom plano. Otto soltou a garrafa no balcão e andou de costas em direção à saída, dando tchauzinhos com a mão. Abriu a porta e saiu, como se fosse a situação mais usual do mundo. Pensou se aquele era o tipo de coisa que Vinícius passava com a família, levando as namoradas para casa. Otto duvidava que qualquer menina abrisse a geladeira de desconhecidos e bebesse direto da garrafa.

Fechou a porta com um estalo e contornou a casa, meio agachado, meio correndo. Queria morrer muito lentamente, só para não precisar encarar a mãe depois daquilo.

Apoiou as mãos no parapeito e pulou a janela do quarto com pressa. Arrancou as roupas o mais rápido que conseguiu, atirando-as para debaixo da cama. Recostou-se contra a porta, para impedir que alguém entrasse antes da hora, e se concentrou em voltar para sua forma. Os olhos azuis, o cabelo castanho escuro, o corpo magrelo e desengonçado.

O atordoamento desviou o foco da dor e, assim que se sentiu novamente *em casa*, Otto procurou uma bermuda, vestindo-a de qualquer jeito. O coração batucava feito a bateria de uma escola de samba e ele tinha a impressão de que a mãe e Anderson podiam ouvir seus batimentos desgovernados da cozinha.

Despenteou os cabelos e estreitou os olhos, forjando a melhor cara de sonolência que conseguiu. Quando abriu a porta, se permitiu respirar fundo e aproveitar a sensação deliciosa de conhecer o seu corpo. Tateou o peito liso, passando os dedos ao longo dos pelos grossos que desciam pela barriga em direção ao cós da bermuda. Aproveitou para ajeitar o pau na cueca, aliviado. Tinha sentido falta daquilo. Fazer xixi com outra anatomia foi a experiência mais esquisita e complicada que ele já vivera. Otto se compadecia de quem precisava se sentar para fazer xixi.

A mãe continuava imóvel feito uma estátua de pedra. Anderson sussurrava algo para que só ela pudesse ouvir, mas se calou no momento em que viu Otto e, sem dizer mais nada, abandonou a cozinha, deixando-os sozinhos. Se tinha algo que o garoto precisava admitir era que Anderson tinha uma maneira muito legal de lidar com a relação dos dois. Nunca se metia nas conversas importantes, a menos que fosse chamado, e, embora se mostrasse muito presente para Otto, não tentava ser um pai para ele. O que, em sua opinião, era a melhor coisa que poderia fazer. Não suportaria precisar passar por isso naquela altura do campeonato.

Sua mãe procurou seu olhar e ele estremeceu, se perguntando se não teria sido melhor apenas contar a verdade sobre os poderes, em vez de se enfiar em uma situação que, além de constrangedora, prometia ser traumática.

Otto se aproximou, hesitante, e apoiou os cotovelos no balcão. Era difícil sustentar o olhar dela. Era como olhar para uma versão de si mesmo.

— Eu... — sua voz soou grossa e um pouco rouca, e Otto estranhou se ouvir depois de passar um dia quase todo com outro timbre. — Vocês conheceram a Olga.

Ele apontou para a porta, encolhendo os ombros, e lançou um olhar suplicante para a mãe. Sabia que a conversa do shopping estava na ponta da língua dela, mas não queria precisar passar por aquilo. Ainda mais quando tudo não passava de um mal-entendido.

Joana massageou as têmporas, parecendo cansada. Ela mordeu o lábio inferior, hesitante, e ocorreu a Otto que a mãe queria essa conversa tanto quanto ele.

— Otto, eu nem sei por onde começar.

— A gente pode *não* começar? — sugeriu, se retraindo um pouco mais. — E fingir que nada aconteceu?

Ela negou com a cabeça, imitando-o ao se apoiar nos cotovelos.

— Você não ia dormir na Khalicy? Eu nem sabia que... — a voz dela morreu no ar.

O rosto de Otto estava tão quente que parecia ter um maçarico apontado para si. Encarou os próprios dedos, envergonhado. Ele claramente não dormira na casa da Khalicy, não entendia aonde a mãe queria chegar.

— Não sei o que responder — disse, enfim.

— É que... posso ter entendido errado, mas pensei que você...

Outra vez, as palavras dela flutuaram entre eles, sem conclusão. O que quer que ela tivesse pensado, Otto não tinha como saber, mas o nó que se formou em sua garganta o deu uma boa ideia.

Sentiu a coluna endurecer e cada célula ficar em alerta. Ele não suportaria se ela perguntasse. Não queria mentir, mas também não estava pronto para encarar o que talvez fosse o estopim para uma mudança imensa e irreversível entre os dois.

Ergueu o rosto, alarmado.

Ela continuava olhando para ele, o olhar tão afetuoso que Otto quis cair no choro.

— Mãe! Por favor, não — disse, e se odiou ao perceber a fragilidade em sua voz. — Não.

Ela apontou em direção à porta e depois a ele.

— Mas hoje... quer dizer então que...

Pelo jeito ela não conseguia mais concluir frases. E a culpa era inteira dele.

Sua visão turvou. Otto não conseguia acreditar que tivesse se metido naquilo. A pior parte era ter envolvido a família também.

— Não tô preparado pra ter essa conversa. Não faz isso comigo. A gente pode falar de qualquer outra coisa. Até da camisinha na banana, e...

— Acho que você não precisa que eu te ensine mais — interrompeu ela, com um meio sorriso.

Otto bateu com a mão no rosto e se manteve escondido atrás dela. Era o pior dia de sua vida, de longe.

— Desculpa, não sei onde eu tava com a cabeça. Perdemos a noção do tempo. Tô odiando isso tanto quanto você.

Perderam a noção do tempo... Ele precisava calar a boca antes que piorasse tudo umas dez vezes. Sabia que a mãe mantinha o olhar colado nele, mas evitaria retribuir como se sua vida dependesse disso.

Um silêncio esquisito e desconfortável os rondou, como um terceiro convidado, até que a mãe soltou um suspiro.

— Eu sabia que isso era inevitável, que cedo ou tarde acabaria acontecendo, só não esperava que já tivesse chegado a hora. — Joana estalou a língua no céu da boca. — Olha, não vou fingir que amei a surpresa de dar de cara com a sua... namorada?

Otto se desmanchou um pouco mais sobre o balcão, a um passo de derreter até virar uma poça de vergonha. Sentia as pulsações aceleradas do coração em seu cérebro. Ou seria a ressaca começando a se manifestar? Otto jamais saberia, só queria que a mãe tivesse piedade.

— Mãe...

— Ela não precisava ter saído correndo também... foi bem esquisito — falou Joana, pisando em ovos. — E evidentemente as coisas são diferentes na casa dela, porque ela abriu a geladeira e tomou água direto da garrafa!

A nota de pavor em suas palavras fez com que Otto erguesse um pouco a cabeça, vencido pela curiosidade. Encontrou a mãe olhando para o nada, parecendo traumatizada. Ele precisava confessar que também ficaria, se tivesse visto um completo desconhecido abrindo a geladeira e agindo como se estivesse em casa.

— Desculpa, mãe.

— Olha, eu sei que os hormônios estão à flor da pele. Pelo jeito mais do que eu imaginava. Eu só... a gente precisa impor limites, tudo bem? Senão as coisas vão ficar esquisitas.

— Mais?

Joana ignorou sua pergunta e se aproximou dele, puxando sua mão esquerda e a colocando entre as dela.

— Agora, o mais importante: sexo não é só diversão. Se você tem maturidade pra fazer, precisa ter pra saber das consequências também.

Otto gemeu. A dor da vergonha foi física, queimou a pele feito brasa. Ele não parava de lamentar o momento em que se deitara na cama antes de ter certeza de que as coisas estavam nos conformes.

A contragosto, endireitou a postura, o rosto sem nenhuma expressão. Parecia talhado em madeira. Precisava levar a conversa a sério, por mais dolorosamente constrangedora que fosse, porque mesmo ela era melhor que a outra pauta, pairando entre eles, sobre a sua sexualidade.

— Sexo só pode existir com duas coisas: consentimento e proteção. Então *sempre* respeite a outra pessoa. Já cansei de falar, mas não é não. Essa é a lição mais valiosa que posso te passar. E camisinha sempre!

Otto cerrou os dentes, repetindo *por favor, não demonstre com a banana. Por favor, não demonstre com a banana. Por favor, não demonstre com a banana.* Não sabia se superaria o trauma de ver sua mãe desenrolando uma camisinha em uma fruta em pleno domingo cedinho.

Joana deu um último gole na xícara esquecida de café, munindo-se de coragem para continuar a conversa.

— Camisinha te protege de engravidar alguém. E, vai por mim, nenhum de vocês quer filhos com essa idade. Tem muita coisa ainda pra você viver antes de pensar em filhos. — Joana acariciou as costas da mão dele, que suava frio. — Mas, o principal: camisinha te protege de ISTs. Tem muitas que estão voltando a circular porque os jovens acham que proteção é besteira. Mas é o que te falei: consentimento e proteção. Repete pra mim.

Otto arregalou os olhos, chocado.

— Mãe?! — sua voz soou engasgada, mas Joana apenas assentiu, impassível. — Pelo amor de Deus?!

— Vamos lá. Quanto antes disser, antes termina.

— Consentimento e proteção. Camisinha sempre, senão, gravidez e IST — resmungou, de qualquer jeito, revirando os olhos.

Joana riu, usando o indicador e o dedo médio para fingir que arrancava o seu nariz, como costumava fazer quando Otto era menor.

— Ótimo. Isso mesmo. E tudo bem transar em casa, prefiro aqui do que na rua. Mas, por favor, nada de namoradinhas ou namoradinhos que apareçam de surpresa, abrem geladeiras e depois saem correndo, tá?

Ele paralisou no lugar, o estômago revirando intensamente. *Namoradinhos*. A visão embaçou enquanto Otto se convencia de que aquilo não significava nada. Que ela não sabia, apenas estava jogando possibilidades no ar. Mas o tremor nos dedos o dizia que talvez ela tivesse observado melhor do que ele imaginava. Otto não sabia o que fazer com aquilo.

— Ah, só mais uma coisa: lava o piupiu bem direitinho. Apara os pelos, é bom também! Tem uma maquininha no armário do meu banheiro. Ninguém merece pau fedido e cabeludo.

Otto entreabriu os lábios, sem conseguir conceber o que tinha acabado de ouvir. Se fosse possível morrer de vergonha, ele estaria convulsionando naquele exato segundo e caindo no chão de maneira dramática.

Da sala, ouviu uma risadinha contida de Anderson e semicerrou os olhos, encarando-a de maneira ameaçadora.

— Ah, para, né? Vocês combinaram isso? Tão de sacanagem comigo?

Joana segurou sua cabeça com as duas mãos e o puxou para mais perto, deixando um beijo estalado em sua testa.

— Só um pouquinho — disse, piscando para ele. — Meu bebê não é mais um bebê. Eu posso chorar em posição fetal, ou posso rir. Prefiro a segunda opção.

— Uma pena que sua segunda opção signifique a minha primeira!

— Antes você do que eu. — Ela encolheu os ombros, rindo. Então se empertigou, apontando o dedo em riste para ele. — E agradeça que te poupei da banana.

Otto a observou abandonar a cozinha, bem-humorada.

Quando Khalicy soubesse o que tinha acontecido... Ele previa que ela não o deixaria esquecer até, pelo menos, os cinquenta anos. Mas, mesmo sem a ajuda dela, Otto jamais esqueceria a conversa. Era o tipo de memória traumática que as pessoas faziam terapia para esquecer. E nem tivera o sexo antes para valer a pena.

Feliz com a desgraça alheia

Otto e Khalicy pedalavam lado a lado, de maneira preguiçosa, a caminho da escola. Era estranho irem àquele horário, por volta das nove, em que já estariam saindo para o intervalo, e sem o uniforme laranja e cinza horroroso. Havia um gostinho de liberdade naquilo, um tom de despedida de um ano que não fora nada fácil, sobretudo os meses anteriores. O garoto chegara a um nível de irritação em que somente *ouvir* Vinícius chamá-lo de Ottinho já o deixava com vontade de berrar a plenos pulmões.

Embora Khalicy quase sempre passasse de ano no segundo trimestre e ele, apesar de não gostar de estudar, conseguisse se manter na média, tinha virado uma tradição irem juntos ver os nomes na parede maior do prédio da diretoria, bem no centro do colégio Atena. Otto gostava de tradições, e gostava particularmente daquela. Era um alívio saber que, pelos dois meses e meio seguintes, se veria livre do rival. Mesmo que o preço fosse deixar de ver Bruno também, ele achava que valia a pena. Descansar das provocações, das boladas na cara, dos empurrões e comentários ácidos. Merecia um pouco de paz, e só assim conseguiria recarregar a energia para aturar um novo ano.

Havia também um gostinho a mais daquela vez, inédito e empolgante. Para começar, Khalicy voltaria a ter o intervalo no mesmo horário que o dele. Não precisaria mais se esconder no corredor cheio de baratas, o que levava como uma vitória e tanto. Mas o que realmente o empolgava para a volta às aulas era que, pela primeira vez, teria uma carta na manga que não hesitaria em usar. Aquilo mudava tudo. Seu único arrependimento era ter deixado para aproveitar a metamorfose tão perto das férias e perder a chance de dar uma lição em Vinícius. Mas para quem tinha esperado três anos inteiros, dois meses passariam como um piscar de olhos.

— Não acredito que você dormiu transformado! — disse Khalicy, pela quarta ou quinta vez, trazendo-o de volta para o presente.

Desde que havia contado para ela, no dia anterior, a garota não conseguia parar de falar sobre o assunto. Nem mesmo disfarçava seu fascínio pelos desdobramentos. Aproveitava qualquer oportunidade para pedir mais detalhes, mesmo que Otto já tivesse contado e recontado a história com todos eles.

— Eu tava morto, nem me lembrei desse *detalhe*. A sorte é que ela pensou que eu ia dormir na sua casa, se não... se ela tivesse aberto o meu quarto e me visto sozinho lá, ia ser bem mais difícil de explicar.

— Nossa, imagina só! — A amiga deu uma risada alta, parando de pedalar quando a rua se transformou em uma descida. — Ai, eu daria tudo pra ter visto essa conversa.

— Cara, ela me disse pra aparar meus pelos! Khalicy, sério, o que fiz pra merecer?

— Dormiu com uma menina meio folgada e sem educação.

Ele olhou para ela, por cima do ombro, rindo. Continuava atordoado desde o dia anterior.

— O pior de tudo foi que ela deu a entender que desconfia que sou gay, quase rolou *a* conversa. — Otto soltou uma mão do guidão e a abriu, sentindo o ar lamber seus dedos. — Estraguei tudo, minha mãe deve pensar que sou um menino hétero transão. Tipo... o Vinícius.

Khalicy negou com a cabeça, com um olhar divertido. A saia ondulava no ar em volta do seu corpo, revelando mais e menos de sua perna. Otto tinha achado curioso ela ter se arrumado para darem um pulinho na escola, quando ele mesmo vestia as primeiras roupas que encontrara.

— Tem um abismo de diferença entre vocês. Mas, já que você tocou no assunto... por que não quis aproveitar pra contar? Era o momento perfeito. Ela deu a deixa.

— Não sei. Só não parecia a hora certa, ainda mais depois de, aparentemente, ter transado a madrugada toda com uma menina folgada e sem educação. — Otto puxou o freio da bicicleta, perdendo velocidade até parar. — E eu não queria que fosse no susto. Precisa partir de mim, quer ela desconfie ou não.

Khalicy desceu da bicicleta, tomando cuidado com o vestido.

— Mas parece que ela vai reagir bem, né? Quer dizer, ela até disse *namoradinhos*.

Otto respirou fundo, enquanto atravessavam a avenida empurrando as bicicletas. Apesar de ser a manhã de uma segunda-feira, a cidade estava consideravelmente vazia. Conforme dezembro avançava, menos carros se viam nas ruas. Às vezes ele tinha a sensação de que só eles ficariam ali durante as férias.

— Talvez. Na real, eu não queria *precisar* contar nada, como se fosse uma grande coisa. O que tanto precisamos conversar, sabe? Não importa se for homem ou mulher, quem vai beijar sou eu.

Khalicy assentiu, sem dizer nada. Caminharam em silêncio até o bicicletário antes de seguirem para o prédio da diretoria. O colégio ficava aberto durante todo o dia para que os alunos conferissem se haviam passado de ano ou reprovado. No entanto, o maior movimento costumava acontecer depois do almoço. Até mesmo os alunos da manhã preferiam dormir até mais tarde, para aproveitar a folga.

Era por isso que os dois gostavam de ir naquele horário. Uma dúzia de pessoas se espalhava pelo pátio, em grupinhos. Ninguém vestia o uniforme e todos pareciam dez vezes mais felizes e leves. Havia risadinhas por todos os lados enquanto eles caminhavam lado a lado, roçando os braços um no outro.

Esperaram duas garotas conferirem a lista do oitavo ano, com os indicadores passando por cada nome da turma enquanto teciam comentários sobre os colegas.

— O Cauê passou de ano!

— Mentira? — A segunda se aprumou para mais perto. — Nunca vi esse garoto tirar uma nota azul. Eitaaa, a Thamires reprovou!

Elas continuaram até terem discutido a lista inteira. Então deram a volta e se sentaram na mureta que circundava o jardim, conversando com entusiasmo. Otto ficou tão entretido que Khalicy precisou puxá-lo pela manga da camiseta até quase tocarem os narizes nas listas.

Ele encontrou a do primeiro ano do ensino médio e seu olhar foi direto para o final:

OTTO OLIVEIRA........APROVADO

Deu um sorriso satisfeito, enquanto sacava o celular para tirar uma foto e mostrar para a mãe. Seu olhar subiu, por força do hábito, para a segunda letra do alfabeto. Bruno Neves também estava aprovado, para o seu alívio. Ele não suportaria continuar indo para o colégio se não tivesse o prazer de espiar Bruno a cada cinco minutos, enquanto o garoto rodopiava os livros no dedo.

Distraído com a foto, ele continuou olhando os nomes dos colegas, até chegar no final da lista outra vez.

VINÍCIUS VAZ........REPROVADO

O corpo retesou inteiro, muito antes de Otto conseguir processar o significado da palavra "reprovado". Então, ao entender o que aquilo queria dizer, o garoto soltou um arquejo alto, que chamou a atenção da amiga.

— O que foi?

Ela esticou o pescoço para descobrir o que Otto tinha visto.

— O Vinícius reprovou!

Ela uniu as sobrancelhas, confusa, como se tivesse entendido errado o que ele acabara de dizer. Otto apontou para o nome do garoto e acompanhou as mudanças no rosto da amiga, conforme ela conferia e processava a informação.

Nem em seus maiores sonhos Otto considerou um cenário em que Vinícius e ele não estudassem mais na mesma turma. Era uma perspectiva convidativa se ver livre do rival, mas Otto era idiota o suficiente para não desejar isso nem mesmo para ele. Se estivesse em seu lugar, sabia como a mãe ficaria decepcionada e brava, e o quanto seria doloroso estudar tudo pela segunda vez, enquanto os colegas da turma (ou melhor, *Bruno*) seguiam em frente. Nem mesmo a companhia de Khalicy o faria suportar algo assim.

Para além disso, era um pouco chocante saber que, pela primeira vez em anos, a coordenação não havia passado a mão na cabeça dele, apenas por ser do time de basquete. Embora não fosse segredo para ninguém que Vinícius tinha dificuldade no aprendizado e estava sempre tentando reverter as notas vermelhas para fugir da recuperação, também não era segredo que o diretor passava um pano para tudo que Vinícius fazia, porque ele era o melhor jogador do time e o colégio Atena levava as competições interescolares muito a sério. Sem falar que Bruno o ajudava como podia com relação às disciplinas. Não passando cola ou facilitando para o amigo, mas *estudando* com ele. Otto já testemunhara, em mais de uma ocasião, Bruno estudando alguns dias antes da prova, para ter tempo de explicar o conteúdo com calma para o melhor amigo.

— Tá me tirando... — resmungou ela, encarando a folha como se esperasse que a palavra "reprovado" mudasse magicamente para "aprovado". — Ele vem pra minha sala?

— É o conceito de reprovar.

Khalicy lançou um olhar cortante, mas foi traída por um sorriso.

— Quão feliz você tá com isso?

— Eu não fico feliz com a desgraça alheia — respondeu Otto, fingindo examinar as unhas.

Ela riu, batendo com o quadril no dele.

— Você é ridículo. Eu sei que você tá gargalhando por dentro.

— É... não vou negar que assistir às aulas sem ninguém assoprando bolinha de baba em mim é um avanço. Mas ele podia só mudar de colégio, não precisava reprovar.

Ela revirou os olhos para ele, sem se desfazer do sorriso.

— Eu acho bem-feito. Se ele se esforçasse em vez de ficar no seu pé, não teria reprovado.

Otto girou o corpo e se recostou nas listas, de frente para ela. Tirou os óculos e os limpou com a barra da camiseta, pensativo. Apesar da euforia com a novidade, sentia uma pressão esquisita no peito e no estômago. Otto sabia que era preciso desconfiar de algo que parecia bom demais. Sua mãe e Khalicy viviam dizendo que ele era pessimista, o que o impedia de ver as coisas boas, mas Otto gostava de se autodenominar realista. Não tinha culpa que tudo desse errado para ele.

— Como você acha que ele vai reagir? — perguntou, distraído.

Khalicy, que continuava examinando o papel, estreitou os olhos, encarando-o.

— Como assim?

— É que... lembra quando eles perderam aquele jogo com o Colégio Hipotenusa ano passado? Ouvi dizer que foi culpa dele, algum lance errado, sei lá. E a semana seguinte foi um inferno. Ele pegou pesado comigo. Foi quando ele fez o lance do refrigerante.

Otto contorceu o rosto com as memórias dolorosas. Pensando bem, estava feliz para caralho que o babaca do Vinícius tivesse se dado mal. Esperava que fosse um ano horrível para ele. Esperava que o tirassem do time, só por ter reprovado.

Depois de ter ferrado com o jogo, Vinícius decidiu que Otto era culpado por tudo que havia de errado no mundo. Um dia, quando ele e Khalicy chegavam para a aula, Vinícius os esperava fora do muro, segurando uma garrafa de refrigerante de dois litros.

Otto nem teve tempo de refletir que tinha algo errado. O garoto o encurralou, separando-o de Khalicy, e, antes que Otto pudesse fazer alguma coisa para escapar, Vinícius apertou a garrafa.

Otto ainda se lembrava de tudo em câmera lenta. O jato que o acertou na barriga, ensopando seu uniforme o fazendo grudar na pele. O cheiro forte de refrigerante de laranja o acertando como um soco. Khalicy xingando Vinícius energicamente, cuspindo um pouco enquanto proferia uma dúzia de palavrões. O rosto vermelho de tanto rir de Vinícius, antes de sair correndo ao som do sinal que indicava o começo das aulas. Era uma versão de mau gosto de *Guernica*, de Pablo Picasso, com várias coisas caóticas acontecendo em simultâneo.

O que mais o revoltava naquilo tudo era que, como em várias outras ocasiões, a diretoria aliviou para Vinícius. Mesmo com Khalicy para testemunhar, o diretor alegou que, por ter acontecido fora dos muros do colégio, eles não podiam se responsabilizar. Vinícius foi pressionado a pedir desculpas, na sala do diretor, com Joana e Khalicy de testemunhas, enquanto Otto mordia o lábio com força, se sentindo humilhado.

A questão era: não dava para vencer quando o assunto era Vinícius. Mesmo se o universo o fizesse pagar por ser um escroto, Otto, de alguma maneira, acabava sofrendo as consequências junto.

— Ele que tente. Agora que você tá usando o poder, consigo pensar nuns trinta jeitos diferentes de dar um susto nele. E vamos fazer bem longe dos muros da escola, pra ele ver o que é bom.

Antes que Otto pudesse responder, Vitor Hugo e João se aproximaram, cumprimentando-os com acenos e sorrisos. Otto segurou a mão de Khalicy, entrelaçando os dedos nos dela, e a arrastou dali.

— Preciso de água — explicou, enquanto a levava para o pátio coberto. — Quantos graus tá fazendo hoje? Uns oitenta?

— Algo assim. Com margem de erro de dois graus, pra menos ou pra mais.

Otto tinha acabado de avistar o bebedouro grande de metal quando Khalicy parou no lugar, esticando o braço para impedi-lo de continuar.

— Que...?

Mas ela não precisou dizer nada.

As fungadas altas do lado oposto do pátio ganharam sua atenção, respondendo à pergunta que ficou presa em sua garganta. Vinícius chorava com desespero, usando os antebraços para esconder o rosto. Ao seu lado, Bruno tentava segurar seus ombros, com um pouco de dificuldade, murmurando palavras que não alcançavam Otto e Khalicy.

— Cara, ele vai me matar! — urrou Vinícius, dobrando as pernas como se estivesse a um passo de ceder ao peso do corpo.

Bruno deve ter pensado o mesmo, pois encaixou um braço de Vinícius em seus ombros, sustentando-o com dificuldade.

— Calma! Fica calmo — pediu Bruno, alto o suficiente para que ouvissem do outro lado do pátio.

Apesar dos lábios dos garotos continuarem mexendo, Otto não conseguiu mais captar uma palavra. Vencido pela curiosidade, arriscou alguns passos para a frente, puxando Khalicy consigo, sem parar para pensar que talvez não fosse uma boa ideia espiar aquele momento delicado.

Nos cinco anos em que estudava naquele colégio, Otto nunca viu Vinícius chorando, ou chegando minimamente perto disso. Nem mesmo quando quebrou o mindinho no meio de um jogo, no oitavo ano. Tudo o que fez foi soltar um grunhido de dor e sair da quadra, como se nada tivesse acontecido.

Otto já havia ouvido falar que as pessoas não sentem quando quebram algo porque o sangue está quente, mas ele duvidava que não doesse nem um pouquinho, para Vinícius ter agido com tanta plenitude.

E ali estava ele, soluçando alto, os ombros balançando, parecendo um animal ferido.

— Não tem como ficar calmo! — Vinícius se desvencilhou de Bruno com um movimento repentino e chutou a lixeira mais próxima. — Eu tô ferrado, cara! Ferrado. Você sabe como ele é.

Àquela altura, mais pessoas haviam sido atraídas para o pátio coberto que levava aos blocos. João e Vitor Hugo estavam parados ao lado de Otto e Khalicy, de olhos arregalados para a confusão.

— Será que a gente devia ir lá? — perguntou um deles, em um sussurro.

— Não sei. Tô achando que só vai piorar.

Vinícius deu outro chute na lixeira, fazendo-a cair no chão com um estrondo alto que ressoou por todo o pátio. Usando a parte de cima do antebraço para limpar o rosto, balançou a cabeça e então se agachou para devolver a lixeira ao lugar.

— Foda-se, vamos embora — disse, irritado. — Não consigo mais ficar aqui.

Otto teve um espasmo ao se dar conta de que, dentre todas as pessoas assistindo, ele era o único que não deveria estar presente. Deu um passo para trás, planejando uma rota de fuga, mas já era tarde demais. Vinícius parou no lugar, estreitando os olhos e fazendo uma aba com a mão sobre a testa.

— Você só pode estar de brincadeira comigo!

Enquanto Otto ponderava se seria menos feio sair correndo ou esperar para levar um murro do inimigo, Vinícius marchou feito um soldado raivoso em sua direção. Bruno, percebendo o que se desenrolava, correu para alcançar o amigo e tentou segurá-lo pelo braço, mas Vinícius afastou sua mão com outro movimento brusco.

— Que eu saiba as listas ficam pra lá, Ottinho! Tá fazendo o quê aqui? — rosnou, estufando o peito conforme se aproximava. — Tá gostando do que tá vendo, é?

— Para com isso, Vini... sério, vamos lá pra casa pra você esfriar a cabeça.

Vinícius ergueu a mão no ar, como se pedisse para Bruno não se meter.

— Não, eu quero ouvir o meu parça. Ele tava aqui vendo o espetáculo, quero saber se tava curtindo.

Apesar da boca seca de pânico, as mãos tremiam levemente com o ódio que estava sentindo. Não era como se apenas ele estivesse espionando a discussão. A merda do colégio inteiro se amontoava na entrada do pátio, curiosos e chocados.

Mas claro que o babaca ia pegar no pé dele.

— Tô, sim — disse, com a voz fraca de nervosismo. Pigarreou, erguendo o queixo, e falou mais alto: — Tô curtindo pra caralho.

Um burburinho de alvoroço explodiu ao seu redor, ao mesmo tempo em que Khalicy virava de frente para ele, assustada. Suas mãos ainda estavam entrelaçadas, e a amiga quase esmagou seus dedos com força.

— Como é...? — Vinícius inclinou a cabeça para o lado, tão surpreso quanto os outros.

Bruno estava lívido de susto. Olhava para Vinícius com cautela, como se o amigo fosse uma bomba prestes a explodir.

Então, conforme processava o que tinha acabado de acontecer, o rosto de Vinícius ganhou uma tonalidade púrpura. O coração de Otto tinha parado em sua boca. Talvez, se corresse bem rápido até a bicicleta, conseguisse escapar sem nenhum roxo.

— Ah, seu merdinha filho da puta!

Vinícius cuspiu as palavras, entredentes. E lançou o corpo para a frente, os olhos em chamas. Otto mal teve tempo de pensar. Em um segundo prendeu a respiração, esperando pelo murro que com certeza levaria, e no seguinte viu os braços fortes de Bruno segurando os ombros do amigo como uma mochila.

Vinícius se contorceu, revoltado e surpreso. Tentou se soltar como das outras vezes, mas não teve nenhum sucesso. Apesar de parecer exigir muito dele, Bruno continuava usando toda a sua força para impedir Vinícius de continuar.

— Que merda é essa, Bruno?

— Vamo. Pra. Casa — respondeu, com dificuldade.

— Não! Me solta, porra! — Vinícius jogou todo o peso do corpo para a frente, fazendo tanta força para se desvencilhar que uma veia saltou em seu pescoço. — Preciso colocar esse otário no lugar dele.

Khalicy apertou a mão de Otto ainda mais, ao mesmo tempo em que colegas de turma se inquietavam ao redor deles. Fazia anos que Vinícius pegava em seu pé com brincadeiras e provocações, mas a violência sempre foi mais implícita. Ele se aproveitava muito da educação física, onde tudo parecia casual. Ou, como no dia do refri, fazia longe dos muros do colégio. Era a primeira vez que os outros – principalmente Bruno – o viam agir assim com Otto. Dava para perceber, pelo rosto de Bruno, que aquilo não o deixava nem um pouco feliz. Otto nunca o vira com uma cara tão feia.

— Que lugar? Para de viajar! — exclamou Bruno, ainda lutando para contê-lo. — O Otto não tem nada a ver com isso, cara.

Vinícius sorriu, mas os olhos pareciam o oposto de felizes. Usando os cotovelos para acertar Bruno no abdômen, ele finalmente se soltou. No entanto, pareceu se esquecer de Otto, ou de qualquer outra pessoa além dos dois. Esperou que o amigo recuperasse o equilíbrio e o empurrou outra vez, na altura do peito. A raiva emanava dele, dava para sentir de longe a ira se espiralando ao seu redor.

— E se eu disser que tem, hein? E se eu *quiser* que tenha?

Bruno bateu com as mãos nas pernas, se mostrando exausto.

— Você só vai ser um babaca. — Suspirou, de ombros encolhidos. — Parece que é a única coisa que você sabe fazer ultimamente.

Foi como se todos tivessem prendido a respiração ao mesmo tempo. Otto sentiu a tensão estalando no pátio enquanto o silêncio ensurdecedor pairava sobre eles. Vinícius olhou para os lados, sem acreditar no que tinha acabado de ouvir.

— Eu sou babaca? É sério? — Vinícius apontou o dedo em riste na direção de Otto. — Ele me provoca, mas não tem culhão pra me enfrentar. Tá sempre com cara de quem tomou um susto e vocês caem nessa. — Ele esfregou o rosto, parecendo prestes a cair no choro outra vez. — E sabe o que mais? Tô cansado disso! Você sempre fica do lado dele! A gente se conhece desde sempre e você nunca fica do meu lado, que merda.

Bruno parecia ter levado um soco. Foi a vez dele de empurrar Vinícius, que cambaleou para trás, quase perdendo o equilíbrio. Os dois trocaram olhares cortantes, lembrando estátuas. Otto nunca os vira brigar, nem mesmo discussões bobas. De repente, estavam quase saindo no soco.

— Eu nunca fico...?! — Ele soltou um assobio e um brilho intenso passou em seus olhos. — Eu sou *o único* que fica do seu lado! Até quando você tá agindo igual um idiota. Tento te entender, passo um pano pra você, mas isso aqui... — Bruno fez um gesto apontando os dois e então indicando todos que assistiam à briga. — Tá muito feio. Você vai mesmo continuar com isso? Vai brigar *comigo*, Vini? Depois de tudo?

João deu um passo à frente, um pouco incerto. Apesar de não serem superpróximos, João também era do time de basquete. Entre treinos diários e viagens para competir, Otto imaginava que deviam ter intimidade o suficiente para que ele arriscasse se enfiar na confusão.

— Ele tá certo, Vini! Não tem nada a ver agir assim, e só vai te prejudicar mais. Que merda você ter reprovado...

Em questão de segundos, outros garotos da sala cercaram Vinícius, tentando animá-lo de alguma forma. Otto sentiu um gosto amargo de desprezo. Ele fora atacado e quase apanhara, mas era Vinícius quem recebia a atenção e as palavras de conforto. Ele tinha a suspeita de que, se não fosse por Bruno, talvez estivesse no chão, enrolado em Vinícius, naquele exato segundo.

— Vem, vamos. — A voz de Khalicy o sobressaltou. — Já deu. A gente compra água no caminho.

Otto assentiu, mas continuou encarando o grupinho ao redor de Vinícius por mais alguns segundos. Como se sentisse o seu olhar, Bruno girou o pescoço em sua direção, encarando-o com o lábio torcido em descontentamento, visivelmente chateado. Otto quis enxergar significado no fato de Bruno tê-lo defendido, de ter brigado com o melhor amigo pelas atitudes dele, mas só conseguiu ficar triste.

Soltou o ar dos pulmões e, cansado de tudo aquilo, deu as costas para a confusão, junto de Khalicy.

Medo de cavalo

Era como se toda a cidade tivesse escolhido aquela tarde para abandonar o conforto de seus lares e se aglomerar no centro. Otto olhava pela janela do carro, fascinado com a energia caótica emanando do lado de fora. Pessoas se acotovelavam umas nas outras nas calçadas, algumas tentando apressar o passo, outras parando no meio do caminho para apontar para dentro de alguma loja, na maior tranquilidade. O trânsito refletia a confusão, com carros se fechando, curvas feitas sem setas e insultos trocados de um lado para o outro.

Todo ano era a mesma coisa na época de comprar os materiais da escola. Otto tinha a sensação de que a cidade era feita só por crianças e adolescentes, porque, para onde olhasse, via pais e mães com expressões desanimadas carregando sacolas imensas e cheias de cacarecos.

Antigamente, Joana costumava ir com roupas de academia e o cabelo amarrado no topo da cabeça, como se fosse encarar um triatlo. Agarrava o pulso de Otto com uma mão e, na outra, levava a lista de compras. Iam de uma papelaria a outra para fazer o orçamento, e depois refaziam o caminho, comprando os itens mais baratos de cada lugar.

— Não adianta comprar a borracha mais cara... — dizia, por exemplo, embora ele nunca pedisse a borracha mais cara. — Daqui duas semanas você vai ter perdido. As canetas vão estar quebradas, a mochila encardida. Um dia você vai ter filhos e vai entender o pânico coletivo.

Sorrindo com a lembrança, Otto girou a cabeça para o lado e encontrou Anderson focado no trânsito. Ele crispava os lábios de um jeito engraçado quando precisava se concentrar em algo. Fazia um tempão que ele e a mãe namoravam e o garoto nunca tinha reparado naquilo. Soltou um suspiro, um pouco sem jeito.

Pela primeira vez, comprar os materiais não seria um acontecimento dele e da mãe. No ano anterior, Otto havia conseguido reaproveitar os materiais do nono ano, e por isso não foi preciso testemunhar a mãe em seu estado mais selvagem. Mesmo que ela ficasse um pouco assustadora correndo pelos corredores com a lista toda amassada na boca enquanto derramava lapiseiras e folhas de almaço na cesta, era estranho quebrar um ritual de tantos anos.

Tudo partiu de Joana. A mãe fora muito enfática no quanto estava atolada de coisas no trabalho. A parte estranha era que ela continuava fazendo o mesmo horário de sempre e não parecia muito estressada, como acontecia quando as coisas pesavam no trabalho. Otto desconfiava que fosse apenas uma desculpa para que Anderson e ele passassem um tempo juntos, mas algo o dizia que não seria muito animador que o primeiro contato dos dois se baseasse em uma atividade chata e mecânica como comparar preços e seguir uma lista.

Embora Otto gostasse do namorado da mãe, nunca precisara passar tempo sozinho com ele. Nem sabia se teriam assunto suficiente para isso e estava muito preocupado com os possíveis silêncios constrangedores que precisaria enfrentar. Isso se Anderson não tentasse saber mais sobre as namoradinhas e sua vida sexual aparentemente muito ativa.

No entanto, como parecia importante para a mãe, Otto aceitou fazer algo com o bombeiro naquela tarde, *contanto* que pudesse comprar os materiais sozinho. Assim ficou combinado que Anderson o levaria de carona, quando fosse resolver suas pendências no centro, e o buscaria depois para que tivessem a "tarde dos garotos".

— O que vamos comer depois? — perguntou Anderson, parando com o carro em fila dupla.

— Ahn... comida mexicana?

— Opa! Boa escolha. Agora temos uma boa motivação pra terminar nossas coisas rápido.

Ele indicou o lado de fora com um gesto de cabeça. Otto viu uma criança parar para amarrar o cadarço no meio da calçada, logo na frente de um homem carregando caixas que pareciam muito pesadas.

O garoto sorriu. Talvez o programa com Anderson não fosse tão esquisito assim.

Otto se despediu e abandonou o carro, tentando se enfiar no mar de pessoas. Desviou para o lado quando um rapaz tentou vender óculos de sol e relógios que assegurou mais de uma vez serem originais, mas pareciam tudo menos isso. Foi preciso usar suas habilidades de contorcionismo para abrir um caminho na calçada até a papelaria.

Ele nem mesmo sabia se era humanamente possível que tivesse tanta gente amontoada em um mesmo lugar. A papelaria não era tão grande assim! Os vendedores corriam de um lado para o outro com expressões exauridas que davam pena, equilibrando estojos, cadernos e potes de canetas.

Com o sorriso insistindo em permanecer no rosto ao pensar na comida mexicana que o esperava, Otto entrou no primeiro corredor, se enfiando entre crianças alvoroçadas com mochilas de rodinhas e meninas implorando por um caderno inteligente para os pais, que custava o triplo do preço de um comum.

Encontrou a sessão dos super-heróis e prendeu a respiração. Ele queria ser o tipo de pessoa que usava cadernos genéricos com capa de paisagem, mas os bonitos eram o seu fraco. Odiava ir para a escola, mas sempre que tirava o material da mochila e via o Thor segurando o martelo, se sentia incentivado e preparado para encarar mais uma aula chatíssima de biologia.

Ficou tão entretido escolhendo a capa que o acompanharia pelos próximos meses que esqueceu por um momento o caos ao seu redor. Foi a voz que ouviu, muito próxima dele, que o fez voltar bruscamente ao presente.

— Você passou a vida sem um caderno inteligente, Raissa. Você não *precisa* dele, você só quer ficar por dentro — disse Bruno, com uma implicância na voz que Otto nunca tinha visto.

Otto engoliu em seco, girando nos calcanhares para procurá-los com o olhar. Encontrou-os bem a tempo de flagrar Raissa revirando os olhos, emburrada. Dona Madeleine vinha logo atrás deles, distraída com algo no celular. Era incrível como, mesmo que a papelaria lembrasse um apocalipse zumbi, ela estivesse inabalável.

— Mãe, fala pra ele que é o primeiro ano do ensino médio! É importante!

— Aham... — resmungou Dona Madeleine, digitando rápido em seu celular. — É mesmo, meu bem.

— É literalmente a mesma coisa de sempre — resmungou Bruno, enquanto os três se aproximavam cada vez mais.

Otto deu um passo para a esquerda, se escondendo atrás de uma pilha de fichários das princesas da Disney.

Na última vez que se viram, em dezembro, Bruno tivera que segurar Vinícius para que não voasse em Otto. Ele tinha certeza de que os dois tiveram tempo suficiente para se acertar durante as férias, o que só deixaria as coisas entre ele e Bruno ainda mais esquisitas do que já eram. Mesmo assim, continuou espiando por uma fresta, porque a curiosidade era maior que o bom senso.

— Não é! Tô mais perto do vestibular, agora é pra valer. Se eu quero passar em medicina, preciso começar desde já.

Dessa vez, foi Bruno quem revirou os olhos.

— Pelo amor de Deus. Mãe, ela sempre faz isso quando quer alguma coisa e vocês vivem caindo! — falou Bruno em tom de súplica, sem se importar com o fato de que sua mãe nem parecia lembrar o nome deles naquele momento, digitando enfurecida. — Acabou de me ocorrer que eu preciso muito de um celular novo, se não nada de medicina pra mim.

Raissa fechou a cara, trombando nele de propósito ao entrar no corredor de canetas coloridas. Com uma bufada audível, lançou um olhar feio para o irmão.

— Sinceramente, Bruno! Você é ridículo, sabia? Por que você não cuida da sua vida?

— Isso vai te ajudar a passar em *medicina*? — cutucou ele, tão emburrado quanto ela.

— Tá bom, vamos parando por aqui. Chega de briga. — Dona Madeleine guardou o celular na bolsa a tiracolo, voltando para a realidade. Seu olhar fazia uma varredura pela papelaria, e Otto reconheceu a mesma expressão desesperada da mãe. — Vou procurar o que eu preciso.

— Posso pegar o caderno inteligente, mãe? — perguntou Raissa, com a voz manhosa.

— Pode, pode. Você também, Bruno. Vão escolhendo as coisinhas pessoais de vocês que eu já venho.

O garoto esperou que a mãe se afastasse para deixar escapar uma risadinha debochada. Raissa, por sua vez, dava de ombros, com uma expressão vitoriosa.

Um pai mal-humorado cutucou Otto no braço até que ele fosse obrigado a desviar a atenção da cena que se desenrolava.

— Você pode ir um pouco pra lá? Preciso pegar uma agenda.

— Ahn... claro.

Ruborizado, ele inclinou o quadril para a direita e se reaproximou da fresta, para espiar um pouco mais. Foi então que, para o seu completo horror, deparou com Bruno olhando direto em sua direção.

Espalmou o peito, assustado e morto de vergonha.

Ser pego secando Bruno não era exatamente confortável, por isso abriu caminho até o fim do corredor e correu o olhar ao redor, em busca de um esconderijo. Reparou na porta bem ao lado do balcão do caixa e, sem pensar muito, se agachou e deslizou para dentro, esgueirando-se por pilhas de mochilas e lancheiras o mais discretamente que conseguiu.

Respirando fundo, Otto encostou a porta devagarzinho e estudou o cômodo, com curiosidade. Tinha se trancado no estoque da papelaria! Que justificativa daria caso alguém o encontrasse agachado ali dentro? Ele nem queria pensar no tamanho da encrenca em que se meteria. Francamente, o que não fazia por Bruno...

Adiantou-se para um ponto cego atrás de uma prateleira que ia do chão ao teto e fechou os olhos, gelado de nervosismo. Mordeu o lábio inferior quando começou a se transformar em Olga, concentrado. Fechou os olhos para não ter nenhuma surpresa. Pensou em Olga. O nariz fino e comprido, o sorriso sapeca, os peitos um pouco menores do que da outra vez.

Terminou a transformação com a pele formigando e respirou fundo. Precisava sair dali bem rápido. Olhou para todas as direções, conferindo uma última vez se estava sozinho, e então se levantou e atravessou o estoque quase correndo.

Saiu na ponta dos pés, munindo-se da melhor expressão de inocência que conseguiu. Decidiu que sua desculpa seria dizer que se perdera e acabara entrando ali por engano. Não foi Khalicy quem disse que era só agir como se não devesse nada? Fechava a porta quando sentiu alguém se aproximar por trás. Antes que conseguisse se virar, a voz de Bruno o encontrou, perplexa:

— Olga?!

Girou o corpo em câmera lenta. A primeira coisa que percebeu foi que Bruno estava bronzeado e com o cabelo um pouco maior e desalinhado. Imaginou o garoto na praia, vestindo a sunga preta do churrasco em sua casa, e sentiu um aperto no peito.

— Ah, o-oi! Bruno, né?

Otto se odiou no momento em que ouviu a própria voz. Era um péssimo ator. Quis parecer esquecido e, em vez disso, soou como um *stalker* maluco que forjava um encontro e fazia parecer acaso.

— Isso. Do churrasco lá em casa, lembra? Eu achei... achei que tinha visto... — Bruno passou a mão no cabelo, desnorteado, olhando ao redor como se procurasse algo. Otto foi tomado por culpa. Sabia *exatamente* o que ele procurava. — Deixa pra lá, viajei. Gostei dos óculos!

O coração de Otto palpitou quando levou a ponta dos dedos à armação vermelha. Sentiu o rubor se espalhar pelo rosto e descer pelo pescoço. Talvez o corpo inteiro estivesse corado naquele segundo.

Como tinha se esquecido do principal?

Aquele era, de longe, o detalhe mais marcante de sua aparência.

— Valeu — respondeu, assim que voltou a encontrar a voz. — Comecei a usar essa semana... ainda tô me acostumando.

Bruno uniu as sobrancelhas, com um sorrisinho torto pincelando os lábios.

— Verdade?

— Aham. Descobri que tenho miopia. É pra longe, sabe?

A ânsia para que voltassem a conversar naturalmente como no dia do churrasco o estava fazendo agir como um completo idiota. Ele tinha acabado de dizer *para Bruno* o que era miopia! Tinha como a conversa ficar mais desconfortável?

— Acho que preciso de óculos também, jurei que você tava usando lente aquele dia lá em casa.

Apesar de soar como uma brincadeira, Otto percebeu que Bruno falava muito sério.

— Eu? — O garoto deu uma risadinha afetada, abanando a mão no ar. — Deve ter sido reflexo, ou sei lá. Nunca usei lentes.

Um silêncio tenso pairou entre eles.

Bruno inclinou a cabeça para o lado, sem disfarçar o desconforto.

— Meus pais são oftalmologistas, eu ajudo na recepção pingando o colírio. Consigo perceber de longe quando alguém tá usando lente. É bem fácil, na verdade.

Mais humilhante do que ser pego no meio de uma mentira, era persistir nela quando a outra pessoa sabia a verdade. Mesmo assim, que outra escolha ele tinha?

Otto soprou uma mecha de cabelo para longe do rosto, decidido a continuar negando até sua morte. Deu um sorriso para Bruno e fez o possível para se mostrar despreocupado.

— Bom, fico feliz que você tenha prestado atenção em mim. — Era muito esquisito ouvir aquelas palavras saindo de sua boca, não combinavam com ele. Embora sua vontade fosse desviar o olhar, se manteve firme mirando direto nos olhos castanhos de Bruno. — Mas juro que nunca usei lente. Eu não teria por que mentir. Não sou uma espiã, nem nada do tipo.

Deu uma risada, mas Bruno nem fez menção em sorrir com a piada. Em vez de responder, o garoto se aproximou dele e inclinou o tronco em sua direção. Otto ficou paralisado, sem conseguir desgrudar os olhos do rosto se aproximando. As pintinhas de flocos cada vez mais nítidas. O cheiro de perfume misturado com roupa limpa. Levou tempo demais para conseguir processar que Bruno estava o cumprimentando, até que fosse muito tarde para virar a cabeça para o lado, como uma pessoa normal.

Os dois ficaram em uma dança esquisita de pescoços, girando o rosto para lá e para cá, evitando os lábios. Até que, finalmente, Bruno tomou a dianteira e deixou um beijo estalado em sua bochecha, voltando a se afastar. Diferente do churrasco em sua casa, que apenas colara bochecha com bochecha, daquela vez havia fluidos corporais dele no rosto de Otto! Ele nem conseguia *acreditar*. Será que tinha problema não lavar mais o rosto?

— Enfim... Como foi de férias? — perguntou Bruno, com as mãos nos bolsos, se mostrando um pouco abalado com os segundos que haviam passado evitando um selinho.

— Ah... — Otto pigarreou, dando um passo para trás. Precisava de uma distância segura de Bruno. — N-nada demais. Ficamos por aqui mesmo, minha mãe só pega férias na páscoa. O ponto alto foi um parque aquático num final de semana e um hotel fazenda em outro. A Khalicy foi junto. Andamos de cavalo. Foi isso.

Por que estava falando tanto? Bruno só queria ser educado, não se importava com cavalos e qualquer outra coisa enfadonha de suas férias.

— Nunca andei de cavalo, tenho um pouco de... *medo*. — Bruno fazia uma careta envergonhada e, ao perceber o sorriso crescente de Otto, justificou, com o dedo em riste: — E se você soubesse o tanto de gente que já morreu com coice, também teria.

— Sim, porque eles são *muito* assustadores — brincou Otto, fazendo-os rir. — Tá bom, eles são um pouco mesmo, vai. São muito grandes. E tão bonitos que a gente fica intimidado.

— Você também é, eu deveria ter medo?

Otto engoliu em seco, sentindo o coração parar. Ele também era o quê? Grande? Bonito? Os dois? Os joelhos perderam a força e ele agradeceu à prateleira logo atrás, por poder se firmar. Resolveu fingir que não notara nada demais – talvez não fosse mesmo.

Então pensou melhor. Qual era o propósito de se transformar em outra pessoa se continuaria agindo como um covarde? De que adiantava uma oportunidade de se aproximar de Bruno se não fazia nada com ela?

Como Olga, ele tinha a chance de ser quem quisesse. Dane-se a timidez, ele podia flertar com Bruno à vontade! Era parecido com estar na internet, escondido por um perfil anônimo. Ainda que fosse ele ali, de certa forma também não era.

— Sou muito grande ou muito bonito? *Bonita?*

Bruno não pareceu notar o gênero errado. Passou a mão na nuca, dando um sorriso sem mostrar os dentes, como se o comentário o tivesse deixado tímido. Otto nunca o vira daquela maneira antes, mas descobriu que gostava muito.

— Vou manter o mistério. Você pode interpretar como preferir. — Bruno recostou o ombro na parede, ficando com o corpo levemente inclinado na diagonal. — Tipo o lance da Capitu ter ou não traído o Bentinho.

— Mistério, sei. — Otto riu. — Eu chamo de evitar a resposta. Isso *depois* de ter me comparado com cavalos.

Bruno tombou a cabeça para a frente, e alguns fios penderam no ar. Otto viu um pedacinho do seu sorriso e sorriu junto.

— Vendo por essa perspectiva parece zoado mesmo. Mas foi um elogio!

— Não sei, não. Mas só pra deixar claro: sou inofensiva, tá? Não costumo dar coices em ninguém.

Bruno riu, endireitando a postura.

Seu olhar desviou de Otto para algum ponto em suas costas. Raissa apareceu entre eles logo em seguida, trazendo uma cesta abarrotada de canetas coloridas e borrachas com formatos de comida.

— E aí, Olga? Que legal te ver aqui.

Ele a cumprimentou.

Voltando-se para o irmão, Raissa prosseguiu:

— Você ainda nem começou? A mãe vai te matar!

Sem esperar por uma resposta, ela deu alguns passos até a pilha de cestas ao lado da prateleira com tipos de papéis diferentes e de várias cores. Com a mão livre, alcançou uma cesta e entregou para Bruno, depois repetiu o processo com Otto.

— Por que vocês não vão pegando enquanto conversam? Aproveita que ela tá longe e pega tudo o que você quiser em vez de ficar implicando com as minhas coisas.

Bruno ficou na ponta dos pés, olhando ao redor para procurar a mãe.

— Cadê ela?

— Encontrou uma conhecida do clube. Tão discutindo sobre a festa das nações... o papo vai longe, pelo jeito.

Raissa girou nos calcanhares e simplesmente deu a volta, sumindo do nada, assim como aparecera. Otto e Bruno se entreolharam, tímidos. Sem trocarem uma palavra, começaram a andar para o começo do corredor, onde Otto fora pego no flagra espiando.

Os dois pararam em frente aos cadernos. Otto tentou não pensar em Anderson, que talvez estivesse terminando seus afazeres enquanto ele mesmo nem havia começado a escolher as suas coisas. Bateu os olhos em um caderno com a capa do Miles Morales e sorriu, puxando-o para si.

— Homem-Aranha é o meu herói favorito — comentou, despreocupado, tentando reproduzir a mesma conversa empolgada de cinco anos atrás.

— O meu também — disse Bruno, acompanhando os movimentos de Otto com o olhar. Então esticou a mão e pegou um caderno igual, sorrindo. — Eu não podia ver uma aranha quando era mais novo, ia correndo pôr a mão.

Uma gargalhada escapou de sua garganta ao imaginar a cena.

— Não pode ser!

— Verdade! Pensei que ia virar o Homem-Aranha. Até que fui picado e, olha, não recomendo. — Ele esfregou o braço, rindo. — Fui parar no hospital, tomei o antídoto e voltei pra casa decepcionado.

— Meu padrasto tem um sobrinho que pulou de cima da estante com uma toalha amarrada nos ombros. — Otto ainda lembrava com clareza da ocasião. Anderson chegou atônito e se lançou no sofá, contando que o garoto precisou levar pontos no queixo. — Nessas horas percebo que fui uma criança tranquila...

— Acho que meninas são mais tranquilas. Minha irmã foi uma criança bem decente. Pena que cresceu e virou essa chata.

— Voltamos a falar de poderes. A gente só sabe falar disso. E de cavalos, pelo visto.

Bruno riu dele, enquanto colocava o caderno na cesta.

— Você vai levar esse também? — perguntou Otto.

— Aham. Tem problema?

— Não. Mas agora vou lembrar de você sempre que pegar o meu caderno.

Seu coração disparou. Não acreditava que estava *flertando* com Bruno deliberadamente. Essa tal de Olga era ardilosa!

Bruno deu de ombros, rindo, mas não disse nada.

Os dois seguiram lado a lado, fazendo a curva para o próximo corredor, onde ficavam os lápis e canetas. Pararam em frente aos grifa-textos, e Otto foi tomado por um calafrio intenso quando os braços deles roçaram.

— Precisamos expandir nossos assuntos — disse Bruno, o encarando de esguelha, com um sorrisinho travesso.

— Oftalmologia? — arriscou Otto, rindo, mas se arrependeu logo em seguida, ao lembrar que tinha mentido descaradamente para o garoto.

— Não uso óculos, vou saber falar muito pouco. E pelo jeito também não entendo nada de lentes. — Bruno piscou para ele, com petulância. — Que tal se a gente se conhecer melhor? Passamos o dia conversando lá em casa, mas ainda não sei quase nada de você.

Otto pegou um marcador laranja e um rosa, distraído. Reparou, com o estômago dando cambalhotas, que Bruno escolheu os mesmos.

— E eu só sei que você tem medo de cavalo — entrou na brincadeira, observando Bruno escolher um kit de borrachas.

Dessa vez, Otto que resolveu imitá-lo, pegando um pacote igual para ele. Bruno o olhou nos olhos e sorriu.

— Só do coice. Mas, sério, do que você gosta?

Eles seguiram um pouco mais para a direita e começaram a pegar canetas aqui e ali, dos potes sobre a última prateleira.

— Não sei... ficar de uniforme o dia inteiro. Andar de meia e depois ouvir minha mãe reclamando que elas ficam encardidas. Ficar no computador. Essas coisas.

— Isso não vale como resposta! — protestou Bruno, rindo.

— Por que não?

— Andar de meia não é uma coisa que você para pra fazer. Muito menos ficar de uniforme. Isso só mostra que você é suja.

Otto parou no lugar, forjando uma expressão ofendida. Mas foi traído pela risada, e logo Bruno ria com ele.

— Se era pra gente começar uma amizade, sinto dizer que você estragou tudo.

Bruno riu com ainda mais gosto, enquanto usava o cotovelo para cutucar as costelas de Otto, que precisou se segurar muito para não soltar um suspiro.

— A gente já é amigo — disse Bruno, alcançando um corretivo. — E você que estragou, sendo suja.

Otto trocou a cesta de braço, sem conseguir parar de rir. Um vendedor passou entre os dois, com cara de quem ia cair no choro a qualquer instante.

— Você que não sabe aproveitar os prazeres da vida. Uniforme é o melhor tipo de roupa já criado.

— Não tenho *condições* de ficar de uniforme o dia todo! Eu volto dos treinos pingando de suor.

— Depois eu que sou suja!

Bruno riu com tanto gosto que tudo o que Otto desejou foi que a memória fosse como o HD de um computador, e ele conseguisse salvar aquela imagem para acessar sempre que quisesse.

Seguiram caminhando juntos pelos próximos corredores, conversando e pegando o que precisavam. A conversa veio tão fácil com Bruno, assim como da primeira vez, no consultório de seus pais. Ele olhou para trás, para o Otto de dez anos que voltou para casa e levou horas para entender que chavinha havia virado, e quis lançar uma piscadela para ele. Na maioria das vezes ele se esquecia daquilo, mas era fácil entender por que bastaram cinco minutos para que ele não enxergasse mais ninguém além de Bruno. Ali mesmo, cuidando para não passar muito tempo encarando-o, Otto sentia que derretia bem devagar, se transformando em algo quente e confortável.

Riram, empolgados, enquanto se conheciam melhor e trocavam provocações. Otto venceu o orgulho e se deixou levar pela curiosidade ao questionar sobre a briga de Bruno e de Raissa ao chegarem. O garoto explicou que os pais os pressionavam muito para seguirem os passos deles, e que a irmã tirava proveito daquilo, fingindo que cursaria medicina, embora tivesse fobia de sangue.

Otto quis saber se ele já havia decidido o que faria na faculdade e, com uma expressão triste, Bruno respondeu que só sabia o que *não* faria de jeito nenhum. Otto admitiu que não fazia a menor ideia de qual profissão escolher para o resto da vida, mas ainda teria dois anos para decidir e a mãe nunca o pressionava para fazer nenhum curso específico.

Bruno contou sobre as férias que passou na praia, na casa da família. Narrou, empolgado, o pote que encheu com conchas e estrelas do mar, contou que fizera três tatuagens de hena e que testemunhara uma mulher ser acudida, aos berros, no meio do mar. Descobriram o que havia acontecido somente quando dois salva-vidas a arrancaram d'água: uma água-viva colara em toda a sua barriga, deixando queimaduras enormes.

— Agora você tem medo de água-viva também?

— Cala a boca, Olga! Só de coice de cavalo. — Bruno sorriu, contrariado, e então enrijeceu, parecendo lembrar de algo. — Depois um cara quis mijar na barriga dela!

— Quê? Por quê? Ela já não tinha sofrido o suficiente?

— Ele ficou insistindo que ajudava, mas meus pais interviram. Foi uma confusão.

— Você tem medo de coices e eu tenho medo de caras aleatórios que querem mijar em você na praia.

Eles riram em uníssono, e logo Bruno voltou a narrar as férias, empolgado. Otto não parava de sorrir, pensando no dia do churrasco, em como ele não saiu da piscina o dia inteiro. Ficou se perguntando se, um dia, em uma realidade paralela, os dois curtiriam na piscina juntos, trocando brincadeiras com beijos molhados e com gosto de cloro.

Os dois seguiram conversando e enchendo as cestas com os materiais iguais. Otto não sabia muito bem por que estavam fazendo isso, mas gostava de escolher alguma coisa e olhar para Bruno como se o desafiasse, para logo em seguida precisar escolher algo igual ao do garoto também. Tinha o pressentimento de que precisaria esvaziar metade dos itens, principalmente coisas que já tinha, mas fingiu que não. Gostou de imaginar que teria algo para aproximá-lo do garoto.

Bruno tinha acabado de escolher o estojo quando a mãe e irmã os alcançaram. Ele esperou que Otto pegasse um estojo igual e deu um sorriso satisfeito.

— Ah, oi! — cumprimentou Dona Madeleine, sorrindo.

— Essa é a Olga, mãe — se adiantou Raissa.

— Acho que me lembro de você do churrasco! Você estava lá, né?

Otto só teve tempo de assentir antes que ela atirasse a próxima pergunta:

— Com saudade da escola, Olga?

Ele não conseguia mirar muito tempo para os olhos penetrantes dela, por isso encarou uma pintinha em seu nariz, torcendo para que não desse para perceber.

— Nem um pouco — respondeu, com franqueza, fazendo-a rir.

— Agora falta pouco pra acabar. Sempre falo pros dois, a faculdade é bem diferente. Outra atmosfera. — Ela conferiu as horas no relógio, fazendo a cesta balançar no braço. — Enfim. Você também estuda no colégio Atena?

— Não — foi Bruno quem respondeu, se mostrando tão curioso quanto Otto.

— Poxa, que pena! O melhor amigo dele reprovou, fiquei preocupada com o Bruno. Esses dois são como unha e carne, nunca vi isso.

— Ela colocou a mão ao lado da boca, como se compartilhasse um segredo que apenas ela soubesse. — Daí vi vocês de longe e achei que ia fazer bem pra ele...

Bruno havia espremido os olhos, pálido. Parecia querer desaparecer com a força do pensamento. Otto precisou crispar os lábios para não cair na risada. Sabia como mães eram malignas e amavam a arte de deixar os filhos envergonhados. A sua dominava isso muito bem.

— Mãe, a gente não tava indo? — perguntou Bruno, com a voz fraca.

Ela conferiu as horas outra vez, antes de pousar uma mão no ombro de cada filho.

— Vamos, vamos. Bom te ver, Olga! Aparece lá em casa mais vezes.

Raissa sorriu para ele, mas Bruno acenou com a mão, como da primeira vez em que conversaram. Otto ficou plantado no lugar, sem se importar com as pessoas que o olhavam torto, observando Bruno se afastar e como seu cabelo formava um redemoinho atrás que espetava um tufo de um jeito fofo.

Com um suspiro pesado, Otto encarou os materiais amontoados na cesta. Estava tão absorto em pensamentos que quase morreu do coração quando viu Anderson atravessar a porta da papelaria, procurando por ele.

Sorrateiramente, voltou ao depósito e correu até o esconderijo. Soltou um gemido fraco ao retornar para o seu corpo e se sentiu exausto. Era cansativo ser duas pessoas em uma. Ele só queria voltar para casa e tirar um cochilo.

Abandonou o depósito e saiu em busca do padrasto. Encontrou-o examinando uma calculadora científica com o maior interesse. Quando o chamou, Anderson deu um sorrisinho intrigante de quem sabia das coisas.

— Aí está você! Pronto? Pegou tudo o que precisava?

— Peguei! — Otto ouviu o estômago do padrasto roncar alto e foi atingido pelo remorso. — Desculpa, demorei muito?

— Nada. Acabei de chegar, consegui resolver tudo que precisava. Acabei de ver aquela sua... hum... amiga. — Ele arqueou as sobrancelhas, de maneira sugestiva.

— Ahn... pois é. — Otto esfregou o braço, atordoado. — A gente começou a conversar, me distraí.

Anderson o guiou carinhosamente até a fila do caixa, com três famílias na frente. Bruno e Raissa voltaram a discutir enquanto a mãe deles passava as compras, ainda inabalável.

— Animado pro colégio esse ano, sem aquele babaca pra ficar no seu pé?

Otto desviou a atenção de Bruno para Anderson, incerto se tinha ouvido direito.

— O Vinícius?

— Esse mesmo. O idiota que te azucrinava.

Pela segunda vez no dia, sentiu tanta afeição pelo namorado da mãe que precisou se segurar para não o abraçar, sem mais nem menos.

Otto não era bobo, sabia que muito em breve Anderson entraria de vez em sua vida. Imaginava isso pelos anos em que namoravam, mas principalmente pela insistência de Joana para que passassem aquela tarde juntos. Ele sempre se pegava pensando na mudança de uma maneira pessimista. Mas ali, pela primeira vez, precisou ser justo e admitir que, tirando os papos motivacionais de *coach*, Anderson era um cara legal. Para ele e para a mãe, que era o que importava.

— Não pensei muito nisso ainda, pra falar a verdade.

— Tá certo. Não vale a pena esquentar a cabeça com esse moleque. Mas, cá entre nós, tô sentindo que esse ano vai ser bem melhor.

Otto o encarou com curiosidade. Por alguma razão, Vinícius ter reprovado parecia o tópico do dia.

— Na sala, sim. Mas tenho a impressão que ele vai me perseguir ainda mais fora dela. — Ele brincou com o cordão da bermuda que usava. — No dia que fomos no colégio pra ver a lista, ele tava bem puto.

O garoto preferiu esconder a parte de que Vinícius partiu para cima dele e só não conseguiu fazer nada porque foi impedido. O clima entre ele e Anderson estava tão bom, ele não queria deixar o padrasto irritado, muito menos que começasse com o papo da importância de reagir e da imagem que passamos ao mundo.

— Besteira! — Anderson abanou a mão no ar, descartando a ideia. — Ele tinha acabado de receber a notícia, tava com o sangue quente. Vai por mim, ele teve as férias todas para remoer o assunto, mas só vai cair a ficha quando as aulas voltarem e ele vir os amigos seguindo em frente. Aposto com você como ele fica quieto na dele, envergonhado.

Otto enrolou o cordão no dedo anelar até deixá-lo arroxeado.

— Espero mesmo que seja um ano melhor. Ano passado foi uma merda.

A sombra de um sorriso tomou os lábios de Anderson.

— Vai ser. Nem que eu tenha que dar uma mãozinha. — Ele piscou, o rosto se iluminando. — Tô querendo ter uma conversa com ele e com os pais há um bom tempo. Isso já foi longe demais.

Otto riu, seduzido pela ideia de Vinícius ouvindo um sermão de Anderson na frente dos pais, sem poder fazer nada.

Andar só de toalha

Cerca de meia hora depois, Otto e Anderson saíam da papelaria carregando sacolas que mais pareciam o saco do Papai Noel. Otto andava com certa dificuldade, enquanto o padrasto não fazia o menor esforço. Se estivesse carregando um guardanapo de papel, daria no mesmo.

Guardaram as compras no porta-malas e, com o estômago roncando, Otto agradeceu que o próximo destino fosse um restaurante. Toda essa história de mudar o corpo consumia muita energia.

O bombeiro bateu a porta do carro e o trancou com o alarme.

— São só três quadras pra cima, vamos esticar as pernas — explicou, notando a confusão de Otto.

— Depois você vai precisar me carregar! — disse, sorrindo. — Com a fome que estou, vou devorar tudo que aparecer na minha frente.

— Deixa eu ver se aguento, primeiro.

Otto virou para encará-lo, sem entender o que queria dizer com isso, e o encontrou com os braços esticados em sua direção.

Não teve tempo de fugir. Anderson inclinou o tronco para a frente e, um segundo depois, o garoto sentiu os pés deixando de tocar o chão enquanto era lançado sobre o seu ombro. Contrariado com a facilidade do padrasto, Otto se debateu, rindo e dando murros nas costas dele.

— Anderson! — gemeu, com a barriga doendo de tanto rir. — Tá todo mundo olhando!

Otto estava quente de vergonha. O que Bruno teria dito se tivesse o encontrado ali, pendurado de cabeça para baixo no ombro de um homem gigante?

— Ué? — Ele virou de um lado para o outro, fazendo a visão de Otto ficar borrada. — Foi você que pediu. Eu precisava testar se te aguentava. Vai que a gente come e depois eu não consigo te trazer de volta?

Otto balançou os pés, tentando se libertar. As bochechas também começavam a doer. Ouviu pessoas passarem pelos dois dando risadinhas e se remexeu ainda mais.

— Ah, tá! Você deve carregar mais que o meu peso na academia, nem vem.

— Se você pesa menos que cem quilos, então sim.

Com a mesma facilidade com que o levantou, Anderson o colocou no chão. A expressão era petulância pura; ele parecia satisfeito com o que acabara de fazer. Otto passou as mãos pelos cabelos e alinhou as roupas, então apontou para o padrasto.

— Eu queria dizer que vai ter volta, mas eu claramente não te aguento.

— Mas isso dá pra resolver. O horário que eu vou na academia não dá quase ninguém... por que você não vem comigo um mês, pra testar?

O garoto examinou o Terry Crews ao seu lado, quando retomaram a caminhada. Não via sentido em sofrer em equipamentos que mais pareciam objetos de tortura medievais, quando podia usar a metamorfose para virar o cara mais forte da cidade, se quisesse.

Mas também não era idiota. Sabia que o convite de Anderson pouco tinha a ver com o exercício. Era mais uma desculpa para passarem um tempo juntos. Otto estremeceu.

— Posso, hum... perguntar uma coisa?

— Manda bala.

Encarou o padrão geométrico da calçada em que andavam, seus tênis encardidos se atrapalhando na caminhada.

— Você e a mãe... tá ficando mais sério, né?

— Está muito na cara?

— É que ela insistiu bastante pra gente sair juntos hoje.

Otto encolheu os ombros, dando um sorrisinho tímido.

Assentindo, Anderson fez um gesto com a cabeça, indicando onde precisavam virar.

— Já faz um tempo que a gente pensa em juntar as escovas de dente. Mas sua mãe sempre teve muito receio, por sua causa.

O garoto arqueou as sobrancelhas, ofendido.

— Ela achou que eu ia fazer birra?! Ou dar trabalho, ou... sei lá...

— Seu tom foi muito mais acusatório do que pretendia.

Anderson deu uma risadinha atordoada.

— Não! Não por isso. Acho que é mais no sentido de eu ser uma terceira pessoa invadindo o espaço de vocês. E como isso impactaria na sua vida.

— Ah...

Otto engoliu em seco, se sentindo péssimo. Por alguma razão, teve vontade de chorar. Ele vinha pensando tanto naquilo, sem nenhum entusiasmo para as mudanças que pareciam cada vez mais próximas. E a mãe adiara algo tão grandioso por sua causa!

— Se ela tá feliz, eu também tô — admitiu, com sinceridade.

— Mas vamos deixar ela de lado um pouquinho. Como você se sente com tudo isso?

Anderson parou em frente à entrada do restaurante e segurou a porta aberta para que Otto entrasse primeiro. O ar-condicionado estava gelado, e ele precisou esfregar os braços para afastar o arrepio.

— Você meio que já é da família — respondeu, assim que Anderson entrou. — A gente se vê quase todo dia. Mas... você não vai andar só de toalha em casa, né?

O padrasto riu, se divertindo, enquanto se esticava para pegar dois cardápios no balcão. Os dois seguiram para uma das mesinhas coladas na janela e se sentaram frente a frente.

— Só vou andar vestido. Prometo.

— E... você também não vai tentar ser meu pai?

Foi difícil colocar a pergunta para fora. Por mais que ele soubesse que Anderson não se metia na relação dele com a mãe, uma parte de si ainda temia que as coisas acabassem ficando esquisitas eventualmente, se o limite não fosse traçado.

— Vou tentar ser o Anderson. — Ele tamborilou os dedos na mesa, tranquilo com o rumo da conversa. Seus olhos miravam direto nos de Otto, que, por mais que quisesse, não conseguiu desviar a atenção para outro lugar. — Se eu vou tentar te educar? Nunca, e nem quero. Sua mãe é ótima fazendo isso. Mas eu também posso estar aqui pra você, sem tentar ser algo que não sou.

Otto juntou os pés embaixo da mesa, sentindo-se vulnerável como poucas vezes na vida. Era esquisito pensar que Anderson estava lá havia tanto tempo, e só então estivessem abrindo o jogo desse jeito.

— Você vai brigar comigo se eu aparecer de olho roxo?

— Com certeza! — Anderson sorriu, piscando para ele. — E insistir que você precisa mudar de postura e enfrentar aquele babaca.

— E se aparecer uma menina misteriosa em casa e sair abrindo a geladeira?

— Vou deixar essa parte com a sua mãe... mas me certificar de que faça a demonstração com a banana na próxima vez.

Eles riram, embora o riso de Otto fosse de nervoso. Pior do que passar por aquilo com a mãe, seria passar com o Anderson. Duvidava que

185

vê-lo encapando uma banana com uma camisinha fizesse bem para a mente de uma pessoa.

Quando o garçom parou ao lado da mesa, Otto não conseguiu parar de pensar no futuro que o esperava. Fez o pedido distraído, perdido nas imagens que se formavam em sua cabeça. Assim que ficaram sozinhos de novo, deixou a pergunta escapar:

— Quando isso vai acontecer?

— Ainda não sabemos. — Anderson balançou a cabeça. — Eu queria a sua benção antes de pedir a mão dela. Sabe... fazer as coisas direito.

Otto soltou um gemido de sofrimento e deslizou na cadeira até estar com o rosto na altura da mesa. Não imaginou que eles fossem se casar de verdade. Com festa e tudo. Achou que seria como nos filmes, em que um dos dois apenas se muda para a casa do outro e seguem em frente. Imaginou uma festa pomposa em que fosse obrigado a entrar com as alianças.

— Adultos são tão cafonas!

Anderson tombou a cabeça para trás, gargalhando.

— Você também vai ser adulto um dia. E cafona. — Otto sentiu um chutinho do padrasto no pé. — Mudando de assunto, me conta mais da menina de cabelo verde!

Foi uma sorte que as bebidas ainda não tivessem chegado, do contrário Otto teria cuspido tudo em Anderson. Conversas sobre de quem ele gostava ou deixava de gostar eram um terreno perigoso. Otto odiava com todas as suas forças quando a avó perguntava, toda empolgada, sobre *as namoradinhas*. Ou então as festinhas de aniversário, quando todos cantavam o "com quem será" dele com alguma menina – quase sempre Khalicy. Também teve aquela vez em que a mãe o levou para o trabalho e uma mulher ficou insistindo que precisava apresentar a filha para ele.

Ele nunca sabia como responder. Se deveria entrar na brincadeira, ou aproveitar o gancho e corrigir para *namoradinhos*. No fim, acabava nunca dizendo nada, como já era de se esperar, e passava o resto do dia remoendo como era fácil para os outros presumirem coisas que só diziam respeito a ele.

— E-ela, ahn... o que você quer saber?

Anderson brincou com o porta-guardanapo, batendo-o de leve na mesa.

— Vocês estão...?

— Não! Nada a ver. Nunca mais vou levar ninguém pra casa... — gemeu, se encolhendo ainda mais na cadeira.

Anderson riu, mas sua expressão logo endureceu.

— Podia ser pior. Vocês podiam estar sem roupas.

— Anderson, meu Deus! — O garoto se debruçou na mesa e cruzou os braços sobre a cabeça, se escondendo. — Pra nossa relação dar certo, você nunca mais pode me fazer passar vergonha. Só a minha mãe tem esse direito.

— Foi só pra descontrair — respondeu, rindo.

Otto soltou um suspiro e endireitou a postura para conseguir encarar Anderson nos olhos. Começava a ficar irritado com aquela conversa e queria dar um basta nela antes que as coisas entre eles ficassem esquisitas.

— Tá, vou mandar a real. Vocês presumiram que rolou alguma coisa porque ela dormiu lá, sendo que a Khalicy dorme em casa o tempo todo desde sempre! — Otto ergueu as duas mãos no ar. — Não vejo a Olga dessa forma, ela é...

— Menina? — A palavra praticamente pulou da boca dele.

O queixo de Otto caiu e, um a um, cada membro do seu corpo paralisou. Os batimentos aceleraram e Otto se sentiu como o Pernalonga apaixonado, com o coração batendo para fora do peito até quase tocar no padrasto.

Ah, não. Ah, não. Ah, não. Ele devia saber que as coisas estavam indo bem demais aquela tarde para que continuassem assim por muito tempo. Escondeu as mãos nos bolsos e as fechou em punhos.

Não sabia o que fazer. Se devia responder ou fingir que não tinha ouvido. Talvez sair correndo e nunca mais parar, feito o Forrest Gump?

— Escuta, não quero de jeito nenhum te deixar desconfortável. Só preciso dizer uma coisa que talvez sua mãe não tenha conseguido no calor do momento. — Anderson cruzou as mãos. — Você é a coisa mais importante da vida dela. Não existe nada que ela não faça por você. E nada que você possa fazer que vá mudar o amor dela. Descobrir quem somos é sempre muito assustador, mas você tem a melhor mãe do mundo, que vai ficar do seu lado independente do que aconteça, Otto. Você pode contar *tudo* pra ela.

Anderson umedeceu os lábios, encarando-o com uma expressão intensa, como se não existissem palavras que expressassem bem o suficiente os seus sentimentos.

Sem saber o que pensar, Otto ficou aprisionado naquele olhar. Sentiu como se tivesse mergulhado em uma piscina de água congelante. Seus membros estavam enrijecidos e frios, era o momento mais aterrorizante e estranho de sua vida. Quando abriu a boca para responder, descobriu que estava sem voz.

Estava assim tão óbvio para sua mãe? E até mesmo para Anderson?

Ele sempre desconfiou que a mãe encararia numa boa; seu maior medo era em como o bombeiro lidaria com isso. Otto não suportaria se o namorado da mãe fosse o tipo de homem que diz que gays são animados e que tem até amigos que são, quando na verdade tudo o que sentem são repulsa.

Sentiu vontade de chorar. Por que parecia tão assustador encarar quem era? Desde o poder, até sua sexualidade, Otto negava a si mesmo sempre que tinha a oportunidade. Era doloroso e cansativo.

— Hummm... não sei o que dizer.

Anderson sorriu e esticou a mão, pousando-a em seu antebraço.

— E nem precisa. Muito menos pra mim. Eu só achei que, talvez, ajudaria saber que você não precisa ter medo.

Otto piscou algumas vezes, lutando contra as lágrimas, e se sentiu grato quando viu o atendente sair de trás do balcão com o pedido deles. Ao menos poderia encher a boca de guacamole para fugir da conversa.

Comeram sem trocar muitas palavras. Otto só percebeu o tamanho de sua fome quando colocou o primeiro nacho na boca. Depois disso, atacou a comida como se tivesse passado os últimos três dias amarrado. Anderson, pelo visto, passara os últimos cinco.

Começava a entardecer quando saíram do restaurante. Otto foi na frente, pensando que não acharia tão ruim assim ser levado no colo. Sua sensação era de que fosse uma cobra que engoliu um elefante, e ele só conseguia pensar na cama macia enquanto faziam o caminho de volta.

Faltando uma quadra para alcançarem o carro, uma voz familiar ressoou, vinda de trás deles, embora ele não tivesse certeza de onde a conhecia.

— Ora, se não é meu camarada!

Os dois se viraram ao mesmo tempo. O rosto de Anderson se iluminou em um sorriso ao reconhecer Rogério, o policial que havia parado Otto e Khalicy no dia em que se transformara no padrasto.

Otto ficou prostrado feito um manequim, um pouco mais para trás. Sua energia estava inteira voltada em fazer uma oração para que o policial não citasse o encontro daquela noite de maneira alguma.

— Rogério, tá sumido, hein? — Anderson se adiantou para a frente e eles se cumprimentaram com o abraço esquisito de lado que os meninos da escola também faziam. — Como tão os preparativos pro casamento?

— Caóticos e caros. Pensa bem antes de arrumar pra sua cabeça. Tô quase enlouquecendo, não param de surgir detalhes.

Anderson deu uma risadinha, abanando a mão no ar.

— Esse aqui é o Otto, filho da Joana. — Então, se virando para Otto, Anderson completou: — Esse aqui é um velho conhecido. A gente estudou juntos.

A pálpebra direita de Otto tremeu de leve, mas se forçou a retribuir o aceno do policial.

— Ah, eu não sabia que ela tinha dois! Conheci a menina aquele dia no carro... — Rogério endireitou a lapela do uniforme, olhando de um para o outro. — Mas já esqueceu dos amigos, esse aí. Até hoje tô esperando o nosso chope! Até abriu outra choperia depois daquela.

O sorriso de Anderson amarelou. Ele coçou a barba por fazer, com cara de confuso.

— Ahn? Que choperia?

Rogério bateu com as mãos na perna, como se o amigo tivesse acabado de provar seu ponto.

— Tá vendo só? Nem lembra mais! Aquela noite que eu estava fazendo ronda e te parei de brincadeira, por causa do farol alto. Você disse pra gente marcar de beber umas. — O policial suspirou, decepcionado. — Tô só esperando.

— Farol alto...? — murmurou Anderson, de maneira quase inaudível. Depois balançou a cabeça, dissipando o que quer que estivesse pensando. No entanto, sua expressão continuava perdida. — Ahn, falha minha. A cabeça anda tão cheia que nem lembrei. Quarta que vem você tá livre?

— Opa! Tô sempre livre pra você, meu querido.

— Beleza, então, a gente se fala. Bom ver você!

Anderson mal deu tempo de Rogério responder e guiou Otto para que se virassem depressa e seguissem o caminho. Foi só quando entraram no carro que o bombeiro murmurou, pensando em voz alta:

— Esquisito...

Otto sentia que se arrependeria daquilo, mas precisava saber.

— Também achei ele meio esquisito.

O padrasto deu partida, virando para Otto com um sorriso.

— Não ele. Quer dizer, um pouco. — Anderson riu baixinho, tamborilando os dedos no volante. — Mas ele deve estar me confundindo. Nunca fui parado por ele, e muito menos combinei de beber umas.

O garoto se virou para a janela, vendo o crepúsculo avançar do lado de fora. A culpa o corroía, e ele jurou para si mesmo que nunca mais se transformaria em pessoas próximas. Famosos, tudo bem. Ainda mais se fossem o Henry Cavill. Mas amigos e família? Jamais.

— Só que... ele tem uma memória de elefante. Sempre lembra de tudo. Não é muito dele me confundir assim... — Anderson suspirou, enquanto esperavam o sinal abrir. — Pior que eu já pedi um milhão de vezes pra ele não me parar.

Uma luz alaranjada rasgava todo o horizonte e deixava as silhuetas das árvores destacadas no céu. Otto ficou observando a luz do dia se apagar depressa, se lembrando de como Rogério enfiara a cabeça para dentro do carro da mãe.

— Por quê? — perguntou, distraído.

Anderson o encarou, de lábios crispados, ponderando.

— É complicado... pra ele é só uma brincadeira, e talvez pra você também pareça. Mas quando você é preto, existem essas pequenas violências diárias que sempre te acompanham. Lá na papelaria mesmo, um segurança ficou em cima de mim por um tempo.

Otto piscou algumas vezes, chocado. Tomou impulso e se virou no banco até estar de frente para o padrasto.

— Hoje?!

— Hoje. — Ele assentiu, tranquilo. — Quando fui te buscar.

— Com aquele monte de gente tumultuando?

Anderson balançou a cabeça, como quem diz *deixa pra lá*. Otto sentiu como se tivesse levado um soco. Enquanto papeava com Bruno, o padrasto passava por aquilo.

— Mas isso é só uma das coisas. Eu evito colocar as mãos nos bolsos e ficar muito perto das prateleiras... quando você passa a vida toda vivendo certas experiências, acaba ficando em alerta. — Anderson contraiu os braços sem nem se dar conta, agarrando o volante com um pouco mais de força. — E daí tem essa questão de ser parado por um policial, em uma viatura. Até o Rogério aparecer na janela, eu nunca sei se tô sendo enquadrado de verdade. Essa foi uma das primeiras coisas que meus pais me ensinaram, Otto. Como me comportar com um policial. Pra não piorar tudo.

Sua boca secou, a língua se assemelhando a uma lixa. Com o rosto lívido, Otto se obrigou a perguntar.

— Se um policial te para... você pode ter problemas? Mesmo sem ter feito nada errado?

Um brilho de tristeza perpassou o rosto de Anderson.

— Ah, você nem faz ideia.

Otto engoliu em seco, se sentindo a pior pessoa do planeta. Não apenas era assolado pela culpa, mas também pelo remorso e um medo que fazia seus ossos gelarem. Como tinha sido irresponsável!

Se fossem parados por qualquer outro policial que não Rogério, ele não fazia ideia de em quantos problemas aquilo poderia se desdobrar. Ainda mais estando com uma garota menor de idade. Será que teria chance de se explicar? Que tipos de consequências poderia acarretar para o padrasto?

Quando se transformava em alguém que não existia, apenas ele precisava lidar com as consequências. Mas, ao se transformar em Anderson naquela noite, não lhe ocorrera o poder – para o bem e para o mal – que tinha em mãos. Como era fácil destruir a vida de uma pessoa, só por estar na pele dela. E, principalmente, a linha tênue que separava uma de suas melhores noites de ser uma das piores.

Identidade secreta

Otto bocejou, espremendo os olhos para tentar decifrar o garrancho da professora de história no quadro. As aulas dela eram quase sempre iguais, textos imensos que precisavam copiar correndo, antes que ela apagasse sem perguntar para ninguém se podia.

Sentiu algo em seu pé e deu um sorriso bobo, sem se importar se alguém podia ver. Fazia pouco mais de três semanas que as aulas haviam começado e, desde então, sua vida mudara drasticamente. Ele ainda não conseguia acreditar que sua realidade fosse essa agora. Depois de anos aturando Vinícius e encarando a escola como um castigo, Otto finalmente experimentava o gostinho doce da liberdade. Era surreal não ter mais um peso imenso nas costas, o acompanhando em cada passo que dava. Pela primeira vez na vida, ele sabia como era não se esconder, não ter medo, e não precisar surrupiar a base da mãe para cobrir um hematoma, por exemplo.

Quando soube que o inimigo havia reprovado, em dezembro, Otto não quis nutrir muitas esperanças sobre as mudanças que isso traria. Tentou se convencer de que mal perceberia a ausência dele em sala de aula, que o problema mesmo seria encarar Vinícius nos corredores do colégio, ou então fora dos muros, onde não tinha a proteção dos professores. Além do mais, sua parte racional o dizia que o garoto estaria ainda mais irritado com Otto depois de ver seu melhor amigo virando as costas para ele, assim como os colegas de classe. Ou melhor, os *antigos* colegas de classe.

No entanto, para a surpresa de Otto, Anderson acertara em suas previsões. Nas três semanas que haviam passado desde a volta às aulas, mal viu Vinícius. Às vezes, era fácil esquecer que continuavam estudando no mesmo colégio. Não fosse por Khalicy tecendo comentários sobre ele, Otto o teria apagado da memória.

Vinícius estava péssimo. Os cachos loiros caíam sobre o rosto, sem que ele se desse ao trabalho de afastá-los. Olheiras roxas contornavam seus olhos, mas era difícil notar, porque ele passara a andar com as mãos nos bolsos e a cabeça baixa. Evitava o grupinho do time de basquete nos intervalos, e ninguém o via em lugar algum.

Sua humilhação exalava por todos os poros do corpo. Vinícius passava em frente à sala do segundo ano vez ou outra, mas nunca olhava. Parecia fazer um esforço imenso para não torcer o pescoço e vislumbrar um pouco do que havia perdido.

Khalicy dizia que ele estava em negação. Já o haviam visto chutar lixeiras duas ou três vezes, para logo em seguida agachar e as colocar no lugar. E a amiga dizia que ele não vinha lidando muito bem com a ideia de recomeçar o primeiro ano. Mostrava-se impaciente tendo que estudar sozinho, sem Bruno para ajudá-lo.

Otto quase sentiria pena se já não tivesse passado por coisa pior e por muito mais tempo. Além do mais, pressentia que aquela autocomiseração não duraria nem mesmo um semestre. Bastava cruzar com Vinícius para perceber que ele ainda o odiava; a intensidade em seu olhar não deixava dúvidas. Otto estremecia em todas as vezes, e depois ralhava consigo mesmo, se agarrando à ideia de que finalmente tinha uma carta na manga. Vinícius nunca mais o chatearia. Não sem receber algo em troca.

No entanto, o distanciamento do arqui-inimigo estava longe de ser a mudança mais empolgante na vida de Otto aquele ano. Como no colégio Atena eram os professores e a diretoria que definiam os lugares dos alunos, ele sempre ficava curioso para descobrir onde se sentaria pelo próximo semestre. Sua felicidade era diretamente proporcional a quão próximo de Bruno ele estaria. Não se importava se, para isso, também precisasse ficar grudado em Vinícius. Era um preço pequeno a se pagar.

Durante todo o ano anterior, ele teve a oportunidade de sentar a poucos lugares de distância. No primeiro semestre, ficou poucas carteiras para trás, de modo que podia encarar as pintas descendo pela nuca durante toda a aula, e ainda parecer superfocado. No segundo semestre, Otto foi posicionado na diagonal do garoto, um pouco para frente, o que dificultava as espiadas, mas, em compensação, permitia que sentisse o cheiro do xampu de Bruno cada vez que ele enterrava os dedos nos cabelos.

De toda forma, não era como se Otto sempre tivesse aquela sorte. No nono ano, passaram os dois semestres sentados em paredes opostas. E também teve um ano em que seu lugar era na primeira carteira, ao passo que o de Bruno era na última. Era impossível olhar para ele sem que a sala inteira percebesse, e ele passou meses ansioso pelas aulas de educação física, só pela chance de esbarrar no garoto e compensar a distância da maior parte do tempo.

Para resumir, seu lugar ditava quão bom ou quão ruim seriam os meses seguintes. Se ele iria para a aula animado, pedalando rápido para não desperdiçar um minutinho que fosse, ou o contrário.

Por isso, três semanas antes, quando entrou na sala de aula pela primeira vez e começou a percorrer as carteiras lendo os nomes etiquetados, seu estômago não parava de dar cambalhotas. Encontrou seu nome na fileira do meio, no primeiro lugar. Soltou um suspiro desanimado, enquanto continuava para encontrar o lugar de Bruno. Mas, para a sua surpresa e terror, descobriu que a carteira do garoto era logo atrás da sua. Era a primeira vez que aquilo acontecia. Nunca tinham se sentado tão próximos na vida.

Parte de Otto vibrou de felicidade, mas uma parte maior ficou em pânico. Ele não poderia espiar. E suspeitava que ficaria tenso durante toda a aula, dia após dia, consciente de cada movimento que fizesse.

Com os dedos trêmulos, sentou-se em seu lugar. Aproveitando que fora um dos primeiros a chegar, testou posições para causar impacto em Bruno, quando ele chegasse, e parecer descolado. Cruzou as pernas, apoiou o cotovelo sobre a mesa, passou as mãos pelos cabelos e, quando estava distraído empurrando os óculos para cima, Bruno atravessou a porta, o olhar varrendo a sala até cruzar com o dele.

Como todos os outros alunos, Bruno percorreu fileira a fileira, a cabeça baixa em busca do nome. Parava vez ou outra para cumprimentar os colegas de time e conversar sobre as férias, sorrindo. Os cabelos estavam cortados e arrepiados como se ele tivesse acabado de despenteá-los de propósito.

Otto prendeu a respiração, sentindo o garoto se aproximar por trás. Ouviu as pernas da cadeira arranharem o chão e a mesa tremer quando Bruno se jogou em seu lugar. Respirou fundo, sorvendo o cheiro delicioso que vinha do garoto, e quase morreu do coração quando ele sussurrou, perto do seu ouvido:

— Não acredito... Quem teve a ideia de te colocar no começo da fila? — Otto estava muito focado em não estremecer com Bruno soprando seus cabelos ao enunciar cada palavra para perceber seu tom divertido. — Você tem... sei lá, dois metros de altura? Ninguém mais vai enxergar!

Rindo, Otto olhou para trás. O coração deu uma guinada ao perceber quão próximo o rosto de Bruno estava.

— C-caso ninguém tenha te contado, você ta-também não é pequeno. — O nervosismo fazia com que as palavras se embolassem em sua boca e soassem bem menos divertidas do que pareceram em sua mente.

Bruno segurou a ponte do nariz, sorrindo.

— Tá brincando? Eu mal consigo *ver* o quadro. Não sei como o professor Lucca ainda não te arrastou pra ser pivô do time de basquete. — Bruno apontou o dedo para Otto, assumindo uma expressão séria. — O Jorge, do terceiro ano, tá querendo sair do time. Vou sugerir você.

Otto revirou os olhos, rindo, e virou o corpo na cadeira até estar de lado. Apoiou o antebraço no espaldar, perto do rosto de Bruno, mas ele não se endireitou. Continuou inclinado para a frente, como se a conversa deles fosse supersecreta. A respiração dele fazia alguns de seus pelos do braço balançarem.

Otto ficou observando o próprio braço, apenas para não precisar encarar Bruno tão de perto.

— Qual é, a gente estuda junto há um tempão e você nunca reparou que sou um perigo para mim *e* pros outros quando tô com uma bola na mão? Sempre volto cheio de hematoma pra casa. — Otto virou um pouco mais a cabeça e passou a encarar os sapatos ao perceber o olhar interessado de Bruno. — Aposto que o professor Lucca já notou. É por isso que ele não me arrastou pro basquete. Pro próprio bem de vocês.

Mas, assim que ouviu suas próprias palavras rodopiando entre eles, Otto percebeu que foi um equívoco. Embora não tivesse mentido sobre a falta de aptidão e coordenação motora, sabia que o motivo para voltar cheio de hematomas para casa e pelo qual nunca consideraria entrar para o time era Vinícius.

E a última coisa que queria era falar do inimigo. Não só porque era perda de tempo, mas também porque a última lembrança envolvendo os três era desconfortável.

— Hum, sobre isso... — começou Bruno, esfregando os braços.

— Não precisa falar nada — disse Otto, antes que o outro recomeçasse o assunto. — Eu nem devia estar lá aquele dia. Muito menos provocar.

Bruno balançou a cabeça enfaticamente.

— Você também estuda aqui. Pode ficar até em cima do telhado, se quiser. — Ele passou as unhas sobre o gogó, pensativo. — Bom, acho que o telhado não. Mas não importa. Tô cansado do Vinícius sendo um cuzão. Você nem falou nada demais. Eu no seu lugar também ia adorar ver ele se ferrar um pouco.

— Deixa isso pra lá — resmungou Otto, mal-humorado. — Não quero falar dele.

Bruno assentiu, com os lábios crispados.

— Não vamos.

Desanimado por ter arruinado o clima agradável entre eles, Otto observou os colegas de turma chegando e preenchendo a sala. As conversas se atropelavam conforme contavam sobre as férias, uns aos outros, em meio a risadas.

— Preciso disso pra passar em medicina — comentou, desesperado para retomar a conversa leve entre eles.

— Ahn?

— Sua irmã precisa do caderno inteligente pra passar em medicina. O que eu preciso é não falar do Vinícius.

Otto o procurou com o olhar, sorrindo.

No entanto, a reação de Bruno não foi como esperava. Em vez de rir ou esboçar o menor sorriso, o garoto fechou a cara, olhando com desconfiança para ele. Entortou a cabeça ligeiramente para o lado, parecendo colocar as engrenagens para funcionar.

Otto não entendeu o que tinha falado de errado até Bruno perguntar:

— Como você sabe disso?

Sentia-se como se estivesse caindo em um elevador desgovernado – a pressão do seu corpo parecia ter evaporado. Achou que fosse desmaiar.

Precisava começar a prestar mais atenção no que estava fazendo. Como Olga, deu várias gafes. Falou o que não devia, mas tentou se convencer de que era a primeira vez transformado em garota. As coisas eram mais complicadas do que pareciam. No entanto, nada justificava ele trazer à tona um assunto de uma conversa e um dia que não estava presente.

— S-sei do quê?

— Da minha irmã. E do caderno inteligente. Por que você disse isso?

Otto deu de ombros, sorrindo como se não fizesse ideia do que Bruno estava falando.

— N-não sei. Acho que a Khalicy deve ter comentado comigo que ela quer fazer medicina...

Valentina, uma garota que sentava na fileira do lado, tinha acabado de passar por eles, deixando uma nuvem de perfume doce para trás.

— E o caderno inteligente... ahn, meio que todo mundo tem um agora. Por quê?

Apesar do desastre em se justificar, foi o suficiente para convencer Bruno, embora ele ainda se mostrasse confuso.

O sinal soou, indicando o começo do novo ano letivo. Ao redor deles, os amigos começaram a se apressar para os seus lugares e dispersarem dos grupinhos.

— Nossa, acho que tive um *déjà vu*... sei lá. Foi meio esquisito. — Bruno coçava o queixo, mais especificamente a pelugem que começava a crescer ali. — Esquisito pra caralho, na real. Tive uma conversa bem parecida com outra pessoa. Você me bugou.

— Ah... — Otto sorriu outra vez, incapaz de evitar. — Eu não te contei? Leio pensamentos. Não foi coincidência.

Bruno relaxou a postura até estar praticamente deitado sobre a mesa. Apoiou o rosto nos braços cruzados, olhando para Otto. Era difícil não reparar nos cílios espessos, espetados para a frente. E mais difícil ainda não encarar o nariz arrebitado, numa tentativa de decorar cada detalhe, para evocar quando estivesse sozinho em casa.

Como Vinícius conseguia agir naturalmente quando Bruno o encarava assim? Otto mal conseguia respirar.

— Mesmo? No que eu tô pensando agora?

— Que... tá com dor de barriga? — Bom, *ele* estava. Começava a se perguntar se sobreviveria a um semestre inteiro daquilo.

Bruno riu, escondendo a cabeça nos braços. Otto precisou piscar algumas vezes até perceber o que tinha falado e sentiu o rosto pegar fogo. Dor de barriga? Sinceramente. Podia ter dito qualquer coisa inteligente e engraçada. Por que só conseguia conversar com Bruno quando estava no corpo de Olga?

O professor entrou na sala logo depois, uma desculpa perfeita para que ele virasse para a frente e, pelo resto da manhã, não ousasse entortar o pescoço um centímetro que fosse. O coração disparava só de imaginar a proximidade entre eles.

Foi um dia difícil. A primeira coisa que Otto fez ao chegar em casa foi se jogar na cama e fechar os olhos, deslizando a mão para dentro da calça. Estava a um passo de explodir, e fora apenas o primeiro dia. O corpo relaxava conforme se acariciava, lembrando-se da maldita sunga preta.

Restavam cento e noventa e nove dias pela frente.

Gostar de Bruno Neves exigia muito de si. Otto não sabia o que seria dele no final daquilo tudo.

No dia seguinte, descobriu que era um pouco mais difícil evitar Bruno do que previra. O garoto era expansivo. Deslizava pela cadeira e esticava os pés para a frente, quase sempre acertando Otto no caminho. Seus pés permaneciam embaixo de sua cadeira por quase toda a aula, enquanto ele girava o caderno no dedo sem parar. Otto ouvia cada ruído vindo da carteira de trás, cada respiração funda, cada pigarro.

Na aula de história, levantou-se para ir ao banheiro e, ao voltar, deparou com Bruno debruçado sobre a mesa. Enfiou as mãos nos bolsos ao se sentar, para não correr o risco de meter os dedos entre os cabelos castanhos meio desgrenhados.

Jesus, por que precisava ser tão difícil?

Otto teve que colocar a mochila no colo antes que a professora acabasse notando sua ereção e isso o metesse em ainda mais problemas.

Nos próximos dias, a tortura continuou. Ele não se decidia sobre amar ou odiar sentar tão próximo de Bruno. Um pouco dos dois. Era delicioso e horrível na mesma medida. Estar tão perto e tão longe do garoto que gostava, sem saber se um dia teria chance de fazer tudo o que a imaginação pedia, exauria suas forças.

Por outro lado, apesar da tentação, Otto também nunca passara tanto tempo com Bruno. O jogador vivia o cutucando nas costas para perguntar algo da matéria, ou apenas puxar assunto. Em seis anos estudando juntos, ele nunca havia descoberto tanta coisa sobre Bruno como nas três semanas anteriores. Detalhes que vinham aos poucos, despretensiosamente, quando conversavam.

Como, por exemplo, na semana anterior. Bruno havia perdido sua dupla e, por isso, acabaram fazendo uma atividade de educação física juntos. Otto era a verdadeira negação com exercícios, e não tentou esconder aquilo de Bruno, que não parava de rir do quanto ele era desengonçado.

— Você faz parecer que é a pior coisa do mundo — disse, jogando a bola de vôlei para Otto, que a deixou cair no chão.

Ela quicou três vezes antes que ele conseguisse pegá-la de novo.

— Pra mim, é!

Otto a jogou para Bruno, e o garoto a alcançou com a maior facilidade. A camiseta subiu um pouco, revelando os pelos na barriga.

— No começo é ruim pra todo mundo, depois melhora.

— Mas você não vale! Você é jogador, é sua obrigação gostar.

Bruno riu, atirando a bola para ele. Otto a alcançou, mas se desequilibrou e a deixou cair. Sem se abalar, abaixou e a pegou outra vez.

— Não, pelo contrário. Tenho lugar de fala nesse assunto. Eu também odiava.

Foi a vez de Otto rir, revirando os olhos para ele.

— Que mentira!

— Não é, eu juro! — Com um sorriso, Bruno fez uma manchete, devolvendo a bola para Otto. — Minha mãe me obrigou a entrar pro time no quinto ano. O Vinícius entrou junto pra me dar apoio moral. Ele gostou de cara, eu levei mais tempo.

Bruno nem mesmo pareceu notar que havia citado o nome proibido. Otto resolveu imitá-lo com uma manchete e, pela primeira vez, não deixou a bola cair. O outro garoto comemorou com palmas.

— Mas por quê? — perguntou Otto, sem decidir se acreditava ou não.

— Minha mãe? Ah, ela é cheia dessas coisas. Tinha uma lista de motivos... ela dizia que era bom pro meu desenvolvimento. — Distraído em seus pensamentos, Bruno deu impulso para a bola girar em seu dedo, sem nem ao menos se dar conta. — Que estar comprometido com alguma coisa faz a gente ter mais senso de responsabilidade. Essas coisas. Ela vive dizendo que cabeça vazia é oficina do diabo, daí enfiava a gente em várias atividades fora da escola. É por isso que ajudamos na clínica.

Otto arregalou os olhos, assustado.

Aquela não era, nem de longe, a ideia que fazia sobre a criação de Bruno. Não combinava muito com a imagem dos pais que o deixavam fazer festas sem nenhuma supervisão uma vez por ano.

Sua mãe era brava para várias coisas, mas de modo geral o deixava muito à vontade. Tempo livre era o que Otto mais tinha. Talvez até demais.

— Você não pode ficar coçando o saco de boa?

Bruno o encarou com uma expressão impagável e Otto ficou inteiro vermelho. Por que precisava ser tão ruim conversando? Será que algum dia conseguiria não passar vergonha com o outro garoto?

— Coçar o saco no bom sentido! — disse, pulando para pegar a bola.

— Até posso — Bruno respondeu, rindo. — Por um tempo limitado. Final de semana, pra ser mais preciso.

— Cara, meus pêsames. Fazer vários nadas é o que faço de melhor.

O sinal de troca de aulas soou e Otto se remexeu na cadeira, atordoado. Estava tão entretido com as lembranças da educação física que acabou perdendo o finalzinho do texto.

Ele se virou para trás, timidamente, e viu Bruno terminando de escrever a última palavra, com a ponta da língua escapando dos lábios. A mão esquerda inteira manchada na lateral com a tinta da caneta, de passar por cima do texto várias vezes. Pigarreou, se odiando por surtar com cada pequeno gesto de Bruno. Mas, pensando bem, a culpa era toda dele.

— Empresta o caderno? Não consegui copiar o final.

— Ignorei algumas palavras que não consegui entender, mas o principal deve estar aí — resmungou Bruno, entregando o caderno para Otto.

— Sério, nem meus pais têm letras tão feias assim, e eles são médicos.

— Talvez ela também seja. Tipo uma identidade secreta.

Otto colocou os cadernos lado a lado e observou a letra pequena e preguiçosa de Bruno, com rasuras aqui ou ali e muitas manchas pela folha. Sorriu, se apressando para copiar o restante do texto antes que o professor de sociologia chegasse.

— Se eu fosse ter uma identidade secreta, não seria de médico. Nem de professor de história — disse Bruno, pronunciando as palavras como se tivesse algo na boca. — Identidade secreta tem que ser legal. Se não, qual o sentido de esconder?

Otto pensou em Olga.

— Acho que identidade secreta tem mais a ver com coisas erradas — falou, enquanto devolvia o caderno de Bruno.

— Qual seria a sua? — perguntou o garoto, roendo a tampa da caneta.

Cabelo e olhos verdes, peitos grandes, parecida com a Billie Eilish... Deu de ombros, com um sorriso travesso surgindo.

— Quem falou que eu não tenho uma?

Bruno riu baixinho, com a caneta presa entre os dentes, mas, antes que pudesse responder, seu olhar foi atraído para a capa do caderno de Otto.

— Quão previsíveis nós somos? — Ao dizer isso, fechou o próprio caderno e o empurrou para a frente na mesa. — Dá pra acreditar que a primeira vez que conversamos foi sobre o Homem-Aranha?

Otto sentiu como se mãos invisíveis dessem um nó em sua garganta. Ouvir Bruno falando disso não só o deixava feliz pelo fato dele lembrar, mas porque foi o dia em que tudo mudou.

Passou o olhar pelo caderno com um friozinho na barriga ao se lembrar dos dois escolhendo os materiais juntos. Ou melhor, dele e Olga escolhendo juntos. Então, ao se dar conta disso, sentiu a espinha gelar.

Não teve tempo de esconder o restante das coisas com o corpo. Instintivamente, o olhar de Bruno foi atraído para o estojo vermelho na extremidade de sua mesa. Otto acompanhou os olhos castanhos indo e voltando sem parar, assustados.

— Calma, quê? — resmungou Bruno, esticando o braço para alcançar a borracha de Otto e comparar com a sua. — Como...?

O professor Juliano entrou na sala apressado e fechou a porta com um pouco de força, para chamar a atenção de todos. Então caminhou em passos determinados até sua mesa, onde deixou a pasta.

Otto se distraiu com o professor e não percebeu que Bruno roubara seu estojo e examinava item por item, comparando-os aos seus. Os marcadores iguais, a régua flexível roxa, o kit que vinha com duas canetas – uma dourada e uma prateada –, que Otto escolheu por brincadeira, mas Bruno colocara na própria cesta logo em seguida.

Engoliu em seco, paralisado no lugar.

Como explicar uma merda daquelas? Será que devia tentar falar algo ou apenas se manter calado, fingindo que tudo não passava de um surto?

— Bom dia! — disse o professor. — Enquanto faço a chamada, vão se juntando em duplas ou trios. Hoje a dinâmica vai ser diferente.

A comoção foi instantânea. Assim que as palavras escaparam da boca dele, os colegas de turma começaram a trocar olhares significativos e a arrastar as mesas de um lado para o outro.

Bruno, no entanto, mal parecia lembrar que estavam em sala de aula. Encarava Otto como se ele fosse um extraterrestre.

— O que significa isso? — perguntou, com a voz fraquinha.

— Meus... *materiais*?

— Não, eu sei. Mas... como? — Bruno deu uma risadinha fraca, passando as mãos pelos cabelos. — Eu nem sou tão bom em matemática e sei que, sei lá, é mais fácil a gente ganhar na loteria duas vezes seguidas?

— Bruno? — chamou o professor Juliano, enfaticamente.

Bruno despertou do transe e olhou assustado para o professor. Otto desconfiava que ele não o tinha enxergado até aquele momento.

Percebendo a confusão de Bruno, o professor estalou a língua no céu da boca, impaciente.

— A chamada, Bruno.

— P-presente — respondeu, erguendo a mão no ar alguns milímetros, todo sem graça.

— Vocês precisam se juntar em duplas ou trios, hoje vamos ter trabalho.

Ele olhou para Otto, ainda pálido.

— Quer que eu vá aí ou você vem aqui?

Otto entreabriu os lábios, confuso.

— Oi?

— O trabalho. Faz comigo?

Antes que Bruno mudasse de ideia, Otto agarrou as bordas da mesa e a trouxe junto do corpo enquanto se arrastava para trás, até que estivesse ao lado dele. Sentia as pulsações do coração no gogó e parecia que um gato tinha comido a sua língua.

— Otto? — chamou o professor Juliano, inclinado sobre a própria mesa.

— A-aqui.

O professor Juliano guardou a lista e endireitou a postura, andando até o centro do quadro, onde se recostou de maneira despretensiosa. Otto observou seus lábios mexerem enquanto explicava o que precisariam fazer, mas não se ateve a uma única palavra.

Sua cabeça estava uma confusão. Tentava arrumar uma desculpa para os materiais, mas a proximidade de Bruno não o deixava manter o foco. Quando estava no corpo de Olga, sentia como se uma concha o envolvesse e desse um pouco mais de coragem. Era tão mais interessante parecer uma cantora famosa e não ter medo de falar o que desse na telha. Ali ele era apenas o garoto desajeitado e sem graça de sempre.

— E, olha, não copiem da internet que eu vou saber, hein? Esse trabalho vale quarenta, e podem ter certeza que esse conteúdo vai cair na prova. Façam com carinho. — Ele esfregou as mãos uma na outra. — Agora podem começar. Se precisarem de mim, estou aqui na minha mesa.

— Pelo menos não é seminário — disse Bruno, inclinando-se em sua direção para alcançar a mochila.

Otto engasgou ao sentir os cabelos roçarem em seu braço e pararem na altura de sua barriga, enquanto Bruno remexia o conteúdo da bolsa, à procura do livro.

— Hum... me distraí. Trabalho do quê?

— Karl Max — respondeu Bruno, olhando-o de baixo. — Pra semana que vem.

Otto umedeceu os lábios, sem fôlego.

Ver Bruno daquele ângulo, tão próximo de *algumas partes* do seu corpo... ele tinha certeza que não sobreviveria o semestre inteiro. Era muita provação para uma pessoa só.

Imitou os gestos de Bruno, usando isso de pretexto para esconder o tanto que estava duro. Não parava de repetir *cacete, cacete, cacete* enquanto imagens muito indecentes explodiam diante de seus olhos. Todas envolvendo Bruno o olhando de baixo, exatamente como fizera agora.

Quando voltou para cima e endireitou a postura, encontrou Bruno olhando para os materiais iguais. Com as mesas lado a lado, não dava nem para Otto tentar guardar algumas coisas. Estava tudo em evidência. E ele não conseguiu pensar em uma desculpa convincente.

— Você tava lá aquele dia, né? — perguntou o jogador, rodando a lapiseira entre os dedos. — Acho que te vi.

Otto se odiou por isso, mas fez cara de confusão.

— Me viu onde?

— Na papelaria, um pouco antes das aulas começarem.

Vai logo, Otto! Inventa qualquer coisa.

— Eu não... minha mãe que comprou tudo pra mim. Eu só disse mais ou menos o que queria.

Evitou seu olhar ao dizer isso, e encolheu os ombros em um pedido silencioso de desculpa.

Bruno abriu e fechou a boca, indignado e nem um pouco satisfeito com a resposta. Enfiou a mão no estojo de Otto e tirou a lapiseira de lá de dentro, a mesma que a sua.

— Falha na Matrix! — falou, com convicção. — A única explicação. A gente encontrou uma falha. Isso aqui é uma simulação. Estamos em coma na realidade verdadeira.

Otto riu, de cabeça baixa.

Estava fazendo *gaslighting* com o menino que gostava e ainda por cima achando graça. Otto era um ser humano horrível.

— Será que encontramos mais alguém do exército de materiais iguais?

Isso foi o suficiente para desarmar Bruno, que riu mais alto do que deveria.

Bastaram segundos para que ouvissem um pigarrear.

— Tudo certo, meninos?

O professor Juliano havia parado na frente deles e encarava os livros fechados com decepção.

— Se eu fosse vocês, começava logo. É bastante coisa, aproveitem enquanto estou aqui para sanar as dúvidas.

— D-desculpa, professor. — Otto se atrapalhou, abrindo a apostila.

— Vamos começar agora.

Bruno repetiu os movimentos de Otto, encontrando a seção de sociologia e a deixando escancarada. O professor assentiu, satisfeito, e voltou a perambular pela sala, de olho em todos.

Ficaram alguns minutos em silêncio, encarando a foto de Karl Marx que abria o capítulo. Otto alcançou um grifa-texto, pronto para encarar o que parecia ser um trabalho chatíssimo, quando Bruno bateu de leve com o ombro no dele.

— Você tá livre hoje?

— Diferente de você, minha vida fora da escola é bem pacata — respondeu, distraído em desenhar chifrinhos na foto. — Eu sempre tô livre.

Bruno riu baixinho, inclinando o tronco para a frente para espiar o que Otto fazia.

— Eu tenho treino logo depois da aula, mas depois também tô livre. Quer ir lá pra casa pra gente fazer o trabalho?

Ele bagunçou a parte de trás do cabelo, indiferente ao esforço sobre-humano de Otto para não demonstrar o colapso nervoso acontecendo naquele mesmo instante.

— E-eu? Na sua casa?

Bruno uniu as sobrancelhas, interpretando mal a sua resposta.

— Bom, pode ser aqui na biblioteca também. Mas acho lá mais confortável? — Ele deu de ombros. — Você pode almoçar lá, se quiser, e a gente se livra disso.

Otto engoliu em seco, sem decidir se estava maravilhado ou horrorizado.

Passar um tempo sozinho com Bruno em sua casa parecia uma imagem saída de um dos seus melhores sonhos. A única maneira de ficar melhor que isso era se, em algum momento, substituíssem o trabalho por alguma coisa mais interessante, como compartilhar saliva, por exemplo.

O problema era que estaria como Otto, e não como Olga. Como Olga, ele era ousado, estiloso e tinha chances reais com Bruno. Como Otto, só sabia gaguejar, encarar os próprios sapatos e esconder os sinais que o seu corpo dava de como o garoto o fazia se sentir.

— Cl-claro — murmurou, tentando se mostrar tranquilo e despreocupado. — Só preciso ligar pra minha mãe no intervalo.

Bruno concordou, sorrindo, antes de se debruçar sobre o livro para finalmente começar a leitura. Apesar de sentir o olhar do professor queimando suas costas, Otto não conseguiria ler nem mesmo se forçasse muito.

Karl Marx teria que perdoá-lo, mas era difícil dar a mínima para *mais-valia* quando tinha preocupações maiores ocupando sua mente, como o fato de que, dali a algumas horas, estaria com Bruno.

Em. Seu. Quarto.

Foi mal pelo climão

Da primeira fileira da arquibancada do ginásio, Otto acompanhava o treino de basquete sem nenhum entusiasmo, intercalando com conferidas esporádicas nas redes sociais, só para descobrir que também não havia nada para ver lá. Pelo visto tirar uma casquinha de Bruno custava mais caro do que ele imaginava.

Deslizou o corpo pela cadeira, entediado.

Nos mais de seis anos estudando no colégio Atena, o garoto nunca havia se perguntado como eram os treinos, ainda que fossem parte importante da vida de Bruno. Ele não dava a mínima para esportes.

Anderson tentou durante muito tempo fazer com que ele se interessasse, para que tivessem algo em comum. Primeiro tinha sido o futebol, mas a única coisa de que Otto gostava eram as pernas fortes dos jogadores e as bermudas curtinhas e finas, que colavam no corpo enquanto eles se moviam pelo campo. Depois veio o UFC, com homens fortes e seminus se embrenhando, retesando músculos e soltando gemidos roucos. Otto não se queixava quando o padrasto o chamava para ficar acordado durante a madrugada, e até o deixou acreditar que estava mesmo torcendo e acompanhando os golpes e as técnicas.

De qualquer modo, mesmo que nunca tivesse parado para pensar a respeito, tinha a sensação de que os treinos seriam mais emocionantes do que pular em bambolês, correr em volta da quadra, ou fazer ziguezagues com a bola. Os jogadores corriam de um lado para ou outro, sob os comandos impacientes do professor Lucca, que não parava de tocar o apito cada vez que queria chamar atenção deles.

Nem mesmo a visão de Bruno ofegante e inteiro suado era tão compensadora assim. Depois de três semanas quase se esquecendo que Vinícius continuava estudando ali, estava sendo forçado a vê-lo receber elogios do treinador quando executava algum dos movimentos com maestria – o que parecia acontecer o tempo todo.

Bruno insistira para que assistisse o treino, e que seria rápido. Mas, com os olhares demorados que Vinícius o lançava entre um circuito e outro, ele estava achando um pouco difícil concordar. O inimigo se mostrava tão incomodado com a situação quanto Otto e mal conseguia disfarçar o espanto.

O tempo nunca correra tão devagar como aquelas duas horas.

Bruno e Vinícius cochichavam entre si de vez em quando, e até chegaram a rir em alguns momentos, mas Otto reparou que as coisas continuavam esquisitas entre os dois. Vinícius nunca ousava se aproximar tanto, e Bruno ficava particularmente interessado no chão do ginásio enquanto conversavam.

Quando o treinador deu cinco minutos para tomarem água, o garoto pulou a mureta que separava a quadra da arquibancada e se juntou a Otto, usando o antebraço para secar o rosto. O cheiro salgado do seu suor o atingiu em cheio, despertando algo visceral em seu interior.

— Falei com o professor Lucca. Quer descer pra fazer um circuito com a gente? — perguntou, parando em sua frente.

Otto arregalou os olhos e ergueu a cabeça para encarar Bruno, que gargalhou.

— Tô zoando! Não precisa fazer essa cara.

— Essa é a cara de alguém prestes a vomitar — disse Otto, apontando para o próprio rosto.

Bruno soprou o cabelo do rosto e, sem se dar conta do que fazia, apoiou o pé na cadeira ao lado de Otto. A malha embaixo do uniforme do colégio apareceu e Otto sentiu a garganta arranhar.

— Quinze minutos e acho que terminamos. Tô morrendo de fome, pedi pra Guilhermina fritar batata pra gente. Acho que você também tá com fome, né? Tá meio pálido.

Otto sorriu, encarando os olhos de Bruno como se dependesse daquilo para viver. Não ousaria olhar para baixo outra vez. Não enquanto sua perna estivesse naquela posição.

— Odeio ser o cara que recusa batata frita... — Sua voz soou rouca e ele teve que pigarrear para continuar. — Mas não vai atrapalhar? Se for por mim, nem esquenta com isso.

Do outro lado do ginásio, Vinícius atirou uma bola de basquete com força na parede. O barulho seco ecoou pela quadra, mas ninguém além de Otto deu atenção. Talvez ele também não tivesse dado se Vinícius não olhasse bem em sua direção ao fazer o gesto.

Bruno esticou a gola da camisa para secar o rosto outra vez. Tinha um sorrisinho travesso quando terminou.

— Pelo contrário, você tá me *ajudando*. Meus pais sempre pedem pra Guilhermina caprichar quando levo alguém pra casa. Vou aproveitar a regalia.

— Ah! — Otto corou. Sério mesmo que pensou que fosse por sua causa? Precisava parar de criar fanfics ou só se iludiria mais. — Então você meio que tá me usando?

— Meio que tô. É a batata frita que tá em jogo.

Os dois riram quase ao mesmo tempo em que o professor Lucca soava o apito, caminhando para o meio da quadra. Otto observou Bruno se afastar, ainda sem acreditar que estavam conversando e rindo, prestes a ir para a casa dele.

O treino estava mesmo acabando. O professor os chamou em uma rodinha para conversar sobre o primeiro jogo, que se aproximava. Andando ao redor do círculo, elogiou alguns alunos – Bruno entre eles –, e escolheu outros para pagarem flexões pelo desempenho baixo. Quando terminaram, o treinador liberou todo mundo.

Otto só se deu conta de que tinha dado a hora de ir embora quando viu Vinícius e Bruno se despedindo, um pouco sem jeito. Pulou da cadeira, com as pernas trêmulas, e pegou a mochila. Esperou que Bruno o encontrasse, com o coração agitado no peito.

Foi impossível não lembrar da conversa na papelaria, sobre ele sair inteiro suado dos jogos, mas guardou a lembrança para si. Bruno se abaixou para alcançar a mochila, que enroscou em apenas um braço.

Caminharam silenciosamente em direção à saída, os dois respirando com dificuldade, embora por motivos muito diferentes. Bruno ergueu a camiseta e secou o rosto, mas, apesar da tentação, Otto se manteve atento a cada passo que dava. Não saberia onde se enfiaria se fosse pego secando a barriga do outro garoto.

— Calma aí, preciso pegar minha bicicleta — avisou, antes que Bruno atravessasse o portão.

Destravou a corrente e a guardou na mochila, pensando em Khalicy. Mais cedo, quando narrara os acontecimentos da aula de sociologia, a amiga dera um gritinho seguido por pulinhos empolgados no meio do pátio. Ele tentou convencê-la de que não significava nada, mas sabia que, no fundo, queria convencer a si mesmo.

Àquela altura, a amiga já estaria no quarto, deitada com a televisão ligada, enquanto adiantava as tarefas de casa. Em um dia normal, ele estaria com ela.

Bruno amarrava o cadarço quando ele o alcançou, empurrando a bicicleta. O cansaço começava a se evidenciar em seu rosto.

— Como você aguenta treinar sem comer antes?

— É que normalmente os treinos são um pouco mais tarde... ou duram menos. Mas quando tem jogo chegando, as coisas ficam mais intensas. — Ele deu de ombros. — Tô acostumado.

Os dois caminhavam lado a lado na calçada, separados pela bicicleta de Otto. Sempre que julgava seguro, ele espiava o pescoço do outro garoto, onde gotas de suor traçavam caminho por entre as pintas.

— Você já pensou em parar?

— Um par de vezes. Te falei que não gostava, né? — Ele contorceu os lábios, pensativo. — É meio complicado. Meus pais levam essas coisas bem a sério.

Otto concordou, embora não entendesse muito bem.

— E sua irmã?

— A mesma coisa. Faz jiu-jitsu. Ela pediu pra fazer aula de dança, mas eles insistiram que luta era mais importante, por ser mulher e tal.

Otto pensou nos homens seminus do UFC.

— Você não quis fazer luta?

Bruno esfregou o cabelo, desconcertado.

— A mensalidade era bem mais cara, o Vinícius não ia conseguir fazer comigo. Eu não queria fazer sozinho.

Os dois se entreolharam, tensos. Era incrível como a sombra do inimigo pairava entre eles até mesmo quando o garoto não estava por perto. Otto bufou e apertou o passo, segurando o guidão da bicicleta com mais força.

Pelo restante do caminho, seguiram em silêncio. Bruno de cabeça baixa, segurando as alças da mochila com as duas mãos; Otto olhando para a frente, fingindo estar atento no percurso, embora desse espiadas de esguelha.

Quando dobraram a esquina da clínica dos pais de Bruno, Otto percebeu que não tinha mais volta. Era tão irônico que ele tivesse passado um tempão ansiando por aquilo e, na hora, fosse tão assustador que sua maior vontade fosse inventar uma dor de barriga só para fugir.

Passaram pela clínica e pararam em frente ao portãozinho onde ele e Khalicy haviam subido para a festa, alguns meses antes. Bastou que Bruno raspasse a mão na sua para alcançar o guidão da bicicleta e Otto esqueceu de uma vez o desejo de sair correndo. Talvez nunca tivesse mais do que aqueles pequenos lapsos quando estivesse em seu corpo, mas, ainda assim, havia um gostinho especial em saber que era ele ali. Otto Oliveira.

Bruno guardou a bicicleta na garagem e então abriu o portão que dava para a escada, fazendo um gesto com a mão para que ele fosse na frente. Otto ficou inteiro rígido ouvindo os passos preguiçosos do garoto tão próximos de si. Primeiro na escola, depois ali... será que estava fadado a ter Bruno atrás dele?

— Como é subir e descer essa escada todos os dias?

— Chato — respondeu Bruno, sem rodeios. — Esqueci que você nunca veio aqui. Depois te mostro lá em cima.

— A cobertura?

— Aham. Pena que é dia de semana, se não dava pra gente entrar um pouco na piscina. — O olho direito de Otto tremelicou, mas ele preferiu acreditar que não era nada. — Meus pais não curtem muito. Sabe como é, por causa do tempo livre.

Chegaram ao patamar e, diferente do que Otto havia imaginado em sua primeira vez ali, Bruno não largou a mochila na porta, tampouco andou só de meias pela casa. Os dois seguiram até o corredor que dava para os quartos. O cheiro de batata frita chegava da cozinha, despertando o monstro que Otto abrigava na barriga.

— Fica à vontade — disse Bruno, abrindo a porta do quarto para ele.

Otto deu um passo à frente, encantado por penetrar no refúgio do garoto. Tinha perdido as contas de quantas vezes observara as paredes verdes lá da rua, imaginando os detalhes do seu mundo.

O cômodo era bem bonito e moderno. Os móveis planejados eram de madeira e uma cama baú ficava logo abaixo da janela. Otto fez uma varredura, buscando os pôsteres, as revistas em quadrinho, ou as figuras em ação que imaginara tantas vezes encontrar ali.

— Que foi?

Tarde demais, percebeu que estava estático, de boca aberta, engolindo tudo com o olhar.

— Parece aquelas revistas de decoração.

— Eu sei. — Bruno riu, balançando a cabeça. — Minha mãe tem uma amiga decoradora que fez o projeto da casa inteira.

— Mas... e as suas coisas?

— Que coisas?

— Bagunça, sei lá.

Bruno abaixou a cabeça, sorrindo.

— Acho que já sei o que vou encontrar no seu quarto.

Otto riu, enquanto soltava a mochila ao lado da escrivaninha.

— É... tem bastante bagunça. Mas também tem pôsteres e um monte de colecionáveis. Tipo, dá pra ver que é o *meu* quarto.

O rosto de Bruno enrubesceu e Otto mordeu a própria língua por falar demais. Sem dizer nada, o garoto parou atrás dele e o segurou pelos ombros, girando-o até que ficasse de frente para um nicho recuado de prateleiras entre o guarda-roupa e a parede em que ficava a escrivaninha. Como também eram verdes, ficava um pouco difícil de perceber num primeiro momento.

Embora de maneira mais discreta e sofisticada, Bruno também se fazia presente nos detalhes e, diferente do que ele acreditara num primeiro momento, a decoração não era impessoal como em revistas de design. Os pôsteres sobre a mesa de estudos eram emoldurados e pendurados estrategicamente, aglomerados de um jeito que o garoto sempre via no Pinterest.

Sua coleção de figuras de ação era mais impressionante que a de Otto. Havia itens como a manopla do Thanos, o capacete do Homem de Ferro e o escudo do Capitão América, que ele sabia que custavam uma fortuna. Mesmo que Joana o presenteasse sempre que podia, e ele juntasse toda a sua mesada, Otto nunca conseguiria ter metade das coisas espalhadas pelas prateleiras. Quis olhar mais de perto, mas as mãos de Bruno continuavam em seus ombros e ele não seria nem louco de romper aquele contato.

— Tudo!

— Não é? Tenho um puta orgulho. Olha aqui. — Ao dizer isso, ele saiu de trás de Otto e caminhou até a prateleira, de onde tirou um Funko do Miles Morales. — Ganhei de Natal.

— Tô juntando dinheiro pra comprar uma estátua de trinta centímetros dele. Já separei até o cantinho que vou por.

Bruno riu, devolvendo o boneco no lugar quando uma mulher de uns quarenta anos enfiou a cabeça para dentro do quarto. Seus cabelos eram curtinhos, rentes à cabeça, com uma mecha começando a ficar grisalha bem na frente.

— A batata tá esfriando! Vocês não vêm comer? Vou ser obrigada a comer tudo! — brincou, de boca cheia, e Otto percebeu que ela trazia um palito mordido na mão.

— Tá maluca? Fiz o treino na força do ódio, só pensando nisso. Ah, esse aqui é o Otto, do colégio. Otto, essa é a Guilhermina, nossa secretária.

Ela o cumprimentou com um sorriso enorme e perguntou se gostava de bife à parmegiana. Otto agradeceu em silêncio pelo almoço ser algo que comia. Odiaria que a primeira impressão que deixasse na casa dos Neves fosse a de ter paladar infantil.

Bruno saiu do quarto e, ao passar por ela, abriu os braços no ar, fingindo que a abraçaria. Guilhermina deu uma corridinha, saindo do alcance do seu uniforme ensopado de suor, e riu.

Otto não se deu conta do tamanho de sua fome até estar em frente ao prato cheio. Seu estômago roncou tão alto enquanto se servia que até Bruno ouviu e o presenteou com uma risadinha divertida, enquanto ele próprio fazia uma pequena montanha de batata.

Ficaram tão ocupados mastigando a comida o mais depressa possível que mal trocaram palavras durante o almoço. Guilhermina cozinhava tão bem que Otto se arriscou até mesmo a pegar uma única folha de alface, para não fazer desfeita, mas que acabou ficando no prato de qualquer maneira depois dele constatar que continuava achando horrível.

Virou o copo de suco de abacaxi de uma só vez ao terminar de comer, e precisou segurar a vontade de arrotar na mesa. No entanto, bastou ficarem sozinhos no cômodo que Bruno bateu no peito e arrotou, sem se importar com sua presença. Otto, que estava relaxado demais depois de saciar sua fome, acabou o imitando, deixando a vergonha de lado.

— Deus abençoe a batata frita — gemeu Bruno, deslizando pela mesa até que a cabeça se apoiasse no espaldar.

Otto sorriu, brincando com o garfo no prato.

— Não conhecia esse seu lado.

— Que lado?

— O que leva batata frita e piscina muito a sério.

Otto arregalou os olhos, ao se dar conta de que havia acabado de soltar outra informação de Olga. Bruno, no entanto, nem mesmo olhava para ele. Estava concentrado no polegar que roçava a borda do copo.

— A Khalicy te contou da piscina? — perguntou, distraído. — Falando nisso, o que rolou que você não veio? Nunca tinha visto a Khalicy sem você por perto. Achava que nem era possível.

Considerando que ele *estava* por perto, talvez não fosse mesmo.

— Nem a gente sabia que era — disse, ganhando tempo para pensar numa desculpa. — A gente ia separados, mas daí a minha.... avó. Isso, a minha avó chegou de surpresa. Ela mora em outra cidade, minha mãe me pediu pra ficar, como a gente não ia passar o Natal com ela.

Seu rosto queimou com o absurdo de sua desculpa.

Tudo bem, não era totalmente mentira. De fato, sua avó morava em outra cidade e ele a via apenas em datas comemorativas. E também não haviam conseguido passar o Natal com ela, porque as férias da mãe seriam apenas na Páscoa. Mas a avó nunca viajaria para lá de surpresa, era mais fácil que acontecesse o oposto. Sem contar que, desde que fizera a cirurgia no joelho, pouco mais de três anos antes, evitava viagens longas de carro, que a deixavam cheia de dores. E, como não havia aeroporto na cidadezinha em que moravam, ela quase não ia mais para lá.

— Que pena que foi no mesmo dia. Avós são sempre prioridade, ainda mais se moram longe.

Bruno arrastou a cadeira para trás, levantando num pulo. Juntou os pratos e os deixou na pia enquanto Otto levantava, sonolento depois de comer. Seguiram para o quarto, Bruno na frente e ele atrás, quando Otto se sentiu instigado a trazer Olga para a conversa. Não teve tempo de pensar se era uma boa ideia e logo se ouviu falando:

— Você conheceu a Olga, né?

Achou que o outro garoto pareceria surpreso, animado ou que pelo menos reagisse ao nome. Mas, em vez disso, ele abriu uma gaveta do guarda-roupa e tirou uma bermuda de dentro, como se nem tivesse ouvido.

— A menina de cabelo verde que veio com a Khalicy? — perguntou então, abrindo outra gaveta.

Otto viu várias cuecas boxers enfileiradas em rolinhos e sentiu como se um gancho puxasse suas entranhas. Sentou-se na beirada da cama, com o rosto em chamas.

— E-ela mesma.

— Não sabia que vocês se conheciam.

Bruno tinha escolhido um rolinho preto de finas listras brancas.

— A gente mora na mesma rua. Nós três. Mas ela é mais próxima da Khalicy.

Ele assentiu, desinteressado.

— Legal.

— O que achou dela? — Otto deixou a pergunta escapar, ansioso para saber mais. — Você causou uma boa impressão. Ela fala bastante de você.

Bruno estreitou os olhos, estudando Otto com atenção.

Talvez fosse muito cedo para aquele tipo de pergunta e eles precisassem de mais intimidade antes de conversarem sobre os interesses amorosos um do outro.

— Mesmo? — Ele pigarreou. — Eu não... a gente até conversou bastante, mas não achei que... — Outro pigarro. — Ela é legal. Enfim. Você se importa de ficar sozinho um pouco? Vou tomar banho antes da gente começar, é rapidão.

Otto assentiu e Bruno saiu do quarto, fechando-o naquele mundo verde musgo. De todas as cores do mundo, seu quarto precisava ser logo verde? Estar ali era um lembrete constante da farsa que ele era.

Ficou um pouco confuso e desanimado por não ter conseguido arrancar nada sobre Olga, mas, por outro lado, quem ligava para Olga quando era ele que estava sentado na cama de Bruno? Respirou fundo, olhando ao redor com mais calma.

Foi naquele exato segundo que caiu a ficha. Seus lábios entreabriram conforme ele compreendia a magnitude de estar sentado na cama do garoto por quem era a fim. Sorriu e tombou o corpo para o lado, deitando-se na cama.

O edredom o envolveu como um abraço, embriagando-o com o cheiro do garoto. Otto se virou de bruços e enfiou a cara no travesseiro, inspirando profundamente, sem conseguir acreditar. Abraçou o travesseiro e, de olhos fechados, quase dava para acreditar que era Bruno quem estava ali.

Quando se deu por vencido, tomou impulso para se levantar e caminhou pelo quarto em direção ao guarda-roupa. Não conseguiu se sentir culpado por bisbilhotar; o ímpeto de ver e tocar nas coisas de Bruno eram maiores que o remorso. Na primeira porta que abriu, encontrou os tênis arrumados em prateleiras estreitas, que iam do chão ao teto.

Depois, encontrou casacos e jaquetas de frio. Passou os dedos pela blusa que a turma mandara fazer no oitavo ano e que seguia o modelo de moletons americanos. Vez ou outra Bruno ia com ele para o colégio e, se tinha como, ficava ainda mais gostoso. Naquelas ocasiões, Otto desejava que sua vida fosse um daqueles clichês em que a menina desajeitada termina com o cara do time, depois de passar por uma mudança no visual que consiste basicamente em tirar os óculos.

Continuou xeretando as coisas do garoto até chegar na gaveta onde ele guardava as cuecas. Otto ponderou por um momento se deveria abrir, mas seus dedos agiram antes que ele chegasse a uma decisão.

Apreciou o conteúdo com o corpo todo em chamas. Com a mão fechada em punho em frente aos lábios, fechou os olhos e, então, voltou a empurrar a gaveta para a frente, se odiando um pouco. Mas só um pouco. Quando estivesse no conforto de seu quarto, toda a culpa daria lugar a outra coisa.

Teve a decência de voltar a sentar no mesmo lugar da cama, de onde escreveu para Khalicy o que havia acabado de fazer. Foi o tempo de enviar a mensagem para a porta do quarto ser aberta de uma vez e um Bruno só de bermuda aparecer.

— Demorei?

— Eu tava quase me largando nessa cama.

— Ué, e por que não se largou? — Bruno riu, indo direto para a porta onde ficavam as camisetas. — Agora que meu sangue esfriou, eu também tava louco por um cochilo.

O cheiro de pele limpa fez Otto se arrepiar. Tentou não encarar muito as costas nuas do garoto, muito menos interligar as pintas em sua imaginação, tentando descobrir a imagem que escondiam.

— A Khalicy viria a calhar agora... — falou, e a voz soou meio rouca. — Ela é tipo a Hermione.

Bruno terminou de se vestir e sentou ao lado de Otto, afundando o colchão com seu peso.

— Vou dar essa dica pro... — Ele fez cara de assustado. — Cacete, tô sempre fazendo isso. Foi mal.

Otto respirou fundo, dando de ombros.

— Ele é o seu melhor amigo. Eu falo da Khalicy o tempo todo.

— É... só que ela não é uma otária. Tem uma diferença. — Havia uma pontada de amargura em sua voz.

Vinícius sempre fora um otário. Desde que entrou no colégio Atena, Otto precisou aguentar os apelidos sobre sua aparência. A mãe adiantou a cirurgia nas orelhas, acreditando que a perseguição acabaria, mas Vinícius dava um jeito. A motivação não importava, desde que estivesse chateando Otto.

Não entendia o que tinha mudado para Bruno ter começado a ficar constrangido com o passar do tempo.

— Sempre quis saber por que vocês são amigos — murmurou, por fim. Já que Bruno havia começado o assunto, não via por que não aproveitar a deixa.

Bruno suspirou, numa espécie de risada desanimada.

— Acho que é meio parecido com você e a Khalicy. — Ele se jogou para trás, cruzando os braços atrás da cabeça para continuar mirando em seus olhos. — A gente era vizinho, antes dos meus pais montarem a clínica e mudarmos pra cá.

— É, mas...

— Ele não foi sempre assim — interrompeu Bruno. — É difícil de acreditar, mas as coisas eram diferentes. N-não quero justificar nada. É só que... crescemos juntos, não tenho uma foto sem ele. A maioria das minhas lembranças são com ele. O Vinícius é tipo um irmão mesmo. Sou mais próximo dele do que da Raissa.

Eles trocaram um olhar demorado enquanto Otto absorvia suas palavras.

De fato, as coisas eram assim com Khalicy também. Ele não sabia onde um começava e o outro terminava. Eram tão próximos que ele a considerava da família. Mas, como Bruno dissera, ela não costumava ser escrota com ninguém.

Bruno tomou impulso para sentar outra vez. Apoiou as mãos nos joelhos e inclinou o tronco para perto de Otto, com urgência no olhar.

— Os pais dele eram bem ricos, tinham uma fábrica de varas de pesca, e ostentavam pra caramba. Daí acabaram quebrando. O pai dele nunca aceitou muito bem, começou a beber cada vez mais... as coisas ficaram meio feias pro Vini. O pai dele pega muito no pé com a questão da escola, por ser cara e tal. Isso tudo foi mais ou menos quando você chegou. — Sua cabeça pendeu para a frente, como se o peso de tudo fosse muito grande. — Eu não sei por que ele implica tanto com você, nunca entendi. Mas sempre me incomodou. Eu me sinto meio merda por nunca ter feito mais e me metido. Conversei com ele várias vezes, e sempre que via algo tentava puxar ele pra longe. Mas, tipo, ele é meu melhor amigo.

Eu devia virar as costas assim tão fácil? Quando exatamente é a hora de desistir de alguém?

Otto sentiu os olhos arderem. Por que precisavam falar sobre o inimigo? Até Karl Marx parecia mais convidativo naquele momento.

— Ele não fez a minha vida muito fácil, sabe? Já pensei em mudar de colégio, quis até reprovar, pra ficar na sala da Khalicy. Passei o ano anterior escondido atrás do bloco do fundamental nos intervalos!

Dizer aquilo para Bruno foi mais doloroso do que ele esperava. Uma parte de Otto o odiava por ser amigo de Vinícius. Embora não pudesse responsabilizá-lo pelo que passara nas mãos do inimigo, isso não o impedia de sentir um gosto amargo sempre que pensava no grande nó que atava os três.

Bruno suspirou, enquanto se ajeitava na cama para ficar de frente para ele.

— Que situação de merda. — Ele passou a mão no rosto, amassando a bochecha para cima e para baixo. — O Vini era a única pessoa com quem eu podia ser eu mesmo, ou, sei lá, o mais perto disso. Aqui eu preciso ser um Bruno que não existe. É como se eu dividisse a casa com desconhecidos. Eu mal converso com a minha irmã, e a gente não tem nem um ano de diferença. Era pra sermos amigos, né?

Otto fez um esforço imenso para conseguir sustentar o olhar do outro garoto. Apesar da conversa desconfortável, a confissão sobre a relação dele com a família havia despertado sua curiosidade.

— Foi fácil fechar os olhos pro Vini, porque comigo meio que continuou tudo igual. Meti na cabeça que era só uma fase e logo ia passar. Até que não deu mais, fiquei de saco cheio. — Bruno cruzou os braços sobre o peito. — E aquele dia na escola foi a gota d'água. Ele se transformou em uma pessoa que eu não gosto. Caí na real de que tem um tempo que não posso ser eu mesmo com ele. Fui me transformando num Bruno que também não gosto.

— Vocês ainda são amigos?

— Sei lá o que somos. — Bruno fez uma careta. — Não posso ser amigo de alguém que... faz outra pessoa passar o intervalo escondida. É zoado. A gente ainda conversa, mas acho que precisamos de um tempo pra processar tudo.

— Na verdade, ele fez muito mais do que me forçar a passar o intervalo escondido. — Otto deu um sorriso amargo. — É por causa dele que eu odeio educação física. Me dava palpitação. Eu sabia que ia voltar pra casa com um roxo novo. Você sabe que nenhum dos acidentes eram acidentes mesmo, né?

Bruno pareceu arrasado ao ouvir aquilo. Seu rosto empalideceu, enquanto os olhos se voltavam para o passado. Era como se ele nunca tivesse parado para pensar a respeito. Juntou as mãos em frente ao rosto.

— Sinto muito. Nem sei o que dizer.

Será que, se fosse com Khalicy, Otto preferiria fechar os olhos também?

E será que, se Vinícius nunca o tivesse pegado para Cristo, Bruno e ele seriam ao menos amigos àquela altura?

Otto se sentiu mal com todas as perguntas sem resposta rodopiando em sua cabeça e se arrependeu de ter puxado o assunto. Devia ter ignorado o nome de Vinícius, como sempre fazia. Talvez, assim, estivessem rindo juntos de alguma piada besta.

— Não precisa dizer nada. Foi mal pelo climão.

Havia um brilho de frustração no olhar de Bruno que ele não soube interpretar.

Ele é quem devia se sentir frustrado, não Bruno.

— Não tem climão nenhum. Em algum momento a gente teria essa conversa, ainda mais agora que...

— A gente precisa começar o trabalho — falou Otto, interrompendo-o. — Tá ficando tarde.

Bruno pareceu ter levado um tapa. Arqueou as sobrancelhas e arregalou os olhos antes de assentir e se levantar. Otto suspirou, lançando uma última olhadela para a cama.

Não dava para acreditar que pouco antes estava abraçado ao travesseiro, imaginando todas as possibilidades para aquela tarde, que tinham sido arrancadas dele por Vinícius.

Para variar.

Um mal-entendido

Depois da conversa que tiveram sobre Vinícius, foi impossível retomar a atmosfera agradável e leve de antes. Em vez disso, Bruno e Otto passaram o restante da tarde pisando em ovos, além de trocarem sorrisos amarelos quando um deles tentava amenizar o clima com algum comentário engraçadinho.

Em certa altura, Otto desistiu de insistir e se conformou que havia arruinado tudo. Afundou de vez na pesquisa que fazia no notebook do outro garoto, ao passo em que Bruno transcrevia tudo no papel almaço, com sua caligrafia preguiçosa e borrada de tinta. Se por um lado foi bom para o andamento do trabalho, por outro fazia Otto se censurar, em intervalos cada vez menores, por ter jogado no lixo um dia todo na companhia de Bruno.

Cada vez que Otto digitava Karl Marx na pesquisa, batia no teclado com mais força nos dedos. O *tec tec* ficou tão alto quanto o de uma máquina de escrever, mas Bruno fingiu não perceber e, cada vez mais, se curvou sobre o papel. Nem parecia que, pouco antes, os dois tinham se queixado de preguiça. Quem os visse naquele momento, calados e superconcentrados, poderia jurar que eram os alunos mais empenhados da sala.

Raissa foi a primeira a chegar em casa, por volta das quatro da tarde. Seu estado era ainda mais deplorável do que o do irmão depois do treino de basquete. Os cabelos pingavam suor, meio presos, meio soltos, e o kimono branco estava cheio de manchas marrons de mãos, que conferiam a ela um ar maltrapilho.

Com o peito subindo e descendo depressa, ela os cumprimentou, com a voz cansada, e rumou direto para o quarto, sem se demorar. Nem mesmo tentou puxar assunto. Mal tinha olhado para Bruno, que pareceu não se importar.

Otto pensou no que o garoto dissera mais cedo sobre sentir que morava com desconhecidos. Abriu a boca para perguntar algo a respeito, mas perdeu a coragem ao ver Bruno concentrado, com a ponta da língua ligeiramente para fora.

No fim das contas, sentia-se grato pela conversa sobre Vinícius. Ao menos serviria para trazê-lo outra vez para si. Otto se agarrava a qualquer sinal, por menor que fosse, para se convencer que gostar de Bruno devia significar algo. Na maioria das vezes, se deixava levar pela irracionalidade, imaginando coisas e acreditando piamente nelas. Mas, como Otto, não tinha chance alguma com o garoto. Por mais triste que aquela constatação fosse, precisava se conformar.

Ao menos tinha Olga.

E, com ela, as coisas eram palpáveis.

Estavam quase terminando o trabalho quando começou a ensaiar, em sua cabeça, como se levantaria para ir embora. A barriga protestava de fome e ele só queria se lançar na cama com Khalicy, e talvez assistir a algum filme juntos.

Antes que decidisse pela abordagem certa, ouviu as vozes dos pais de Bruno se aproximando e, minutos depois, a porta da sala se abria para o dr. Levi e dra. Madeleine. Otto ficou inteiro rígido, incerto de como se portar com o seu oftalmologista. De repente, se sentiu mal por estar ali, em sua casa, cobiçando o seu filho e mexendo na gaveta de cuecas dele.

O médico levou um momento para reconhecê-lo. Abriu um sorriso e se aproximou, estendendo a mão. O garoto aceitou o cumprimento, se esforçando para não demonstrar o constrangimento. Ele se concentrou no bordado do jaleco para evitar os olhos inquietos do homem.

— Otto, que surpresa te ver aqui! Como vai? Tá evitando luz azul antes de dormir?

Otto arregalou os olhos, com uma onda de culpa, mas Bruno interveio, largando a caneta sobre a mesa.

— Paaai!

— É força do hábito! — disse dr. Levi, rindo.

— Oi, Otto! — dra. Madeleine havia terminado de digitar alguma coisa no celular e acabara de reparar em um Otto sentado timidamente em uma das cadeiras, tentando se esconder em seus um metro e oitenta. — Não sabia que vocês eram da mesma turma! Você vai ficar pro café da tarde?

— Hum... na verdade eu tava i-indo?

Dr. Levi fez um gesto de *deixa disso* com a mão e se postou atrás de Bruno, massageando seus ombros carinhosamente.

— Vocês estudaram bastante, precisam repor as energias.

Otto procurou Bruno com os olhos e o encontrou de ombros encolhidos e um meio sorriso no rosto. Percebendo que era uma batalha perdida, aceitou o convite com um friozinho na barriga.

Juntavam os materiais depressa enquanto dona Madeleine punha a mesa. Otto foi até o quarto de Bruno para guardar seus pertences na mochila e avisar a mãe que logo estaria em casa. Quando voltaram para a sala, encontraram a mesa forrada de comida e uma Raissa que beliscava o bolo com cara de poucos amigos.

Os pais deles encheram Otto de perguntas sobre a escola e o que estava achando do segundo ano; se já sabia qual faculdade queria cursar; o que costumava fazer com o tempo livre; se também gostava de super-heróis como o filho. Com o rosto fervendo, Otto enfiava comida na boca sem parar, para conseguir fugir do interrogatório. Uma voz baixinha sussurrou em seu ouvido que ele não apenas gostava de super-heróis, como era um, e Otto se sentiu bem com a constatação. Mesmo que, na prática, seu heroísmo só servisse a seu bel-prazer.

Bruno e Raissa intervieram em sua ajuda, desviando o assunto de Otto sempre que podiam. Foi somente ao perguntarem sobre a festa das nações que dra. Madeleine estava organizando com o clube de mulheres do qual participava que obtiveram sucesso.

O rosto da mãe se iluminou quando ela começou a explicar para Otto sobre o projeto que aconteceria dali a dois meses e no qual vinha trabalhando exaustivamente.

— Acho que até maio fico sem cabelo! — disse, com empolgação.
— A festa das nações vai ser uma feira gastronômica com várias barracas, cada uma com a culinária de uma nacionalidade. Vamos ter comida italiana, mexicana, japonesa, árabe... E o dinheiro arrecadado vai ser todo destinado à instituições voltadas para pessoas em contexto de vulnerabilidade.

Otto pestanejou, admirado com todas aquelas palavras difíceis. Sem contar na dicção de dra. Madeleine, tão boa que parecia até ter decorado o texto. Assentiu sem parar, engolindo cada palavra proferida por ela e, quando ela se levantou para pegar um panfleto para ele levar para sua mãe, Otto aproveitou a deixa para se levantar também.

— O Bruno vai trabalhar na barraca de comida portuguesa — disse ela, entregando o papel para Otto. — Apareça lá também! Vai ser ótimo.

Bruno se levantou em um só movimento, com cara de impaciente.
— Ele vai, mãe. A Olga vai. O Vinícius. Todo mundo vai. A gente *ama* trabalhar de graça.

O Bruno de tom rabugento tinha voltado com tudo. Otto conteve a vontade de sorrir, mas dr. Levi não. O médico havia tirado os óculos e balançava a cabeça, se divertindo.

— Não é trabalhar de graça! — Ela espalmou o peito com as duas mãos, chocada. — Vocês são *voluntários*. E é por uma boa causa.

Bruno contornara a mesa e parou ao lado de Otto, com as mãos nos bolsos.

— *Eu* não me voluntariei pra nada.

Raissa bufou bem alto, apoiando os cotovelos sobre a mesa.

— Ele sabe, mãe! Tá só te enchendo o saco. Até parece que não conhece o Bruno...

Bruno respondeu com uma imitação barata de Raissa, afinando a voz como se tivesse sugado gás hélio. O alvoroço levou mais alguns minutos e só quando Bruno apoiou os dedos nas suas costas, empurrando-o de leve para saída, foi que Otto conseguiu se despedir, agradecendo sem parar.

Era finzinho de tarde quando desceram juntos as escadas para pegar a bicicleta de Otto na garagem. O sol sumia no horizonte, banhando o céu com uma luz dourada e intensa. Otto encarou o ponto luminoso até os olhos doerem, enquanto esperava parado ao lado do portão maior.

Apesar de chateado que o tempo com Bruno tivesse chegado ao fim, o alívio o alcançava em ondas cada vez maiores.

— Tive que te tirar de lá, ou então você seria obrigado a dormir aqui — explicou Bruno, trazendo sua bicicleta.

Otto se aproximou. Dormir lá não seria má ideia.

— Acho que no fundo você e sua irmã se amam, sabia?

— Claro que a gente se ama. Eu só não gosto dela, é diferente.

Otto riu, ajeitando os óculos para cima. Bruno acompanhou o movimento com o olhar.

— Engraçado, parece até a minha relação com a Khalicy. Bom, tô indo. Valeu por hoje.

— Até amanhã, Otto — respondeu Bruno, com uma piscadela, o corpo metade para dentro da porta.

Otto acenou com a mão enquanto se afastava. Continuava atordoado com a tarde surreal que tivera. Ainda que tivesse provocado um climão, quando imaginou que tomaria café da tarde com os Neves? Quando imaginou deitar na cama de Bruno ou vê-lo saindo do banho?

Abalado demais, não teve forças de montar na bicicleta e, por isso, preferiu levá-la ao lado do corpo enquanto subia a rua, a mochila batendo em suas costas conforme caminhava. Mal enxergou o caminho. A cabeça estava nas nuvens, processando os acontecimentos recentes.

Dobrou uma esquina e viu a movimentação rotineira na frente de um mercadinho de bairro. Carros parando, pessoas empurrando carrinhos pela calçada, crianças correndo dos pais.

Assim que foi coberto pela sombra da marquise, uma risada de escárnio o alcançou.

— Ah, não! Só pode ser brincadeira com a minha cara!

Olhou por cima do ombro, alarmado, e topou com Vinícius.

O garoto estava parado a um passo da entrada do mercado, e algumas pessoas desviavam dele com olhares irritados. Dois minutos a mais que Otto tivesse enrolado no percurso e eles não teriam se cruzado. Sua falta de sorte era surpreendente.

Querendo evitar o confronto, Otto apertou o passo, deixando Vinícius para trás. Torceu para que o garoto o ignorasse e continuasse o que quer que estivesse prestes a fazer. Ficaria muito bravo se a lembrança daquela tarde fosse manchada pelo inimigo.

No entanto, como era de se esperar, Vinícius não largou o osso fácil. Ao olhar por cima do ombro uma segunda vez, viu que o garoto loiro vinha ao seu encalço, andando rápido, os braços balançando ao lado do corpo como um pequeno soldado.

— Sabe, Otto, tô cansado de você.

— Eu também tô bem cansado, Vinícius — falou, quase berrando, sem olhar para trás. — Por que você não dá a volta e me deixa em paz?

Os dedos tremiam no guidão da bicicleta. Não sabia de onde vinha a coragem, mas ela estava ali e ele a usaria.

Vinícius quase o alcançava. Otto sentia a presença logo atrás do ombro esquerdo e aumentou a velocidade até estar a um passo de correr.

— Olha só... tá ganhando ar fácil! Quem diria que o Ottinho ia ter culhões um dia, hein?

Ele sentiu o corpo dar uma guinada para trás quando a mão do inimigo o agarrou pelo cotovelo. Engoliu em seco, abrigando um maremoto no estômago, e esperou que o garoto parasse em sua frente.

Instintivamente, se aproximou um pouco mais da bicicleta, estudando a rota de fuga.

— Eu tava indo embora numa boa. — Otto evitava o olhar ferino do adversário, e sua voz soava bem mais baixa e frágil do que pretendia. Mas pelo menos não estava se escondendo, já era alguma coisa. — Você não consegue me deixar quieto?

— Esse é o problema, você tá em toda parte, me chamando pra briga. Se vou pro meu treino, você tá lá. Vou pro mercado e te encontro. Até no dia que reprovei você tava lá. — Vinícius estreitou os olhos, parecendo se dar conta de alguma coisa. — A casa do Bruno é naquela direção.

Otto endireitou a postura, olhando-o de cima. Ele se lembrou da conversa com Bruno sobre Vinícius e encontrou um pouco mais de coragem dentro de si.

— É. Eu vim de lá.

Vinícius o surpreendeu com um empurrão direto no peito. Otto cambaleou para trás, desestabilizado, e quase derrubou a bicicleta.

— Escuta aqui, não sei que merda tá rolando pra vocês virarem amiguinhos do nada, mas não tô gostando disso. Fica longe do Bruno, cara. Tô falando.

Otto umedeceu os lábios, sentindo-se um pouco burro pelo que estava prestes a dizer, mas não importava.

— Ou o quê?

Vinícius tombou a cabeça para a frente, cobrindo-a com uma mão enquanto ria, de maneira exagerada.

— Cacete. Quem te viu, quem te vê. Preciso te lembrar como as coisas são, Ottinho? Não tem ninguém aqui pra me segurar hoje.

Vinícius o empurrou outra vez pelo peito, com ainda mais força. Otto se desequilibrou e caiu de bunda no chão, soltando a bicicleta. Alguns metros para trás, as pessoas continuavam indo e vindo do mercadinho, sem notar a cena que se desenrolava entre eles.

Fez menção em erguer a bicicleta, mas Vinícius pisou nela, mantendo-a presa no chão. O garoto o olhava de cima num misto de diversão e raiva. Otto queria descobrir que merda tinha feito para merecer aquilo.

— Não vai falar mais nada? Cadê sua coragem?

— Não quero brigar. Só quero ir pra casa.

— Mas *eu* quero conversar. Pra que tanta pressa? — Vinícius depositou mais força sobre a bicicleta. Otto lamentou pelos arranhões que ficariam de lembrança. — Tava fazendo o que no Bruno?

Otto apoiou as mãos na calçada. Queria dar uma lição em Vinícius. Queria cuspir na cara dele. Mas ali estava ele, encolhido e assustado.

— Trabalho de sociologia. N-não que isso seja da sua conta.

— *N-não que isso se-se-seja da sua conta-ta* — imitou Vinícius, balbuciando de propósito. — É, sim, da minha conta. Tô tendo um ano de merda, com aqueles pirralhos do primeiro ano. Você precisa ver, cara. Eles fazem você parecer assustador. — O garoto jogou a cabeça para trás, afastando os cachos da testa. — Daí tem a sua amiga me julgando, como se fosse melhor. Eu vejo isso também. Assim como o jeito que você me provoca.

— *Eu* te provoco? — Otto quase engasgou, inconformado. — Você me persegue desde o quinto ano e eu literalmente não faço nada!

— Corta essa! Pode até funcionar com o Bruno, mas não comigo. Eu *vejo*, tá?

Otto negou com a cabeça, tomando impulso para levantar. O celular vibrou dentro do bolso, com uma mensagem. Devia ser Joana perguntando se jantaria fora. Respirou fundo, as mãos no ar em rendição.

— Eu já devia estar em casa. O que você quer de mim?

Vinícius ignorou a pergunta. Inclinou o tronco para mais perto, o dedo em riste em sua direção.

— O Bruno é meu melhor amigo, é a porra do meu irmão. Muito antes de você chegar. E vai continuar sendo assim.

Fiquei sabendo, Otto pensou, com amargura.

— Vou falar isso só uma vez: você vai ficar longe dele. Vai ficar bem longe. Se ele te chamar pro basquete, você recusa. Se quiser fazer trabalho ou o que for, você inventa uma desculpa. Tá ouvindo?

Otto passou a língua nos dentes, sentindo o sangue ferver.

Levara seis anos para conseguir se aproximar de Bruno sem ter alguém entre eles, rondando feito uma mosca no lixo. E Vinícius queria dar um jeito de arrancar dele algo que mal tinha começado?

Não era justo.

— Não vai dar, foi mal — respondeu, encolhendo os ombros.

O inimigo empurrou a bicicleta alguns centímetros, provocando um som ardido que feriu seus tímpanos. A mãe ficaria arrasada quando visse o estado da bicicleta que comprara para ele no Natal do ano retrasado. E ele nem queria pensar na cara de decepção que Anderson faria quando soubesse.

Teve um estalo. Pensar no padrasto foi a faísca para uma ideia de como escapar dali.

— Vamos colocar desse jeito: eu não tô pedindo. Eu tô avisando que ou você se afasta, ou eu vou te moer na porrada. Eu quebro essa sua carinha, Otto. E não vai ter maquiagem no mundo que conserte o estrago que vou fazer.

A adrenalina corria pelas suas veias. Quanto mais pensava na ideia, mais gostava dela. Ergueu o queixo, mirando direto nos olhos de Vinícius.

— Vixe... pode começar a bater, então. Porque não vai rolar mesmo. Não tô a fim de parar de falar com ele. E parece que ele também não tá a fim de parar de falar comigo.

A última parte era mentira, mas Otto a teria dito mais quantas vezes precisasse, apenas pelo prazer de ver a cólera no rosto do arqui-inimigo.

Antes que Vinícius conseguisse reagir, Otto deu no pé dali. Deixou a bicicleta para trás e saiu patinando no asfalto, olhando para todas as direções em busca de um esconderijo. Correu o mais rápido que pôde, para abrir uma boa distância do outro garoto, os pulmões ardendo por mais ar do que ele conseguia sorver.

— Filho da puta, covarde! — rosnou Vinícius, em sua cola.

Otto costurou entre um grupo de amigos sentados em cadeiras de praia na calçada e seus olhos foram atraídos para a entrada de um beco, na quadra de cima.

— Você é doido? — protestou um dos amigos, enquanto os demais riam, desconcertados.

Otto não olhou para descobrir quem tinha falado. Ele se esforçou para dar passadas maiores; as pernas compridas tinham que servir para alguma coisa. Passou por uma grade baixa com um cachorro raivoso que latiu e avançou em sua direção. Assustado, Otto tropeçou em um desnível e quase caiu.

— Eu vou te alcançar, Ottinho — arfou Vinícius, ofegante, a pouquíssimos metros de distância.

Otto fez uma curva fechada, derrapando beco adentro. Topou com uma caçamba de entulho logo adiante e uma lixeira container posicionados lado a lado. Contornou-os, a passos rápidos, e descobriu um espaço estreito entre eles que parecia ser do tamanho perfeito para se esconder.

Fez uma varredura pelo beco, para se certificar de que estava sozinho, e se agachou. O cheiro do lixo queimou suas narinas. Os pensamentos foram parar em Bruno no mesmo instante, e na conversa que tiveram sobre poderes.

Balançou a cabeça para afastar os pensamentos. Os passos de Vinícius se aproximavam, precisava se concentrar. Fechou os olhos e cerrou os punhos, concentrado em crescer. Não apenas na altura, mas em músculos e massa corporal também. Queria fazer o padrasto parecer desnutrido perto dele.

Rosnou com a agonia da metamorfose, sua voz abafando a chegada de Vinícius. Então, um silêncio tenso e cheio de estática.

— Era *isso?* — Vinícius estava adorando cada segundo da perseguição. Na voz, uma pontada de diversão deixou Otto enjoado. — Tudo aquilo lá atrás pra você se esconder?

Vinícius bateu com as mãos nas pernas e Otto se deu conta de que estava quase na hora. Cerrou as mãos em punhos e as veias estufaram sob a pele, subindo por todo o braço. Prendeu a respiração, com os ouvidos atentos.

A ponta do tênis de Vinícius surgiu em seu campo de visão. Mais um passo e ele estaria ali. Sem esperar nem mais um segundo, Otto se lançou para fora do esconderijo feito um animal prestes a dar o bote. O corpo parecia feito de cimento. Era pesado, duro e lento.

Assim que se prostrou de frente para Vinícius, o garoto deu um passo para trás, alarmado.

— AHHHH!

Seu grito ficou congelado no ar e a boca permaneceu escancarada. Sua expressão passou de raiva para susto, e então, para confusão e medo. Deu outro passo para trás, erguendo as mãos trêmulas no ar.

Seus olhos iam e voltavam do rosto de Otto, como se quisessem ter certeza do que viam.

— Que PORRA é essa? — perguntou, com a voz trêmula. — C-como? V-você...?

Tarde demais, Otto se deu conta de que se concentrara apenas em transformar o corpo e se esquecera do rosto. Esticou o pescoço e mirou no vidro de um carro, para ter certeza de que continuava igualzinho. Os mesmos olhos azuis, o mesmo cabelo preto, a mesma armação vermelha.

Engoliu em seco.

Não era o que pretendia, mas já que estavam ali, que fosse assim mesmo. Além do mais, duvidava que alguém no mundo acreditasse em Vinícius. Nem *ele* devia estar cem por cento seguro do que via.

Contraiu os braços em frente ao corpo, os bíceps se sobressaindo como pequenos morros e rasgando as mangas da camiseta até que pendessem soltas dos ombros. Sentiu a pele se repuxar como se estivesse prestes a romper e amou a sensação de fogo correndo pelas veias.

— Você ia me moer na porrada, é?

Ele deu um passo à frente, encarando Vinícius nos olhos. O garoto moveu a cabeça bem de leve, fazendo alguns cachos loiros balançarem.

— O que você tava dizendo mesmo?

Otto encurtou ainda mais a distância entre eles, o tecido da bermuda prestes a estourar também.

Vinícius recuou, apressado, e enroscou o pé em um saco de lixo logo atrás dele. Ironicamente, tropeçou da mesma maneira que Otto e caiu de bunda no chão, provocando um baque seco.

Em pânico, o garoto apontou o dedo para Otto, do chão.

— Não sei como você fez isso, m-mas...

— Acho que você tinha comentado algo sobre maquiagem nenhuma esconder o estrago que você ia fazer em mim — interrompeu Otto, cuspindo as palavras.

O adversário recuou sem se dar ao trabalho de se levantar. Parecia engatinhar ao contrário, mantendo os olhos colados em Otto e em cada movimento que fazia. Negou sem parar com a cabeça, os olhos brilhando de espanto.

— Não vou. Foi um mal-entendido, cara.

Assim que abriu uma boa distância dele, Vinícius tomou impulso para se levantar do chão, com uma das mãos esticadas para a frente, como se para garantir que ele não avançaria.

— Vamos conversar de boa. Eu ando estressado com a escola...

Otto riu baixinho, inconformado.

Avançou em direção a Vinícius, movido pelo ódio de anos sendo reprimido e o agarrou pelo colarinho com as duas mãos. Vinícius contorceu o rosto, esperando pelo soco que não veio.

— Agora *você* vai ouvir — disse Otto, em um tom trêmulo e afobado. A adrenalina o envolvia feito um campo magnético. Naquele momento, ele sentia que podia dominar o mundo, se quisesse. — Você vai me deixar em paz. Não vai mais olhar na minha cara, nem falar comigo. É pra fingir que eu sou um fantasma e você não pode me ver. Não importa se eu tiver no seu treino ou na porra da sua casa. Ouviu?

Vinícius concordou com a cabeça, ainda temendo um murro.

Otto o puxou para cima pelo colarinho, até seus pés deixarem de tocar o chão. O garoto soltou um choramingo baixo, virando o rosto o máximo que pôde para o lado.

— Acaba logo com isso, que merda — resmungou, contrariado.

— Só me diz que ouviu primeiro.

— Ouvi! O-ouvi. Você morreu pra mim, eu juro. Nem lembro quem você é. Só me deixa em paz. Por favor.

Estava anestesiado com o poder de ter invertido as posições. Minutos antes, era ele quem implorava para ir embora. Ele quem queria evitar briga a todo custo. Otto aproximou o rosto de Vinícius até praticamente tocarem os narizes.

— Eu te peço pra me deixar em paz desde o quinto ano, *Vini*. Cansei dessa merda. Tô te pedindo pela última vez. Mas se tiver uma próxima... — Otto contraiu os músculos de novo. — Isso aqui não vai ser nada perto de como vou ficar. E não quero nem pensar em como *você* vai ficar.

Otto se sentiu dentro de um filme ao ouvir aquelas palavras em sua voz. Pela primeira vez, desde que descobrira os poderes havia três anos, ele se sentiu especial e foda, como os super-heróis de seus filmes favoritos.

Soltou Vinícius no chão e o viu cambalear para trás, andando de costas até alcançar o começo do beco. Então teve o prazer de presenciar seu arqui-inimigo correndo *dele*.

Otto riu sozinho. A princípio, uma risada tímida e baixinha, mas que ganhou força conforme se dava conta de tudo o que havia acabado de acontecer. Esfregou o rosto, incrédulo com o quanto fora fácil enfrentar Vinícius e devolver as provocações na mesma moeda.

Porém, ao lembrar que a bicicleta ficara sozinha para trás, todo o prazer abandonou seu corpo em um estalar de dedos. Joana o mataria se voltasse para casa sem ela. E Anderson inventaria de conversar com os pais de Vinícius. Otto não queria que ninguém se metesse na situação. Saber que ele, sozinho, havia lidado com Vinícius, fazia valer toda a chateação que tivera que aguentar.

Encolheu-se no mesmo esconderijo e se transformou de novo em Otto. Por mais que amasse poder mudar o corpo, era sempre um alívio voltar para si mesmo.

Otto correu pelo caminho de volta, morrendo de medo de não ter mais nada lá. Enquanto passava pelo grupo de amigos que conversava em cadeiras de praia, um deles o chamou.

— Ei! Você mesmo! Espera!

Contrariado, ele perdeu velocidade e se virou para descobrir o que queriam.

— É sua? — perguntou uma menina usando as borrachinhas do aparelho com as cores do arco-íris, apontando para o lado com a cabeça.

Otto acompanhou o olhar e deparou com a bicicleta apoiada no portão. Sentiu tanta gratidão que precisou se conter para não sair abraçando todos eles.

— É, sim! Tava preocupado que tivesse sumido — disse, se aproximando deles. — Obrigado por pegarem.

— A gente achou que um dos dois ia voltar pra buscar — respondeu a garota do aparelho colorido.

O garoto que o chamara cruzou os braços, olhando para Otto com as sobrancelhas unidas, enquanto ele se adiantava para conferir o estrago na bicicleta.

A tinta vermelha estava ralada no quadro e no garfo, formando um desenho parecido com a cicatriz que tinha na perna. Estalou a língua nos dentes. Aquele babaca...

— Tá tudo bem? — Sua expressão confusa deve ter ficado evidente, pois o garoto se adiantou em responder. — Você passou correndo daquele menino. E agora tá todo estrupiado.

O garoto se demorou nas mangas de sua camiseta, que pendiam soltas.

— A gente só se desentendeu. Mas ele já foi embora. — Seu celular vibrou com uma nova mensagem e Otto estremeceu. Joana devia estar preocupada. — Preciso ir. Boa noite e valeu mesmo. Minha mãe ia me matar se eu aparecesse sem a bicicleta.

O grupinho se despediu com acenos enquanto Otto montava no banco, ainda atordoado.

Será que sua vida nunca mais seria pacata?

Harmonização facial

— Preciso te contar uma coisa, mas não é pra surtar — disse Khalicy, montando a bicicleta para irem à escola.

Otto a encarou, sonolento. Esfregou o olho direito por baixo dos óculos e subiu na bicicleta. Sem se dar conta, o indicador foi parar no ralado deixado ali por Vinícius. Desde a semana anterior, quando o arranhão foi feito, não passara um único dia sem tocar na superfície irregular, evocando as imagens instantaneamente.

— Desembucha.

— Queria ter falado antes, mas você tava todo empolgado com o lance do Vinícius, não quis cortar o seu barato.

Ele a olhou com curiosidade.

— O que você quer me contar tem a ver com ele?

— Aham. Você sabe que sento atrás dele, né? — Khalicy começou a pedalar, bem mais rápido do que faziam normalmente. — Acontece que ele tem muita dificuldade com algumas coisas, tipo ler o quadro de história, e sempre me pede ajuda.

— Eu sei. Você já falou. — Ele deixou um bocejo longo escapar, enquanto a brisa da manhã empurrava seus cabelos do rosto. — E ele reprovou. Não é bem uma surpresa que ele vá mal.

A amiga encolheu os ombros, evitando-o. As mechas amarelas ondulavam no ar conforme se moviam pela rua quase deserta.

— Vamos ter a nossa primeira prova semana que vem e... bem, ele me pediu ajuda pra estudar. Eu falei que sim.

Otto se virou para lançar um olhar ameaçador para ela e quase morreu atropelado com o carro que vinha na contramão. A buzina alta continuou soando em seus ouvidos mesmo depois de minutos.

— Tá de sacanagem?

— Não.

— Khalicy!

Otto continuava com o pescoço virado em sua direção, mas ela fazia um esforço enorme para que os olhares não se cruzassem. Ele pedalou mais depressa e entortou o guidão para fechá-la.

— Khalicy?! Não, sério, acho que não entendi direito. Tive a sensação de te ouvir dizer que vai *ajudar* o Vinícius? O Vinícius!

— Eu sei, é que...

— Não! Não quero ouvir. Eu até entenderia se ele tivesse sido babaca só comigo, mas até pouco tempo atrás ele fazia piadinhas com o seu corpo. E daí... você quer... — sua voz morreu no ar como se, de repente, tivesse ficado cansado demais.

Não eram nem oito da manhã. Khalicy ainda o mataria de nervoso.

— Por favor. Eu já tô me sentindo idiota, não preciso que você jogue isso na minha cara.

— Mas você sempre joga na minha cara quando tô sendo idiota.

— É porque você é idiota o tempo todo.

Otto não esboçou nem a sombra de um sorriso. Apenas permaneceu imóvel, de braços cruzados, com um pé apoiado no chão e o outro no pedal.

Ela respirou fundo, brincando com a alça da buzina.

— Voltei pra sala na metade da aula de educação física pra buscar um absorvente e ele tava lá sozinho, chorando por causa da prova. Desconfio que tenha dislexia, ele tem muita dificuldade pra ler. Vive recusando ler em voz alta quando pedem.

Pensando bem, Otto não se lembrava de já ter visto Vinícius lendo em voz alta. Em todas as vezes, ele se negou, fazendo pouco caso, como se não desse a mínima para a matéria. Vez ou outra era mandado para a diretoria por isso.

— E daí?

— É por isso que ele precisava do Bruno. Sem ajuda, ele não tem a menor chance. E você contou aquele lance do pai dele... não sei, fiquei com pena.

Otto segurou a ponte do nariz, recusando-se a aceitar o que ouvia.

— Lembro de uma vez, no intervalo. A gente tava com uma menina da sua sala, acho que você ia dormir na casa dela. Ela perguntou do que você gostava de comer, e você respondeu que comia de tudo. — Conforme derramava as palavras, as imagens se desenrolavam vívidas em sua mente. — O Vinícius tava passando com o grupinho dele bem na hora. Começou a tirar com a sua cara, que era óbvio que você comia de tudo, e que se ninguém te segurasse era capaz de você comer a gente também. Você cancelou com a menina e dormiu lá em casa, passou a noite chorando. O louco é que eu lembro disso como se fosse ontem, mas parece que você já esqueceu.

— Otto...

— Então, não, eu não tenho pena — cortou. — Quero mais é que ele se foda. Fora que ele deve estar fazendo isso pra se vingar de mim. Como não vou me afastar do melhor amigo dele, ele vai se aproximar da minha.

Khalicy parecia prestes a cair no choro.

— Mas isso foi *antes*. Depois ele veio me procurar, querendo deixar pra lá. Mas como eu já sabia de tudo, insisti que podia ajudar.

— Ah, você *insistiu*?! — Otto mordeu o lábio inferior, saboreando o gosto amargo daquelas palavras. — Meu Deus, Khalicy. Não acredito.

Ele endireitou a bicicleta e se ajeitou no banco, pronto para recomeçar a pedalar, mas o toque gentil da amiga em suas costas o refreou. Otto brincou com o freio da bicicleta, puxando e soltando a alça para aliviar a tensão crescente.

— Eu não esqueci de nada. Nem do que ele falou pra mim, nem das coisas que te fez. É por isso mesmo que eu sinto que preciso fazer isso. — Era esquisito ouvi-la falar com aquela voz vulnerável. — Você sabe melhor que ninguém como é se sentir sozinho, vendo seu amigo de longe.

— Eu sei por causa *dele*.

— Mas a gente pode fazer melhor! Você podia ter espancado ele, e eu juro que ia continuar do seu lado, porque ele merece uns tapas. Mas você não quis. Por quê?

Otto negou com a cabeça, apertando os lábios.

Para ele bastou que Vinícius entendesse como era se sentir impotente e ameaçado. Otto nunca simpatizou com vilões, e não se tornaria um. Muito menos por causa de alguém como Vinícius.

Sabia onde a amiga queria chegar, mas não daria o braço a torcer.

Khalicy pareceu se dar conta, pois continuou:

— Posso ficar rindo da cara dele e dizendo bem feito, fazer piadas por ter reprovado, ou sei lá. Mas ninguém vai ganhar nada com isso, você sabe. O mundo vai ser muito melhor se ele só deixar de ser escroto.

A mão dele se fechou com força no guidão.

— Eu não tenho obrigação *nenhuma* de pegar na mão dele e mostrar que é errado esmurrar o coleguinha.

— Eu sei! Não quis dizer isso. Eu só...

— Se você quiser virar amiguinha daquele idiota, bom pra você. Só faça isso longe de mim.

Sem dar tempo para uma resposta, Otto pedalou depressa para se afastar dela, com os olhos ardendo e a cabeça a mil.

★★★

A semana se arrastou sem a amiga por perto.

Eles nunca haviam permanecido brigados tanto tempo desde quando deram o primeiro beijo e as coisas ficaram esquisitas.

Otto odiava sentir tanta saudade dela. Queria estar bravo, queria derrubar lixeiras só de pensar na amiga ajudando o seu pior inimigo, por alguma falsa sensação de moral. Mas tudo desde o percurso solitário para a escola até os intervalos vagando pelo pátio sem propósito eram lembretes contínuos do quanto sua vida era chata sem a garota.

A pior parte eram as tardes que precisava preencher. Pela primeira vez, teve inveja dos dias atarefados de Bruno. Ao menos teria uma distração para não pensar na amiga e na imensa traição tão obsessivamente. Não parava de imaginar ela e Vinícius estudando juntos na cama, com a televisão ligada, rindo de alguma piada interna. Era fácil entender por que o inimigo havia perdido a cabeça ao ver ele e Bruno se aproximarem. Ver sua pessoa preferida e a que mais odiava juntas era uma tortura.

A única coisa que o manteve firme no meio disso tudo foi a aproximação do passeio da escola para a Feira de Ciências Itinerante que passava pela cidade anualmente. Seria apenas para as turmas do segundo e o terceiro ano do ensino médio, o que significava que, durante toda a manhã, não precisaria pensar em Vinícius e em Khalicy. Mais importante: também significava que teria uma manhã inteira para tentar se aproximar de Bruno.

Na sexta-feira, enquanto saía de casa comendo uma banana, parou no tapete de entrada, com uma ideia em mente. Voltou para dentro e, com as costas apoiadas na porta, se concentrou. Deixou os braços levemente mais fortes, o peito mais largo, o gogó proeminente. Não tanto para que todos notassem a mudança, mas o suficiente para que percebessem que estava mais bonito, sem saberem apontar exatamente o porquê. De olhos fechados, sentiu as pernas formigando ao engrossarem e passou os dedos pelos cabelos, para conferir se estavam mais sedosos.

Pensou nos atores que achava bonitos e constatou que uma harmonização facial não faria mal nenhum. Deixou a mandíbula mais quadrada e angulosa, assim como o queixo um pouco maior.

Por fim, o rosto queimou de vergonha ao se concentrar para aumentar outra parte do corpo, talvez mais do que deveria, e notar o contorno suave na bermuda do uniforme.

Otto engoliu em seco, satisfeito. Os passeios da escola sempre o animavam. Estar longe dos muros do colégio Atena o enchia de esperança. Embora Vinícius monopolizasse o amigo, Otto conseguia ver mais de Bruno do que ele sentado na carteira ou jogando na educação física. Era nos passeios que Otto tinha um vislumbre do Bruno na vida real. De como andava, se movia, do que fazia. Vez ou outra também acabavam se sentando próximos e trocando meia dúzia de palavras, o que já era muito mais do que acontecia em sala de aula.

Além do mais, era a primeira vez que estariam sozinhos desde a tarde em que fora fazer o trabalho na casa dele. E, com tudo o que vinha acontecendo, Otto não podia perder a oportunidade. Khalicy o condenaria se soubesse que ele havia aumentado até o pau, como se fosse usá-lo para alguma coisa naquela manhã. Mas, como não estavam se falando, ele se sentiu no direito de explorar o poder de outras maneiras.

Pedalou depressa para o colégio. Desde a discussão com Khalicy, vinha acordando um pouco mais cedo para evitar de saírem juntos. Não suportaria percorrer todo o trajeto ao lado dela sem que trocassem nenhuma palavra.

Praticamente correu para a sala de aula e se jogou em seu lugar. A sala encheu aos poucos. Alguns colegas o cumprimentavam com leve acenos, e Otto notou Valentina demorando o olhar em seu rosto. Enquanto vigiava a porta à espera de Bruno, ficou se perguntando se tinha exagerado nas transformações.

O sinal soou e logo o diretor apareceu, junto do professor de física, para reunir os alunos. Otto ficou angustiado. Bruno não era de faltar. Seria uma piada de mau gosto se não fosse logo naquele dia. Contrariado, se levantou e se uniu aos colegas, deixando a sala de aula para trás.

Foram levados junto aos alunos do último ano para o ônibus estacionado em frente ao colégio. Sentou em um dos bancos altos, ao lado da janela, e apoiou os cotovelos no parapeito, infeliz.

Aos poucos, os assentos foram sendo ocupandos ao seu redor, mas ninguém se sentou do seu lado. Ele se encolheu ainda mais contra a janela, olhando para o outro lado da rua, onde um cachorro latia com entusiasmo.

— Bom, antes de ir, vamos fazer a chamada rapidinho. Começando pelo segundo ano — disse o diretor, com um papel na mão.

Antes que ele começasse, no entanto, alguém bateu na janela para que o motorista abrisse a porta.

— Bom dia, diretor — disse Bruno, todo ofegante —, desculpa o atraso.

O coração de Otto deu uma guinada tão forte que até doeu. Ele se endireitou a tempo de ver o garoto parado na escada, de rosto corado.

— Que bom que você veio, Bruno. Fica tranquilo, ainda estamos fazendo a chamada — disse o diretor, apertando seu ombro.

Bruno concordou e olhou ao redor como se procurasse algo, até que seus olhares se cruzaram e ele deu um sorriso largo, vindo em sua direção. Otto se perguntou se não havia mais lugares, mas não teve tempo de conferir antes que o garoto se jogasse ao seu lado. A coxa de Bruno roçou na sua ao se sentar e o cheiro salgado de sua pele o atingiu em cheio.

O garoto se esparramou no banco, o peito subindo e descendo depressa, e girou a cabeça para olhar Otto.

— Nossa, foi por pouco — gemeu, praticamente deitado. — Quando vi a sala vazia, achei que tinha ficado pra trás.

— Você tá perdido no personagem. Quem sempre se atrasa sou eu.

Bruno riu baixinho, ainda sem fôlego. Olheiras fracas contornavam seus olhos que, agora Otto se dava conta, estavam um pouco estatelados.

— Tava maratonando uma série. Fui dormir lá pelas três e não me arrependo. Quer dizer, um pouco. Precisei tomar um monte de café, minha cabeça tá uma loucura. — As palavras se atropelavam umas nas outras.

Otto ouviu o diretor chamar seu nome e ergueu o braço, sem querer interromper aquele Bruno pilhado que ele estava adorando descobrir.

— Você vai curtir essa série pra caralho! É de super-herói, mas bem violenta e sarcástica. E tem esse personagem, o Homelander, que é muito escroto... — falava Bruno com um sorriso enorme, quando percebeu algo em Otto que o desconcertou. — Ahn... você tá meio diferente ou eu que tô vendo coisa de tanto beber café?

Suas mãos suaram frio. Otto começava a desconfiar que tivesse feito uma besteira.

— D-diferente como?

— Não sei... — Bruno o examinou. Otto sentiu o corpo pinicar sob o olhar do jogador. — Você tá parecendo uma subcelebridade.

Otto quis ficar indignado, mas foi traído por uma gargalhada.

— Quê? Por quê?

— Seu rosto! — Ao dizer isso, Bruno se inclinou para mais perto, analisando-o de olhos semicerrados. — Tá esquisito. Você fez harmonização facial de ontem pra hoje?

Outra risada escapou de sua boca, mas dessa vez soou mais nervosa que animada. A proximidade de Bruno o deixava fora de si.

— Acho que o café danificou seu cérebro. Agora você vai ver todo mundo com harmonização facial.

— Droga! Eu gosto de rostos de outros formatos além de quadrados.

Daquela vez eles riram juntos. Otto se deixou deslizar pelo banco, ficando parcialmente deitado, assim como Bruno. Sentiu o chão vibrar quando o motorista ligou o ônibus e sorriu com a comoção dos alunos, que comemoravam entre palmas, assobios e risadas. Não demorou muito para que os garotos do terceiro ano puxassem uma música e todos – incluindo Otto e Bruno –, a entoassem, empolgados.

Aproveitando a bagunça, Otto se debruçou sobre os joelhos e fez o rosto voltar ao normal, apressado. Quando se sentou de novo, o maxilar inteiro ardia, mas ele achou que era melhor que parecer uma subcelebridade e torceu para que Bruno acreditasse que fora apenas uma ilusão de ótica ou a quantidade de café correndo em seu sangue.

Para a sua sorte, Bruno estava ansioso por falar mais sobre a série nova que tinha descoberto. Narrou, empolgado, a primeira cena que parecia consistir em pessoas explodindo e sangue para todos os lados. Sinceramente, estava tão encantado por Bruno ter se lembrado dele ao assistir que nem conseguiu prestar tanta atenção assim. Era mais interessante observar *como* o garoto contava do que saber de fato o que era.

Desejou que o trajeto durasse para sempre, mas, quando deu por si, estacionavam na frente do ginásio da cidade, onde estava acontecendo a feira. O interior do veículo virou uma confusão de alunos se levantando de uma só vez e se empurrando.

Limpou as mãos suadas na bermuda, se preparando para se levantar, e acabou erguendo um pouco o tecido. A atenção de Bruno foi atraída para a sua perna. Mais precisamente para a cicatriz xadrez que fizera com Khalicy muitos anos antes.

— Credo, Otto! — provocou o garoto, com um sorriso petulante.

— O que rolou aí?

— Ei! Mais respeito pelas marcas de guerra dos outros. — Ele tocou a cicatriz com o dedo indicador, sentindo a textura irregular. — Caí de bicicleta quando era criança e ralei no asfalto.

Bruno estreitou os olhos, em agonia.

— Não deve ter sido muito agradável.

— Não foi. Você tinha que ver quando a enfermeira limpou as pedrinhas na carne viva...

Bruno se levantou em um pulo, cobrindo os ouvidos de propósito. Otto riu, abandonando seu lugar logo em seguida.

— Tá vendo? É por isso que *nunca* vou ser médico. Meu estômago até revirou agora. — Como se quisesse demonstrar isso, Bruno teve um espasmo de ânsia que fez Otto rir ainda mais. Assim que se recuperou, esticou o dedo do meio e mostrou uma cicatriz que acompanhava toda a lateral. — Eu só tenho essa aqui. Tentei matar aula pulando o muro, mas tinha a ponta de um ferro pra fora.

— É sério?

Os dois caminhavam para a saída do ônibus.

— Aham. Depois tive que explicar pros meus pais como rasguei meu dedo. Nunca mais matei aula, aprendi a lição.

Seguiram para o grupinho de alunos do segundo ano, que se aglomerava ao redor do professor de física. Otto assoviou, como se estivesse surpreso.

— E eu achando que você era o maior quebrador de regras.

Bruno sorriu sem mostrar os dentes.

— Sou mais chato do que você imagina. Não tenho cicatrizes horrorosas na perna, nem nada do tipo.

Ao falar, bateu com o ombro no dele, de leve. Otto pigarreou e os dedos foram parar ali no mesmo segundo, tentando acalmar a pele, que formigava. Enquanto se posicionava atrás de Bruno na fila meio desordenada que o professor tentava formar, teve certeza que o dia seria melhor do que previra.

Assim que conseguiu conter todo mundo, o professor os instruiu sobre o horário e o lugar de encontro para irem embora e fez todos anotarem o celular dele, caso precisassem se comunicar. Depois, esfregando as mãos uma na outra sem parar, pediu para aproveitarem tudo e prestarem atenção, pois ele pretendia colocar duas questões na prova sobre a feira.

Os alunos do segundo ano entraram no ginásio, passando pelas catracas, e se dispersaram no interior. Antes que Otto pudesse nutrir paranoias sobre a possibilidade de Bruno se juntar aos colegas de time, o garoto parou ao seu lado, olhando ao redor como se estivessem em um parque de diversões.

De certa forma, Otto se sentia em um. Ao menos não seria mais uma manhã preso em sala de aula.

Ao longo de todo o ginásio, pequenas estações com experimentos malucos reuniam grupinhos de alunos, com aparatos que pareciam saídos de filmes de ficção científica. Os alunos do colégio Atena eram como pontinhos laranja se misturando às cores dos outros colégios, deixando o salão multicolorido.

— Nossa, nem sei por onde começar. Olha aquele! — disse Bruno, e deu uma cotovelada leve em sua costela, apontando para a frente com o queixo.

Otto acompanhou o olhar de Bruno com entusiasmo e, bem no centro da feira, deparou com uma espécie de microfone gigante de metal onde as pessoas tocavam para ficarem com os cabelos inteiros arrepiados para cima, feito porcos-espinhos. Era uma pena que a fila para ficar parecendo a Poppy, de *Trolls*, fosse tão imensa e que as pessoas demorassem tanto para tirarem *selfies* com os cabelos em pé.

— Acho que nem a fila da estreia de *Vingadores: ultimato* era tão grande.

— Você tem que entender que ficar com o cabelo arrepiado é bem mais legal do que qualquer herói da Marvel.

Os dois se entreolharam e riram. Então, sem dizer uma palavra, começaram a andar despreocupadamente para a extremidade direita do ginásio, onde estavam os experimentos menos interessantes.

Bruno andava olhando por cima do ombro para todas as direções e, vez ou outra, perdia a noção de espaço e trombava de leve em Otto. Cada vez que se colidiam, um novo calafrio descia por sua coluna, deixando todos os pelos em pé sem que ele precisasse participar de experimento algum.

— É muito bizarro ver o ginásio assim — falou o garoto, por fim. — Nem parece o mesmo lugar.

— Ah, é! Você já jogou aqui, né?

— Várias vezes. — Bruno sorriu, parecendo satisfeito com a pergunta de Otto. — Todo final de campeonato é aqui. São os jogos que mais lotam. Você já veio ver?

— Huuum... — Otto resmungou palavras ininteligíveis, apertando o passo para alcançar o primeiro experimento.

Bruno correu atrás dele. O garoto ria, atônito, quando o alcançou.

— Meu Deus, você nunca veio?! Você nunca deu apoio pra sua escola?

Os dois estavam parados em frente a um banco largo de dois lugares, com assento feito de pregos. Otto tinha lá suas dúvidas sobre se sentar, parecia bem pontiagudo e doloroso.

— Foi mal. Esportes nunca foram a minha praia.

— Caramba, Otto! Tô decepcionado. É muito maneiro. Tem vendedores ambulantes, torcida... depois sempre rola um *after*. Dou o meu sangue e meus colegas de turma nem estão lá pra ver... — Bruno estalou a língua no céu da boca. *Tsc, tsc, tsc.* Otto não conseguia parar de sorrir. — Não, a gente precisa resolver isso. No próximo você vai.

— Nãooo! O que fiz pra merecer ver um monte de garotos correndo atrás de uma bola?

Bruno gargalhou, com a cabeça ligeiramente tombada para trás. Mas não teve tempo de devolver a provocação antes que uma mulher se aproximasse deles, segurando uma bexiga e sorrindo de um jeito animado demais.

— Vocês vieram ver o experimento?

Eles assentiram, um pouco tímidos, e a ouviram explicar como o banco funcionava, com um texto decorado e sem emoção. Assim que terminou de falar, a mulher apertou a bexiga contra o banco.

Otto precisava confessar que era bem empolgante de ver. Mas foi Bruno quem tomou a iniciativa e, depois de passar a mão pela superfície pontiaguda, se sentou em câmera lenta.

— E aí? — Otto perguntou, ainda em pé. — Furou a bunda?

Assim que viu a expressão impagável do outro garoto, Otto quis morrer. Se ele pensasse um pouquinho antes de falar, um segundo que fosse...

— Minha bunda tá ok. Você não vai sentar?

Otto se adiantou para o assento do lado. No entanto, acabou errando o cálculo da distância e, quando foi apoiar a mão, já sentado, cobriu a de Bruno com a sua.

Durou menos que um segundo.

Sentiu a pele macia e quente em contato com sua palma e todo o sangue se moveu para aquele exato ponto de contato. O resto do corpo parecia todo em câimbra. Em câmera lenta, acompanhou o olhar de Bruno ir primeiro para o seu rosto e logo em seguida para as mãos. Otto estava dividido entre morrer de vergonha e se deleitar com o breve instante.

Então, assim que o momento se quebrou e ele se deu conta do que estava fazendo, pigarreou, deslizando-a para longe mais que depressa e fugindo do contato visual.

Pensou em outro cenário, com ele transformado em Olga, e em como aquele gesto inocente poderia se desenrolar em inúmeros desfechos diferentes. Precisava colocar em prática quando tivesse a oportunidade.

Permaneceram em silêncio pelo que pareceu uma eternidade. Otto ponderou se levantar e sair correndo, mas as pernas não obedeceriam mesmo se ele quisesse. Ouviu Bruno pigarrear também para se levantar em seguida, batendo com as mãos na bermuda do uniforme.

— V-vamos pro próximo? — perguntou, todo sem jeito.

Otto se levantou em um pulo e o seguiu para a cabine de espelhos, logo adiante.

Esperaram quietos na fila, mas qualquer resquício de constrangimento ficou para trás quando toparam com o primeiro espelho, que os deixava esticados como gravetos. Bruno caiu na gargalhada e Otto riu mais dele do que da imagem.

Quando saíram da cabine, minutos depois, Otto já nem se lembrava mais do pânico que sentiu ao pegar na mão de Bruno. Para ser honesto, não se lembrava de mais nada. Qualquer outro assunto não resolvido não passava de um ruído bem ao fundo, para o qual ele se recusava a dar atenção, quando um garoto com nariz arrebitado e pintinhas de flocos dava um de seus sorrisos travessos diante de um novo experimento.

Mesmo dias depois, enquanto encarava a prova de física e tudo o que conseguia lembrar era de um Bruno muito empolgado com os cabelos arrepiados, não se arrependeu nem um pouquinho.

Confraternizando com o inimigo

O vento gelado despenteou os cabelos de Otto e ouriçou os pelos de seu braço quando ele saiu de casa com a mochila nas costas, ajeitando a alça no ombro sem parar. Enfiou a cabeça para dentro e se despediu uma última vez da mãe e de Anderson, antes de fechar a porta com o estômago se revirando.

Não estava pronto para encarar Khalicy, mas não tinha escolha. Precisava da amiga. Não importava que estivessem havia quase um mês sem se olhar direito, trocando cumprimentos constrangidos quando a mãe de um deles estava por perto. Tampouco que ele sentisse gosto de bile sempre que a visse com Vinícius nos intervalos, ainda que, na maioria das vezes, estivessem com as cabeças enfiadas em livros. Ela continuava sendo sua melhor amiga, e melhores amigos serviam para ajudar, mesmo quando o que mais queriam era estrangular um ao outro. E ele queria muito estrangular Khalicy.

Esfregou os braços enquanto andava pelo quintal cheio de folhas e saía pelo portão. Abril chegou ao fim e levou os dias quentes com ele. Em um dia, Otto tinha dois ventiladores apontados para a cama na hora de dormir e, no seguinte, vasculhava o armário em busca de um edredom com cheiro de roupa guardada por muito tempo.

Parou em frente à casa da amiga e sentiu tanta saudade que quis berrar. Quando pisara ali pela última vez? Durante toda a vida, aquele lugar foi como sua segunda casa. Nos últimos anos, não se lembrava de ter passado um único dia sem dar um pulinho lá, nem que fosse apenas para buscar Khalicy, ainda vestindo os pijamas, e voltar para o quarto seguido por ela.

Quando deram o primeiro beijo, ele entendeu as coisas ficarem estranhas. Ultrapassaram uma linha tênue, misturado tudo, os sentimentos se confundiram. Dava para justificar. Mas agora? Ele não a perdoaria por ficar do lado do seu maior inimigo, o cara que falava várias merdas sobre ela. Pelo amor de Deus, de tudo que poderia causar atritos entre eles, Otto não conseguia admitir que fosse logo aquilo.

Até mesmo as pessoas ao redor perceberam que as coisas não andavam bem entre eles. A primeira a perguntar foi Joana. Avisou que ia dormir na casa de Anderson e ficou chocada quando ele se recusou a chamar Khalicy ou dormir na casa dela. Depois de negociarem muito, ela concordou em deixá-lo sozinho, mas ligou de uma em uma hora para ver se estava vivo.

A partir de então, Joana vinha tentando arrancar alguma informação dele, sem deixar passar um único dia. Tinha até tentado usar Anderson para aquilo, além de apelar para Viviane, o que só alimentou ainda mais sua curiosidade, ao descobrir que a vizinha também não fazia ideia do que acontecera.

Bruno foi o segundo a perguntar. Tocou no assunto durante um trabalho em dupla de química, parecendo um pouco tímido. Otto desconversou descaradamente, puxando uma conversa qualquer sobre a série de heróis que o outro garoto havia indicado. Funcionou por um tempo, mas, assim que Otto baixou a guarda, Bruno trouxe Khalicy à tona de novo, sem se dar por vencido.

— É por causa do Vinícius? — perguntou em um fio de voz, batendo a ponta da lapiseira no caderno.

Otto o encarou, perplexo.

— P-por que a pergunta?

Tentou soar despreocupado, mas Bruno deu de ombros.

— A gente não tem se falado direito, você sabe. Reparei que eles andam passando os intervalos juntos, estudando... sei lá, eu teria ficado puto.

Com um suspiro, Otto arrancou os óculos do rosto, incomodado com as plaquetas apertando o nariz.

— É. Vamos dizer que não dei pulinhos de alegria. Tô com dificuldade de aceitar. — *Parece que o Vinícius está sempre afastando de mim as pessoas que gosto*, quis completar.

— Sinto muito. E-eu sei que brinquei que ia dizer pro Vinícius grudar na Khalicy, mas eu juro que não...

— Eu sei — interrompeu Otto, começando a ficar irritado com aquela conversa. — Não importa. — *Ele sempre consegue o que quer.*

Comprimiu os lábios com força, temendo soltar alguma resposta ácida. Não seria justo descontar as frustrações em Bruno. Até onde Otto sabia, ele era um dos poucos que entendia pelo que estava passando.

Então, como se lesse seus pensamentos, Bruno apoiou a bochecha em uma das mãos, olhando para Otto com a sombra de um sorriso surgindo.

— Parece que nós dois perdemos nossos melhores amigos, hein?

Otto deu uma risadinha, encarando as cadeias carbônicas que precisavam classificar.

— E você achando que a Khalicy não era babaca.

O sorriso de Bruno se entortou.

— Quem sabe a gente não precisa escolher melhor os próximos?

— Sabe de alguém precisando de um melhor amigo? — perguntou, de brincadeira, retribuindo o sorriso de Bruno.

— Você não vai acreditar, mas eu tô com uma vaga sobrando desde dezembro.

A risada baixa dos dois se misturou. A professora deu uma olhadinha na direção deles, procurando de onde viera.

— Mesmo? Quais os requisitos?

— Hum... não ser um cuzão. Gostar de heróis e... deixa eu ver... usar um óculos vermelho maneiro?

Otto abriu a boca para responder quando Bruno umedeceu os lábios, distraído. Então só conseguiu pensar em como queria que os requisitos fossem para ocupar outra vaga muito diferente de amizade. Porque, como amigo, ele jamais poderia deslizar sua própria língua pelos lábios do outro garoto.

Seu rosto pegou fogo. Sentiu o coração na garganta, pulsando com tanta força que temia que Bruno conseguisse notar. Com um pigarro, apontou a lapiseira para a atividade, evitando o olhar do outro garoto.

— A professora tá olhando feio pra cá. Melhor a gente continuar.

Bruno concordou, com o sorriso endurecendo. Ao menos não falariam mais sobre amizades interrompidas e não levariam uma bronca. Se as coisas continuassem daquele jeito sempre que fizessem trabalho juntos, talvez acabassem passando de ano no segundo trimestre, assim como Khalicy.

Para a infelicidade de Otto, Bruno não foi o último a perguntar. Até mesmo Leonel, o segurança que ficava no portão da escola e que sempre via Khalicy e Otto chegando juntos, queria saber por que estavam indo sozinhos nas últimas semanas. Otto amassou a embalagem do Toddynho que tomava e espirrou achocolatado por toda a camisa do uniforme. Felizmente, foi salvo pelo sinal, a desculpa perfeita para sair correndo dali.

Então, depois de semanas fingindo que ela não existia, estava parado em frente ao portão descascado, hesitando. Não sabia o que diria, nem como diria. Muito menos se era bem-vindo. E se Khalicy o tocasse de casa? Ou, pior ainda, ele a encontrasse vendo televisão com Vinícius? Quem sabe, talvez, coisas muito piores?

Balançou a cabeça com força para afastar as imagens. Antes que a coragem o abandonasse, tomou impulso e correu para a frente, agarrando-se no topo do portão e passando uma das pernas por cima dele, desajeitadamente. Não foi como nos filmes, com movimentos precisos e confiantes. Otto nunca tinha pulado um portão na vida e suas coxas tremiam mais do que ele gostaria de admitir. Sem contar que estava quase certo de que a vizinha da frente, Dona Amélia, espiava pelas frestas da persiana.

Sabia que a vizinha fofoqueira acabaria contando para a mãe de Khalicy, e possivelmente para a sua também, mas não se importou. Contanto que tia Viviane não o visse, ele não ligava para o resto. Endireitou-se, tomando cuidado para não rasgar o dedo como Bruno, e saltou para dentro, caindo com um baque seco no chão. A mochila ricocheteou em suas costas, e Otto estreitou os olhos, com dor.

Agachado, adiantou-se pelo quintal, evitando a janela que dava para a sala. Os ruídos da televisão o alcançaram enquanto contornava a casa em direção ao quarto da amiga.

Conforme se aproximava, a música vinda de dentro ficava mais e mais alta. O coração ficou pequenininho quando começou a tocar Broken Boys. Era fácil ignorar o vazio que Khalicy deixava quando fingia que ela não existia. Mas ali, tão próximo de penetrar em seu mundinho, a dor da saudade o asfixiava.

Encontrou a janela aberta e enfiou a mão para dentro, afastando a cortina. Khalicy estava no computador, cantarolando enquanto fuçava no Twitter. Otto sorriu de prazer ao constatar que era o perfil dele que a amiga olhava, reconheceu a foto.

Sem que conseguisse anunciar sua chegada, a garota sentiu sua presença e pulou na cadeira, alarmada. Otto viu a expressão horrorizada dominar seu rosto antes que ela compreendesse o que estava acontecendo. Então, o susto deu lugar a frieza. O olhar dela o lembrou de sua mãe, era o mesmo de quando ficava decepcionada com Otto. Como quando pediu três vezes que ele lavasse a louça e, de noite, depois de ignorar todas, encontraram uma barata andando na pilha. Otto estremecia só de lembrar daquele olhar.

— Otto?! O que você tá fazendo aq... — Ela olhou dele para a cortina remexida. — Espera. Você pulou a janela?

— A tia não podia me ver.
— Não?! Por quê?

Então, ao lembrar do que fazia antes de sua chegada, Khalicy tateou a mesinha do computador até encontrar o mouse e fechar a página.

— Depois eu explico. Preciso de você.
— De *mim*?

Pelo visto, Khalicy só sabia se comunicar em forma de perguntas.

— É que você é muito boa em... s-ser uma garota — disse, deslizando a alça da mochila do ombro.

Ela estreitou os olhos, ultrajada que ele estivesse ali depois de tanto tempo para pedir um favor. Ergueu o nariz e cruzou os braços. O combo de *quero-te-matar-lentamente* estava completo.

— Ah, sim. Você lembra que tem amiga só quando precisa dela. Bem típico.

Otto se adiantou até a cama e se sentou, colocando a mochila ao lado do corpo. Soprou o cabelo da testa e a encarou, com impaciência.

— Olha, eu continuo com ódio de você. Nada mudou aqui, tá? Mas hoje vai começar a Festa das Nações, vou poder passar o dia com o Bruno. Então será que dá pra você parar de ser insuportável e me ajudar? Ou você só tem tempo de confraternizar com o inimigo?

Os dois trocaram um olhar tenso. Khalicy fez uma careta de quem ponderava o pedido e se remexeu no lugar desconfortavelmente. Depois do que pareceu uma eternidade, bufou, assentindo.

— Tudo bem. Eu nem tenho muita escolha mesmo. E pelo menos o inimigo tem mais gratidão aos meus esforços para ajudar.

— Eu juro por Deus — disse Otto, com o dedo em riste —, se você falar dele uma única vez hoje, vou cometer um assassinato.

Ela ergueu uma sobrancelha, se levantando da cadeira do computador.

— Sabe, Otto, pra alguém que precisa de um favor, você tá muito rabugento.

Ele se levantou logo em seguida, de frente para ela.

— E pra alguém que se diz a minha melhor amiga, você tem sido bem escrota.

A garota bateu com as mãos nas coxas, revirando os olhos como se dissesse um sonoro *eu desisto*. Não houve abraços, lágrimas, tampouco juramentos trocados sobre nunca mais se afastarem, como Otto fantasiara durante toda a madrugada. Ele queria, com todas as suas forças, que as coisas voltassem ao normal. Mas não admitiria para ela nem que dependesse disso para viver. O orgulho o feria como criptonita sempre que imagens dela e de Vinícius juntos no intervalo invadiam sua mente.

Sem dizer nada, ela se aproximou e abriu o zíper da mochila dele, arrancando o conteúdo de dentro. A primeira coisa a tirar foi o estojo de lentes, seguido pela solução de limpeza. Depois, com uma expressão curiosa, revelou algumas peças de roupas de Joana, assim como dois pares de sandálias de salto, que despejou sobre a cama com cautela.

— Sua mãe sabe disso? — perguntou, examinando tudo atentamente.

Otto arregalou os olhos, perplexo.

— Khalicy, não sei se você notou, mas eu não costumo usar vestidos de oncinha e salto alto. Então, não, ela não faz ideia.

Ela concordou, com um sorrisinho nos lábios. Pegou o vestido em questão e o estendeu em frente ao corpo, como se visualizasse algo invisível aos olhos dele. Depois, olhou para o salto com uma expressão divertida.

— Você é um péssimo *stylist*, sabia?

Ele quis fazer pouco caso, mas a curiosidade falou mais alto.

— Por quê?

— Primeiro que a feira vai ser na praça da prefeitura e o chão é de paralelepípedo. Vai prender em tudo. E você disse que quer passar a tarde toda lá e nunca andou de salto antes. Não tem como dar certo.

— Não deve ser tão difícil. — Otto deu de ombros, sem querer dar o braço a torcer.

— Aham. — Khalicy estendeu a sandália para ele. — Então prova, quero ver você andar.

Otto fez cara de impaciente e voltou a sentar na cama. Teve de encolher os pés para que coubessem no sapato trinta e sete da mãe. Encaixou-os com cuidado e, firmando-se no guarda-roupa, se levantou com dificuldade.

Ficar na ponta dos pés incomodava, mas não parecia ser tão ruim quanto Khalicy alegava. Arriscou o primeiro passo e, enquanto lutava para equilibrar o peso do corpo em uma só perna, teve a mesma sensação de quando arrancou as rodinhas da bicicleta. Tudo tremia e ele balançava sem parar. Com muito custo, conseguiu tocar o pé no chão antes que despencasse.

— Lindo. Parece uma garça maluca. — Khalicy tinha um sorriso vitorioso.

Ele não conseguiu segurar a risada. Voltou a sentar e arrancou as sandálias.

— E agora?

— Eu te empresto alguma coisa. Mesmo se você conseguisse andar, não ia aguentar muito tempo. O pé dói.

Otto concordou, brincando com a barra de uma saia de bolinhas.

— E o resto, dá pra aproveitar alguma coisa?

— Sim — respondeu, arrancando um suspiro de alívio de Otto. — Se você tivesse quarenta anos. Não vejo uma adolescente usando um vestido de oncinha assim, todo sexy. Ainda mais pra um passeio de boa.

Ele choramingou, desanimado. Ainda bem que resolveu pedir a ajuda dela. Não queria que Olga tivesse pinta de esquisita. Pelo contrário, queria que as coisas fluíssem com naturalidade, sem nenhuma interferência como roupas impróprias para ocasião ou sapatos difíceis de caminhar.

— Será que volto lá e tento afanar mais roupas?

Khalicy revirava as peças, com as sobrancelhas unidas, concentrada. Seu olhar vagou para a camiseta de Otto, branca e com o símbolo do Batman na altura do peito.

— Essa camiseta é legal. É de uma coisa que vocês têm em comum... vou te emprestar um top pra não ficar tão transparente.

Ela se levantou e abriu a porta do guarda-roupa onde ficavam os sapatos. De lá, tirou um par de mules que Otto sempre a perturbava dizendo que pareciam os sapatos de sua avó.

Depois puxou a saia de bolinhas da cama e parou em frente a ele, fazendo um sinal de *vem cá* com a mão. Ele obedeceu, mudo.

Khalicy jogou os sapatos no chão e esticou a saia em frente ao corpo dele. Otto olhou para baixo, estranhando se ver de saia, mas confiou na amiga.

— Ah, faltou uma coisa. Vai se vestindo enquanto isso.

Ele correu para a suíte e puxou a calça jeans, ficando apenas de cueca. Aproveitou para terminar de se transformar, e logo o corpo de Olga o recebeu como uma velha amiga. Ele começava se acostumar com as diferenças. Deslizou a saia da mãe para cima, envergonhado por vestir as roupas dela. E, ainda por cima, roupas que ele *pegara emprestado* sem ela saber. Era um péssimo filho.

Ao sair do banheiro, deparou com Khalicy, que o esperava na porta, segurando um casaquinho amarelo mostarda para a frente.

— Vai esfriar à noite.

— Isso aqui não parece muito quente... — disse ele, alisando a manga.

— Eu sei. Mas daí você pode pedir a blusa do Bruno emprestada, casualmente. Se for sem nada vai dar muito na cara.

Ele entreabriu a boca, surpreso, mas se divertindo.

— Desde quando você sabe dessas coisas?

Khalicy apenas deu de ombros, com um sorriso tímido.

— Você tá bem bonito-*ta*. — falou, meio sem jeito. — Posso ajeitar seu cabelo também, e te maquiar um pouco. Se você quiser, claro.

— Você faria isso?

— Fazer o quê? Mesmo você sendo o *pior* amigo, não consigo te deixar na mão.

— Pior amigo? — Ele sorriu com travessura. — Falou a garota que confraterniza com o inimigo.

Khalicy riu, batendo nele de leve, e o guiou até a cadeira do computador.

Foi esquisito sentir as diferentes texturas em seu rosto. O pincel fazia cosquinha na pele, e a maioria das coisas que a amiga passava nele eram geladas e tinham cheiros engraçados.

Não demorou tanto quanto ele imaginara. No fim, as bochechas estavam mais coradas, os olhos pintados com um traço delicado de preto e, nos lábios, uma coisa grudenta e transparente fazia parecer que Otto havia acabado de comer frango frito.

Depois da maquiagem, ela puxou seus cabelos para trás e os escovou com paciência. Como no churrasco na casa de Bruno, foi bem relaxante sentir os dedos hábeis da amiga fazendo a mágica. Ela fez duas tranças, uma de cada lado do rosto, que começavam na têmpora e acabavam na nuca.

Ao se ver pronto no espelho, Otto sorriu. Quem dera ele fosse fabuloso assim em sua forma real. Olga era tão estilosa e bonita que parecia uma modelo. Além do mais, a amiga tinha feito um ótimo trabalho. A garota de cabelos e olhos verdes que o encarava de volta não se parecia com a mesma da cobertura dos Neves ou da papelaria.

— Uau! — falou por fim, apalpando os próprios braços como se quisesse se certificar de que era verdade.

Mesmo após tantas transformações, Otto ainda não acreditava no que conseguia fazer. Se a amiga não estivesse ali em momentos como este, ele se convenceria de que tinha enlouquecido.

— Nada mal, né?

— Ficou ótimo — respondeu, virando-se para ficar de frente para ela. — Você me transformou numa blogueira.

Eles riram e, por alguns segundos, tudo foi como antes. No entanto, conforme as risadas morriam e davam lugar a um silêncio incomodo, Otto se deu conta de que, embora parecesse tudo igual, eles haviam passado um mês sem se falar e ainda havia bastante orgulho ferido ali. Receava que demorariam a recuperar a naturalidade.

— Preciso ir. Posso deixar a mochila aqui? Depois passo pra pegar.

— Pode. Eu deixo num cantinho.

— Valeu. E... valeu pela ajuda. Acho que vou indo.

Eles trocaram acenos de cabeça engessados e Otto se arrastou até a janela. Parte grande dele queria convidá-la para ir junto. Queria convencê-la, arrastá-la pelo braço e não permitir que ficasse longe dele nem por mais um dia.

Mas temeu que fosse forçar a barra. Uma coisa era aparecer ali sem ser convidado e ficar tempo o suficiente para se arrumar. Outra bem diferente era exigir que ela passasse o dia todo em sua companhia, quando devia ter coisas mais interessantes para fazer. Como *stalkear* suas redes sociais.

Apoiou as mãos no parapeito, pronto para pular para fora, quando ela pigarreou.

— Espera.

Otto voltou a se virar, com o coração acelerado. Khalicy o olhou com intensidade e, sem dizer nada, foi até o guarda-roupa e tirou uma bolsinha de lá, que o entregou.

— Pra você não carregar suas coisas na mão o dia todo.

Ele assentiu, um pouco decepcionado. Abriu o zíper e jogou tudo para dentro, com um nó na garganta. Então, quando ergueu o rosto, deparou com Khalicy mordiscando a pontinha do polegar.

— Você... hum... vai como?

— Minha mãe me deu dinheiro pra chamar um Uber.

— Se você esperar, me arrumo rapidinho e peço pra minha mãe levar a gente. — Ela mudou o peso do corpo de uma perna para outra.

— Mas daí acho melhor você entrar pela porta da frente, vai ser estranho aparecer do nada.

O sorriso estava lá antes mesmo que ele se desse conta. Otto se adiantou até a amiga e a envolveu em um abraço desajeitado, inspirando profundamente os seus cabelos.

— Ainda bem que você tem atitude — admitiu, entrelaçado a ela.

— Eu tava morrendo de vontade de te chamar, mas não sabia como.

Khalicy riu, empurrando-o delicadamente pelos ombros para conseguir lançar um de seus olhares debochados em sua direção.

— Você invadiu meu quarto pra me obrigar a te ajudar e não sabia como me convidar pra um passeio?

Ele fez pouco caso.

— Pelo visto tenho levado jeito para uma vida de crime.

Ela revirou os olhos, já parada em frente ao guarda-roupa para escolher o que usaria.

★★★

Como Viviane tinha caído no sono no sofá, Otto não precisou pular o portão de novo e tocar a campainha, como se tivesse acabado de chegar. Em vez disso, foi apresentado por uma Khalicy meio desajeitada, que não parava de confundir os pronomes e arrancar sorrisinhos cúmplices de Otto.

Quando já estavam no carro, tia Viviane ligou o motor e olhou para o quintal da casa ao lado com uma expressão pesarosa.

— E o Otto?

O olhar da amiga o encontrou pelo retrovisor com uma piscadela.

— Não sei. Se for, vai sozinho. Não combinamos nada — respondeu a amiga, num tom rabugento.

Tia Viviane suspirou alto, balançando a cabeça em desaprovação.

— Ai, ai, Khalicy... não queria me meter, mas já passou da hora de vocês conversarem e tentarem se acertar. Se continuarem com essa palhaçada, vou ser obrigada a ter uma conversa séria com a Joana. Onde já se viu isso?

Otto se debruçou na janela, fingindo não prestar atenção. Se já era ruim presenciar a amiga levando bronca de modo geral, ficava dez vezes pior quando o assunto era ele e os dois ainda não estavam totalmente à vontade um com o outro.

— Mãe, de novo? — Khalicy o encarou de esguelha, com as bochechas rosadas.

— Tô falando sério! Amigo de verdade dá pra contar nos dedos, filha. E vocês dois vão ser amigos pro resto da vida, escreve o que tô dizendo. Vão ver os filhos um do outro crescerem, e mesmo com a rotina, sempre que se encontrarem vai continuar sendo tudo igual. — Ela apoiou o braço na janela, roçando o polegar no lábio inferior enquanto observava o trânsito. — Eu sou assim com a Valesca. A gente estudou juntas um ano, mas nunca mais nos desgrudamos. E você pensa que não brigamos? É normal brigar. As pessoas são diferentes. Imagina se a gente parasse de conversar cada vez que nos desentendemos?

Viviane continuou com o sermão, sem parecer lembrar que tinha uma terceira pessoa no carro. Khalicy se encolheu tanto no banco que acabaria sentada no chão se deslizasse um pouco mais.

Apesar do constrangimento, Otto sentiu vontade de rir e precisou apertar os lábios com força para não deixar escapar uma gargalhada que fosse. Nas semanas anteriores, tivera que fugir das perguntas preocupadas de Joana dezenas de vezes sem nem imaginar que Khalicy também passava pelo mesmo. E, por mais que ter a mãe insistindo em resolver algo que era apenas da conta deles o irritasse, ele só então se deu conta de como também era incrível que tanta gente notasse a briga e tentasse intervir.

Ele e Khalicy eram tão grudados que todos reparavam quando as coisas não iam bem. Aquele tipo de amizade não devia ser fácil de encontrar para que Joana e Viviane estivessem tão preocupadas.

O trajeto passou em um piscar de olhos. Otto nem teve tempo para ficar nervoso. Por alguns minutos, nem sequer lembrou aonde iam. Não tinha percebido a saudade que sentia de tia Viviane e de sua maneira robusta de demonstrar o amor. Sentia saudade de almoçar a comida maravilhosa dela, e de sentar ao seu lado na sala, de madrugada, para assistirem juntos a algum filme de qualidade duvidosa.

O carro perdeu velocidade até parar com um sacolejo. Otto desprendeu o cinto, com o olhar colado na praça da prefeitura, do outro lado da avenida, e sentiu um espasmo de ansiedade.

Antes de descer, agradeceu a carona e se despediu, sentido pela resposta formal de tia Viviane. Otto alimentava uma pequena esperança de que as pessoas mais próximas sentiriam sua presença em algum grau, não importava qual fosse a carcaça. Mesmo que elas não fossem de fato pensar na possibilidade de ser ele, Otto gostava de acreditar que talvez achassem a *vibe* parecida, mas chegara a conclusão de que não tinha uma personalidade tão marcante. Nem mesmo para a mãe e para Anderson.

— Que mico! — gemeu Khalicy, ao lado dele, assim que o carro de tia Viviane se afastou.

— Achei fofo. Pelo menos alguém naquela casa se importa comigo. Ela riu, batendo com o quadril no dele de leve.

— Isso porque ela não convive tanto com você pra saber como é chato. Eu devia ser canonizada por aguentar Otto Oliveira.

Atravessaram a avenida lado a lado, andando perto o bastante para que a barra do vestido dela ondulasse em sua perna vez ou outra.

— Minha mãe pergunta quase todo dia. E o Anderson. O Leonel também. Até o Bruno!

— O Vinícius também. Quis saber se era culpa dele.

Otto lançou um olhar cortante para ela, mas Khalicy fez questão de evitar, encarando qualquer coisa que aparecesse pela frente.

— Você disse que sim, né?

— Disse. — Ela encolheu os ombros. — Ele ficou se sentindo culpado. Vira e mexe insiste que eu não preciso ajudar e...

Tinham acabado de pisar na calçada de paralelepípedos quando Otto esticou a mão e a segurou pelo antebraço delicadamente, para que parasse de andar.

Ela levou menos de um segundo para entender o que tinha acabado de fazer. Sua expressão foi tomada por culpa, mas Otto não a deu oportunidade de se desculpar.

— Tem mais alguma coisa que você queira me contar sobre ele? Tipo, sei lá, a cueca que ele tá usando? Ou a sobremesa favorita dele?

Ele enrugou a testa, irritado.

— Foi mal! Desculpa. Eu não queria...

— Eu juro que eu tô tentando não pensar. Porque te amo, tô morrendo de saudade, e tudo que mais quero é passar um dia de boa com você. Mas, porra, Khalicy!

— Eu sei. Fui otária. Pode falar.

— Só... não fala dele hoje. Vamos fingir que ele nem existe. *Por favor.* — A última parte soou como um choramingo.

Khalicy segurou sua mão, apertando-a de leve. Não foi preciso dizer mais nada. Ele ainda não sabia muito bem como lidariam com aquele assunto, mas deixaria para mais tarde. Não tinha mentido – queria mesmo curtir a amiga. A tarde tinha tudo para ser perfeita como no dia do churrasco.

Embora fosse cedo, havia uma boa quantidade de pessoas circulando. Otto estava feliz de ter pedido a ajuda da amiga para se arrumar quando viu mulheres maquiadas e homens de camisa social desabotoada. Ele pressentia que, dali a algumas horas, mal fosse conseguir andar por entre os corredores sem morrer asfixiado no meio de tanta gente.

Caminharam de mãos dadas para o evento. Otto não conseguia conter a empolgação. A cidade em que moravam era pequena e quase nunca havia muito o que fazer. Depois do shopping, a segunda maior atração era a praça que juntava as duas avenidas principais e para onde todos corriam nos finais de semana.

Era por isso que Otto sabia que a cidade inteira estaria ali ao longo do dia. Quando aparecia coisa nova, todos queriam aproveitar. Afinal, não dava para saber quando teriam aquela sorte outra vez.

As barracas brancas tinham sido organizadas em círculos concêntricos ao redor de um palco montado bem no meio da praça, formando pequenos corredores, por onde as pessoas se amontoavam, andando sem nenhuma pressa.

Três círculos eram voltados para a gastronomia. No primeiro, tendas vendiam cocadas, crepes, pipocas doces, churros e todo tipo de comida de parque. O perfume de coco despertou o estômago de Otto, que aproveitou para comprar uma maçã do amor para cada. Eles bateram uma na outra, de brincadeira, como se brindassem. Khalicy foi a primeira a morder, pintando os lábios de vermelho. Otto a imitou, gemendo baixinho de prazer.

Logo depois, vinham as atrações principais da feira. As tendas eram cinco vezes maiores do que as primeiras, com tetos de lona cobrindo mesinhas e cadeiras de plástico e aromas deliciosos e diferentes que chegavam até eles de todas as direções. Cheiro de churrasco, de peixes preparados na brasa, massas feitas em forno a lenha, feijoadas em caldeirões fumegantes. Promotores de vendas vestidos com roupas típicas de cada país chamavam para mais perto, segurando cardápios e falando de preços. Otto e Khalicy desviaram o olhar para que não fossem fisgados por nenhum deles.

Nos últimos dois corredores, barraquinhas de artesanato expunham os mais diversos tipos de produto. Decorações, tapetes, móveis de madeira, bijuterias, brinquedos, e tantas outras coisas que Otto nem conseguia identificar. Khalicy comentou que queria voltar ali com calma, para escolher uma bolsa de palha redonda que vinha namorando, enquanto seguiam o fluxo para fora do último corredor.

Ao lado esquerdo da feira, uma estufa imensa atraía uma pequena multidão.

— Três suculentas por dez reais, cara! — Duas garotas passaram por eles, carregando bandejas com muito mais de três vasinhos. — Tá de graça!

— Depois quero uma muda dessa daí, hein... — disse a outra garota, apontando para um cacto cheio de espinhos pequenos.

Eles se entreolharam, sorrindo. Alguns vasos grandes estavam posicionados já na entrada da estufa, atraindo a atenção de quem entrava. Bastou dar uma olhadela para dentro para descobrir que o público daquela parte específica da feira era quase todo formado por senhorinhas extasiadas com a variedade de plantas e os preços.

Ao lado da estufa ficava a última atração da feira: um parque pequeno, repleto de brinquedos de ar. Otto não soube se olhava primeiro para as crianças no escorregador, que desciam rolando às gargalhadas, ou para o pula-pula, onde um garotinho corria por todo o perímetro, fazendo o cabelo de tigela voar.

Ficaram ali um momento antes de darem meia-volta para o caminho de que tinham vindo. Desde que haviam chegado, a feira enchera consideravelmente.

— Precisa ter feira todo ano — disse Khalicy, com ar de sonhadora. — Isso aqui tá demais!

— Tô surpreso, não achei que ia ser tão grande e bem organizada. — Otto mordeu o último pedaço da maçã e jogou o palito em uma lixeira. — Minha mãe e o Anderson vão curtir.

Ela o olhou, interessada.

— Eles vêm hoje?

— Acho que segunda à noite. Não gostam de muita muvuca.

— Vou chamar a minha mãe pra vir domingo. Se você quiser também, tá convidado. — Ela hesitou e então completou: — Como Otto.

Ele riu, cutucando-a na cintura.

— Eu topo! Mas só porque ela tá ameaçando chamar minha mãe pra conversar. E não podemos deixar isso acontecer.

— Sei. Só por isso.

Khalicy o olhou, de sobrancelhas arqueadas, e Otto respondeu com uma piscadela. Seguiram o fluxo até o miolo da feira, onde ficavam as barracas de comida.

Havia uma pequena aglomeração em frente à barraca portuguesa, e os promotores faziam o possível para dar conta de todos. Conforme se aproximavam, Otto sentia que estava prestes a vomitar. Era sempre assustador estar no corpo de Olga, onde tudo podia acontecer.

Contornaram os promotores e foram direto para o balcão. Nem foi preciso procurar muito para avistarem Bruno usando a camiseta verde e o boné vermelho do uniforme. Infelizmente, Otto mal conseguiu apreciar como ele estava gostoso com as cores da bandeira portuguesa, pois seu olhar foi atraído para o garoto loiro de cabelos cacheados parado logo ao lado.

Khalicy, que tinha visto primeiro, examinava Otto pelo canto dos olhos, apreensiva.

— Mas que cu, viu? Não tenho um segundo de paz! É pedir demais não ter que ver nem ouvir sobre esse garoto por um único dia? — choramingou, com o rosto escondido entre as mãos.

— Calma, não faz isso. Vai estragar a maquiagem. — A amiga o segurou pelos pulsos, afastando as mãos até revelar seu rosto outra vez. — É uma merda, mas pelo menos ele não tem nada contra a Olga. Não vai interferir no seu dia.

— Vai, sim! — respondeu, emburrado. — A cara feia dele me dá dor de barriga. E só de ouvir a voz fico com ânsia. Vai interferir pra caralho! Fora que... sei lá, achei que eles estivessem meio brigados. Não era pra ele estar aqui.

Otto chutou pedrinhas no chão, se sentindo impotente.

— Eu tiro ele de perto pra vocês conseguirem curtir.

Como não tinha outra opção, ele concordou, seguindo-a em direção à barraca.

Jeito para uma vida de crime

Otto e Khalicy esperaram uma família fazer o pedido antes de alcançarem a bancada de metal que dava para o caixa, sob o olhar desconfiado dos demais clientes. Bruno correu o olhar pelos dois, parecendo perdido. A confusão durou menos que um segundo e logo deu lugar a um sorriso. Largou a embalagem da marmita que começava a preparar e veio em direção a eles.

Vinícius, que conferia uma comanda, demorou um pouco mais para perceber a chegada. Ele se inclinou para dizer algo ao amigo e, ao notar que ele havia se afastado, ergueu a cabeça e o olhar foi atraído para Otto como um ímã. Então fechou a cara, como se ele fosse a coisa mais asquerosa que Vinícius já vira na vida, e amassou a comanda sem perceber. O asco em seu rosto foi exatamente igual ao que direcionava a ele nos corredores do colégio. Por um instante confuso, de puro desespero, Otto se perguntou se havia perdido o disfarce sem querer ou se, de alguma forma, Vinícius conseguira vislumbrar sua verdadeira identidade.

Logo descartou a ideia. Era impossível. Ele mesmo continuava sentindo o top apertando os seios sob a camiseta e as pontas das tranças pouco abaixo dos ombros.

Enquanto Bruno os cumprimentava, Vinícius se aproximou, hesitante, e parou com as mãos apoiadas no balcão.

— E aí, Khalicy? Cadê o *seu amigo*?

Ele agia como se Otto não estivesse parado logo ali. Nem mesmo deu oi para Olga. O olhar estava colado em Khalicy.

Otto continuava alarmado. Tudo bem que no churrasco não viraram melhores amigos — nem nada parecido –, mas o garoto não demonstrara ter nada contra Olga. Para ser sincero, Otto mal se lembrava do inimigo na ocasião, Vinícius fez o máximo para ficar fora do seu caminho por toda a festa.

— No meu bolso que não tá — brincou ela, tentando suavizar o clima, mas Vinícius não esboçou nem mesmo a sombra de um sorriso.

Bruno olhou de um para o outro, interessado.

— Ele vem hoje? Continuam brigados?

261

A amiga encolheu os ombros, com uma expressão perdida. Otto vinha se surpreendendo com as habilidades de atuação da garota e o quanto ela tinha jogo de cintura para contornar os imprevistos quando ele estava transformado em Olga.

— Mais ou menos. A gente tinha conversado de vir no domingo.

A resposta não agradou ao Vinícius, que uniu as sobrancelhas e inclinou o tronco para a frente, sobre o balcão. Então surpreendeu Otto ao olhar em sua direção.

— Você não vem domingo?

— Q-quê?

— Com a Khalicy e o amigo dela. Você não vem?

— Não sei... — Otto procurou a amiga, que se mostrava tão confusa quanto ele. — Não pensei ainda. Por quê?

Vinícius deu um sorrisinho.

— Nada. Acho estranho que a Khalicy viva colada com o Otto, mas sempre que você tá por perto ele some. Rolou alguma coisa entre vocês que não podem estar no mesmo lugar? Medida protetiva, ou sei lá? — perguntou, com ironia.

O mundo congelou. A cabeça de Otto ficou pesada e os ouvidos chiaram como se tivessem abelhas voando em seus tímpanos. Por alguma razão, Vinícius o odiava independente de quem fosse por fora. E, além do mais, o garoto era a porcaria de um enxerido! O que ele tinha a ver com Otto, Khalicy e Olga? Desde quando olhava para além do próprio umbigo para perceber que Otto e Olga nunca estavam no mesmo lugar?

Não precisou responder, no entanto. Bruno foi mais rápido.

— Ignora, Olga. O Vinícius não consegue ficar perto de outros seres humanos sem implicar. É mais forte que ele — falou, em tom de brincadeira, embora olhasse feio para o amigo.

Khalicy riu com alívio, como se tivesse acabado de soltar o ar.

— Estamos há zero dias sem tretar. Nosso recorde é de zero dias — disse, entrando na brincadeira. Longe da vista deles, acariciou a mão de Otto.

Sem dizer nada, Vinícius girou nos calcanhares, irritado, e voltou ao trabalho. Sua carranca era de quem havia comido um limão particularmente azedo.

Bruno puxou o boné da cabeça e despenteou os cabelos, no automático.

— E aí? — perguntou, cruzando os cotovelos sobre o balcão. — Já viram tudo?

— Por cima — respondeu Otto, distraído. Então, deixou escapar algo que o estava incomodando havia alguns minutos. — Vocês dois não tavam brigados?

O garoto voltou a colocar o boné, visivelmente desconfortável.

— Ahn... como você...? — Ele desviou o olhar para Khalicy e o entendimento tomou seu rosto. Soltou um assobio baixo de espanto. — Cara, as meninas falam de tudo mesmo, hein?

Khalicy, ligeira como era, mudou o peso do corpo de uma perna para a outra e sorriu, com culpa.

— Você me descobriu! Sou a maior fofoqueira. Quando ficar mais velha, vou passar o dia espiando os vizinhos por cima do muro.

Bruno riu, revirando os olhos.

— Acho injusto a Olga saber tanto de mim quando não sei quase nada dela — comentou, olhando direto nos olhos de Otto. Então, abaixou o tom de voz ao continuar. — Mas enfim. Eu não fazia ideia que ele era voluntário também. Minha mãe convidou sem me contar. Acho que quis dar um empurrãozinho pra ver se a gente volta a se falar.

Otto e Khalicy trocaram um olhar cheio de cumplicidade. Entendiam muito bem como era aquilo. Felizmente, não precisaram esperar que Joana e Viviane colocassem a mão na massa por eles, o que só teria deixado tudo muito pior e forçado.

— E ajudou? — perguntou Khalicy.

Bruno olhou por cima do ombro, para onde Vinícius se ocupava em montar uma marmita na força do ódio.

— Acho que não muito.

— Bruno, você terminou o pedido de cinco bolinhos de bacalhau? — perguntou Raissa, usando o mesmo uniforme, do outro lado do balcão.

— Eita! Preciso voltar a trabalhar.

— A gente quer ajudar também! — Otto se ouviu dizendo, desesperado por mais tempo com Bruno.

— Quer? — resmungou Khalicy, baixinho.

— Podemos ser voluntárias?

Prestes a se afastar do balcão, Bruno refreou no lugar, sem esconder a surpresa. Arqueou as sobrancelhas, examinando Otto e o quanto estava arrumado para alguém que pretendia ser voluntário em um restaurante.

— C-claro! — disse, não muito convencido. Então apontou para o lado oposto do balcão. — Vocês vão ter que dar a volta, a entrada é ali. Vou pegar as camisetas de vocês. Qual tamanho?

— G e M — respondeu Khalicy, sem nenhum ânimo. — E boné precisa ser o maior que tiver pra entrar nesse cabeção enorme da Olga.

Bruno concordou, rindo, e se afastou depressa. Otto quis que ele ficasse um pouco mais. Pelo menos assim não precisaria encarar a amiga depois de oferecer para que fossem voluntários sem perguntar a opinião dela.

— Não acredito que você fez a gente se arrumar um monte pra sairmos daqui descabeladas e oleosas de suor. Eu te odeio!

Otto espremeu os olhos, virando de frente para ela em câmera lenta.

— Desculpa? — Arriscou um sorrisinho. — Pelo menos vamos ter tempo de colocar o assunto em dia.

— Ah, tá! — Ela o agarrou pela manga da camiseta e o arrastou para a direção que Bruno havia indicado. — Você só vai ter olhos pra uma pessoa, e não vai ser pra mim.

— Não é verdade. Eu fico super de boa perto dele. Consigo conciliar a atenção sem nenhum problema.

— Otto — disse ela, em um sussurro —, tá estampado no seu rosto que você só consegue pensar em sentar no Bruno. Ele deve ser mais tapado que você se ainda não percebeu.

Com o rosto queimando, ele riu. Precisava confessar que baixava toda a guarda quando estava disfarçado. Era mais fácil assim. Pelo menos, se as coisas dessem errado, ele sempre teria a chance de nunca mais se transformar em Olga e seguir a vida adiante.

Bruno os esperava perto da entrada, com os uniformes em mãos.

— Aquela portinha é uma despensa. Tem uma mochila verde no chão, é minha. Se quiserem, podem guardar as coisas de vocês lá. — Ele estalou o dedo no ar, parecendo lembrar de algo importante. — Tem uma lista que vocês precisam assinar também, mas depois a gente faz isso. Tá uma fila enorme lá fora.

Khalicy e Otto resmungaram qualquer coisa e se espremeram no cubículo. Assim que terminou de se vestir, ele encaixou o boné na cabeça e examinou o resultado no celular. Otto se arrependeu um pouco pela oferta impulsiva ao perceber como tinha ficado mais feio em comparação a antes.

A amiga choramingou, enquanto prendia o cabelo em um coque.

— Valeu. Tudo o que eu mais queria era passar meu feriado trabalhando de graça.

— Não é trabalhar de graça! — respondeu Otto, repetindo algo que ouvira dra. Madeleine dizendo para Bruno. — Somos voluntários. É por uma boa causa.

Khalicy revirou os olhos, dando o dedo do meio antes de abandonar a despensa.

★★★

Era fim de tarde quando dra. Madeleine e dr. Levi chegaram, acompanhados por meia dúzia de amigos. Otto limpava o suor da testa com o antebraço quando os viu contornar a barraca em direção à entrada. Os pais de Bruno vestiam a camiseta e o boné do uniforme, mas, diferente dele, conseguiam manter alguma dignidade e continuarem elegantes.

Dra. Madeleine foi a primeira a entrar, com um sorriso que ia de orelha a orelha. Otto parou o que fazia e a observou apanhar camisetas para o pessoal que esperava do lado de fora, junto de dr. Levi.

Dava para perceber que ela não se continha de felicidade. Ele não se lembrava de já tê-la visto tão radiante em nenhuma das ocasiões em que se cruzaram. Dra. Madeleine sempre parecia distraída com outros assuntos, até mesmo rígida, como se não conseguisse relaxar. Naquele comecinho de noite, contudo, havia um brilho no olhar dela que a iluminava por completo. A cada passo que dava, ou a cada cumprimento animado que soltava pelo caminho, Otto captava a satisfação compensatória em ver a Festa das Nações acontecendo.

Bruno, que aproveitava a folga de clientes para mexer no celular, deu um pulo no lugar ao ouvir a voz dela. Guardou o aparelho no bolso e, com a maior cara de culpado, foi de encontro à mãe e à irmã, que conversavam sobre as primeiras horas de evento.

Khalicy se aproximou, mastigando.

— O bolinho de bacalhau tá perfeito — falou, de boca cheia. — Você já comeu o seu?

Logo que chegaram, foram informados que os voluntários tinham direito a algumas regalias. Dependendo da quantidade de horas que trabalhassem, podiam escolher um prato ou um dos aperitivos para comer.

Como Otto e Khalicy perderam as primeiras horas da feira, ficavam com a segunda opção.

— Não gosto de bacalhau. Peguei um croquete de carne tem umas duas horas.

Ela engoliu antes de responder.

— Duas horas? Mas a gente tinha acabado de chegar!

Otto encolheu os ombros e ela riu, batendo o quadril no dele.

— Seu esfomeado.

— Falando em fome, o que vamos comer depois daqui?

Khalicy deu um sorrisinho de canto de boca, lançando um olhar de descrença para ele.

— Você, eu não sei. Mas tô pensando em passar na barraca de cachorro-quente.

— Ué? Então eu também vou de cachorro-quente.

Sua resposta pareceu diverti-la ainda mais. No entanto, assim que abriu a boca para responder, sua atenção foi atraída por Bruno. O garoto havia arrancado o boné e vinha na direção deles despenteando os cabelos, tão empolgado que parecia a um passo de saltitar.

Até Vinícius ficou curioso e, de cara fechada, se aproximou deles.

— Que foi? — perguntou, antes mesmo de Bruno ter chance de alcançá-los.

— O martírio acabou! — respondeu, erguendo os braços acima da cabeça. Dra. Madeleine, que vinha logo atrás, pigarreou e o encarou de olhos semicerrados. — Quer dizer... o *t-turno* acabou. Estamos liberados.

Com as mãos nos ombros do filho, ela suavizou o rosto até que uma expressão carinhosa o dominasse. Um passo para trás, Raissa sorria com prazer da imagem que se desenrolava.

— Queria agradecer pela boa vontade de vocês. Sei que pode parecer chato ajudar, e que vocês preferiam ocupar o feriado com coisas *mais interessantes*. — Ao dizer isso, ela deu dois tapinhas nos ombros de Bruno, que se encolheu inteiro, o remorso evidente. — Mas, chato ou não, vocês fizeram a diferença hoje e ajudaram muito! Os lucros da barraca portuguesa vão para o lar de idosos.

Os quatro assentiram timidamente. Àquela altura, Raissa se esforçava para não cair na risada. Otto pressentia que o puxão de orelha seria pauta entre os irmãos por muito tempo.

— Aliás — continuou dra. Madeleine —, se estiverem livres durante o final de semana, serão todos bem-vindos! Quanto mais mãos ajudando, melhor.

Otto resmungou algo como *vou tentar,* ao mesmo tempo em que Khalicy mentia que precisava estudar para uma prova na segunda-feira, mas soaram tão baixo que ele duvidava que a médica tivesse escutado.

Bruno se soltou da mãe, envergonhado. Foi a deixa para que os demais saíssem das posições estáticas e começassem a caminhar em direção à despensa, sem dar outra oportunidade para ela continuar falando.

Vinícius foi na frente, quase correndo, e Khalicy apertou o passo, indo atrás dele como se brincassem de pega-pega. Entortando a cabeça para o lado, Otto tratou de se apressar também. Atrás de si, ouviu Raissa sussurrando provocações para o irmão.

— A mãe te acha um ser humano horrível! — cantarolou a garota, animada.

— Cala a boca, Raissa.

— Tava passando da hora. — Ela continuou, ignorando-o. — Eu já sei disso tem muito tempo.

— Cala a boca ou eu conto pra ela que você desmaia vendo sangue e que medicina tá, tipo, no final da sua lista!

— Shhhh! Não fala alto assim, idiota.

A porta da despensa abriu e fechou duas vezes até Otto conseguir alcançá-la, com Bruno e Raissa brigando em sua cola. Quando segurou na maçaneta, a sentiu descer sob os dedos e a porta foi aberta de supetão, revelando Vinícius do outro lado. Eles trocaram um olhar cheio de estática e Vinícius desviou dele, indo até o amigo para se despedir.

Sem querer ouvir a conversa, Otto se adiantou e encontrou a amiga já vestida com as próprias roupas. Usando o celular como espelho, Khalicy penteava os cabelos com os dedos, tomando cuidado para que as mechas amarelas ficassem em evidência. Havia ansiedade em seus movimentos e, ao perceber a presença de Otto, deu um pulo no lugar.

— Pra que a pressa? A gente não vai comer?

— Tô indo encontrar... *aquele que não deve ser nomeado.* Pra gente retomar o conteúdo da prova.

Otto, que tirava o boné, ficou inteiro rígido. Ele a encarou, hesitando. Abriu a boca para retrucar, mas não encontrou a voz.

Bastou ver sua expressão catatônica para que Khalicy balançasse a cabeça, como se estivesse lidando com uma criança bobinha que não sabe como o mundo funciona.

— É sério que você ainda não se tocou?

— Do quê? — perguntou, com a voz fraca.

Do lado de fora, as vozes abafadas de Vinícius e Bruno indicavam que a conversa estava chegando ao fim. Khalicy olhou para a maçaneta, a ansiedade voltando a se manifestar. Então, com um fio de voz, respondeu:

— Tô dando um empurrãozinho. Vocês são muito lerdos. — Ela alcançou a bolsa nas coisas de Bruno e a passou pelo ombro. — Manda mensagem quando terminar que eu te encontro.

Quando terminar...

Que diabo Khalicy achava que ele e Bruno fariam sozinhos?

Otto não teve oportunidade de responder. A porta abriu logo em seguida. Bruno e Raissa entraram juntos, trocando provocações.

Ela se despediu dos dois e, ao passar por ele, deixou um beijinho em sua bochecha.

— Boa sorte — sussurrou, perto do seu ouvido.

Ele estremeceu, enquanto ouvia a porta bater. Bruno o olhou com curiosidade, enquanto Raissa se trocava ali mesmo. Tudo bem que Bruno era o irmão dela, mas ele era um estranho. Será que eles esperavam que ele também se trocasse assim? Quando o sutiã magenta apareceu, Otto pigarreou, olhando com muito interesse para os sapatos de Khalicy.

— Vocês já tão indo? Agora que vai ficar legal.

— Só a Khalicy — respondeu, sem saber se era seguro olhar para cima. — Acho que ela e o Vinícius vão estudar...

— Quer dar uma volta? Ainda não consegui ver nada.

Isso foi o suficiente para chamar sua atenção. Otto ergueu o rosto a tempo de ver Bruno arrancando a camiseta sem dificuldade, puxando-a pela barra com a maior desenvoltura.

Sufocou com o nó que se formou em sua garganta.

— E-eu...

— Ela quer! — Respondeu Raissa, rindo, ao perceber para onde Otto olhava. — Bruno, a mãe disse pra não sair da feira, tá?

Bruno enfiou a camiseta vermelha pelo pescoço, surgindo descabelado segundos depois.

— Isso vale pra você também?

Ela fez pouco caso, com um sorriso malicioso.

— Se você souber o que fazer, as regras nunca valem.

Raissa deixou um aperto no ombro de Otto, e abandonou a despensa, deixando-os sozinhos.

Um silêncio esquisito pairou entre eles, enquanto Bruno abria a mochila e tirava um frasco de perfume e um moletom de dentro. Os pelinhos da nuca de Otto se arrepiaram quando o cheiro do jogador o alcançou.

— Te espero na entrada — disse, e piscou antes de passar por ele e sair.

O estômago de Otto revirou. Trocou de roupa, colocou o cardigã da amiga por cima e lamentou não ter um perfume para borrifar também. Respondeu as três mensagens de Joana e aproveitou para avisar que voltaria de carona com Khalicy.

A maquiagem ainda estava mais ou menos, pelo pouco que ele entendia. Ajeitou uns fiozinhos soltos de cabelo, respirou fundo e abandonou o cômodo apertado.

Com sobressalto, descobriu que o céu tinha virado um veludo negro, sem nenhuma estrela. O único brilho pertencia à lua, em sua fase minguante. A brisa gélida lambeu seu rosto e, instintivamente, Otto cruzou os braços.

Bruno o esperava recostado em um poste. Vestia o moletom e, segurando o celular com uma mão só, rolava o que quer que estivesse vendo sem parecer prestar atenção.

Parou no lugar, com um misto de nervosismo e euforia. Não conseguia acreditar que aquilo estivesse mesmo acontecendo. Bruno levou a mão a boca, roendo a unha do polegar. O olhar abandonou o celular e subiu direto para Otto, como se pressentisse que era observado.

— Tava quase voltando pra ver se você tava viva.

— Ops. — Otto se aproximou, tímido. — Tava respondendo a minha mãe.

Tomando um impulso, Bruno se desencostou do poste e guardou o celular no bolso da calça.

— Ah, então tá perdoada. Se eu deixo de responder a minha por meia hora, ela já começa a ligar pra polícia.

Os dois riram. Otto desconfiava que Joana não fosse diferente. Talvez com um intervalo de tempo um pouquinho maior, apenas. Bruno puxou a caminhada, ditando o ritmo.

— Tô faminta. Tá a fim de comer alguma coisa?

Seu rosto ferveu de vergonha. Ele não se imaginava dizendo essas palavras em seu corpo. Mas também achava besteira e perda de tempo não aproveitar que estavam ali, sozinhos, juntos.

Bruno concordou e, como se tivessem combinado, seu estômago roncou.

— Tudo menos bolinho de bacalhau. Não aguento mais ver na minha frente.

Otto riu, exatamente quando alcançaram o corredor onde ficavam as comidas de parque. Seu olhar foi atraído para uma barraca do outro lado, que vendia batata frita holandesa em cones enormes. Ele teve um espasmo de empolgação. Era isso! Precisava usar todas as informações que coletara como Otto. Se era Olga quem teria uma chance, então ele precisava usar as cartas que tinha na manga.

— Que tal batata frita? — perguntou, dando um toquinho com o ombro no de Bruno.

O garoto acompanhou o seu olhar e soltou um suspiro de prazer que fez Otto se retesar. Mesmo na penumbra da noite, foi possível ver a empolgação em seu rosto, como se tivesse ganhado o presente de Natal mais cedo. Otto adorava momentos como aquele, em que Bruno parecia mais jovem, e voltava a ser o mesmo garoto com quem conversou na sala de espera anos antes.

— Olha o tamanho daquilo... é ridículo de tão grande! — choramingou, ainda parado no lugar como se encarasse uma miragem. — Quero dois.

Otto riu, retomando a caminhada. Como previra, a Festa das Nações estava em seu ápice naquela noite. Era como se a cidade toda tivesse resolvido sair de casa e se amontoar em filas enormes. Por qualquer caminho que seguissem era preciso fazer malabarismos para desviar das outras pessoas. Perfumes de todos os tipos se misturavam ao cheiro de comida, e o zumbido constante de conversas se sobressaindo umas às outras se transformava em uma melodia suave e agradável que os acompanhava.

Alcançaram a barraca com custo. Otto se agarrava ao próprio corpo, gelado de frio. Olhava para Bruno, quentinho dentro do moletom, e sua vontade era de entrar embaixo da blusa com o garoto.

Khalicy prometera que Bruno ofereceria sua blusa para ele quando o visse com frio. Otto só esperava que não demorasse muito, ou acabaria morrendo de hipotermia.

Enquanto esperavam na fila, um senhorzinho usando chapéu de cangaceiro e luvas cortadas nas pontas dos dedos se ajeitou sobre um banco a poucos metros dali. Abriu a caixa da sanfona e a ajeitou no colo, passando os braços pelas alças. Com a ponta do pé, empurrou a caixa aberta para a frente do banco e, sem aviso prévio, começou a tocar, os dedos hábeis se movendo pelos botões e teclas com leveza.

Otto respirou fundo, embalado pela melodia, e sentiu o ar gelado invadir os seus pulmões. Como no churrasco em dezembro, tudo parecia envolto em fumaça. Uma névoa fina e brilhante, que tornava as coisas mais mágicas. Tantos meses haviam passado desde então, e muita coisa mudara. Mas ali estava ele, e ali estava o garoto de que gostava. Era o suficiente.

Bruno saiu segurando dois cones enormes em uma mão só, enquanto Otto se contentou com um. Caminharam preguiçosamente, se dividindo em comer e abrir espaço entre as demais pessoas.

— Meu Deus, isso aqui tá muito bom — gemeu Bruno, de boca cheia. — Queria poder *morar* dentro desse cone.

Eles se entreolharam, rindo. Otto mergulhou três palitos de batata no molho que vinha junto, o olhar perdido pelos varais de lâmpadas pendurados nas barracas. Nem parecia a mesma feira que desbravara com Khalicy durante a tarde. As coisas eram bem mais interessantes à noite, com o friozinho e a melodia de sanfona os acompanhando.

Pensar na amiga o fez despertar do transe. Estavam terminando de comer e mal tinham conversado. Naquele ritmo, nunca conseguiria beijar a boca de Bruno Neves. Precisava fazer alguma coisa. Estava tão iludido com a ideia de beijar o garoto que não se permitiu pensar em qualquer outra coisa. Como o fato de que estava sendo o maior babaca de todos os tempos, por exemplo.

Olhou ao redor e cutucou Bruno de leve quando encontrou um banco de madeira vazio mais a frente.

— Preciso sentar um pouco — falou, apontando com o queixo para o assento. — Nunca fiquei tanto tempo em pé na vida.

Bruno deu uma risada exasperada, arregalando os olhos.

— Como assim? Deve ter dado só umas três horas lá na barraca.

Ele fez uma pausa para chupar o sal dos dedos.

Otto sentiu um calafrio descer pela coluna e braços, seguido por um calorão que quase o fez arrancar o casaquinho de Khalicy.

— Impossível você nunca ter ficado três horas em pé! — insistiu Bruno, andando de costas para conseguir encará-lo. — Tipo, caso você não tenha percebido, o dia tem vinte e quatro!

A risada de Otto pairou entre eles, aproximando-os. A cada segundo que passava, ficava mais e mais calor. Quem precisava de blusa quando se tinha o Bruno por perto?

— Nunca duvide da minha aptidão para o sedentarismo. Pra que ficar em pé quando eu posso sentar? Ou deitar?

Com um sorriso divertido, Bruno balançou a cabeça.

— Você falou igual o Otto agora. Vocês se conhecem, né? Ele me falou de você.

O coração de Otto deu uma guinada no peito. Era estranho ouvir Bruno falando dele mesmo. E um terreno perigoso que ele não tinha certeza se queria percorrer.

— A gente mora na mesma rua. Nós três.

Bruno concordou, parecendo pensativo. Levou um susto quando o banco tocou a parte de trás dos joelhos. Rindo, se deixou cair por atrás, todo desajeitado. Uma das mãos no bolso do moletom, as pernas abertas, as bochechas coradas do frio.

Tentando reproduzir o incidente da mostra de ciências, Otto se aproximou mais do que era necessário e jogou o peso do corpo para trás. Funcionou melhor do que esperava. Enquanto sentava, roçou a perna na coxa de Bruno, arrastando o tecido da saia para cima. Sem perder tempo, esticou a mão, cobrindo a de Bruno. Agia por impulso, sem pensar muito no que estava fazendo.

Foi como se o toque causasse choque no jogador. No mesmo instante em que sentiu sua pele quente, o garoto afastou a mão para longe, enfiando-a no bolso do moletom, como a outra.

Desconcertado, Otto olhou para o banco, onde seus dedos pairavam sozinhos agora.

— Posso perguntar uma coisa? — Bruno pisava em ovos.

— Pode.

— Aquilo que o Vinícius falou, sobre você e o Otto terem algo mal resolvido... vocês têm?

Maldito Vinícius.

Um único comentário e conseguiu colocar minhocas na cabeça de Bruno sobre questões para as quais não tinha respostas. Sem saber direito o que dizer, Otto tentou dar uma risada despreocupada, mas que soou como um gemido esquisito.

— É coisa da cabeça dele. Você mesmo me disse que o Otto falou de mim!

As bochechas de Bruno ganharam um tom rosado ainda mais forte.

— Ah, verdade! Pensei que... vocês dois... sabe?

Virou o tronco na direção dele, confuso. Abriu a boca para dizer que não, não fazia ideia do que o garoto estava falando, mas bastou ver sua expressão para que compreendesse. Ouvir Bruno falando dele como se fosse duas pessoas diferentes o dava a dimensão de quão longe estava indo com aquela maluquice.

— Nossa, não. — Procurou na memória algo que as garotas diziam em situações assim. — Ele não faz o meu tipo. G-gosto mais de atletas.

Apesar do tom de brincadeira, se arrependeu antes mesmo de terminar de pronunciar as palavras. Bruno sorriu e se esparramou no banco um pouco mais, evitando seu olhar.

Otto se sentiu péssimo.

Toda a névoa mágica se dissipou, evidenciando algo que até então ele vinha escondendo bem fundo, para não ser obrigado a encarar.

A pior parte de estar escondido em Olga era que, bem, deixava de ser ele. Era um absurdo se passar por outra pessoa para conseguir aproveitar a companhia de Bruno.

Odiava ser aquela garota de cabelo verde idiota, metida a Billie Eilish. Só queria ser ele mesmo, atrapalhado e tímido. Queria acreditar que não havia nada de errado em ser quem era. Mas então por que as coisas só fluíam quando se transformava em Olga?

Otto se odiava por enganar Bruno e a si mesmo.

Era triste e doloroso continuar insistindo no erro. Mas a expectativa de um novo sorriso, um novo olhar ou uma nova brincadeira não o deixavam voltar atrás.

Sacudiu a cabeça, ignorando os pensamentos agitados. Guardou a culpa de volta no lugar fundo de onde tinha escapado. Depois lidaria com ela.

Primeiro, precisava fazer as coisas voltarem ao normal entre eles. Era como se, desde que saíram da barraca, tivessem embarcado em um trem que só os afundava mais e mais naquele clima embaraçoso.

— Você já namorou? — perguntou, por fim, embora já soubesse a resposta. Queria ouvir dele.

Bruno, que parecia ter ido longe nos pensamentos, piscou algumas vezes, coçando a garganta.

— Ahn... sim. Uma vez.

— Como é?

Ele se surpreendeu ao constatar como era uma curiosidade sincera. Bruno o encarou por um momento, compreensivo. Brincou com o cordão do moletom, balançando a perna para cima e para baixo sem parar. Uma expressão engraçada dominou seu rosto, mas Otto não soube interpretar o que o outro garoto sentia ao reviver as lembranças do nono ano.

— Eu não sou a pessoa mais experiente, mas...

Ele deixou a voz morrer no ar.

De sobrancelhas unidas, Bruno se inclinou para a frente antes que Otto compreendesse o que estava acontecendo. Foi só ao sentir os dedos do garoto em sua perna, mais especificamente onde ficava a cicatriz, que ele se deu conta.

Tarde demais para que pudesse fazer algo a respeito, observou Bruno erguer um pouco mais o tecido, deixando-a toda a mostra. Seu rosto endureceu, e ele negou sem parar com a cabeça.

— Essa cicatriz...

Bruno percorreu os relevos com a ponta do indicador. Otto respirou fundo, tentando manter o autocontrole.

— Como você fez?

Sua cabeça estava oca. Só conseguia prestar atenção no dedo de Bruno nele. Nem parecia que pouco antes fugira de sua mão, como se sua pele fosse urticante.

Vamos, Otto! Como você fez?

— Eu... não lembro. Acho que era muito nova. — Otto se repreendeu pela resposta horrível, mas manteve a expressão neutra, como se não fosse nada demais. — Por quê?

Percebendo que alisava sua perna havia uns bons segundos, Bruno se empertigou, voltando a enfiar as mãos no bolso. Respirou fundo e, com muito esforço, desviou o olhar da cicatriz, com a testa ainda vincada.

— É que... sei lá. Esquece, acho que tô cansado.

Uma nova onda de culpa atingiu Otto em cheio. Tentou dissipar o clima pesado com uma risada baixa e uma cotovelada nas costelas de Bruno.

— Pode falar, vai.

Ele encolheu os ombros, encarando Otto nos olhos.

— Nem sei como começar a explicar. Tem um tempo que... — Ele coçou a nuca, desconcertado. — Que umas coisas estranhas tão acontecendo comigo. Qual a chance da gente viver na Matrix, hein?

— Depende. Você quer a resposta fácil ou a resposta verdadeira?

Otto finalmente conseguiu arrancar uma risada de Bruno e sorriu, satisfeito, ao perceber que sua expressão suavizara. O garoto se levantou e parou em sua frente, balançando sobre os pés.

— Vamos andar um pouco? Tem uma barraca vendendo quentão no outro corredor, vou tentar descolar pra gente.

A temperatura caíra desde que abandonaram a barraca portuguesa. Pensou em Khalicy e no quanto ela se mostrara confiante com o plano de se agasalhar pouco para que Bruno oferecesse a blusa. Ali, com os dedos duros e rígidos feito varetas e a pele do rosto e das pernas queimando com o vento, ele só queria rir da inocência deles. Otto começava a achar que nem mesmo se começasse a congelar na frente do garoto, ele faria algo a respeito.

Tentou resgatar a sensibilidade das mãos esfregando uma na outra sem parar. Esperava que, com a ajuda do álcool, tudo fluísse melhor. Não conseguia entender o que estava acontecendo, e se tinha feito algo errado (além do fato de estar enganando Bruno), mas começava a sentir o desespero dando as caras. Logo precisaria voltar para casa. Durante todas as madrugadas que passara em claro, imaginando os desdobramentos daquele dia, as coisas nunca terminavam tão constrangedoras.

Bruno andava rápido e encolhido, sem desviar o rosto do trajeto que faziam, quase como se o evitasse. Otto se aproximou, roçando o braço no dele entre uma passada e outra, sem surtir qualquer reação.

Assim que chegaram na barraca de bebidas, Bruno reconheceu um dos garotos do time e o cumprimentou, puxando-o para mais longe, onde os outros voluntários não poderiam ouvir. Curvado sobre o balcão, deslizou uma nota de vinte reais na surdina, sussurrando algo em seu ouvido, ao que o amigo respondeu com dois tapinhas em seu ombro.

Poucos minutos depois, voltou segurando dois copos fumegantes de isopor. Entregou um a Otto e pousou a mão livre em suas costas, guiando-o para longe dali. Algo em ter conseguido comprar o quentão com facilidade o animou outra vez. Bruno estava mais relaxado, andando em um ritmo tranquilo e próximo o bastante para que os braços voltassem a se tocar.

Se Otto soubesse que toda a estranheza poderia ser resolvida com dois copos de vinho quente, teria sugerido muito antes e poupado um tempão que poderiam ter gasto com coisas mais interessantes.

Aliviado pela mudança na atmosfera, encostou o copo de leve no de Bruno e brindou. O som de isopor arranhando não foi nada agradável, mas o garoto entrou na brincadeira, sorrindo.

— Tim-tim — disse, levando o copo aos lábios.

A única vez em que Otto tinha provado quentão foi em uma festa junina do trabalho da mãe. Ela o deixou provar um gole, como fazia em ocasiões especiais, e ele ainda se lembrava da sensação de beber fogo. Sentiu gosto de nostalgia e gengibre ao dar o primeiro gole do copinho de isopor.

Bruno soltou um gemido baixo enquanto tomava o seu quentão e então se enrijeceu no lugar, parecendo lhe ocorrer algo. Olhando por cima do ombro, voltou a guiar Otto pelas costas.

— Será que a gente consegue arrumar um lugar pra se esconder? — perguntou, torcendo o pescoço para trás pela terceira vez. — Se a minha mãe me pega bebendo, vai ficar puta da vida.

O coração de Otto disparou.

Lugar escondido. Só os dois.

— Atrás dos brinquedos de ar? — sugeriu, surpreso com a facilidade que as palavras escaparam da boca.

Bruno arqueou as sobrancelhas, mas foi traído por um sorrisinho divertido. Deu outro gole no quentão, concordando com a cabeça. Otto aproveitou o trajeto para bebericar mais de sua bebida. Aos poucos, voltava a sentir as extremidades do corpo. Os dedos quase não estavam mais rígidos. Até o final do copo, ele ficaria revigorado.

O parque era o único lugar do evento que tinha esvaziado consideravelmente. As poucas crianças que se arriscavam aqui ou ali eram observadas por pais apreensivos, que não paravam de se perguntar, baixinho, se os lábios dos filhos estavam ficando roxos ou era impressão deles.

Otto seguiu na frente, caminhando decidido por entre os brinquedos até alcançar o escorregador, de longe o mais alto de todos. Contornou-o até a parte de trás e sentou no chão sem pensar duas vezes, usando o brinquedo como espaldar. Era impossível que alguém os encontrasse ali, a menos que estivesse procurando com muita determinação e boa vontade.

Bruno sentou ao seu lado, examinando o final do brinquedo, muito acima da cabeça deles. Seu rosto estava obscurecido pela sombra, mas ainda era possível discernir detalhes importantes, como as pintas.

— Eu nunca teria pensado num esconderijo tão bom — disse, com os joelhos próximos do peito.

— Descobri que levo muito jeito pra vida do crime. Comentei com a Khalicy hoje mesmo.

Com uma risada, Bruno tombou a cabeça para trás, olhando para a escuridão do céu, que se estendia por todo o horizonte.

— Às vezes você me lembra muito... ahn, alguém que eu conheço.

Ele umedeceu os lábios antes de tomar mais um gole de quentão.

Alarmado, Otto esperou, temendo que a menor interrupção poderia fazê-lo ficar esquisito de novo. Sentiu o coração no final da garganta, na expectativa de que, pela primeira vez, alguém *sentisse* sua presença, ainda que sem entender muito bem.

Ficaram em silêncio por vários minutos. O olhar de Bruno passeando pelo céu, como se buscasse algo. Então, quando Otto achou que ele não fosse falar mais nada, Bruno girou o pescoço em sua direção, com a cabeça meio tombada para a direita. Levou o copo à boca outra vez antes de falar, num tom preguiçoso e baixo.

— Aquela vez lá em casa, quando a gente se conheceu... foi muito esquisito. Tipo, eu sabia que nunca tinha te visto, mas ao mesmo tempo parecia que te conhecia? Sem a gente se falar, nem nada. — Ele roçou o polegar no queixo, todo sério. Otto não conseguia evitar os lábios de Bruno, que ficavam mais rosados a cada gole do quentão. — Aí começou a tocar Pabllo Vittar, eu lembro porque o Vinícius fez algum comentário idiota. Achei maneiro que você foi dançar, nem ligou que não conhecia ninguém, só... dançou?

Foi a vez de Otto beber. Tomou um longo gole, que desceu inflamando o interior de seu corpo. Ele se lembrava muito bem daquele dia. De como se sentiu livre no anonimato, e de como curtiu dançar com a amiga, inventando passos ridículos, que os fazia rir ainda mais.

— Engraçado você falar isso, porque sou um-uma péssima dançarina. Não sei o que fazer com os braços e pernas.

— Por isso eu disse que achei maneiro *você dançar*, não a dança em si.

Otto se engasgou, rindo. Bateu com o joelho de leve no de Bruno. O álcool estava tornando mais fácil agir de maneira descarada. Ele passara tantos anos fazendo de tudo para esconder os sentimentos, que, quando assumia o corpo de Olga, queria soltar fogos de artifício, berrando para que todo mundo soubesse.

— Mas, sabe — Otto se ouviu dizendo, de repente —, o fato de eu não conhecer ninguém ajudou um pouco.

Um sorrisinho amargo apareceu no rosto de Bruno. Com os olhos distantes, ele tamborilou os dedos no isopor, formando uma melodia.

— Eu curto dançar. E até sei o que fazer com os braços e pernas. Era um lance meu e da minha irmã, antes da gente se afastar. Mas não teria coragem de... — Ele pigarreou, sem concluir a frase. Coçou o nariz, imerso em pensamentos e, quando voltou a olhar para Otto, encolheu os ombros. — É que... sei o tipo de coisa que falariam por aí. Os caras do time, principalmente.

O sorriso de Otto amarelou. Concordou com um aceno fraco, encarando os olhos imensos de Bruno.

— Mas e daí se falarem? Qual é o problema?

Um tremor, que nada tinha a ver com frio, se espalhou pelo seu corpo. Ficou dividido entre ansiar pela resposta de Bruno e não querer ouvir uma palavra. Estava aterrorizado.

O garoto franziu o cenho e pigarreou outra vez.

— Ah, problema nenhum. Eu sei o que sou e o que não sou. Só não... quero ninguém se metendo na minha vida.

Prendeu a respiração. Foi como se atirassem um balde de água gelada nele, e acabado com qualquer resquício de dúvida sobre a sexualidade de Bruno. Finalmente teve a confirmação de que, como Otto, nunca teria a menor chance.

Ele odiou se sentir tão surpreso e triste com algo que sempre estivera na cara. Afinal de contas, qual seria o propósito de ter se transformado em outra pessoa se existisse a menor possibilidade sendo ele mesmo?

Ainda assim, o coração se comprimiu até virar uma sementinha de mostarda. Os olhos ardiam, e ele precisou se segurar para não chorar e arruinar tudo. Pensou em Anderson, e nas conversas motivacionais que tinham cada vez que ele voltava com algum arranhão para casa.

— Se você quer algo na vida, precisa ir atrás. Ninguém vai fazer isso por você, Otto — dizia o padrasto, dando batidinhas em suas costas. — O poder está nas suas mãos e só nelas.

E depois seguia para a ladainha sobre a imagem que passamos ao mundo, e tudo o mais que Otto estava cansado de ouvir. Tudo bem que os motivos eram diferentes, mas ele sentiu que se aplicavam ao contexto. Abrira mão de si para ter uma chance com o garoto de quem gostava e chegara longe demais para desistir, pelo menos era o que dizia a si mesmo.

Era agora ou nunca.

Precisava aproveitar a coragem que o álcool trazia, porque se pensasse demais, acabaria desistindo.

Um calafrio desceu pelas costas, o acordando. Otto deixou o copo no chão e, munido de coragem, inclinou o tronco para a frente de uma vez. Teve tempo de ver os olhos de Bruno se arregalarem antes que fechasse os seus e alcançasse sua boca.

Não deu tempo de aproveitar; assim que cobriu os lábios dele com os seus, o menino se afastou depressa. Como quando pousara a mão sobre a de Bruno, ele parecia ter levado um choque com o contato. Pulou para mais longe e, com o corpo inteiro rígido e travado, segurou Otto pelos braços, afastando-o até que estivessem em uma distância segura.

— Ei, ei, ei! — exclamou, chocado. O sangue fugiu de seu rosto, deixando-o com um aspecto fantasmagórico. — O que foi isso?!

Otto ficou paralisado no lugar, sem reação. O nervosismo veio de uma vez. Sentiu o estômago revirar e teve vontade de vomitar. Não sabia apontar qual dos dois parecia mais assustado. Não era a reação que ele esperava. O que tinha feito de errado?

— Eu, hum... — gaguejou, a visão borrando. — Só achei que...

Sua voz morreu no ar quando o outro garoto tomou impulso para se levantar, batendo com as mãos na calça para limpar a sujeira do chão. Bruno deu dois passos para um lado e depois outros dois para trás, como se não soubesse o que fazer. O rosto era uma mistura de desconforto e irritação.

Depois de sapatear feito uma barata tonta por mais alguns segundos, segurou a ponte do nariz, fechando os olhos por um momento.

— Preciso voltar pra barraca. Fiquei de ajudar a minha mãe no caixa. Já devia estar lá, na real.

Ele nem se esforçou para deixar a mentira convincente. Otto continuava paralisado de vergonha, com um filme passando diante dos olhos sobre os acontecimentos da noite. O que tinha acontecido? Fazia meros minutos que Bruno falara sobre como sentia que se conheciam havia bastante tempo. Isso devia significar algo. Otto não podia ter interpretado tudo tão errado.

Sua expressão desolada devia ter desarmado o garoto, que engoliu em seco e esticou a mão no ar. Contrariado, Otto aceitou a ajuda para levantar. Sentia o frio nos ossos. A única coisa que queria era se esconder embaixo das cobertas e não sair de lá nunca mais.

Bruno passou as mãos no rosto e depois nos cabelos, parando com elas juntas, na altura da boca. O rosto duro feito pedra, as sobrancelhas unidas, os olhos estreitos. No entanto, quando voltou a falar, o tom de voz estava mais brando que antes.

— Foi mal, de verdade, mas eu não gosto de você desse jeito. Sinto muito mesmo se fiz parecer que tava interessado. — Fisgou o lábio inferior, parecendo escolher com calma as palavras que usaria. — Eu meio que tô em outra. Gosto dessa pessoa, e... foi mal. Não tava esperando, me assustei e fui idiota. Desculpa.

A sensação de Otto era a de que mãos enormes agarraram seu coração e fizeram pedacinho dele. Balançou a cabeça uma, duas, três vezes. Não conseguia parar.

— Você não t-tem culpa. — Seu queixo tremia. Otto não sabia quanto mais conseguiria segurar. — Eu qu-que entendi tudo errado. Na verdade-de deu a minha hora, e...

Quando a primeira lágrima rolou pela bochecha, ele se calou. Sem querer que Bruno o visse cair no choro, girou nos calcanhares e, a um passo de correr, fugiu dali.

Camisinhas e bananas

O caminho para casa foi uma tortura.
Com a cabeça recostada na janela, Otto fazia um esforço sobre-humano para que as fungadas não soassem alto o suficiente para chamar a atenção de tia Viviane. Ele a conhecia bem o bastante para saber que, mesmo sem conhecer Olga, não sossegaria até descobrir o motivo das lágrimas. E ele não queria ter que pensar em nenhuma desculpa. Estava exausto de mentir.

— Onde você mora, querida? — perguntou tia Viviane, como se tivesse lido seus pensamentos.

Antes mesmo que Otto processasse a pergunta, Khalicy se remexeu no banco, respondendo por ele:

— Ah, eu não tinha falado, mãe? Ela vai dormir em casa!

A amiga não parava de virar o pescoço em sua direção. Os olhares indagadores o faziam se sentir ainda pior. Não conseguiu contar nada para ela, ainda mais quando a encontrou comendo churros com Vinícius, toda sorrisos. Seria injusto estragar a noite dela com os seus problemas de sempre, que ela já estava cansada de saber.

Evitou cada pergunta enquanto os dois esperavam tia Viviane chegar, fugindo do seu olhar com medo de que ela lesse nas entrelinhas. E, quando a amiga arriscou um abraço, deu um passo para trás, recuando. Sabia que não era justo, ainda mais depois da ajuda dela aquela tarde, mas não conseguiu dizer em voz alta que tudo tinha sido em vão. Era humilhante demais. Não conseguia admitir nem para si mesmo.

Precisava manter a postura até chegar em seu quarto, onde poderia desabar. Mas, até lá, ele não queria ter que lidar com o turbilhão de sentimentos. Não queria pensar em Bruno até não ter mais como evitar.

Secou as lágrimas quando tia Viviane estacionou o carro. Pela janela de sua casa, viu luzes coloridas da televisão e lamentou que ainda precisaria passar pela mãe e por Anderson sem deixar transparecer que havia algo errado.

Desceu por último e as seguiu para dentro. A mãe de Khalicy parecia ansiosa para conhecer Olga melhor e saber mais da Festa das Nações, mas Otto não tinha energia para ser educado. Deixou a amiga narrando tudo e foi direto para o quarto dela, onde começou a arrancar as roupas.

Não pensou no que diria para ir embora, ou como convenceria tia Viviane de que ela não precisava se incomodar em dar uma carona. Foi até o banheiro apenas de camiseta e cueca e tirou a maquiagem e as lentes, aliviado ao voltar para os óculos.

Otto terminava de amarrar os cadarços quando Khalicy entrou no quarto, hesitando, e se recostou na porta.

— A Olga não é muito popular com pais, pelo jeito — brincou, embora o rosto demonstrasse preocupação. — Podemos dizer que ela não causou uma boa impressão na minha mãe.

Dando de ombros, ele tomou impulso para levantar. Tinha um sorrisinho mordaz.

— Não tem problema. Ela não vai mais aparecer, mesmo.

Khalicy o acompanhou com o olhar enquanto encaixava a mochila nas costas, apressado.

— Fala comigo. O que aconteceu? E por que você não vai dormir aqui?

Otto a encarou. Queria contar. Queria dividir o aperto no peito e o nó na garganta. Queria aliviar o peso nas costas. Acima de tudo, queria ouvir dela que tudo ficaria bem. Que a dor passaria e que ele não precisava se preocupar, porque ela continuaria ali, independente do que acontecesse.

No entanto, as palavras ficaram enroscadas. Não conseguiu reviver a humilhação do quase beijo, tampouco a expressão horrorizada de Bruno. Otto jamais conseguiria apagar da memória a reação transtornada dele. Mais cedo, teve a sensação de que Vinícius conseguia enxergar quem ele era, de alguma forma. E com Bruno foi igual. Quando o garoto recusou seu beijo, sentiu que no fundo ele sabia. No fundo a recusa era para Otto, e não para Olga.

— Não dá. Hoje preciso ficar sozinho.

— Tem certeza? — Khalicy se aproximou, cutucando a cutícula com nervosismo. — A gente nem precisa conversar, nem nada. Só ficar juntos. Eu faço brigadeiro de panela!

Ele sorriu.

Ela era a única pessoa no mundo que conseguia arrancar sorrisos dele quando essa era a última coisa que queria fazer.

— Desculpa, mas preciso mesmo ir. O brigadeiro pode ficar pra amanhã?

Khalicy concordou, com um brilho de tristeza no olhar.

— Vou chamar minha mãe pra cozinha pra você conseguir pular o portão.

Os dois continuaram se encarando com intensidade. Otto se aproximou da janela, mas, antes de deslizar para fora, se ouviu dizendo algo que o rondara durante toda a tarde:

— E, ahn... obrigado por hoje. Eu tava morrendo de saudade. A vida sem você é uma droga!

— A vida sem você é uma droga também. E é horrível tentar te *stalkear*, sabia? Seu último tuíte foi um mês atrás!

Otto ainda sorria quando pulou para fora.

Esperou perto da janela da sala até que ouvisse Khalicy chamar a mãe para a cozinha, então aproveitou para refazer os passos daquela manhã. Encontrou um ponto cego atrás de uma árvore, caso a vizinha estivesse espiando, e se transformou nele mesmo. Tateou com as mãos para se certificar de que estava tudo no lugar e então entrou no quintal.

A luz da sala se acendeu e, antes que ele alcançasse a entrada, ouviu a porta destrancando. Joana apareceu do outro lado, vestindo o roupão por cima do pijama, e pela cara de cansaço, Otto soube que, se não fosse por ele, a mãe provavelmente teria deitado para dormir há muito tempo.

Assim que pisou dentro de casa, ela o envolveu em um abraço apertado e segurou seu rosto para deixar um beijo na bochecha. Otto retribuiu o abraço, torcendo para que ela tomasse seu desânimo por cansaço.

— Você tá gelado! — Ela deu um último aperto nele antes de o soltar. — Não levou blusa?

Otto sentiu raiva com a simples menção da palavra blusa.

— Tirei agorinha. Tinha dado calor.

A mãe uniu as sobrancelhas, examinando-o com atenção. Antes que ela dissesse algo, Hulk apareceu miando e se esfregando nas pernas dele. Otto abaixou e a tomou no colo, afundando o rosto em seus pelos. A gata era a única companhia que ele queria aquela noite. Pelo menos ela não faria perguntas, e ele sempre podia beijar sua barriguinha para se sentir melhor. Coisa que ele desconfiava poder fazer com mais ninguém.

Seguiu para a sala, acompanhado de perto pela mãe. Anderson estava esparramado no sofá, com um cobertor jogado sobre o corpo. O padrasto o cumprimentou com um sorriso.

— E aí, como foi lá?

— Legal — disse, tentando parecer convincente, enquanto brincava com as patinhas de Hulk. — Vocês vão gostar, tem bastante coisa. E, Anderson? Se eu fosse você, manteria a mãe longe da estufa. Fiquei sabendo que as suculentas tão com um preço ótimo, e a mãe tem fraco por plantas com desconto.

Suas palavras surtiram o efeito desejado. O bombeiro caiu na risada, mas sua mãe estatelou os olhos, parecendo esquecer por um momento que estava preocupada com ele.

— Tá brincando?! — A voz de Joana soou esganiçada, causando uma nova gargalhada de Anderson. — De quão barato estamos falando?

O garoto tinha um meio sorriso ao responder:

— Boatos de três por dez. Não nego nem confirmo.

Joana se empertigou no lugar, olhando de Anderson para o filho sem parar, o rosto iluminado.

— Vamos amanhã, Anderson? Vai que as boas acabam até domingo? — Ela se inclinou sobre a mesinha de centro, tateando em busca do celular. — Vou separar um dinheiro pra levar. Foi bom saber, hein...

Anderson piscou para Otto, sem conseguir parar de sorrir. Otto retribuiu o sorriso antes de colocar Hulk no chão e guardar as mãos nos bolsos da calça.

— Enfim, tô morto. Não fazia ideia que trabalhar cansava tanto. Eu, hum... vou lá pro quarto.

A mãe murmurou qualquer coisa, distraída com o aplicativo do banco. Anderson, por outro lado, se demorou estudando o garoto daquele jeito irritante que os adultos faziam quando pressentiam algo. No entanto, antes que o padrasto conseguisse tecer um comentário, Otto deu no pé dali.

Fechou a porta do quarto e jogou a mochila para baixo da cama, para não correr o risco da mãe descobrir que afanara suas roupas. A visão turvou enquanto olhava os pôsteres de heróis nas paredes.

Sentou na cama e apoiou os cotovelos nos joelhos, curvando o tronco para a frente. Os dedos logo foram parar nos olhos, antes mesmo que a primeira lágrima rolasse.

Otto se sentia patético. Durante todos aqueles anos, uma pontinha muito pequena de si teve esperança de que seu amor não fosse em vão. E, ainda que ele procurasse manter os pés no chão, ela continuava ali, germinando, criando raízes profundas. Então, quando começou a usar o poder para valer e descobriu do que era capaz, o garoto se deixou inebriar pela ideia deliciosa de que talvez não precisasse se conter. De que podia mergulhar de cabeça em Bruno e que, se tivesse sorte, o outro garoto também mergulharia nele.

Onde estava com a cabeça?

Agora só conseguia se sentir envergonhado. Pelo menos, antes de tudo chegar tão longe, ele ainda tinha dignidade. Não precisava fingir ser outra pessoa, como se gostar de Bruno sendo ele mesmo fosse um erro. Como se precisasse se envergonhar de quem era.

Um soluço escapou de sua garganta. Espremeu os olhos com força, lutando contra as lágrimas, mas já era tarde demais. Deslizou as mãos para os cabelos, agarrando-os como se os quisesse arrancar.

Então, um toque gentil na porta. Otto fungou, usando os pulsos para secar o rosto depressa.

— Agora não é um bom momento — resmungou e se arrependeu no mesmo instante. A voz embargada o entregou.

Sem esperar, Joana entrou, fechando a porta com um estalido ao passar. As mãos estavam juntas em frente ao corpo e ela o fitava com intensidade. Não precisou dizer nada e Otto soube que ela não sossegaria até descobrir o que havia acontecido.

— Não é nada. Tô chorando de dor... nas pernas. — Uma nova fungada. — Sério, tá doendo muito.

Para parecer mais convincente, Otto esfregou a panturrilha esquerda com as duas mãos, contorcendo o rosto no que julgou uma excelente atuação. Pelo visto a mãe não concordava, já que levantou uma sobrancelha, com ceticismo.

— Tudo bem. Eu só vou sentar aqui com você um pouco. Sou boa em massagens.

Ele abriu a boca para retrucar, mas mudou de ideia quando sentiu o colchão afundar ao seu lado. A mãe deu três tapinhas em seu joelho e, com a outra mão, afagou seus cabelos, tirando-os da testa.

— Não precisa conversar. Só quero ficar aqui com você. Não vou ver meu filho sofrendo sem fazer nada.

— Mas a minha perna... — começou ele.

— Otto, eu *pari* você! — interrompeu ela. — Ninguém te conhece melhor que eu. Consigo farejar quando tem alguma coisa errada. E você é péssimo mentiroso. — Joana respirou fundo e inclinou o tronco para a frente, abraçando Otto de lado. — Só me deixe fazer meu papel de mãe e faça seu papel de filho.

Aquilo o desarmou. Meio rindo, meio chorando, Otto retribuiu o abraço de maneira desajeitada. A mãe não tinha o direito de invadir o quarto, duvidar de sua dor na perna e ainda por cima fazer piada quando tudo o que ele mais queria era ficar em posição fetal! Dando-se por vencido, Otto recostou a cabeça no ombro dela, e as lágrimas rolaram pelo rosto.

Ficaram assim pelo que pareceu uma eternidade. Joana subia e descia a mão em suas costas, deixando beijinhos esporádicos no topo de sua cabeça.

Lembrou, então, da conversa que ele e Anderson tiveram quando foram ao restaurante de comida mexicana, sobre ele poder se abrir com a mãe sem medo. No fundo, Otto nunca duvidou. Conhecia a mãe bem o bastante para saber que o apoiaria em tudo. Mas ouvir aquilo da boca do padrasto fora um empurrãozinho a mais.

— Mãe? — chamou, tomado por uma inquietação que só aumentava.

Joana se afastou o suficiente para que conseguissem fazer contato visual, mas não disse nada. Em vez disso, o incentivou que fosse adiante com um movimento sutil de cabeça.

Otto engoliu em seco.

— Eu gosto de... alguém. Desde o quinto ano. Estuda comigo. — O garoto falava pausadamente, pensando com cuidado em cada palavra.

— A menina de cabelo verde? — arriscou ela, sem desviar o olhar.

Uma nova fisgada de rancor o acertou em cheio. Pensar em Olga machucava. Ela representava tudo o que ele queria esquecer.

— Não! Ela não. Ela... — Ele suspirou, fechando os olhos. Cerrou as mãos em punhos, gelado de nervosismo. — É um menino, mãe. Eu gosto de meninos. Eu sou gay.

Ao abrir os olhos, Otto esperou encontrar algum sinal em sua expressão. Qualquer indício de surpresa, medo, ou qualquer reação, mas Joana nem ao menos piscou. Continuou olhando para o filho como se ele tivesse acabado de contar que tinha olhos azuis e cabelo preto – com a tranquilidade de quem já sabia.

Foi ele quem se mostrou surpreso.

Joana segurou suas mãos e as acariciou com os polegares.

— Eu sei, filho — disse, de olhos marejados, assentindo sem parar.

— Eu sei. Esperei muito por essa conversa! Tentei te dar dicas, mostrar que estava tudo bem, mas também não queria invadir o seu espaço, nem te forçar a dar um passo para o qual você não se sentia seguro. Sabia que na hora certa você ia se abrir comigo.

Com um novo soluço, Otto caiu no choro outra vez. As lágrimas mornas encharcavam o rosto e escorriam pelo pescoço, até alcançarem a gola da camiseta. Joana tentou limpar algumas com o polegar, embora o próprio rosto estivesse tão molhado quanto o do filho.

— Não tinha que ser assim, sabe... você ansioso, preocupado, achando que me deve satisfação sobre quem ama. Era pras coisas acontecerem como são pra todo mundo. Você me apresentando ao seu namorado, convidando ele pra jantar com a gente. E daí eu e o Anderson saberíamos se ele estaria à altura ou não.

Otto riu e fungou ao mesmo tempo, fazendo um som engraçado que os fez rir juntos.

— Agora tô com medo de trazer alguém aqui em casa — falou, com a voz grossa de tanto chorar. — Imagina quando descobrir que o sogro tem dois metros de altura.

Joana tombou a cabeça para trás, gargalhando.

Então os dedos foram parar nos cabelos de Otto, penteando-os suavemente para trás.

— Obrigada por me contar, por confiar em mim. Sei que o mundo em que a gente vive é assustador, mas vou estar do seu lado sempre, de mãos dadas, pra caminhada ser mais leve. — Um brilho de travessura iluminou seu rosto, e Joana piscou para o filho. — Acabei de me dar conta que a nossa conversa sobre camisinhas e bananas ficou inacabada. Precisamos resolver isso logo.

— Mãe! — exclamou, rindo, puxando-a para um abraço. Apertou Joana com força, querendo demonstrar naquele gesto tão corriqueiro para eles o quanto estava grato. — Te amo.

— Eu te amo, Otto. Do jeitinho que você é.

Eles se desvencilharam e Otto aproveitou para tirar os óculos do rosto. As lentes estavam tão molhadas que mal enxergava. Puxou a barra da camiseta e começou a limpar, ainda absorvendo o peso daquela conversa.

— Pensei que eu fosse misterioso — falou. — Todas as vezes que ensaiei essa conversa na minha imaginação, você ficava chocada. Como você sabia?

Joana fez uma expressão incrédula.

— Acabei de te falar: eu te pari. Eu sei das coisas! — brincou, sorrindo. — São detalhes no dia a dia. Tipo quando você ficou obcecado por *Homem-Aranha de Volta ao Lar*, e eu e a Viviane revezamos pra levar vocês no cinema quatro vezes! Eu te perguntava do filme, mas você só sabia falar do Tom Holland.

Otto sentiu o rosto queimar e usou as mãos para se esconder do olhar zombeteiro da mãe. Fazia dois segundos que havia parado de chorar e a mãe já estava se divertindo às suas custas.

— Meu Deus! — gemeu.

— Sem falar nesse pôster do Thor sem camisa... — Ela apontou para a parede oposta com o queixo. — Não tinha como ser só pelo herói.

Por entre os dedos, Otto seguiu o olhar da mãe e deu de cara com o deus do trovão segurando o martelo em frente ao abdômen trincado. Dessa vez, choramingou alto o bastante para que Anderson os ouvisse da sala.

— Nenhuma chance de eu só invejar o tanquinho dele e querer um igual? — arriscou, entre risos nervosos.

Joana riu, erguendo o dedo indicador no ar.

— Ah! Também teve uma vez que voc...

— Mãe, sério! — interrompeu Otto, dando um pulo no lugar. — Vamos parar por aqui. Você gastou sua cota de vergonha, o resto fica pra amanhã.

— Sem problema. — Ela deu um sorriso diabólico. — Vou guardar essas histórias pra quando você trouxer o namorado pra jantar.

Otto bufou, se fingindo de irritado, mas perdeu a compostura quando os olhos foram atraídos outra vez para o pôster. Com o rosto e as orelhas pegando fogo, ele encarou os próprios tênis encardidos.

— Agora que você sabe que o pôster do Thor não é inocente, vou precisar colocar fogo nele.

— Deixa de ser bobo. Eu não achei que fosse inocente nem por um segundo.

— Mãeeee!

Joana acariciou sua bochecha, olhando-o afetuosamente. Tinha parado de sorrir e, em vez disso, assumido uma expressão séria.

— Agora que terminamos de falar sobre um dos assuntos, me conta sobre esse menino que você gosta. É por causa dele que você está triste?

Otto assentiu, sentindo um gosto amargo na boca. A conversa com a mãe o deixou tão leve e aliviado que, por um momento, acabou se esquecendo da noite péssima que tivera. No entanto, bastou uma pergunta para que o véu de felicidade que Joana colocara sobre ele fosse arrancado num solavanco.

Respirou fundo. Não poderia narrar a história toda – sobretudo a participação de Olga e o seu poder –, mas também não queria perder a oportunidade de conversar com Joana. Ainda mais agora que havia eliminado o abismo que pensava os separar.

— O nome dele é Bruno. — Otto brincou com o tapete usando a ponta do pé. — E-ele... é filho do dr. Levi.

Joana se mostrou confusa, olhando para o nada enquanto buscava o nome na memória.

— Levi? Que Le... — Ela se empertigou. — Calma! O seu... *oftalmo*?

Com o rosto quente de vergonha, Otto fez que sim. Não parava de dar chutinhos no ar, tentando extravasar o constrangimento. Era esquisito contar aquelas coisas para a mãe. Ainda mais depois de anos apenas com Khalicy sabendo de seu segredo.

— Ele tá sempre por lá. Você já deve ter visto.

Outra vez, ela levou um tempo para processar a informação. Otto soube o exato instante em que a mãe fez as conexões, pois o rosto se iluminou em um sorriso travesso.

Ele achou mesmo que fosse uma boa ideia se abrir com ela? Que estava fazendo ameaças envolvendo bananas e camisinhas ainda há pouco? Otto era muito inocente.

— O menino bonitinho que pinga colírio?! — perguntou, sorrindo.

Bonitinho.

O Bruno.

Era quase uma ofensa chamá-lo assim.

Seu rosto queimava. Otto teve plena consciência de que a mãe havia notado o estado em que ficou com a simples menção do garoto.

— Não acredito! — exclamou Joana, sem esperar por uma resposta.

— Então é por isso que você ficava tão animado pras consultas? Otto, seu safado!

— Ok, tô arrependido. Minha perna tá doendo muito, será que posso ficar sozinho? — perguntou, emburrado, e Joana caiu na risada, puxando-o para um abraço apertado.

— Desculpa. Você tem que entender que é muito empolgante te ver todo adultinho. Ainda não me acostumei. — Ela fez um gesto com a mão, como se fechasse um zíper na boca. — Não vou brincar mais. Pode continuar.

Otto negou com a cabeça, segurando a borda do colchão com as duas mãos. Queria ter uma história mirabolante para contar. Até mesmo dizer que Bruno partira seu coração implicaria que eles já teriam tido algo. Mas, para a sua frustração, a história deles se resumia basicamente no que já havia dito. Otto gostava de Bruno, fim.

— Não tem mais o que contar — murmurou, olhando para o Thor descamisado. Sua voz soou trêmula de rancor. — Ele é melhor amigo do Vinícius. Isso dificultava tudo. Dava pra contar nos dedos quantas vezes conversamos até o ano passado.

Joana fez um som de engasgo e se remexeu no lugar.

— Vinícius? O Vinícius não é o menino que...

— É — interrompeu Otto ao perceber sua indignação crescente. — Eu sei que seu coração de mãe está clamando pra me dar um sermão sobre amor-próprio, mas os dois são muito diferentes, mãe. De verdade — completou, ao ver sua expressão de descrença. — A Khalicy aprova, e ela é quase uma sentinela sua. E, de qualquer forma, esse é o menor dos meus problemas.

Joana estava de boca aberta para responder quando ouviu suas últimas palavras e mudou de ideia. De cenho franzido, estudou o filho com atenção.

— Como assim?

Com um suspiro, Otto girou no lugar até estar de frente para ela. Abriu e fechou a boca duas vezes, ensaiando como colocar para fora o motivo de sua angústia.

— Eu achava que era culpa do Vinícius, que sem ele por perto tudo ia fluir melhor. Daí ele reprovou, e as coisas realmente fluíram. — Otto deu de ombros, com um sorriso amargo. — Mas não desse jeito. Eu quis tanto que ele gostasse de mim que acabei... *mudando*. E hoje percebi que não dá pra fazer ninguém gostar da gente. Fora o detalhezinho de que ele provavelmente é hétero. Estamos falando de uns noventa por cento de chance pra cima.

A voz de Otto pairou pelo quarto por muito tempo, enquanto Joana passeava o olhar em seu rosto, pensativa. Ele prendeu a respiração, temendo que a mãe começasse com uma sessão de *coach*, com frases prontas e piegas. No entanto, conforme os segundos passavam e o silêncio se tornava mais e mais incômodo, desejou que ela dissesse alguma coisa – qualquer uma, por mais brega que fosse.

— Eu nunca passei *exatamente* por essa situação, mas acho que todo mundo teve um amor não correspondido um dia. E se aprendi uma coisa na vida é que não existe nada pior do que trair quem a gente é. Nunca vale a pena. Nem se a outra pessoa for... — Ela fez uma varredura pelo quarto, até que sua atenção voltou para o pôster. — O Thor.

Ele sorriu com sarcasmo.

— Olha, difícil não ficar tentado nesse caso...

— Shhh! Estou falando sério! — ralhou, mas foi traída pelo sorriso. — Se hoje tivesse dado tudo certo com esse garoto, não seria de você que ele ia gostar. Mas de alguém que não existe. É muito triste nos apagar pra caber nas expectativas dos outros. — Joana alisou o braço de Otto de maneira carinhosa. — Você sabe que não quero dizer isso só pra essa situação.

O coração dele acelerou. Mesmo sem querer, ela tinha ido direto ao ponto.

Se tivesse beijado Bruno como Olga, se as coisas tivessem saído como planejara, como se sentiria? E por quanto tempo aguentaria levar aquela mentira adiante? Estaria disposto a se apagar por semanas, por meses, por anos? Isso para não falar do quanto seria injusto com Bruno.

O nó em sua garganta aumentou de tamanho.

— Eu sei que você tá certa. Mas... saber disso não faz doer menos. Tô me sentindo humilhado.

A mãe dele o contrariou com um sorriso compreensivo. Olhou para o teto, parecendo encarar algo que só ela era capaz de enxergar.

— Otto, o que vou falar agora pode parecer bobagem de adulto, mas vou falar assim mesmo. Você tem quinze anos, filho! Essa foi sua primeira paixão. — Ela deu uma risada baixa de descrença. — Quando você chegar na minha idade, vai ter perdido as contas de quantas pessoas gostou sem ser correspondido. E quantas gostaram de você sem que você gostasse de volta. Também vai ter uma dúzia de pessoas com quem vai dar certo por um tempo, até não dar mais. Sem nenhum motivo mirabolante, nem nada. Você vai acordar um dia e perceber que não é isso. Que as coisas mudaram e está na hora de partir pra outra. A vida é assim.

Ele a encarou com curiosidade.

Não conseguia imaginar Joana sofrendo por ninguém. Durante toda a vida, teve a imagem da mãe como uma mulher autossuficiente e de punho firme. Até mesmo Anderson, com seus dois metros, parecia um garotinho assustado quando ela estreitava os olhos para ele. Nem precisava ser tão próximo para ver qual dos dois era o dominante.

Joana era o extremo oposto de Otto. Se ele não fosse a cópia física dela, acharia que tinha sido trocado na maternidade, pois não podiam ter personalidades mais diferentes.

— Mãe, desculpa, mas você é durona demais pra eu conseguir te visualizar chorando sozinha no quarto.

Ela tombou a cabeça para a frente, com um sorriso que não acompanhou os olhos.

— Ah, Otto... eu não sou durona! Só quando se trata de você, mas pro resto somos mais parecidos do que você imagina. — Com um suspiro, ela continuou. — Eu nunca te contei, mas seu pai era meu professor na faculdade. Eu pensava que ele era o amor da minha vida, ignorei os conselhos de quem era próximo, os alertas. Tentei fazer dar certo com todas as minhas forças.

Otto paralisou no lugar, de olhos arregalados. Raramente falavam sobre esse tópico, era um tabu entre os dois. Todas as vezes em que o pai era mencionado, era o garoto quem puxava o assunto, nunca Joana. Quando mais novo, ele a bombardeava com perguntas sobre o passado, e sempre obtinha as mesmas respostas escassas. Até onde ele sabia, a mãe estava na faculdade quando engravidou, mas o pai não quis assumir e nunca mais os procurou. Nunca quis saber dele. Assim como o pai de Khalicy, ele tinha outra família, e filhos que valia a pena amar, diferente de Otto.

— Quando contei, ele me pediu pra interromper a gravidez. Pediu, não, ele exigiu. Ficou descontrolado, gritou que eu estava tentando arruinar a carreira dele. Que tinha sido tudo planejado. — Joana esticou o braço, acariciando o rosto dele com as costas da mão. — Nunca contei antes porque você era muito novo pra entender. Eu fiquei apavorada, mas a possibilidade nunca passou pela minha cabeça. Eu te amei desde o momento em que descobri a gravidez. Foi assustador e difícil na maior parte do tempo, mas eu faria tudo de novo e de novo, Otto. Sempre escolheria você, a gente.

Quando uma lágrima escorreu pelo seu rosto, Joana fez uma pausa para se recompor. Deu uma fungada enquanto usava o pulso para secar a bochecha e se endireitou na cama.

— Ele me cortou da vida dele de uma hora pra outra. Nem te deu uma chance. Passou a me evitar, me bloqueou em tudo o que podia, me tratava com desdém quando nos cruzávamos. — Ela sorriu, secando os olhos. — Eu estava grávida, na metade do curso, não fazia ideia do que ia acontecer. Só conseguia pensar nele. Quanto mais ele me maltratava e me evitava, mais eu me culpava. Achava que precisava dele pra seguir, que não ia conseguir sozinha. Enfim. Parecia que o mundo ia acabar. Em vários momentos achei mesmo que fosse. Só continuei forte porque tinha um serzinho na minha barriga que contava comigo.

Os olhos de Otto queimaram.

Nunca sentia falta do pai, porque Joana sempre fora incrível fazendo todo o trabalho sozinha. De modo geral, nem mesmo pensava no assunto. Era diferente de Khalicy, por exemplo, que tinha convivido com o pai por algum tempo; havia falta para sentir. No caso de Otto, não dava para lamentar por alguém que nunca existiu. Era uma ideia abstrata demais e ele preferia ser objetivo.

No entanto, era a primeira vez que sentia algo pelo pai além da apatia. Teve asco pela pessoa horrível que ele era e agradeceu que a única coisa que restasse dele em Otto fossem os olhos claros e a miopia. Não suportaria olhar no espelho e ver alguém tão desprezível.

— Mas, mãe... isso é horrível.

Ela balançou a cabeça, despreocupada.

— Eu sei que parece, mas não é. É bem catártico, na verdade. — Otto abriu a boca para dizer que eles tinham visões bem distintas do mundo, mas Joana se adiantou em explicar: — Olha só, eu não apenas consegui, como você e eu viemos parar longe pra caramba. Deu tudo certo pra gente! Não precisávamos dele, nem de ninguém. O que eu quero dizer é... eu sei que parece que o mundo vai acabar. Dói muito, a gente acha que não tem como continuar sem aquela pessoa. Mas, Otto, sempre dá. Tudo passa, mesmo parecendo que vai durar pra sempre. E daí um dia a gente acorda, olha pra trás e percebe que parou de doer há muito tempo.

Sem encontrar a voz, Otto se limitou a balançar a cabeça, sustentando o olhar da mãe. Eles nunca haviam conversado tão sério em toda a vida. E sobre tantas coisas de uma só vez. Embora estivesse se sentindo bem mais próximo a ela, ele mal podia esperar para ficar sozinho de novo. Depois de tantas emoções e de uma descarga de adrenalina imensa, ele só queria descansar e processar tudo o que haviam conversado.

Joana se levantou, esfregando as mãos na calça do pijama. Permaneceu parada por um tempo, olhando com carinho para o filho. Então se aproximou, envolvendo-o em um abraço, e repousou o queixo no topo de sua cabeça.

— Se você quiser, a gente pode comprar um pote daquele sorvete importado supercaro e comer de colher, pra você ter a experiência completa — falou por fim. — É importante se entregar aos sentimentos, mesmo os ruins. Só assim eles vão embora.

Ele retribuiu o abraço, com o rosto escondido no ombro dela.

— Obrigado, mãe. De verdade. Acho que aceito o sorvete amanhã. — Otto suspirou. — Mas preciso ficar sozinho agora, pra chorar em posição fetal e me perguntar por que minha vida acabou.

Joana despenteou os cabelos dele, rindo.

— Tá bom. Se precisar de uma seleção de músicas tristes de pano de fundo, é só me chamar. E não esquece de encostar na porta e escorregar pro chão! É um clássico.

Enquanto Otto ria baixinho, ela saiu do quarto, deixando-o sozinho com todas as coisas que não queria encarar.

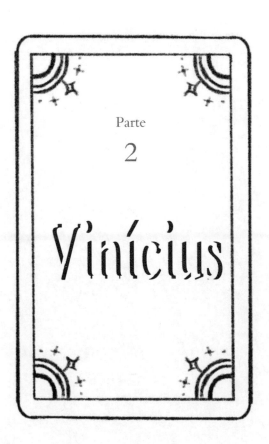
Parte 2
Vinícius

O arqui-inimigo

Khalicy voltou da cozinha equilibrando uma quantidade surpreendente de comida nos braços. Salgadinhos, bolachas, duas latinhas de refrigerante e uma caixa de bombons. Fechou a porta com um chute e despejou tudo na cama, ao lado das apostilas do colégio.

— Pronto, nosso kit de estudo — anunciou, animada. — Agora não vamos precisar sair daqui tão cedo.

Sentado no chão, Vinícius a acompanhou com o olhar, um meio sorriso nos lábios. Fazia pouco mais de meia hora que havia tocado a campainha, parado em frente ao portão descascado, para estudarem juntos o conteúdo de química orgânica. Desde que dera o primeiro passo para dentro do quintal, continuava se sentindo esquisito e engessado.

Khalicy o recebeu com um sorriso, vestindo roupas de ficar em casa – um moletom dois números maior que o dela, calças de pijama e pantufas de gatinho. Sua tranquilidade o desconcertou. Ele não conseguia fugir do remorso quando estavam juntos. Era impossível se lembrar dos anos que passou implicando com ela, fazendo comentários maldosos, e não se sentir um merda. Tudo piorava ainda mais com Khalicy sendo tão legal! Ele não merecia a ajuda dela, não merecia ser tratado bem. Seria muito mais fácil se ela agisse como Otto e se contentasse apenas em ficar na zona confortável da cólera. Ele saberia lidar. Saberia lidar com qualquer outra sensação que não fosse a gentileza.

De toda forma, quanto mais a conhecia, mais irritado ficava consigo mesmo. No passado, costumava achar graça. Mas agora não parava de pensar no que Bruno vinha dizendo desde que brigaram. *Não te reconheço mais. Você não é assim. Para de agir igual a um babaca.* Passava horas se perguntando o motivo, o que ganhava com isso, e nunca encontrava a resposta. Só sabia que começava a entender o melhor amigo. Também estava difícil para Vinícius gostar de si mesmo.

— Que foi? — perguntou Khalicy, enquanto sentava no chão, perto dele.

Ela amarrou o cabelo de qualquer jeito e abriu a bolacha recheada, olhando-o de esguelha.

Vinícius sacudiu a cabeça, de ombros encolhidos, e torceu para que ela não insistisse. Mas, àquela altura, já conhecia Khalicy bem o suficiente para saber que a garota não desistia até conseguir o que queria.

— Você tá com uma cara estranha.

— Eu *tenho* uma cara estranha — respondeu, tamborilando a ponta do lápis no caderno aberto sobre a colcha.

— É... não posso negar.

Ele riu, revirando os olhos para ela, que retribuiu com um sorriso divertido. Depois, com um gesto de cabeça, indicou as comidas espalhadas na cama, em um convite silencioso.

Vinícius alcançou o pacote de batata frita e girou no lugar até ficar de costas para a cama, que usou de encosto. Abriu e atirou um punhado na boca, o olhar se perdendo pelo quarto dela.

Na parede em que ficava a escrivaninha, um mural magnético o encarava de volta. Quase todas as fotos eram dela e de Otto juntos. Demorou-se em uma dos dois deitados ali na cama, lado a lado, os cotovelos apoiados sobre os livros da escola. Um gosto amargo invadiu sua boca.

Era estranho estar ali. Tão pessoal.

Ele não conseguia parar de pensar nas ocasiões em que esteve na casa das ex-namoradas. Passara por situações muito mais constrangedoras envolvendo quartos e pais irritados. Mesmo assim, nunca se sentiu tão deslocado quanto ali.

Khalicy soltou um suspiro, buscando-o de seus pensamentos. Deixou o pacote de bolacha sobre a colcha e o imitou, recostando-se na cama.

— Sério, que foi? Sua cara tá mais estranha que o normal. Sei que química orgânica é meio assustadora, mas bolei um esquema pra facilitar.

Vinícius deu uma risada de uma só nota, abandonando a batatinha no chão, entre os dois. Quando ergueu o rosto, ela o encarava, séria. Soube que ela não o deixaria fugir do assunto outra vez. Não se quisesse estudar ainda durante aquela tarde.

— Por que você tá fazendo isso tudo?

Ela olhou para o lado, com confusão.

— Pra te ajudar com a matéria? — Sua resposta soou incerta, como uma pergunta.

— Eu sei. Mas *por que* você quer me ajudar? Eu nunca fui legal com você. Não entra na minha cabeça.

Um som de engasgo escapou da garganta dela.

Vinícius a examinou com atenção, recebendo suas sensações.

Khalicy estava envolta em fumaça amarela, da mesma cor de suas mechas. A cor flutuava no ar, em micropartículas cintilantes que se aglomeravam, formando pequenas nuvens coloridas. Como se alguém tivesse acabado de soprar pó colorido nela. Khalicy parecia ter saído do festival das cores que acontecia na Índia, o Holi.

Antes, a fumaça costumava ser densa e de um laranja intenso. Quando as aulas começaram e ele descobriu que sentaria perto dela, não conseguia olhar em sua direção. O coração disparava sempre que via a sombra alaranjada pairando ao redor da garota, um lembrete constante de que não era bem-vindo.

Havia meses, no entanto, sua cor não era a mesma. Desde que começaram a estudar juntos, para ser mais preciso.

Mas, ao contrário do laranja, amarelo era bom. Amarelo era muito bom.

Aquilo era o que mais o desconcertava e o fazia se sentir mal. Sabia que Khalicy estava sendo sincera. Ela o ajudava por algum motivo que Vinícius não compreendia. E entendia muito menos como ela podia enxergar algo de bom considerando o passado deles.

— O Otto me perguntou a mesma coisa. Eu disse que era porque podia ser melhor que você, que queria mostrar o outro lado. — Ela deu um sorrisinho amargo, enquanto puxava um fio solto da calça. — Mas, na verdade, não faço ideia. Às vezes acho que sou meio burra, sabia? Se fosse o contrário, você não me ajudaria.

Vinícius riu baixinho, esticando os pés na frente do corpo.

— Não mesmo. Te mandava pro inferno. E você tinha licença poética pra me mandar também.

— Viu só? Burra! — Risadas tímidas preencheram o quarto, dissipando um pouco da tensão. Khalicy respirou fundo antes de continuar. — Sei lá... vi que você tinha dificuldade, que não reprovou por desinteresse. E sabia que o Bruno estudava com você antes.

Cruzando os braços atrás da nuca, Vinícius ergueu o rosto, observando uma teia de aranha perto da cortina. Falar de Bruno machucava. Reprovar de ano não o teria incomodado tanto se os dois continuassem conversando e se vendo como antigamente. Desde dezembro, quando brigaram no colégio, as coisas vinham capengando entre eles. A cor de Bruno deixou de ser verde e se transformou em marrom acinzentado, duas cores que não o agradavam. Embora continuassem conversando e se encontrando nos treinos, estava longe de ser como antes. E o amigo deixava um buraco tão grande em sua rotina que Vinícius se sentia desnorteado sem ele.

— Cara, se não fosse por ele, eu nem teria chegado no primeiro ano. De verdade.

— É... no começo do ano você tava em negação. Achei que fosse por isso mesmo. Enfim. Gosto de estudar, e você precisava de um empurrãozinho. Não me custava nada.

Ela esfregou os braços, e o amarelo ao seu redor ganhou um tom queimado de marrom. Ele se sentia um pouco marrom também. Confuso, incerto, perdido. A situação toda era muito desconfortável.

— Só que custava, sim! Eu... — Vinícius hesitou, envergonhado. — Eu te chamei de várias coisas. Te magoei de propósito.

Khalicy se remexeu no lugar, acertando o pacote de batatas com a mão e espalhando algumas no chão. Nenhum dos dois fez qualquer menção de pegar.

— Nada do que você me chamou era novidade. Aliás, você nem é tão criativo, assim, sabia? — Ela o olhou com intensidade. Vinícius se encolheu no lugar, sentindo o rosto esquentar. — E depois de um tempo a gente entende que isso diz muito mais sobre a outra pessoa.

— Mesmo? — Ele arqueou as sobrancelhas, mostrando interesse. — Dizia o quê sobre mim?

— Dizia, não. *Diz*. Que sua vida deve ser uma merda, e te falta amor-próprio.

— Ai! Doeu.

Um sorrisinho involuntário surgiu no rosto dele.

— Tô falando sério! Você acabou de falar que me magoava de propósito. Ninguém machuca outra pessoa sem estar machucado também.

De lábios comprimidos, Vinícius brincou com os punhos da blusa que vestia, pensando a respeito.

— Não acho que me falta amor-próprio... — Ele tombou a cabeça para o lado, lançando uma piscadela para ela. — Eu sou o maior gato! Ninguém nunca reclamou.

Khalicy revirou os olhos, rindo com deboche.

— Meu Deus. Amor-próprio não é só beleza, tá? Tem mais a ver com o conjunto todo. Tipo, o Otto me irrita. Metade do tempo quero dar um chacoalhão nele. E mesmo assim não mudaria nada, porque amo ele desse jeitinho. Amor-próprio é isso, só que com a gente.

O rosto dela se iluminou ao falar do melhor amigo. Aos poucos, a fumaça colorida emanando de Khalicy ficou mais densa, num tom de verde bem clarinho e suave.

Vinícius sentiu uma pontada no peito.

Khalicy e Otto sempre emanavam verde claro quando estavam juntos, ou falando um do outro.

Era sua cor favorita. Suas melhores lembranças estavam envoltas por ela. Verde por toda parte. Vinícius amava aquele sentimento. Tão intenso, puro e verdadeiro. Não dava para fingir com o verde. Ou estava lá, ou não estava.

Anos antes, quando tia Madeleine contratou uma designer de interiores para decorar a casa, Bruno pediu sua opinião sobre a cor que deveria escolher para o quarto. Vinícius nem precisou pensar para responder. O melhor amigo torceu o nariz na ocasião. Disse que nem achava tão bonito assim, e o pai ficaria bravo porque era a cor do Palmeiras. Que, ainda por cima, era cor de vegetal, e quem em sã consciência teria o quarto com cor de mato?

Os dois discordavam sobre muitas coisas, mas principalmente sobre as cores e as percepções que tinham sobre elas. Não foi diferente aquela tarde. Mesmo assim, Vinícius não sossegou e desembestou. Se tivesse a oportunidade de reformar o quarto, tudo seria verde. Tentou explicar para Bruno que a amizade deles era verde, e não existia nada mais sincero que isso. E que, se existia uma cor pra felicidade, ela devia ser muito próxima daquela.

— Puta merda... você tá chapado? — perguntou Bruno, rindo, enquanto atirava uma meia suja nele.

Vinícius pausou o jogo e o encarou, ofendido.

— Tá rindo por quê? Tô falando sério!

— O jeito que você fala das cores... sei lá, é engraçado.

Vinícius não entendeu, mas não teve tempo de perguntar. Bruno tinha despausado o jogo de luta e partido para cima dele.

Então, mais ou menos um mês depois dessa conversa, o amigo chegou na escola superempolgado com o projeto do quarto. Sem dizer uma palavra, colocou o celular em sua mão. Quando Vinícius bateu os olhos na tela, sentiu uma onda de afeição tão grande por Bruno que achou que poderia explodir em fumaça verde clara.

— Continuo achando que meu amor-próprio tá ok. — Vinícius deu de ombros, sem querer admitir que ela estava certa, e não resistiu a um sorriso quando ela revirou os olhos. — Agora, sobre estar machucado e tal... faz sentido. Vocês chegaram num péssimo momento, foram alvo fácil.

Apesar de tentar disfarçar, dava para perceber o interesse em seu olhar. Ela queria saber mais. Estava se segurando para não perguntar.

— Não falei? Você não é nada original.

Vinícius riu baixinho, deslizando para baixo até ficar em uma posição estranha, entre deitado e sentado.

— Para de fazer pouco caso e confessa logo que você tá curiosa.

— Então tá. Me conta o seu *ótimo* motivo pra ter sido um babaca comigo e com o Otto.

Vinícius assobiou, divertido.

— Você tá afiada hoje! — falou, voltando a brincar com os punhos do moletom. — Se é um ótimo motivo, não sei. Mas é o *meu* motivo. Meu pai é alcoolista.

— Ai.

— É — concordou, inclinando a cabeça para a frente. Dois cachos penderam sobre o rosto. — As coisas eram meio toleráveis até certo ponto, enquanto os negócios iam bem. Mas daí quebramos, ele foi trabalhar de porteiro no condomínio que a gente morava... sei lá, não fez bem pro ego dele. Começou a beber o dobro.

Vinícius tamborilou os dedos na coxa, respirando fundo. Odiava falar daquilo. Se não se sentisse em débito com Khalicy, jamais teria tocado no assunto.

Esticou a manga da blusa até que sua mão estivesse inteira escondida. Sentiu o olhar dela, mas evitou a todo custo. Por muito tempo, Bruno foi o único a saber daquelas coisas. Além dele, apenas duas de suas ex-namoradas o ouviram contar sobre o pai. Vinícius fugia do assunto. Primeiro porque odiava a cor da pena, aquele bege insosso e aborrecido. Depois porque sempre havia assuntos melhores para falar do que o pai. Era perda de tempo.

— Foi por isso que comecei basquete com o Bruno. A mãe dele tava enchendo o saco pra ele fazer algum exercício. Claro que eu faria de qualquer jeito se ele pedisse, mas a ideia de ficar menos tempo em casa foi o que me convenceu. Depois descobri que era bom nisso, entrei pro time e tal.

— Sinto muito. Deve ser difícil... conviver com... com um... — soltou as palavras no ar, sem nunca concluir o que dizia.

Vinícius deixou escapar um som engasgado.

— Bom, se isso te dá uma dica, eu não aprendi a ser babaca sozinho. — Ele a procurou com o olhar, numa tentativa de piada. Khalicy comprimiu os lábios, longe de retribuir o sorriso. — Meu pai nunca encostou um dedo em mim e na minha mãe. Mas é uma merda quando bebe. Meio que não faz diferença, ele vira outra pessoa. Trata a gente supermal, fala um monte de bosta, cheio de vermelho vivo. Meu pai não entende que tenho dificuldade na escola porque não consigo *enxergar* as palavras direito. As letras se embaralham, não foco. E quando contei que tinha reprovado... até hoje ele fica repetindo que a mensalidade é cara, que eu não valorizo o que ele faz por mim. Como você pode ver, meu pai é bem *gente boa*.

— E eu achando que meu pai era um otário... — resmungou ela.
— Antes longe do que fazendo merda.

Vinícius puxou o pacote de batata para mais perto e arrancou um punhado de dentro. Mas, antes de levar a boca, falou:

— Deve ser por isso que o Bruno relevou por tanto tempo. Ele conversava comigo sempre, mas no fundo sabia que as coisas tavam zoadas pra mim e pegava leve.

Eles ficaram em silêncio. Durante vários minutos, só se ouvia sons de embalagens e mastigação no quarto. Por cima do ombro, Vinícius olhou para os cadernos e apostilas esquecidos sobre a cama. Vinham estudando juntos havia meses e aquela era a primeira vez que conversavam de verdade, para além de comentários sobre o conteúdo ou sobre algum professor chato.

Com um suspiro, Khalicy o encarou, séria.

— Sinto muito, de verdade. Deve ter sido difícil ver seu pai mudando tanto e machucando vocês. O meu sumiu depois que arrumou outra família e eu já sofri um monte... — Ela retorceu o rosto em uma careta de brava. — Só não justifica. Ninguém é culpado pelo que você passa. No fim você meio que fez igual seu pai e foi cuzão com quem tava quieto.

— É mais fácil na teoria do que na prática. Às vezes eu ficava tão cheio de raiva... é como eu disse, vocês eram alvos fáceis. Tinham outros também. — Vinícius cruzou os braços, pensativo. — A ironia é que quanto mais eu ia pra diretoria, mais puto meu pai ficava e mais merda respingava em mim. Todo aquele vermelho, eu *odeio* vermelho.

Khalicy deu uma risada de uma nota, que mais soou como um gemido.

— A merda respingava mais ou menos, vai! A mãe do Otto cansou de ir na diretoria e nunca deu em nada pra você. — Seu tom de voz ficou mais hostil a medida com que as palavras saíam. — Pra ser bem sincera, eu te odeio muito mais pelo que você fez com o Otto. Cada vez que ele voltava com algum roxo pra casa, ou quando tinha crises de ansiedade por causa da educação física... fora que se escondeu nos intervalos o ano passado, pra conseguir comer em paz.

Vinícius cerrou os dentes, assumindo a defensiva. Girou até estar de frente para ela, sem esconder a irritação.

— Reconheço que comprei briga e que peguei pesado com ele. Mas, cara... ele não é inocente. Ele só se faz. — Seu tom de voz subiu ao perceber a descrença da garota. — O Otto me provoca! Parece que vocês fingem não ver, daí quando eu devolvo me pintam como o errado.

— Ah, não, Vinícius... — Ela gemeu, com impaciência. — Você tava indo tão bem! Cansei de brigar com o Otto pra ele reagir. O padrasto dele virou um *coach* de defesa pessoal, até. O Otto sempre foi superpassivo com você, abaixava a cabeça quando você começava com os apelidos ou sei lá. Não vou engolir.

A risada incrédula de Vinícius soou como um rosnado. Esfregou o rosto, odiando o momento em que considerou uma boa ideia perguntar por que Khalicy o ajudava. Seria melhor se tivessem se limitado a falar sobre ligações de carbono pelo resto do dia.

— Ele me provoca! — exclamou, e ela deu um pulinho de susto no lugar. — Caralho, quando eu falo disso pro Bruno é a mesma coisa. Eu não tenho problema nenhum em dizer que comecei a chamar ele de Dumbo na zoeira. Aliás, foi uma pena quando ele fez a plástica. Tirou toda a graça da coisa.

Khalicy revirou os olhos por mais segundos que o necessário, enquanto mostrava o dedo do meio em meio a uma nuvem laranja. Vinícius reagiu bufando.

— Ele se faz de sonso perto de vocês, mas tá sempre com aquele monte de vermelho pra cima de mim.

Isso pareceu desarmá-la. Seu rosto mudou de irritada para confusa em uma fração de segundo. Ela o encarou, parecendo esperar uma explicação. Como não veio, perguntou, vacilante:

— *Vermelho?*

Até que enfim.

Vinícius relaxou a coluna, bufando outra vez.

— E não é qualquer vermelho. É cor de sangue. Bem intenso, vibrante. Chega a doer de olhar. — Ele ergueu o queixo em vitória, como se eliminasse qualquer dúvida. — Se eu fecho os olhos, continuo enxergando.

Os olhos de Khalicy estavam tão semicerrados que ela enxergava por fendas estreitas.

— Vinícius... o *quê?!* — Ela olhou para trás, em direção a porta, como se planejasse uma rota de fuga. — Tá tirando comigo?

Sua resposta o chocou.

Vinícius nunca falara tão sério com a garota como ali, sentado no tapete do quarto. Ficou ofendidíssimo com a acusação.

— Não! Por quê?

— Que merda é essa de *vermelho pra cima de você*?

O garoto pestanejou, desconcertado.

Seu olhar foi atraído para uma das fotos dela com Otto, no mural. Com um suspiro cansado, observou o garoto alto e esguio sempre sorridente em todas as fotos.

— Vermelho é o pior sentimento — explicou, quase num sussurro. — É hostil. Meu pai sempre fica vermelho quando bebe. O Otto também, só fica vermelho comigo. Me chamando pra briga.

Khalicy balançou a cabeça. Ela se mostrava mais e mais confusa conforme conversavam. Vinícius não conseguia compreender o que tinha de tão complicado naquilo. Para ele, era cristalino como a água. Vermelho era ruim, pronto. Khalicy era sempre tão ponderada, não era a reação que esperava dela.

— Mas como assim, *sentimento*?

— Tipo raiva. Ódio. Repulsa. Isso tudo é vermelho. Quanto mais intenso o sentimento, mais intensa a cor.

— Fica com *o rosto* vermelho? É isso?

Vinícius arregalou os olhos, encarando-a com perplexidade. Bateu nas pernas, frustrado com o rumo da conversa.

— Não, Khalicy! Em volta! Ele *emana* vermelho. Sai dele. Igual agora, você tá cheia de marrom. E tá me deixando marrom também com essa conversa.

A garota se ajoelhou, sentando sobre os calcanhares. Ergueu as palmas das mãos no ar, como se pedisse calma. O cenho franzido estava tirando Vinícius do sério.

Talvez eles só funcionassem para estudar mesmo. Aquela tarde era a prova. Desde que pisara os pés ali, não tinha conseguido passar um minuto tranquilo e relaxado. O tempo todo havia algo entre eles, incomodando, como uma farpa no dedo.

— Só me deixa entender... marrom é um sentimento também? Igual vermelho?

Vinícius concordou, calado.

— Mas o que isso significa? Você *vê* a cor?

— Como assim *eu* vejo a cor? Você também não enxerga?

O olhar que trocaram foi cheio de estática. Khalicy umedeceu os lábios, as mãos ainda paradas no ar.

— Ahn, não? Em geral as pessoas só sentem os sentimentos. Daí o nome.

— Você vê o quê, então? Agora, por exemplo. O que eu tô sentindo? Khalicy piscou.

— Não faço ideia, Vini. — Seu tom era de assombro. — Quando eu fico brava, com raiva, ou feliz... sinto isso dentro de mim. E só. Se quero descobrir o que outra pessoa está sentindo, preciso perguntar.

— Mas... você não vê as cores? Você não tá vendo esse marrom todo? — Ao dizer isso, Vinícius abanou as mãos no ar, ao redor deles, indicando espaços vazios.

Ela o acompanhou com o olhar, os olhos num misto de preocupação e pesar.

— Na verdade, não. Só enxergo a gente, mas sem nenhuma cor saindo de ninguém. Se você me explicar melhor, acho que consigo entender. — Khalicy alcançou o caderno e o estojo. Abriu uma página em branco e tirou os lápis de cor de dentro. — Esse marrom... tem a ver com confusão, ou incerteza?

Vinícius pegou o caderno e os lápis que ela oferecia e os colocou no colo.

— Sim. Desconforto também. E dúvida. Marrom é uma cor incômoda.

Com o lápis preto, ele desenhou um bonequinho de palito bem grande no centro da página. Depois, buscou o lápis amarelo e o apontou, virando o apontador para despejar o farelo do grafite sobre a folha. Pressionando o dedo indicador sobre o farelo, Vinícius fez movimentos circulares ao redor do bonequinho, do tronco para cima, como se ele atravessasse uma nuvem bem no meio.

Ele bateu com os nós dos dedos no caderno e o esticou outra vez para Khalicy.

— Eu vejo assim. Amarelo é a sua cor.

— É assim o tempo todo? Na sala de aula... você enxerga todo mundo desse jeito?

— Quando tem muita gente, é mais difícil identificar de quem é a cor. Mas, sim, claro! É natural, igual ver... sei lá, o nariz das pessoas. Todo mundo tem, não significa que eu vá prestar atenção no de todo mundo. — Vinícius continuava encarando o desenho, o peito se comprimindo tanto que ele começava a ficar sem ar. — Achei que todo mundo fosse assim. Quer dizer que... só eu vejo desse jeito?

Khalicy olhava do caderno para Vinícius sem parar. O marrom ao redor dela suavizava aos poucos, dando lugar ao amarelo de sempre. Havia um brilho diferente em seus olhos, de empolgação e admiração.

— Já ouvi falar de pessoas com sinestesia. Sabe, que sentem o cheiro das palavras ou veem a cor dos sons. Passou no *Fantástico* uma vez. É muito raro.

— Será que tenho isso?

— Não acho. Você sabe o que as pessoas estão sentindo, Vinícius! É tipo o sentido literal de ter empatia.

Ele se aproximou dela, desesperado para saber mais. Desde que se entendia por gente, se sentia deslocado, incompreendido. No entanto, não tinha conseguido identificar o que o separava das demais pessoas até aquele momento. Agora que sabia, tudo parecia tão óbvio que Vinícius não entendia como demorara tanto para enxergar o que estava bem diante de seus olhos. Literalmente.

Foi inundado por lembranças esquecidas e corriqueiras. Como quando era mais novo e precisava desenhar ele e a família. As professoras elogiavam seus desenhos, ainda que Vinícius não tivesse a menor aptidão para isso. As cores nunca passavam despercebidas. Vez ou outra ele precisava explicar o significado delas e, como resposta, era elogiado por sua criatividade. Mas Vinícius nunca foi muito criativo, apenas reproduzia o mundo como era. Ou como era para ele.

Depois, pensou em Bruno e em todas as vezes que ficou surpreso por Vinícius saber o que ele estava sentindo. Mesmo quando tentava mentir, fingindo uma coisa quando as cores revelavam o oposto.

— Eu sou tão óbvio assim ou você que me conhece demais?

Vinícius ficava confuso, mas se limitava a encolher os ombros, sem dar muita importância.

— Você é um péssimo mentiroso.

Seus olhos arderam enquanto ele tentava processar tudo. Não parava de revisitar momentos aleatórios de sua vida que passaram a fazer mais sentido com a nova informação.

— Você tá... isso é sério, né? Não tá querendo dar o troco em mim?

Primeiro Khalicy arregalou os olhos, surpresa com a pergunta, depois deu um sorriso compreensivo.

— No fundo você sabe que eu não faria isso — falou, baixinho, e ele concordou. — Você nunca percebeu que era diferente? Ninguém nunca disse nada?

— Sim, mas... sei lá. O Bruno vive dizendo que eu levo as cores muito a sério. Normalmente as pessoas dão risada, ou ficam confusas, como você. — Vinícius esfregou o pescoço, ainda perdido nas imagens que não paravam de surgir em sua mente. — Mas nunca me ocorreu que eu fosse o único.

— Sério? Mas você não achava estranho ninguém mais falar sobre?

— Tem muita coisa que as pessoas não falam. Alguém já te perguntou como é o som de chuva, por exemplo? Ou como é o gosto dessa batata?

— Tem gosto de... batata? — brincou, com um sorriso travesso.

Vinícius fez uma careta impaciente, mas os cantinhos dos lábios entortaram para cima.

— Tá, mas como é gosto de batata? Ninguém sai falando, talvez seja diferente pra alguém? A gente só sabe das coisas pela nossa perspectiva. — Vinícius abraçou os joelhos, descansando o queixo sobre eles. — Eu ficava confuso às vezes. Ou achava que estavam só me alugando. Com o tempo fui deixando de falar tanto. Mas mesmo que eu tivesse contado pra alguém, faria diferença? Tenho certeza que iam pensar que fiquei doido. — Ao dizer isso, ele arqueou as sobrancelhas e encarou a garota nos olhos. — Você acha que tô louco?

Antes mesmo que ele terminasse a pergunta, Khalicy negou com a cabeça. Havia urgência em seu olhar, como se quisesse ter certeza de que ele não duvidaria dela.

— Você não tá louco!

— Você acredita em mim? — perguntou, com medo da resposta.

Não sabia por que a resposta dela era tão importante, mas era. Ele queria que alguém, qualquer pessoa, o dissesse que estava tudo bem. Que ele não era esquisito.

— Claro que acredito! — Khalicy juntou as mãos em frente ao rosto, como se fosse rezar. — Vini, você tem um dom muito foda! É o seu superpoder. Ninguém mais consegue ver o que você vê.

Sua escolha de palavras o fez rir. Vinícius passou a mão nos cabelos, o olhar perdido pelo quarto da garota.

— Poder? Não acho que é muito útil pra ser um poder.

Khalicy bufou com impaciência.

— Você tem um bônus. Alguma coisa a mais que as outras pessoas. Tipo uma vida extra, ou sei lá. Claro que é útil e claro que é um poder! — Ela soprou alguns fios de cabelo do rosto. — Você tem como saber quando tão fingindo. Ou seja, nunca vai ter um amigo falso. Nunca vai deixar passar uma mentira. Se isso não é útil, não sei o que é.

Ela falou com tanta convicção que Vinícius não teve coragem de retrucar. Virou o rosto, olhando para a garota ao seu lado. Ainda era difícil acreditar que tinha se aproximado da melhor amiga do menino que mais detestava. E que, contrariando todas as expectativas, gostasse da companhia dela.

Vinícius pensou melhor no que ela havia dito e foi pego de surpresa por um sorriso.

— Eu também sempre sei quando tem uma menina a fim de mim. Khalicy tombou a cabeça para trás, gargalhando.

— Ah, isso explica muita coisa!

Ele riu, embora seu riso tivesse mais a ver com nervosismo do que com achar graça.

— Cacete... você jura que ninguém mais consegue fazer isso?

Ela encolheu os ombros, como se se desculpasse. Os dois trocaram um olhar demorado, mas não disseram nada.

★★★

Foi quase impossível se concentrar em química orgânica no restante do dia. Os pensamentos de Vinícius o empurravam de volta e de volta para todas as situações de sua vida que passaram batidas, mas que de repente faziam todo sentido.

A adrenalina corria em suas veias. Os dedos tremiam enquanto ele tentava fazer as anotações no caderno. Embora não estivesse em condições de continuar depois da conversa que tiveram, não podia se dar ao luxo de não tentar. Tinha ido supermal nas primeiras provas, e cor nenhuma o ajudaria a passar de ano. As coisas em casa estavam ruins o suficiente, ele faria de tudo para que não piorassem.

No entanto, enquanto se despedia de Khalicy no portão de sua casa e saía para a calçada no começo da noite, percebeu que não lembrava de nada que haviam estudado. Não fazia ideia do que eram *alcanos*, *alcenos* e *alcinos*. Mas se na prova caíssem questões sobre ver os sentimentos de outras pessoas, Vinícius tiraria de letra. Ninguém teria uma nota tão boa quanto a dele.

Khalicy ficou um tempo no portão, esperando com ele enquanto seu pai não chegava. Não parava de perguntar sobre cada cor que existia na natureza, querendo descobrir o que cada uma significava. Atordoado, Vinícius tentou explicar que era muito subjetivo. Algumas cores surgiam com mais frequência, outras apareciam raramente. Que ele interpretava com base nos próprios sentimentos, e talvez nem tivesse certo, para começo de conversa.

Mas toda vez que ele começava a sugerir que tinha entendido tudo errado e que, pela lógica, ele provavelmente só estava imaginando coisas todo esse tempo, Khalicy o cortava. Para ela, não restava a menor dúvida de que Vinícius era especial.

— Acho que preciso consultar um psiquiatra — resmungou, em dado momento. — Ou um psicólogo. *Alguém*.

— Um psicólogo não seria má ideia.

Ele lançou um olhar acusatório para ela, mas Khalicy não se deixou abalar.

— Não por esse motivo. Mas o que você contou do seu pai, e como você descontou isso em outras pessoas. Talvez fosse legal colocar pra fora.

— Khalicy, eu te contei que vejo cores saindo das pessoas e você tá preocupada com isso? — Sua voz soou esganiçada.

Ela sorriu, parecendo achar graça do seu atordoamento.

— Prioridades. Eu só acho que tem coisas que funcionam melhor em segredo. Essa é uma delas.

Vinícius a encarou como se a garota fosse um alienígena, mas preferiu não discutir. Entendia o que ela queria dizer – se contasse aquilo para um médico, provavelmente não gostaria muito do diagnóstico. Por outro lado, parecia um ótimo motivo para correr para a primeira clínica psiquiatra que encontrasse. Se estivesse mesmo doente, o melhor seria resolver, não?

Então, depois de muita discussão, a mãe dela pediu ajuda com o jantar. A garota se despediu e entrou, virando a cada dois passos para olhar para ele, como se acreditasse que Vinícius fosse surtar sem sua companhia. O que não era nada impossível de acontecer, se ele fosse honesto consigo mesmo.

Apoiou as costas no muro enquanto esperava o pai. Um dos postes da rua estava com mau contato e ficava minutos sem funcionar, deixando aquele trecho sombrio.

Sacou o celular do bolso no automático e, enquanto o desbloqueava, ouviu uma voz conhecida que o fez cerrar os dentes. Otto. Instintivamente, olhou para o quintal de Khalicy, esperando que o garoto tivesse se materializado ali.

Uma risada veio de sua esquerda, um pouco mais próxima que antes. Vinícius se esgueirou naquela direção, esticando o pescoço para conseguir enxergar sem ser pego no flagra. Otto estava parado com um gato no colo, ao lado de uma mulher idêntica a ele, que só podia ser sua mãe. Os dois se despediam de um homem imenso e careca, que chacoalhava as chaves do carro na mão enquanto se demorava de propósito.

Seu coração parou. Escondido pela penumbra, acompanhou o homem sair pelo portão, emanando azul-marinho, e entrar no carro embicado na entrada da garagem. Otto e a mulher esperaram em pé até que o carro sumisse antes de entrarem outra vez, batendo a porta ao passarem. A luz do quintal foi apagada logo em seguida, deixando a casa na escuridão. Apenas as janelas derramavam a luz quente do interior e, por uma delas, Vinícius viu o garoto soltar a gata no sofá e se espreguiçar, sumindo para dentro.

Continuava observando a casa quando ouviu o carro do pai se aproximar. Engoliu em seco e entrou no banco de carona, aliviado ao perceber que o pai estava sóbrio.

Passou o cinto no tronco e, antes que ele desse partida, pigarreou.

— Pai, tá lembrado de quando você deu carona pra duas meninas aqui nessa rua?

— Aham. — O homem enrugou a testa, interessado. — O que é que tem?

— Qual casa a menina de cabelo verde entrou mesmo?

— Aquela ali, com o carro prata.

O pai apontou o dedo para a casa onde Otto havia acabado de entrar. Vinícius sentiu o sangue abandonar o rosto conforme se afastavam.

— Foi o que pensei — gemeu, baixinho.

O verde não mente

— Acorda pra vida, Vinícius! — ralhou o treinador Lucca, visivelmente irritado, com uma nuvem laranja ao redor da cabeça. — É o terceiro passe que você erra, pô!

Vinícius derrapou até parar, arranhando a sola do tênis no chão liso do ginásio e deixando um som ardido para trás. Olhou para o professor com culpa, enquanto usava o antebraço para secar o suor da testa.

— D-desculpa — repetiu, como das outras vezes.

Não pareceu bastar. Com uma careta de impaciência, o professor apitou, fazendo gestos para que todos se aproximassem. Pelo canto dos olhos, Vinícius viu Bruno se aproximar devagar, parando a poucos centímetros.

— Caso vocês tenham esquecido, nosso jogo é semana que vem! — rosnou o professor, marchando de um lado para o outro. — Não dá pra admitir esse monte de erro amador a essa altura do campeonato. É gente errando passe — ele olhou demoradamente para Vinícius ao dizer isso —, gente perdendo cesta...

O treinador Lucca continuou falando, o tom de voz mais alto a cada palavra. Quando ele começou a apontar o dedo em riste para os jogadores, uma veia estufou em sua testa. Era um péssimo sinal.

Vinícius sentiu puxarem a manga de sua camiseta e, ao virar para o lado, deparou com um olhar preocupado do amigo.

— Tá tudo bem? — perguntou Bruno, sem emitir som algum, mergulhado em uma nuvem roxa.

— Só um pouco distraído — respondeu Vinícius, também sem fazer barulho.

Bruno sorriu, conferindo se o professor estava olhando na direção deles.

— Eu percebi.

Vinícius negou com a cabeça, fingindo pouco caso.

— Preocupado com a escola — mentiu.

A verdade era que ele não ligava nada para a semana de provas. Tampouco se sentia culpado por isso.

Assim que chegou em casa na noite anterior, foi direto para o quarto e se jogou na cama, em choque. A mãe até tentou puxar assunto sobre a tarde de estudos, e arrancar alguma informação sobre Khalicy. Chegou até a perguntar quando a conheceriam, ao que o garoto respondeu depressa que ela tinha entendido tudo errado, e depois inventou uma desculpa qualquer para ficar sozinho.

Passou horas encarando o teto, mergulhado em pensamentos. Então sacou o celular e começou a pesquisar sobre sinestesia, dons especiais, superpoderes, ou qualquer outra coisa que pudesse justificar que porcaria estava acontecendo com ele.

Passou a madrugada em claro, lutando para ler todo texto que encontrasse pela frente. Quando os primeiros raios de luz invadiram o seu quarto, Vinícius ainda não tinha chegado nem perto de descobrir por que era assim. Muito menos se existia mais alguém no mundo igual a ele.

Khalicy tentou puxar assunto durante toda a manhã, e Vinícius se esquivou todas as vezes. No intervalo, mentiu que não estava se sentindo bem apenas para ficar sozinho, sentado no pátio aberto enquanto observava a explosão de cores dos outros alunos. Para ele, perceber os sentimentos através das cores sempre fora tão natural como respirar ou escutar. Era difícil acreditar que mais ninguém via o mundo com os seus olhos. No meio de tantas dúvidas e sentimentos conflitantes, Vinícius só conseguia se sentir apavorado e solitário.

Quando o professor passou perto dos dois, foi arrastado de volta para o presente. Bruno ainda o encarava, com uma expressão soturna e as sobrancelhas entortadas para baixo. Havia tanto roxo pairando à sua frente que Vinícius quase não conseguia enxergar seu rosto. Bruno esperou que Lucca mantivesse uma distância segura e então perguntou:

— Vamos comer alguma coisa depois do treino?

Vinícius olhou para ele sem esconder a surpresa. O coração deu uma guinada tão forte que até doeu. Desde dezembro, eles nunca mais haviam feito nada juntos. Só se viam na escola, sobretudo nos treinos. Por mais que Vinícius tentasse a todo custo se aproximar, Bruno não dava abertura para que as coisas voltassem ao normal.

Parte dele queria acreditar que era só uma questão de tempo e aos poucos a amizade seria como antes. No entanto, outra parte temia que se distanciassem mais e mais, já que não estudavam na mesma classe e não moravam na mesma rua, até que não passassem de meros estranhos um para o outro. Vinícius gostava demais do amigo para suportar continuar assim pelo resto do ensino médio.

— Cacete, não tenho nem roupa pra isso, cara.

Vinícius piscou ao dizer isso, arrancando uma risada baixa de Bruno. O professor Lucca lançou um olhar fulminante para os dois e, como se tivesse se dado por vencido, liberou o time.

— Amanhã o treino começa às duas. E, ah, cada vez que alguém errar, o time todo paga vinte flexões. Já vão preparando os braços.

Vinícius e Bruno caminharam lado a lado até as mochilas esquecidas na primeira fileira da arquibancada. Os outros jogadores reclamavam entre si do treinador e da dinâmica do treino do dia seguinte.

— Fazia tempo que eu não via ele puto assim — disse, quando saíram pelos portões do colégio.

Bruno encaixou as alças da mochila nas costas, com um olhar divertido. O roxo tinha dado lugar a um amarelo suave.

— É porque ele só sai do sério quando você joga mal.

— Cala a boca. Nada a ver.

— É verdade! Você é o xodó dele. O time dos sonhos do professor Lucca é feito só de Vinícius.

Vinícius gargalhou, batendo com o ombro no dele.

— Vai pro inferno, Bruno!

Só percebeu o que estava fazendo quando sentiu o uniforme encharcado do amigo tocar em seu braço. Vinícius se afastou no mesmo instante, temendo que estivesse forçando a barra, mas Bruno apenas ria com ele.

— Mas deixa o professor Lucca de lado. Como tão as coisas no colégio? — Bruno o olhou de esguelha, medindo sua reação. — Você tá precisando de ajuda com alguma matéria? Posso ficar depois dos treinos. Ainda tenho todos os cadernos do ano passado.

Vinícius, que secava o suor da testa, se virou na direção do amigo, tomado por afeição. Mesmo brigados – ou seja lá em que pé estivessem –, o garoto continuava preocupado com ele. Embora não estudassem mais na mesma sala, ainda se oferecia para ajudar com a matéria. Era uma merda que as coisas estivessem esquisitas, porque Vinícius amava Bruno como um irmão. A vida era odiosa sem ele por perto.

Com um suspiro, bateu as mãos nas pernas.

— Química orgânica é foda pra mim. Muitas letras e nomes parecidos — disse, o que não era mentira, embora também não fosse exatamente verdade. — Mas relaxa. A Khalicy tá me ajudando. Ontem fui na casa dela, fiquei até de noitinha. Pegamos firme na matéria.

Bruno o encarou, curioso. Com uma cotovelada leve, indicou que virassem à esquerda.

— Mesmo?

— Pois é. Parece que você perdeu o posto — provocou, dando de ombros.

Os dois riram e, por outro instante, foi como se todos aqueles meses brigados nunca tivessem existido. Seguiram em silêncio por alguns metros, antes que Bruno o acotovelasse outra vez, indicando uma padaria com um movimento de cabeça. Vinícius sentia tanta saudade do verde entre os dois que doía.

— É estranho não estudar mais com você — falou Bruno, pouco mais alto que um sussurro. — Às vezes olho pro lado, te procurando, daí lembro que você não tá mais lá.

— Vira e mexe eu faço alguma piada interna com a Khalicy, e ela fica sem entender nada. É uma droga — disse, sorrindo. Então olhou para dentro da padaria, interessado. — Acho que nunca vim aqui.

— Abriu faz pouco tempo. Tem uma coxinha de um quilo, é maravilhosa. Você vai adorar.

Ao dizer isso, Bruno apertou o passo, guiando-os para o fundo da padaria. Escolheu a mesa mais escondida e se afundou em uma das cadeiras, jogando a mochila no chão. Vinícius sentou de frente para ele, começando a se dar conta do cansaço, conforme o sangue esfriava. Apoiou os cotovelos na mesa e, com um gesto de mão, chamou o atendente.

Como Bruno conhecia melhor seus gostos culinários do que ele mesmo, aceitou pegar uma coxinha de um quilo, embora duvidasse conseguir comer inteira – a fome do melhor amigo sempre fora muito maior que a dele. Olhou ao redor, ainda estranhando aquele cenário. Os celulares jogados perto do porta-guardanapos, as mochilas caídas no chão, os dois com os rostos vermelhos depois do treino. O que antes era tão corriqueiro para eles, tinha virado um acontecimento, um motivo para comemorar. Vinícius não sabia se ficava feliz ou triste com a constatação.

Assim que o garçom se afastou, Bruno esticou os braços pela mesa, praticamente debruçando sobre ela.

— Sobre a Khalicy... não ficou um clima esquisito entre vocês? — perguntou, distraído com os sachês de ketchup. — Porque, hum... vocês têm um passado, né?

Vinícius suspirou. Desconfiou que as conversas delicadas acabariam acontecendo, mas não imaginou que seria tão cedo. Ainda não tinha preparado o psicológico para lidar com nada daquilo.

— Pra ela, não. Acho até que ela não teria aceitado me ajudar se não tivesse tudo bem resolvido — respondeu, batendo com os nós dos dedos na mesa. — Mas eu me sinto péssimo todo dia. Quanto mais legal ela é comigo, mais puto eu fico.

Bruno encolheu os ombros, de lábios crispados. Vinícius o conhecia bem o suficiente para saber que era sua maneira de dizer um *eu avisei* sem parecer rude. Antes que pudessem dizer mais alguma coisa, o atendente chegou, trazendo as coxinhas gigantes.

Chocado, Vinícius encarou o próprio prato por alguns segundos.

— Eu achei que fosse brincadeira. Você me fez comprar uma coxinha de um quilo mesmo, cara! Quem aguenta um quilo de comida?

Bruno ergueu as duas mãos no ar, rindo.

— Depois do treino aguento até duas! Tô morto de fome. — Ele despejava pimenta no salgado ao falar. — Vocês já conversaram sobre isso? Ou é meio que um assunto proibido e vocês fingem que nada rolou?

Vinícius, que tinha acabado de dar uma mordida, engoliu quase sem mastigar na pressa de responder.

— Bem que eu tentei fingir que nada rolou. Conversamos ontem, na verdade — disse, secando a boca com um guardanapo. — Perguntei por que ela estava sendo tão legal depois de tudo, uma coisa levou a outra... contei um pouco do meu pai e tal.

A última informação desconcertou Bruno, que arregalou os olhos no meio de uma mordida.

— Eita, então a Khalicy entrou pro grupo seleto de pessoas que você confia! Quem diria, hein?

— Acho que sim? Sei lá. Eu me senti meio em débito com ela, e como não tenho muito a oferecer em troca... meio que rolou.

Bruno deu um sorriso enigmático, e Vinícius não deixou de notar que a coxinha gigante já estava pela metade. Olhou para a sua, praticamente intocada, e abocanhou mais um pedaço.

— Ficou tudo bem entre vocês?

— Não é bem assim. — Vinícius deu um sorriso amarelo. — Vai demorar pra estar tudo bem de verdade. Ainda mais por causa do... *amigo dela*. Ela pareceu mais incomodada com isso do que com as coisas que eu falava dela.

Falar sobre Otto não era um tópico para o qual Vinícius estivesse ansioso, mas ele sabia que cedo ou tarde o garoto surgiria na conversa. De uns tempos para cá, ele parecia nunca estar de fora. Como sempre acontecia quando se tratava do inimigo, a cor emanando de Bruno ficou confusa e indefinida, impedindo-o de identificar seus sentimentos.

Vinícius devia ter transparecido o foco dos pensamentos, pois Bruno se endireitou na cadeira, erguendo uma mão no ar.

— Não vou falar nada, não precisa me olhar com essa cara! Você sabe o que penso disso tudo.

— Eu sei. Mas com o Otto é mais delicado, vocês não entendem. — O estômago de Vinícius deu uma cambalhota ao se lembrar da conversa do dia anterior. Sua grande descoberta fora graças ao Otto e a sua justificativa para o que havia entre eles. Mas, agora que sabia sobre as cores, ele não tinha mais tanta certeza se sua birra e perseguição com o outro garoto era justificável. — Acho que *nem eu* entendo mais. Tô com muita coisa na cabeça.

— Tô vendo que a conversa de ontem foi produtiva — brincou, antes de dar a última mordida em sua coxinha. Então, ainda mastigando, piscou para Vinícius. — Acho que tô ficando com ciúmes?

Vinícius soltou a coxinha para alcançar a latinha de refrigerante.

— Não precisa. Ela nunca vai ocupar o seu lugar. E nem eu vou ocupar o lugar do melhor amigo dela. — Vinícius parou para dar um gole, sob o olhar atento de Bruno. — E você nem tem o direito de sentir ciúmes, seu hipócrita!

— Claro que tenho! O Otto não te substituiu em nada. Mas a Khalicy roubou meu lugar nos estudos.

Com uma nova risada, Vinícius fez uma bolinha com o guardanapo e arremessou nele. A bolinha bateu em seu ombro esquerdo e caiu na mesa.

— Bruno, você é patético!

— Francamente, nosso primeiro almoço em meses e sou tratado assim. — Ele entortou os lábios para baixo, fazendo cara de chateado. — Você tinha que me recompensar com o resto da sua coxinha.

— Sai pra lá. Vai cobiçar a comida de outra pessoa. — Então, aproveitando que Bruno havia tocado naquele assunto delicado, esfregou a nuca, fugindo do seu olhar. — Eu sei que a gente brigou por um motivo razoável... eu só... eu não sou esse escroto, Bruno. Você sabe disso, né?

Os olhos dele brilharam com intensidade ao ouvir a pergunta. O amarelo esverdeado foi empalidecendo sutilmente até virar um cinza fraco. Tristeza, chateação, desânimo. Sentimentos dos quais Vinícius não era nem um pouco fã.

— Eu sei que você *não quis* ser. O que você passou foi foda, eu não teria aguentado. — Bruno alcançou o porta-guardanapos, girando-o no dedo sem nem se dar conta. — Mas... se fosse comigo, eu não teria a mesma opinião, e não ia fazer diferença se você estava ou não passando por alguma coisa. Tipo o seu pai, por mais que tenha os motivos dele, não justifica descontar em você e na sua mãe.

Vinícius massageou as têmporas, se esquecendo da coxinha. Sentiu que essa era a deixa para contar sobre as cores, sobre a conversa que tivera com Khalicy no dia anterior. Quis explicar por que tinha tanta certeza que Otto o desprezava, que era uma provocação implícita em sua visão de mundo.

Antes mesmo de abrir a boca, mudou de ideia. Depois de meses evitando um ao outro, algo dentro dele dizia que precisavam recuperar a confiança antes que jogasse uma bomba daquelas. Fora que, conhecendo Bruno, ele provavelmente acharia que se tratava de uma brincadeira. Ou, pior, uma desculpa. E com razão. Se não fosse com ele, dificilmente acreditaria em algo que, pelo visto, era tão fantástico.

Então, se apegou a outra coisa dita por Bruno que continuava martelando em sua cabeça.

— Você me acha escroto?

Um silêncio pesado pairou entre eles. Teria sido muito melhor se Bruno apenas tivesse dito que sim em vez de se calar, com o rosto contorcido em uma expressão de pesar enquanto a fumaça cinzenta se tornava mais e mais densa.

Decepcionado, Vinícius fez outra bolinha de papel, amassando-a bem mais que o necessário.

— Isso aqui é tipo um término, então?

Bruno soltou um suspiro prolongado, em uma risada de uma nota só.

— Você é minha *família*, Vini. Não tem como terminar com a família — disse, entortando a cabeça para o lado. — Eu me afastei porque não te reconhecia mais e sei que você não *é* babaca. Você *está* babaca, é diferente.

— Ah, nossa, fico *tão* aliviado! — retrucou, com ironia, fazendo Bruno rir baixinho. — Fiquei confuso por um tempo, não sabia se ainda era o seu melhor amigo.

— Eu também fiquei. Ainda estou, na real. Você ia gostar se eu... sei lá, desse rasteiras em velhinhas desavisadas no meio da rua?

Vinícius ficou dividido entre cair na risada e se sentir muito ofendido. Por fim, escolheu a primeira opção.

— Eu entendi seu argumento, mas nunca agredi nenhum idoso! Para que fique bem claro. Não dá nem pra comparar — disse, se recompondo. — Não tava dando pra gostar de mim, né?

Bruno respondeu com um aceno fraco de cabeça. Depois desviou a atenção para o copo de plástico, que começou a descascar como se fosse uma banana. De olhos estreitos, Vinícius ficou confuso com o marrom escuro, quase beirando o preto, que emanava de Bruno. Apesar da conversa séria, o clima entre eles estava leve até poucos minutos antes. Ele se deixou levar pela esperança de que tudo voltasse ao normal, e se agarrou à ideia de que estavam tendo um progresso, mas as cores diziam o contrário.

Engolindo em seco, Vinícius esticou a mão, tocando no pulso do amigo para ganhar sua atenção outra vez.

— Que foi? Tô te achando meio... inseguro? Como se estivesse com medo? — arriscou Vinícius, medindo as palavras.

Precisava lembrar que não era *normal* as pessoas saberem como as outras se sentiam. Ele pegou Bruno desprevenido. Com um sorrisinho de desânimo, o amigo esfregou os olhos, indignado.

— O tempo passa e nunca me acostumo... Fico de cara com o quanto você me conhece.

— Muito tempo convivendo juntos — respondeu, dando de ombros.

— Eu devo ser um péssimo amigo, então...

Vinícius balançou a cabeça, observando as partículas pretas e brilhantes sobrevoando o melhor amigo. Não precisava ter aquele poder para saber que Bruno tentava desviar o foco do que ele tinha acabado de perguntar.

— É sério, tô achando que você quer me dizer alguma coisa.

Bruno ergueu as sobrancelhas, como se perguntasse silenciosamente como Vinícius conseguia fazer aquilo.

— Fala logo! — insistiu.

Bruno empalideceu. Ele se remexeu na cadeira, olhando ao redor como se buscasse rotas de fuga. Então, quando Vinícius estava para dizer que ele não precisava falar se não quisesse, o amigo o encarou com intensidade, as mãos cruzadas sobre a mesa.

— É que... você diz que não estava fácil gostar de você. E não mesmo. — Bruno deu batidinhas na mesa com os nós dos dedos. — Mas eu não posso falar nada, porque também não tenho sido um bom amigo.

— Não tem sid... — Vinícius arregalou os olhos e negou enfaticamente. — Quê? Claro que é! De onde você tirou isso?

— Vini...

— Não, sério — interrompeu Vinícius. — Você é meu irmão. Nossa amizade é foda! É verdadeira, cara. E bonita. Por isso minha mãe e a sua tão tentando fazer a gente se acertar, elas também sabem disso. O verde não mente.

Bruno expirou o ar dos pulmões, rindo baixinho. Tinha ouvido aquilo tantas vezes que nem se abalou, embora, agora que Vinícius sabia que mais ninguém era assim, seu coração disparasse cada vez que mencionava algo relacionado às cores.

— *Bonita* — disse, divertido, mirando direto em seus olhos.

Vinícius ficou mudo, sem entender o rumo da conversa, muito menos os sentimentos do melhor amigo.

Em geral, sabia o que acontecia em sua vida. Seus dramas, sua insatisfação com a família, alguma briga com a irmã, qualquer coisa, por mais boba que fosse. Ele sabia ler Bruno, sabia extrair o motivo de suas preocupações apenas das cores. Mas, depois de tantos meses brigados, percebeu que não sabia quase nada do que passava na vida do amigo. Assim como Bruno não fazia a menor ideia do quanto tudo tinha mudado no dia anterior.

— Bom — começou, com cautela —, pra mim, é. Esses seis meses foram zoados, mas acho que pelo menos serviram pra eu entender o tamanho da sua importância pra mim. Tava tão no automático que só me acostumei e...

Ele deixou a voz morrer no ar, desconcertado. Bruno o encarava como se visse uma assombração. O rosto lívido e cheio de remorso. Apesar de não entender a razão, Vinícius se reconheceu naquele sentimento — ultimamente, parecia a única coisa capaz de sentir.

— Mano, que ódio! Isso sempre me deixou puto, sabia? — falou Bruno, por fim, parecendo indignado. — Você age como se eu estivesse acima, ou sei lá. Como se eu fosse perfeito e você, todo cagado. Odeio quando você fala essas paradas.

Vinícius entreabriu os lábios, ofendidíssimo.

— Eu tava aqui abrindo meu coração! — respondeu, meio rindo, meio ultrajado. — Caralho, Bruno, ninguém te ensinou o conceito de elogio?

— E ninguém te ensinou que você não precisa se rebaixar o tempo todo pra elogiar os outros? E que isso é chato pra caralho? Eu também senti saudade, e você também é importante pra mim. E minha amizade não é um negócio que você ganhou porque mereceu, que merda.

Bruno deu um soquinho na mesa, suspirando de frustração. Sem reação, Vinícius se limitou a encará-lo, esperando que ele despejasse o que mais estivesse guardando.

— Pra sua informação, tô escondendo meu maior segredo de você faz um tempão. Escondendo do meu *melhor amigo*. Porque fiquei com medo de como você ia reagir, e achei que não te conhecia mais. Que amizade *verde e bonita*, hein?

Vinícius cruzou os braços sobre a mesa e se aproximou de Bruno, com os olhos semicerrados e desafiadores.

— Um *segredo*? De *mim*?!

Quando Bruno confirmou, ele sentiu o rosto arder. Fumaça laranja rastejou ao redor de seus braços e dedos, como uma cobra peçonhenta.

— Há séculos — devolveu Bruno, erguendo o queixo em resposta ao desafio.

Um soco teria doído menos.

Bruno era a pessoa em que ele mais confiava. Talvez o único para quem ele conseguisse contar qualquer coisa. Embora tivesse uma boa relação com a mãe, não parecia natural sentar para conversar com ela sobre o quanto Otto o irritava, por exemplo, ou o fato de que virar amigo de Khalicy mexesse tanto com seus sentimentos e o fizesse se sentir um ser humano terrível.

Com o pai, muito menos. Talvez antes, num passado distante, quando o álcool não era uma barreira imensa entre os dois. Mas, agora, seria mais fácil virar melhor amigo de Otto do que conseguir uma conexão com o pai. Tudo o que ele sabia fazer era rosnar xingamentos, com os olhos vermelhos, arrastando os pés pela casa com uma latinha na mão. No final da noite, a latinha virava uma pilha, na mesinha de centro. Era quando Vinícius sabia que precisava evitar seu caminho se não quisesse ficar com os ouvidos doendo.

Nem mesmo com as ex-namoradas tivera tanta segurança para se abrir plenamente. O medo de que falasse alguma coisa errada que acabasse ferrando com a visão que tinham dele era um freio sempre presente.

Mas, com o melhor amigo, essas preocupações pareciam meros detalhezinhos bobos. Eles haviam crescido juntos, visto o melhor e o pior um do outro. Não existia nada que pudesse abalar a visão que tinham.

Bom, ele achava que não. Mas pelo visto Bruno tinha razão em afirmar que Vinícius colocava muita fé nele.

Coçou a nuca, encarando o amigo com assombro.

— Cara, eu te conto *tudo*.

— Eu sei. — Bruno não se deixou abalar. — Eu também te conto tudo, exceto isso.

— Então não é tudo! Por que você não me contou?

Vinícius arregalou os olhos, sem conseguir acreditar que estivessem tendo aquela conversa logo depois de tanto tempo sem se falarem. Se aquilo não era um término de amizade, ele não sabia o que era.

Bruno passou a mão pelos cabelos, suavizando a expressão e as cores.

— Já falei. Você me contaria tudo se eu desse rasteiras em senhorinhas?

— Quê? Vai pro inferno, Bruno! — respondeu, com um sorriso contrariado. — Se você vier com esse papo mais uma vez, vou ser obrigado a dar uma rasteira em você. Sério, tô muito puto. Você é um amigo de merda.

Ele tinha um sorriso torto ao encarar Vinícius.

— Nunca disse que não era.

— E eu aqui falando sobre como a nossa amizade é bonita e tendo pena de mim mesmo.

— Viu como é irritante?!

Sua revolta parecia divertir Bruno, que tinha voltado a emanar amarelo vivo. Vinícius devia merecer aquele idiota como amigo, era seu carma por infernizar a vida de outras pessoas.

Agarrou a latinha de refrigerante em um gesto dramático e a levou aos lábios, virando o restante do conteúdo. As narinas queimavam quando ele devolveu a latinha ao lugar, com um baque metálico.

— Quer saber? Retiro o que eu disse. Você não fez a menor falta — resmungou, olhando para os farelos de coxinha só para não precisar encarar o amigo.

Bruno o chutou por baixo da mesa até que Vinícius erguesse o rosto outra vez, contrariado.

— Você vai me deixar contar ou vai continuar fazendo drama?

— Ah, você quer contar? Achei que não contasse segredos pra quem dá rasteiras em velhinhas.

— Ué, mas você não disse que não dava?

Os dois se entreolharam por alguns segundos, e então riram em uníssono. Vinícius soltou um suspiro, relaxando o corpo na cadeira.

— Eu não lembrava que você era esse cuzão do caralho.

— E eu não lembrava que você não sabia a hora de calar a boca!

Bruno deu outro chute por baixo da mesa, que o fez rir.

— Desembucha logo — começou. — Acho que nem tem segredo nenhum, você só...

Mas Bruno o interrompeu, e sua voz pairou entre os dois como se tivesse usado o megafone do seu pai:

— Vini, eu sou gay.

No começo, achou que fosse uma piada. Não pela confissão em si, mas... Bruno? Gay? Eles viviam conversando sobre garotas, ele inclusive namorara uma. Vinícius teria percebido se o melhor amigo fosse gay, não?

Engoliu em seco, encarando Bruno com expectativa.

O amigo também parecia ansioso por uma reação. A insegurança que se manifestava em um rosinha claro, semelhante ao de suas bochechas, o desarmou.

— Você, ahn... mesmo? — perguntou, desconcertado. — Mas e a Lorena?

Bruno umedeceu os lábios, dando de ombros. Distraído, pegou o porta-guardanapos outra vez e o rodou no dedo, extravasando a tensão.

— Eu ainda tava meio confuso, em negação. Queria ter certeza. E você tava sempre namorando, achei que talvez só precisasse me esforçar.

— Se esforçar? — repetiu, com um caroço na garganta. — Como assim?

Bruno rodopiou o porta-guardanapo com mais velocidade.

— Eu gostava da Lorena, mas não desse jeito. Tipo, era legal passar um tempo com ela. Mas quando ela queria... me beijar... — Bruno engoliu em seco, o rosto corando. E, de repente, pareceu muito interessado no teto da lanchonete. — Eu só não sentia vontade. Nenhuma.

— Quem sabe você achasse ela feia?

Ele soltou uma risada baixa.

— Ela era linda, Vini! Mas é como se eu tivesse falando da minha irmã. Pra qualquer menina. Não me sinto atraído. — Bruno respirou fundo, como se buscasse a melhor maneira de se fazer entender. — Quando você ficava a fim de alguém... o jeito que você olhava pra elas... eu nunca senti isso com *garotas*.

Vinícius levou as mãos até a cabeça, tão surpreso e desarmado quanto na tarde anterior. Imagens começaram a passar diante dos seus olhos, enquanto ele tentava buscar quaisquer indícios que tivessem ficado despercebidos.

— Você... acha outros garotos bonitos? Tipo, pra valer? Você vê um cara bonito e tem vontade de... — sua voz morreu no ar.

Dessa vez Bruno deu uma risada calorosa.

— É o conceito de ser gay?

— Mas... a gente falava de garotas o tempo todo.

— Na verdade, *você* falava. Eu ficava na minha.

— Eu tô muito confuso. Não pelo que você me contou, mas... eu nunca percebi nada. Eu não fazia ideia. — Vinícius massageou as têmporas. — Sua família já sabe?

Bruno arqueou as sobrancelhas, parando subitamente de girar o dedo. O porta-guardanapos despencou na mesa, com um barulhão que despertou a atenção das pessoas ao redor.

— Claro que não! Até parece que você não conhece eles. — Bruno tinha uma expressão cansada que o conferiu alguns anos a mais. — Você é o primeiro a saber. Eu só precisava... me entender primeiro.

Suas palavras o desarmaram. Vinícius sentiu uma nova onda de afeição pelo melhor amigo. Não estava fácil acompanhar as mudanças bruscas de emoções daquele almoço. Minutos antes estava irritado com Bruno, mas agora só conseguia se sentir grato por o amigo ter se aberto com ele, ainda que as coisas entre eles estivessem esquisitas.

— Fiquei apavorado quando descobri. Cansei de ouvir meu pai falando que Deus fez Adão e Eva, e não Adão e Ivo. Bom, você sabe, eles são conservadores. — Sua expressão se fechou, assim como as cores ao seu redor. — Me escondi bem no fundo do armário, é por isso que você não percebeu. Eu não queria que ninguém sonhasse com o que eu andava pensando. Lutei contra o quanto deu, ficava dizendo pra mim mesmo que tava tudo bem, era uma fase, que provavelmente passaria quando eu conhecesse a garota certa. Daí veio a Olga, que parecia certa, mas não... Precisei desse tempo pra aceitar e ficar de bem com isso.

Vinícius ficou em silêncio por alguns segundos, absorvendo tudo. Não conseguia acreditar que, nos últimos anos, Bruno passara por tudo isso sozinho, enquanto o ouvia se queixar dos problemas incansavelmente.

— Queria ter ajudado de algum jeito. Nem consigo imaginar como deve ter sido foda. Sinto muito, cara. — Engoliu em seco, balançando a perna sem parar embaixo da mesa. — E v-você conseguiu? Aceitar e ficar de bem?

Bruno deu um sorrisinho sem jeito.

— Tô aprendendo. É tudo meio novo pra mim. Mas tô em paz, cansei de lutar contra quem eu sou... — Ele parou de falar, o sorriso aumentando. — Que foi?

Vinícius estava com as bochechas quentes. Tinha acabado de lhe ocorrer uma pergunta e ele estava torcendo para que não ficasse tão óbvio em seu rosto, mas pelo visto Bruno nem ao menos precisava enxergar nuvens coloridas para saber como seu cérebro funcionava.

— Nada... eu só tava aqui me perguntando se você já... ahn... — Ele puxou a gola do uniforme para longe do pescoço, com o calor se intensificando. Então, diminuindo o tom de voz, continuou: — Transou?

Bruno revirou os olhos, caindo na risada, embora seu rosto também tenha ficado vermelho vivo.

— Você não é nada criativo, sabia?

— Tô sabendo — resmungou, fazendo uma careta.

— Eu sou virgem. Quando você me perguntava da Lorena e eu não dizia nada, era por isso. — Bruno respirou fundo. — Nunca nem beijei um garoto. Ainda.

Essa informação o pegou desprevenido.

— Mesmo? M-mas... como você tem certeza que é gay se ainda não...

— Você só teve certeza de que gostava de garotas quando beijou uma? — interrompeu Bruno, com uma expressão impaciente que sugeria que esperava por essa pergunta.

— Não.

— Em algum momento você sentiu que precisava ficar com outro cara pra ter certeza?

— Não.

— Então como você sabia que era hétero? — Bruno arqueou uma sobrancelha, fitando-o direto nos olhos.

— Não sei, ué. Eu só sabia... — Vinícius deixou a voz morrer no ar, de olhos arregalados. Então assentiu, timidamente. — Entendi. Foi mal. Não vou mais fazer perguntas estúpidas. Não de propósito, pelo menos.

Bruno o surpreendeu com um sorriso amplo, enquanto esticava a mão para alcançar a sua.

— Melhor perguntar. Se não as coisas ficam esquisitas e eu não quero o meu melhor amigo pisando em ovos comigo.

— Não vou. Isso não muda nada pra mim. Você continua sendo... você.

Eles se entreolharam com cumplicidade. Na montanha-russa que estava sendo aquela tarde, esse era o momento em que subiam alto. Ele esperava que parassem lá em cima, antes da descida íngreme.

— Vamos andando? — disse Bruno, já levantando. — Prometi pra minha mãe que ia ajudar na recepção agora de tarde.

Com um aceno, Vinícius levantou logo em seguida. Vestiu o moletom, preparando-se para enfrentar o frio do lado de fora agora que o sangue havia esfriado do treino. Caminharam lado a lado até o balcão, mas não trocaram nenhuma palavra até estarem fora da padaria.

Vinícius observou Bruno abrir a mochila para pegar a blusa e foi tomado por um sentimento de urgência. Não queria que o assunto morresse, não depois de tanto tempo sem conversarem e, sobretudo, depois do amigo ter se aberto daquela maneira.

Esperou que retomassem a caminhada e, depois de ensaiar três vezes, perguntou:

— Como você descobriu?

Bruno manteve o olhar fixo no chão, mas, mesmo de perfil, Vinícius percebeu o rubor subindo pelo seu pescoço. Espirais de rosa claro rodopiavam ao seu redor enquanto ele se mantinha calado, no que pareceu uma eternidade.

— Não sei se você tá preparado pra essa conversa — resmungou, arrepiando os cabelos perto da nuca.

— Ah, vai, claro que tô! — Vinícius riu do desconcerto de Bruno, batendo com o ombro no dele. — Quem foi o seu primeiro *crush*? Não me diga que foi o professor Lucca!

Bruno parou no lugar, encarando-o de olhos semicerrados e um sorriso travesso no rosto.

— Meu Deus, não?! — respondeu, arrancando outra risada de Vinícius. Dessa vez, foi ele quem deu uma ombrada. — De onde você tirou isso?

— Tudo bem que ele tá meio acabadinho agora, mas quando a gente entrou pro time... — Vinícius assobiou, recebendo uma cotovelada nas costelas como resposta. Bruno ria tanto quanto ele. — Fortinho, suado do treino, autoritário.

O sorriso de Vinícius era petulante. Bruno fez cara de ofendido, mas não se desfez do sorriso nem por um segundo enquanto atravessavam pelo meio de uma praça. Um grupinho de adolescentes dividia uma garrafa de refrigerante muito suspeita, rindo alto. Na outra extremidade, meia dúzia de senhores jogavam cartas em uma das mesinhas de cimento.

— É isso que você pensa de mim? — perguntou Bruno, divertido.

— Sei lá, achei que fazia sentido. Quem foi, então?

Bruno tombou a cabeça, deixando escapar uma risada nervosa. Sem dizer nada, deu um passo largo para passar Vinícius, girando até estarem frente a frente. Vinícius o encarou com curiosidade, enquanto o amigo mordia o interior da bochecha, com os olhos voltados para baixo.

— Eu demorei pra perceber que tinha alguma coisa rolando... — sua voz soou muito mais frágil do que segundos antes —, porque achava que era assim que todo mundo se sentia com os amigos.

Vinícius levou mais tempo do que deveria para entender o que aquilo queria dizer.

— O quê?! — perguntou, piscando algumas vezes. — Você gostava *de mim*?

Bruno esfregou a nuca, ainda evitando o seu olhar.

O silêncio entre eles se sobrepôs aos ruídos da rua. Subitamente, as batidas de seu coração soaram tão altas que Vinícius não se surpreenderia se as pessoas do outro lado da avenida as ouvissem.

— Foi mais ou menos na época que as coisas começaram a ficar ruins pra você.

Vinícius arregalou os olhos, chocado.

Tentou buscar na memória algum sinal, qualquer um, mas não encontrou nada.

— Você gostava de mim?! — repetiu, sem saber como se sentia a respeito.

Bruno ergueu o rosto, sério. Engoliu em seco, cruzando os braços sobre o peito.

— Gostava. Daí você começou a ter olhos pras meninas, até teve uma *namoradinha*, lembra? — Vinícius viu a sombra de um sorriso nos lábios do amigo. — Comecei a entender que talvez o que eu sentisse por você não fosse só amizade.

Vinícius esfregou o rosto, se retesando.

— Você... alguma vez... ahn...

Ele não precisou terminar de falar para que Bruno entendesse a pergunta. Ainda assim, o garoto empinou o nariz em desafio.

— Alguma vez *o quê*?

— Já... fez? — Vinícius se odiou no momento em que ouviu sua voz, mas precisava perguntar assim mesmo. — Pensando em mim?

Bruno assobiou, dando um passo para trás, com um sorriso de desdém.

— É sério? Sua maior preocupação é essa? — perguntou, ao que Vinícius apenas encolheu os ombros. — A gente tinha dez anos, cara! Eu queria, sei lá, andar de mãos dadas.

— Desculpa. É só que...

— Fora que não foi uma paixão avassaladora, nem nada. Foi coisa boba, inocente, coisa de criança. — Bruno tinha as sobrancelhas unidas, deixando a testa vincada. — Comecei a gostar de outra pessoa pouco tempo depois.

Vinícius puxou os cachos como se quisesse arrancá-los. Por mais que odiasse admitir, não conseguia parar de pensar na possibilidade. Quer dizer, ao menos para ele era natural se tocar pensando nas meninas pelas quais sentia atração.

Sua garganta fechou. Olhou com atenção para o rosto tão familiar de Bruno, mas pela primeira vez o achou diferente. Tentou se convencer que eram os meses afastados, e as mudanças por estarem na puberdade.

Talvez o rosto de Bruno estivesse mesmo mudando. Mas no fundo soube que não, e se odiou por isso.

— Foi mal! Não quis te magoar...

Parou de falar de súbito, ao se dar conta, tardiamente, do que Bruno havia dito por último. Ele tinha começado a gostar de outra pessoa.

No ano em que as coisas desandaram para Vinícius.

O mesmo ano em que um aluno novo passou a estudar com eles.

— Puta merda! — Vinícius fechou a mão em punho em frente à boca. — Você gosta do Otto!

Bruno assentiu quase que de imediato, queimando-o com o olhar.

— Gosto.

— Meu Deus... — Vinícius riu, atordoado. Era demais para ele. — Você tá a fim do cara que me provoca desde o quinto ano. Que ótimo.

— Não, Vinícius. Tô a fim do cara que você persegue e humilha desde o quinto ano! — Bruno o encarou com raiva, apontando o dedo em riste. — Você fodeu com qualquer chance de me aproximar! Eu nunca tive coragem de convidar ele pra festa lá em casa com medo de como você ia agir. Imagina se é o contrário! Você ia gostar se seu melhor amigo fizesse isso com suas namoradas? Bela amizade, hein? E depois não entende porque eu precisei me afastar.

Bruno ofegava quando terminou de falar.

O silêncio que seguiu foi como um muro entre os dois. Se ele soubesse no que resultaria aquele almoço, jamais teria aceitado. Teria preferido continuar afastado, evitaria uma nova briga.

— Tá bom, beleza. Vou facilitar as coisas pra você. — Vinícius mostrou o dedo do meio das duas mãos, enquanto se afastava, andando de costas. — Vai lá mamar o Dumbo. Se o pau dele for proporcional às orelhas, você tá bem servido.

Azul turquesa

Os ouvidos de Vinícius zumbiam enquanto ele pisava duro no caminho de volta para casa. Quanto mais refletia sobre o fato de o melhor amigo gostar do garoto que ele detestava, mais as coisas faziam sentido, e menos feliz Vinícius ficava. Era por isso que Bruno sempre o defendia e, ultimamente, se mostrava cada vez menos tolerante com qualquer piada ou comentário envolvendo Otto. Pouco depois do churrasco na casa dele, por exemplo, Vinícius fez um comentário inocente sobre o filme *Dumbo* e recebeu um olhar cortante do amigo, achando que ele se referia ao antigo apelido de Otto.

Cerrou os dentes, aumentando a velocidade até estar a um passo de correr. Ele não sabia como processar tudo aquilo. Por um lado, entendia que devia ser difícil sair do armário. Era assim que chamavam, certo? Ainda mais para Bruno, que tinha a pior família do mundo naquele sentido. Ele nem queria pensar em como Levi agiria quando soubesse. Sentia muito pelas coisas que o amigo provavelmente escutaria em casa. Por outro, se fosse o inverso, Bruno teria sido a primeira pessoa para quem Vinícius teria ido correndo desabafar. Ele não pensaria duas vezes. Doía saber que o melhor amigo não o considerava um porto seguro.

Mais que isso, doía saber que, por todos aqueles anos, Bruno defendera Otto com uma falsa neutralidade, quando na verdade não podia estar mais distante de ser imparcial. O que mais o chateava era que Vinícius sabia que teria parado de implicar com Otto se Bruno apenas tivesse aberto o jogo. Teria mordido a língua, evitado ligar para o vermelho intenso que o garoto o dirigia sempre que estava por perto. Faria aquilo por Bruno.

Como nunca soubera de nada, não tinha um bom motivo para deixar de ser babaca com Otto. Ironicamente, isso o afastara de uma das pessoas com quem mais se importava no mundo. Estavam brigados, indo de mal a pior, por causa daquele desgraçado.

Esfregou o rosto, querendo berrar para que todos na rua soubessem o quanto estava puto. Em vez disso, agarrou as alças da mochila e se concentrou em desviar das pessoas com quem cruzava, desejando estar em casa o quanto antes. Faltava pouco, de toda forma. Dois quarteirões e poderia se trancar no quarto, se afundando em autocomiseração. Aparentemente, era o que sabia fazer de melhor.

Vinícius parou na faixa, esperando o semáforo fechar, quando foi tomado pela lembrança do dia em que Otto acompanhou Bruno para o treino de basquete. Apertou as mãos com ainda mais força, com a imagem vívida dos dois indo embora juntos, lado a lado, enquanto Otto empurrava a bicicleta. Sentiu a mesma pontada de ciúmes da ocasião, o medo de que Otto acabasse roubando o seu lugar, só que agora entendia que eles ocupavam espaços muito diferentes para Bruno. Um gosto amargo invadiu sua boca enquanto ele os imaginava sozinhos na casa do melhor amigo durante toda a tarde. Será que Otto era mesmo gay? Será que ele correspondia aos sentimentos de Bruno? Será que eles estavam ficando?

As perguntas não paravam de surgir enquanto ele tateava os bolsos em busca das chaves de casa. Arrastou os pés pelo quintal e passou o olhar, distraído, pela cesta de basquete que o pai instalara logo que ele entrou para o time, no quinto ano. Agora Vinícius era alto demais para brincar, mas ele e Bruno haviam perdido tardes e tardes praticando arremessos, empolgados.

Ele passava por ali todos os dias, mas quase nunca se lembrava de olhar naquela direção. A cesta virara parte da parede, camuflando-se entre os vasos de samambaias que foram parar ali com o passar dos anos. Com a cabeça cheia depois de dois dias turbulentos, olhar para aquele portal que o levava direto ao passado desbloqueou lembranças que ele nem sabia que tinha.

Vinícius congelou no lugar, como se alguém tivesse acabado de sacudir a sua cabeça.

Lembrou-se do quinto ano, as novas matérias, os novos professores, e a nova vida com o pai cada vez mais difícil de lidar. Então, lembrou-se de Otto e Khalicy. Não havia mentido para a garota sobre os dois serem alvos fáceis para que extravasasse as frustrações. Mas de repente ele percebeu que não era totalmente verdade.

Quando Otto chegou, com as orelhas de abano e aqueles olhos assustados que o irritavam tanto no presente, Vinícius não deu muita bola. Ele e Bruno tinham acabado de entrar para o time, e o gostinho de novidade o manteve focado em dar o seu melhor. Então, numa terça-feira como outra qualquer, Otto chegou usando óculos e Bruno comentou, casualmente, que ele tinha se consultado com o pai e que tinha ido com a cara dele.

Foi a primeira vez que de fato reparou em Otto. Passou o resto da manhã de olho no garoto, desconfiado. No entanto, foi somente quando o sinal do fim da aula soou que ele teve o primeiro motivo para detestar o garoto: ele e Bruno se despediram com um aceno de cabeça, e então o verde estava lá.

Nos dias que passaram, a cor se intensificou. Para o seu desespero, não vinha apenas do novato, mas também do seu melhor amigo. A cor da amizade, a cor que somente ele conseguia extrair de Bruno. Vinícius passava aulas inteiras lançando olhares feios para Otto, irritado com cada trejeito, cada expressão, cada vez que ele abria a boca e soltava a porcaria da voz anasalada.

Em um dia particularmente ruim, deixou o apelido escapar. Dumbo saiu de sua boca com tanta naturalidade que ele só se deu conta ao perceber os olhos arregalados de Otto. Olhou para o melhor amigo, rindo. Esperava que ele entrasse na brincadeira, mas tudo o que conseguiu de Bruno foi uma carranca emburrada. Ele devia ter percebido. Sempre foi tão óbvio.

Aos poucos, pegou gosto em deixar o novato acuado. Ele nunca reagia, vivia assustado, prestes a cair no choro. Sem contar que, quanto mais pesado Vinícius pegava, mais conseguia afastá-lo de Bruno. O que, no fim do dia, era tudo o que ele queria.

Não demorou para que o vermelho surgisse na equação. Otto passou a devolver as provocações com aquela hostilidade velada. Os anos foram passando, e Vinícius se esqueceu do que motivou a guerra entre eles, até aquela tarde.

O verde entre Bruno e Otto desapareceu com a mesma facilidade com que surgiu. Talvez porque dificilmente eles interagissem e, quase sempre, Vinícius estivesse por perto, o que fazia com que a única cor possível fosse o vermelho vívido. Bruno, por outro lado, passou a manifestar sentimentos difíceis de interpretar. De modo geral, amarelos. No entanto, a cor nunca era definida quando se tratava de Otto. Sempre vinha misturada com outros sentimentos, o que fazia com que virasse uma mancha com cor de nada que no começo até o deixou curioso, mas com o tempo parou de se destacar aos seus olhos, tal como a cesta de basquete.

Seis anos o separava daquele momento exato em que Otto apareceu usando óculos e ele teve medo que o garoto roubasse o seu melhor amigo.

O problema era que só agora Vinícius conseguia ver com clareza: não se tratava de verde, mas sim um azul turquesa bem clarinho, que ele passou a reconhecer muitos anos depois, sempre que alguma menina se mostrava interessada e ele sabia que podia investir.

Sua memória o havia pregado peças.

Talvez Vinícius fosse muito novo para entender quando a cor de Bruno mudou suavemente. Como eram parecidas, julgou, em sua inocência, que se devia aos laços terem se estreitado quando começaram o basquete juntos.

Agora ele entendia. Bruno gostava dele naquela época, não como amigo. O que significava que a amizade dos dois nunca esteve ameaçada. Mas também significava uma coisa ainda mais importante, que tinha lhe escapado até aquele momento: Otto também gostava de Bruno.

Vinícius destrancou a porta de casa, arrancando os sapatos na entrada e arrastando as meias em direção ao banheiro. Arrancou a blusa e a camiseta do uniforme, ainda confuso. Independentemente do que o amigo dissera, sentia-se mal por nunca ter percebido e pelas coisas que podia ter dito que afastaram Bruno ainda mais.

Mas como ele podia imaginar se no mês anterior mesmo Bruno estava todo de namorinho com a garota de cabelo verde?

Vinícius sentiu uma pontada no peito.

Quando ele e Olga se conheceram, no churrasco de fim de ano, podia jurar que Khalicy chegara acompanhada de Otto. Ele não tinha bebido uma gota de álcool quando pensou ter visto o garoto pulando para trás do pingo de ouro, mas foi Olga quem encontrou escondida, para o seu desconforto.

Ainda naquela manhã, mesmo sem nunca a ter visto na vida, tudo ao redor dela ficava vermelho quando ele se aproximava. Da mesma maneira que, embora tivesse acabado de conhecer o anfitrião da festa, era azul turquesa que flutuava ao redor de Olga.

Então, como se um raio iluminasse sua mente, ele compreendeu.

A verdade que esteve ali bem diante do seu rosto enquanto Vinícius fugia dela. Tomado por um laranja avermelhado, fechou a mão em punho sobre a boca, o ódio subindo em espirais.

— Filho de uma puta!

Era isso.

Otto e Olga eram a mesma pessoa.

Ele não sabia como, nem mesmo o que aquilo significava de fato, mas agora que o pensamento tinha lhe ocorrido, nada no mundo o faria voltar atrás.

Pouco tempo antes, se tivesse sido surpreendido por aquele pensamento, Vinícius teria rido e seguido a vida. Mas, depois da conversa com Khalicy no dia anterior, nada mais parecia impossível.

Na verdade, agora que parava para pensar, a naturalidade dela em aceitar que ele tinha um *superpoder* (ela havia usado aquela palavra mesmo?) não era um comportamento esperado. Pelo contrário, era bem esquisito e improvável. Se Vinícius contasse para Bruno sobre sua habilidade de enxergar os sentimentos das pessoas, o melhor amigo provavelmente arquearia as sobrancelhas, rindo com ceticismo, mesmo que eles se conhecessem desde sempre e Bruno o levasse a sério. A reação seria muito menos amigável se contasse para a mãe, por exemplo, ou para o pai.

Com Khalicy, não fora assim. Ela não levara nem dois segundos para acreditar nele. Se o que Vinícius sabia fazer era assim tão especial, como ela tinha aceitado numa boa? Eles nem eram tão amigos. Ele mesmo ficara muito mais intrigado do que ela. Em nenhuma hipótese teria ouvido a garota se a situação fosse inversa. *Ninguém* ouviria.

Era como se, para Khalicy, não fosse uma surpresa existir a possibilidade de pessoas com aptidões incomuns existirem, se é que podia chamar assim. Em um mundo chato e tedioso, o fato de uma pessoa fazer o impossível não a abalava. Para Vinícius, isso só podia significar duas coisas. Ou a garota era ingênua e acreditava em Papai Noel e fadinhas do dente, ou poderes não eram exatamente uma novidade para ela.

Vinícius ficava com a segunda opção.

Otto e Olga. Ele tinha certeza. Parecia loucura, mas, quanto mais refletia, mais convencido ficava.

Coisas estranhas vinham rondando Otto nos últimos meses. Ele não se lembrava de já ter ficado tão apavorado na vida como quando Otto tinha pulado de trás de uma lixeira em um beco, meses antes. Pelo amor de Deus, o garoto sumiu por alguns minutos e reapareceu com os braços da grossura de troncos de árvore! Parecia um fisiculturista, ou sabe-se lá o quê. Vinícius duvidava que existissem pessoas tão fortes no mundo. De qualquer forma, aquele nem era o principal motivo do seu espanto. Não era preciso ser muito inteligente para saber que *ninguém* era capaz de ficar tão forte em tão pouco tempo. Ia contra tudo o que aprendiam na escola. O professor de física teria ficado horrorizado, e isso seria só o começo.

Pelas próximas semanas, tentou entender que merda tinha acontecido ali. Milhares de possibilidades surgiam e sumiam em um piscar de olhos. Ilusão de ótica? Um macacão com enchimento? Alguém muito parecido com ele? Manifestações de um multiverso? Talvez Otto o tivesse drogado? Nada fazia sentido.

Não ter respostas era enlouquecedor. Por isso, depois de dias e dias esquentando a cabeça, Vinícius decidiu enterrar o acontecimento bem no fundo da mente e fingir que nunca tinha acontecido. Fora um dia como outro qualquer: ele saiu do mercado e foi direto para casa, sem cruzar com ninguém.

No entanto, não era um evento isolado quando se tratava de Otto. Além do fato de ele e Olga nunca estarem no mesmo lugar ao mesmo tempo e terem o mesmo elo com Khalicy, também tinha o detalhe de que moravam na mesma casa. Ele se lembrava perfeitamente da garota de cabelo verde se esgueirando para dentro do portão ao lado da casa de Khalicy, a mesma casa onde vira Otto meses depois. Para não falar nas roupas e no fato das meninas errarem os pronomes de Olga o tempo todo. Pensando melhor, os dois tinham uma voz anasalada semelhante e o mesmo jeito muito característico de falar.

Sem contar no que um cara do time tinha contado sobre a prima jurar ter visto Henry Cavill entrar em uma padaria no centro. O Super-Homem! Numa padaria! O que o astro de Hollywood fazia em uma cidade pequena de interior, Vinícius jamais saberia.

Quem sabe estivesse fora de si, mas Vinícius estava completamente convencido de que, assim como ele, Otto também tinha superpoderes. Precisava agradecer Khalicy. Não fosse ela, nunca teria descoberto sobre si mesmo e, consequentemente, sobre Otto.

Vinícius saiu do banho tremendo de frio e raiva. Havia ficado tão imerso em teorias que esquecera de levar roupas limpas para o banheiro. Correu para o quarto e, depois de se vestir, se enfiou embaixo das cobertas, batendo os dentes.

Então Otto podia se transformar em quem quisesse? E a primeira coisa que o desgraçado resolveu fazer foi enganar o seu melhor amigo?!

Era errado em tantos níveis que Vinícius nem sabia por onde começar. Era tipo um *catfish*, só que elevado à décima potência. Era ser o mais cuzão dos cuzões. Otto estava enganando Bruno de todas as formas que alguém poderia ser enganado. Não existia Olga. O que existia era um garoto egoísta o suficiente para pensar apenas no próprio umbigo.

Em um ímpeto de revolta, Vinícius alcançou o celular e abriu a conversa com Bruno, os dedos trêmulos. Estava na metade do áudio quando ouviu o que dizia e mudou de ideia. Não existia a menor chance de o amigo acreditar nele, ainda mais depois de terem brigado. Se transformar em outras pessoas fazia *enxergar sentimentos* parecer brincadeira.

Apagou o áudio, atirando o celular na cama. Não podia deixar por isso. Se fosse com ele, Vinícius gostaria de saber. Bruno precisava entender que, pelos últimos meses, fora manipulado por um maníaco. Aquele... psicopata.

Vinícius necessitava de provas. Provas eram irrefutáveis. Bruno só acreditaria se visse com os próprios olhos. Precisava bolar um jeito de encurralar Otto. Não sabia como, nem quando, mas não deixaria que o garoto continuasse com aquele joguinho.

Com um suspiro, cobriu a cabeça com o edredom. Ele tinha uma ideia de por onde começar.

A vingança é vermelho sangue

A manhã demorou a passar. Dividido entre bater a ponta do lápis no caderno e conferir as horas a cada cinco minutos, Vinícius ocupou cada aula remoendo a raiva que estava sentindo de Otto, sem conseguir absorver nada. A pior parte era que nem poderia contar com a ajuda de Khalicy para pegar o conteúdo depois, porque também estava puto com ela. Mal conseguia olhar em sua cara.

Ela podia não ter se transformado em outra pessoa e enganado Bruno, mas não mudava o fato de que era cúmplice. Tinha colaborado com aquela palhaçada! Ele não conseguia *conceber* que a garota que escolheu ajudá-lo apesar de tudo fosse a mesma que via o melhor amigo enganar outra pessoa. Ainda mais Bruno, que nunca fizera nada para ela!

— Você tá bem? — perguntou Khalicy, no meio da aula de geografia.

A contragosto, Vinícius a olhou por cima do ombro, sem se preocupar em esconder o descontentamento. Ela estava preocupada. A fumaça ao seu redor era roxa como uma uva.

— Aham.
— Não parece.

Vinícius respondeu com um gesto de pouco caso, sem se dar ao trabalho de falar. Ela ergueu as sobrancelhas, e a preocupação deu lugar à irritação.

— Que foi, hein? Tá com essa cara feia a manhã toda.
— É a única que tenho. Será que... — Ele usou o lápis para indicar a lousa, onde o professor fazia um esquema sobre os tipos de vegetação. — Tô tentando prestar atenção.

Khalicy deixou os lábios entreabrirem em revolta. Seus olhos estreitos foram a última coisa que ele viu antes que voltasse a se virar para a frente. Não trocaram mais nenhuma palavra.

Vinícius se concentrou no que precisaria fazer quando o sinal da última aula soasse. Teria poucos minutos de dianteira para alcançar Otto antes de Khalicy. Se deixasse o material pronto e corresse para a quadra, conseguiria encurralá-lo. Desconfiava que se sairia melhor se o pegasse sozinho. Sabia que Khalicy era boa em improvisos.

Vinte minutos antes do sinal tocar, Vinícius paralisou ao perceber que o plano tinha um furo: Bruno também não podia estar por perto, ou não faria sentido. Discretamente, buscou o celular no bolso da calça e, por baixo da mesa, digitou uma mensagem para o amigo.

> *desculpa por ontem*
> *preciso mto falar com vc depois da aula*
> *me encontra na biblioteca? é urgente*

Vinícius não fazia ideia do que diria ao amigo quando se encontrassem, mas pensaria nisso depois. Por enquanto, o foco era apenas mantê-lo longe de vista. Bruno respondeu logo em seguida com um simples *ok*, que o dividiu entre se sentir aliviado pela resposta e ofendido por ser monossilábica.

Com um suspiro, começou a juntar os materiais sem fazer movimentos bruscos que o denunciassem para a professora. Faltando dez minutos para o final da aula, a única coisa que continuava para fora era o caderno de dez matérias.

Quando o sinal tocou, pulou da cadeira e, a um passo de correr, atravessou a sala em direção à saída. Tinha colocado o primeiro pé para fora quando ouviu a professora pedindo para que Khalicy ficasse para conversarem e sorriu com a ajudinha do universo. Era isso. Era a sua chance de prensar Otto na parede e tentar descobrir mais sobre o que estava acontecendo.

Correu por entre alunos desesperados para fugirem do colégio, desviando deles como se estivesse com uma bola na mão. A poucos metros da quadra, avistou Otto desamarrando o moletom da cintura e o vestindo enquanto seguia para onde as mochilas estavam amontoadas, perto da trave. Bruno vinha logo atrás, conferindo o celular. Alcançou a mochila e se despediu de Otto, ultrapassando-o. Vinícius se escondeu no recuo que dava para a cantina, com uma pontada de remorso, quando o amigo se apressou em direção à biblioteca. Conhecendo Bruno, sabia que ele devia ter imaginado o pior e devia estar superpreocupado. Mas logo afastou a culpa; afinal, era por uma boa causa. Vinícius só estava fazendo aquilo por ele.

Ficou escondido esperando Otto se aproximar e então saiu de trás da parede com a maior naturalidade que conseguiu, fingindo que o fato de se trombarem era mera coincidência. O garoto levou alguns segundos para notar sua presença, e reagiu como sempre fazia quando o via: retesando o corpo todo e jorrando vermelho em sua direção.

Apesar do garoto, na verdade, ser uns bons centímetros mais alto, Vinícius sempre considerou intrigante o quanto Otto aparentava ser menor. Talvez tivesse a ver com a sua vulnerabilidade e o fato de que, tirando o vermelho intenso que costumava direcionar para ele, não reagisse nunca. Pelo menos até o incidente do beco. Pensando bem, de uns tempos para lá, ele vinha crescendo cada vez mais. Continuava nervoso e tímido, mas parte do medo se dissipara.

Instintivamente, Vinícius ergueu as mãos no ar, como os personagens dos filmes faziam quando queriam pedir trégua, e diminuiu a velocidade até parar na frente dele.

— Otto! Ahn... oi. Não quero brigar, nem nada. Será que a gente pode conversar rapidão? — Antes que ele pudesse recusar, Vinícius se apressou em dizer: — É sobre o Bruno.

Vinícius ouviu falar certa ocasião que as pessoas dilatavam as pupilas quando estavam apaixonadas e, pela primeira vez, confirmou que era verdade. Os olhos azuis de Otto escureceram com a simples menção ao nome do melhor amigo. A cor deu uma vacilada ao seu redor, assumindo uma tonalidade indefinida.

— Sobre... o Bruno? — questionou, se mostrando desconfiado.

Era a hora. Vinícius precisava ser o mais convincente possível.

Olhou ao redor como se quisesse se certificar de que era seguro falar e então se aproximou um pouco mais, baixando o tom de voz.

— É. Você é amigo daquela menina... a de cabelo verde, né?

Otto subiu os óculos com o indicador, chocado.

— A Olga? S-sou, por quê?

— Vou mandar a real: o Bruno tá na *bad*, mas é orgulhoso demais pra admitir. Eu queria conversar com ela. Ele não pode sonhar que tô falando com você, mas amigo é pra isso, né? — Vinícius encolheu os ombros, apelando para algo que ele e Otto tinham em comum. — Hoje temos treino, queria dar uma ligada pra ver se ela consegue aparecer aqui *de surpresa*.

Conforme falava, Vinícius percebia a expressão de Otto se transformar. Ele mal conseguia disfarçar o interesse e a excitação, emanando azul-marinho. Não parava de segurar as alças das mochilas, puxando-as para longe do corpo. Estava inquieto.

— Agora?

Vinícius uniu as sobrancelhas, confuso.

— Então... não. Eu só precisava do celular dela pra combinar. Pedi pra Khalicy, ela não quis me dar. Também tentei achar nas redes sociais e não consegui. Você consegue me passar? — Com um pigarro, Vinícius finalizou: — Eu não pediria se não fosse urgente.

Otto arregalou os olhos, ao mesmo tempo em que sacava o celular e mudava o peso do corpo para outra perna, visivelmente desconcertado. Vinícius quase podia ver as engrenagens de seu cérebro trabalhando rápido para encontrar uma solução.

Se ele gostava de Bruno e usava Olga para tentar ficar com o amigo, como Vinícius acreditava, não desperdiçaria uma chance como aquela.

— Não precisa! — respondeu por fim, a voz uma oitava mais alta. — Ela tá vindo aqui, vai nos encontrar pra almoçar juntos.

Touché.

Otto tinha mordido a isca.

Ele não esperava que fosse conseguir logo de primeira, mas pelo visto o garoto estava mesmo desesperado.

— Verdade? — Vinícius fisgou o lábio, deliciado com o rumo da conversa. Enquanto fitava os olhos ansiosos de Otto, teve uma ideia. — Bom, melhor ainda! O treino começa uma hora. Será que ela chega antes?

Na verdade, o treino seria apenas às duas da tarde, mas Vinícius não queria abrir uma janela de tempo tão grande que pudesse favorecer a transformação de Otto. Pelo contrário, quanto menos favoráveis as condições estivessem, mais desesperado o garoto ficaria, e mais chances teria de agir por impulso.

Francamente, estava surpreso com o quanto fora fácil. Vinícius era bom naquilo.

— C-claro. A gente se encontra onde?

— Vamos esperar na entrada do ginásio. Vou tentar preparar o terreno.

Eles se entreolharam, em um silêncio desconfortável. Nenhum dos dois parecia saber como terminar a conversa. Era estranho demais estarem interagindo pacificamente.

Foi Otto quem falou primeiro, voltando a puxar as alças da mochila.

— Então tá. Valeu.

Vinícius respondeu com um meio sorriso e observou o garoto se afastar, sem perder tempo. Para não levantar suspeitas, fingiu ir na direção oposta, até que sumisse do campo de visão de Otto. Recostado na parede, esperou até que fosse seguro segui-lo.

Seu bolso vibrou com uma mensagem de Bruno querendo saber onde estava. Vinícius se lembrou da professora de geografia pedindo que Khalicy ficasse para trás e usou isso de justificativa, mas garantiu que ia para lá o mais rápido que pudesse.

Então, sem perder mais nem um segundo, se esgueirou na direção em que Otto seguira. Àquela altura, o colégio tinha esvaziado consideravelmente. Poucos alunos retardatários seguiam para a saída sem muita pressa, os olhos fixos nos celulares. Não foi difícil localizar o único aluno destoando dos demais enquanto corria apressado. Sorriu ao reconhecer a mochila vermelha característica sumindo para a direita, em direção aos banheiros.

Sem nenhuma pressa, Vinícius subiu o capuz da blusa, cobrindo o cabelo, e o seguiu.

— Otto, seu idiota... — resmungou, empolgado.

Quando decidiu confrontá-lo, a única coisa que esperava eram respostas inconsistentes que o ajudassem a desmascará-lo. Mas Otto estava dando muito mais que isso. Se tivesse sorte, Vinícius conseguiria gravar alguma conversa, quem sabe? Ou talvez testemunhar como funcionava o lance da transformação. Então ele se arrependeria do dia em que quis usar aquela bizarrice com seu melhor amigo.

Vinícius apertou o passo a tempo de ver Otto sumindo para dentro do banheiro e fechando a porta atrás de si. Xingou baixinho. A porta fazia um barulho irritante que o denunciaria quando entrasse. Cuidadosamente, se aproximou e colou o rosto nela. Ouviu o exato momento em que Otto abriu e fechou uma cabine, então um silêncio absoluto.

Frustrado, deu um soquinho na parede e fechou os olhos. Ele não teria outra chance como aquela. Seria difícil convencer Otto outra vez. Era seu único plano e ele precisava dar certo.

Respirou fundo, agarrando o trinco. Em câmera lenta, o abaixou até que sentisse o estalo do miolo da fechadura sendo aberto. Cada célula do seu corpo estava em estado de alerta, e o coração estava disparado, como se tivesse acabado de sair de um jogo de basquete.

Olhou ao redor, se certificando de que a barra continuava limpa, e empurrou a porta com todo cuidado, usando a mão livre para segurá-la do lado. Quando a porta ameaçou ranger, ele a soltou no mesmo instante e deu um passo para trás. Tinha conseguido abrir uma fresta grande o suficiente para que passasse de lado, se deixasse a mochila do lado de fora.

Vinícius alcançou o celular no bolso e deixou a câmera ligada na mão direita, só para o caso de precisar dela. Não fazia ideia do que encontraria no interior. Seu único conhecimento sobre metamorfos vinha da série *Supernatural*, e não era nada agradável.

Prendeu a respiração e entrou, sem perder mais tempo. As costas encostaram sutilmente na porta, mas, para sua sorte, não fizeram nenhum barulho. Vinícius esticou o pescoço, fazendo uma varredura rápida pelo banheiro para descobrir que Otto ocupava a última cabine, de onde sua voz vinha, abafada, atropelando as palavras umas nas outras.

Pé ante pé, Vinícius foi até a cabine anterior e suspirou aliviado ao encontrá-la aberta. Aproveitou que Otto estava distraído mandando um áudio para alguém que o garoto julgou ser Khalicy e se fechou do lado de dentro, recostando-se na divisória.

—... preciso da sua ajuda, não posso aparecer de uniforme, não sei o que fazer...

Vinícius arregalou os olhos, tremendo de adrenalina.

Não conseguia acreditar que aquilo estivesse mesmo acontecendo. Com o ouvido colado em Otto, testou com a perna se a privada aguentaria o seu peso e, sem pensar muito nas imagens que via na internet vez ou outra sobre acidentes envolvendo porcelana, subiu nela.

—... o treino começa daqui a meia hora. Tenho pouco tempo. Me encontra no banheiro depressa, por favor! — Otto fez uma pausa e Vinícius ouviu o barulhinho característico do áudio sendo enviado. Logo em seguida, ele começou a gravar outro. — O que será que o Bruno quer com ela? Será que ainda tá puto com a Festa das Nações? Cadê você, mãe dos dragões?

É agora ou nunca.

Vinícius ergueu o corpo devagarzinho, agarrando o celular com força. A princípio, colocou apenas os olhos para fora da divisória, temendo estragar tudo e denunciar sua presença.

Com uma onda de alívio, descobriu que Otto estava sentado na privada, os cotovelos apoiados nos joelhos e uma expressão preocupada no rosto. Era improvável que acabasse olhando em sua direção, mas, para garantir, Vinícius se encolheu contra a parede. Cuidadosamente, apontou o celular para a cabine vizinha, deixando apenas as mãos de fora. Manteve os olhos fixos no visor do celular enquanto dava zoom e enquadrava Otto bem no centro da filmagem. Não queria perder nada. Não apenas porque precisava disso para convencer Bruno, mas também porque estava curioso para saber como funcionava.

Suspirando alto, Otto deu uma última conferida no celular e o guardou no bolso. Então, de olhos fechados, recostou a cabeça na parede e cruzou as mãos no colo. O rosto relaxou, como se estivesse meditando, e ele deu outro suspiro.

Vinícius estava impaciente. Umedeceu os lábios, sem se permitir piscar para não perder nenhum detalhe. Não conseguia nem imaginar se o processo de se transformar em outra pessoa era demorado ou não.

Por um momento, nada aconteceu. Era como se Otto estivesse meditando, ou até dormindo. A respiração fazia seu peito subir e descer em um ritmo suave. Vinícius se sentiu meio bobo, ali, com o celular apontado em sua direção enquanto ele apenas existia. Pela primeira vez desde o dia anterior, sentiu-se hesitante sobre sua teoria. Mesmo com todas as evidências a seu favor, a ideia começava a lhe parecer meio absurda.

Então, quando estava prestes a se arrepender do plano engenhoso, teve a impressão de que os cabelos de Otto estavam clareando. Vinícius se endireitou, alarmado, sem saber para onde olhar primeiro, de tantas mudanças que aconteciam ao mesmo tempo.

Boquiaberto, acompanhou os cabelos crescendo como se estivessem na velocidade 2x do Youtube. Era surreal perceber o caimento mudar conforme se espalhavam pelo pescoço e ombros, ao mesmo tempo em que graduavam do preto para o verde.

Quando desceu o olhar para o rosto, no entanto, o fascínio deu lugar ao terror e Vinícius precisou suprimir o berro preso na garganta. Era a cena mais assustadora que vira na vida. O rosto de Otto parecia ser feito de parafina, derretendo ao mesmo tempo em que se rearrumava em uma nova configuração. Os lábios engrossaram, o nariz diminuiu e arrebitou, as maçãs do rosto ficaram proeminentes.

Seu coração estava disparado. Batia forte contra o peito, feito um tambor. Seu maior impulso foi o de sair correndo, mas duvidava que conseguisse mexer as pernas. Estava petrificado diante da imagem digna de filme de terror.

    Deu um foco ainda maior em seu rosto, registrando o final da transformação de pertinho. Era difícil acreditar que, poucos segundos antes, outra pessoa estava sentada ali. Precisaria rever o vídeo várias vezes, até que o choque e o desconcerto passassem. Mesmo que estivesse convencido daquilo desde o dia anterior, era diferente presenciar. Uma coisa era quando aquilo existia apenas no campo das ideias, e outra bem diferente era assistir ao rosto do seu inimigo derretendo. Conhecera Otto e Olga em momentos diferentes e, por muito tempo, acreditou que fossem duas pessoas.

    Mas ali estava ela, sentada na privada do banheiro masculino de um colégio em que não estudava, usando as roupas e os materiais de Otto. Não restavam mais dúvidas.

    Antes que Otto completasse a mudança e o flagrasse espiando, Vinícius pausou a gravação e, sorrateiramente, agachou sobre a privada. As pernas estavam fracas, tamanho era o seu assombro. Pisou o primeiro pé no chão, devagarinho, e depois o outro. Com a mesma preocupação que teve ao chegar, Vinícius saiu da cabine e depois do banheiro, pé ante pé.

    Alcançou a mochila do lado de fora e a encaixou nas costas, o celular firme nas mãos enquanto praticamente corria em direção à biblioteca.

    Bruno estava prestes a ter uma surpresa.

Muitos elementos em comum

Depois de se certificar de que não havia mais ninguém no banheiro, Otto abandonou a cabine e se esgueirou para fora. Seria difícil explicar por que estava no banheiro masculino, ainda mais considerando o pequeno detalhe de que Olga não estudava no colégio Atena.

Do lado de fora, encontrou a escola vazia. Era tarde demais para que algum aluno da manhã continuasse por ali, e cedo demais para que os da tarde tivessem chegado. Otto entrou no banheiro feminino e apoiou as mãos na pia, encarando a garota de cabelos verdes no reflexo.

Era esquisito que estivesse na pele dela outra vez. Tinha passado a pensar nela como uma amiga que só aparecia de vez em quando e o arrastava para aventuras que ele não teria coragem de viver sozinho. Depois do fiasco da Festa das Nações, jurou não se transformar mais nela. Até mesmo ele tinha um pouco de amor-próprio, embora não parecesse. Infelizmente, quando se tratava de Bruno, esse amor sumia junto do seu bom senso e da autopreservação. Bastou que Vinícius pronunciasse o nome dele e Otto já havia voltado atrás com sua decisão.

A curiosidade para saber o que Bruno queria o corroía por dentro. Não conseguia imaginar, depois do quase beijo, que tipo de conversa poderiam ter. Para sua infelicidade, não saber aflorava seu lado trouxa, e desde que Vinícius o chamara na saída, não conseguia parar de imaginar se aquilo talvez significasse que ainda havia uma chance para Olga.

Otto ouviu passos apressados se aproximando do banheiro e, logo em seguida, Khalicy surgiu, ofegante e com as bochechas vermelhas. Ela limpou o suor da testa antes de deslizar as alças da mochila pelos braços.

— Vim o mais rápido que consegui, foi mal. A professora Marcela quis conversar comigo... — Ela não parecia caber em si de alegria. — Ela me chamou pra ser monitora no período da tarde!

— Amigaaa! Não acredito! — Otto abriu os braços e caminhou em sua direção, envolvendo-a. Khalicy o abraçou com força, dando pulinhos sem tirar os pés do chão. — Parabéns, tô orgulhoso. Você definitivamente é a Hermione.

— Nossa, não vejo a hora de contar pra minha mãe. Ela vai ficar eufórica. Vai contar pra minha família toda.

— Tenho pena dos seus primos.

— Eu também teria, porque não vai ter pra ninguém.

Eles riram, enquanto se desvencilhavam. Khalicy arrancou o moletom do colégio e, logo em seguida, a blusa de lã que usava por baixo, que o entregou. Otto arrancou o próprio moletom e passou a blusa dela pelo pescoço, grato pela ajuda. Não achava que lilás era a cor de Olga, ainda mais por conta de todo aquele verde, mas encontrar Bruno vestindo o uniforme do colégio estava fora de questão.

— Como disfarço a calça? — perguntou, olhando para o brasão bordado na coxa direita.

Khalicy fez um biquinho que sempre surgia em seu rosto quando estava concentrada. Então, com um estalo, ela puxou o caderno de dez matérias da mochila e o abriu na página de adesivos.

— Se a gente tampar isso aqui, vira uma calça cinza normal. Calma.

Ela puxou um adesivo redondo com o desenho de uma bicicleta e, cuidadosamente, o usou para cobrir o bordado. Otto arregalou os olhos, incrédulo.

— É sério? — Ele ergueu as mãos no ar. — Vou andar com um adesivo colado na roupa?

— Precisamos trabalhar com o que temos. É isso ou sem a parte de baixo, você que sabe.

— Cola mais uns, pelo menos. Tá muito suspeito esse adesivo bem no lugar do brasão da escola.

Com um olhar pesaroso para a cartela de adesivos, Khalicy assentiu. Puxou mais três e os colou ao redor, tentando formar um conjunto harmônico. Otto torcia para que Bruno não os notasse, porque não conhecia ninguém que fizesse aquilo e desconfiava que fosse um pouco esquisito.

— Eu não tinha usado nenhum ainda — murmurou, com um beicinho.

— Eu te dou os meus. Mesmo sabendo que você vai guardar junto com os outros e nunca mais usar.

— Cuida da sua vida — disse, mostrando a língua. — E vem cá pra eu passar um gloss em você.

— Você anda com maquiagem na bolsa?

Khalicy estava com a cabeça abaixada enquanto vasculhava na mochila.

— Claro. A gente nunca sabe quando pode ter uma emergência. Tipo agora, se você andasse com maquiagem na bolsa, não ia precisar de mim.

— Isso é uma indireta?

Ela deu uma piscadela para ele, com um sorrisinho debochado.

— Jamais. Aqui, achei. — Khalicy entregou o gloss.

Enquanto Otto se ocupava em melecar os lábios, a amiga passou os dedos pelos seus cabelos, ajeitando-os como sempre fazia, enquanto o observava pelo reflexo do espelho.

— Melhor você tirar os óculos também, né? São muito... *você*.

— Mas eu não enxergo. Não vou conseguir ver o rosto dele enquanto conversamos. Eu falei pra ele que tinha começado a usar óculos.

— E depois apareceu na Festa das Nações de lentes, mesmo mentindo pra ele que não usava. — Ela arqueou uma sobrancelha, fazendo-o corar de vergonha. — Eu acho que você já tem elementos demais em comum com o Otto. Tipo o tênis, a mochila...

— Táááá! Eu fico sem enxergar nada. Mas você vai precisar me ajudar, ou vou acabar conversando com uma pessoa aleatória sem querer. — Ele conferiu as horas no celular e sentiu a espinha gelar. — Mas precisamos ir logo, o treino começa em quinze minutos.

A contragosto, Otto arrancou os óculos e os guardou na mochila, enrolados em papel higiênico. Bastou saírem do banheiro para constatar que era uma péssima ideia. Os contornos ficaram difusos, como se Otto tentasse enxergar por um vidro embaçado. Khalicy nem estava tão distante dele e já era impossível discernir os detalhes de seu rosto. Não tinha como dar certo.

A amiga engatou o braço no dele, guiando-o com determinação em direção ao ginásio. Otto não parava de piscar, estreitando os olhos e forçando a vista o máximo que podia, na esperança que ajudasse.

— Tá me dando tontura — protestou, considerando fechar os olhos para se sentir melhor.

— Estamos quase chegando, aguenta aí.

Ao longe, ele focou o que devia ser a silhueta disforme do segurança, abandonando o posto no portão e se dirigindo à secretaria. Não dava para ter certeza na distância em que estavam. Otto não fazia ideia que sua vista tinha piorado tanto desde os dez anos de idade e odiava que estivesse descobrindo logo naquela ocasião. Não importava qual fosse o assunto de Bruno com Olga, ele queria conseguir ver suas expressões. Ou ao menos seu rosto.

— Será que é tão suspeito assim usar os óculos? Deve ter um monte de gente com armações vermelhas por aí!

— Para de choramingar. Eles tão logo ali, olha.

Otto ergueu a cabeça e, alguns metros à frente, viu Bruno e Vinícius parados na entrada do ginásio. Não era difícil de reconhecê-los juntos, ainda mais depois de seis anos vendo-os andarem grudados por onde iam. O garoto loiro estava recostado na parede de tijolos à vista e parecia ter os braços cruzados. Bruno, por sua vez, estava parado um pouco mais à frente, com o rosto voltado para algo que segurava em suas mãos.

Por alguma razão, seu estômago revirou de nervosismo, como da primeira vez em que se transformara na garota de cabelos verdes. Com o coração martelando no peito, ele secou as palmas das mãos na calça e sentiu os adesivos arranharem a pele.

— Hum... tem alguma coisa errada — murmurou Khalicy, e Otto percebeu que tinham diminuído o ritmo.

— Como assim?

— O Vinícius tá com cara de... Vinícius. Meio debochado, sei lá. E o Bruno parece que vai vomitar a qualquer momento. Não tá com uma cara boa, não.

Otto parou no lugar, alarmado, forçando-a a parar também. Então, buscou no olhar dela o encorajamento que precisava para seguir em frente. As condições estavam desfavoráveis, ele não tinha tanta certeza assim que deveria ter voltado atrás com sua promessa de não se transformar mais em Olga.

— O que será que ele quer falar comigo? — perguntou, instintivamente erguendo os óculos imaginários em seu nariz.

— Nem ideia. Vamos descobrir agora.

Ela arriscou o próximo passo, mas Otto a segurou pelo braço, impedindo. Gotículas de suor se formavam sobre sua boca, embora fizesse bastante frio.

— Não sei. Agora que estamos aqui, lembrei nitidamente da Festa das Nações. Foi ruim, bem ruim mesmo. Não quero repetir a experiência.

Com um aceno exasperado de cabeça, ela se desvencilhou, ficando de frente para ele.

— Você acha que ele vai começar a gritar que não quer te beijar ou o quê? — perguntou, com um sorriso. — Vamos logo, você já fez isso um montão de vezes, vai amarelar agora?

Otto quis dizer que não era bem amarelar, mas sim ouvir o seu "instinto aranha". No entanto, quando deu por si, era arrastado pela amiga para a entrada do ginásio. Talvez tudo não passasse de chateação pelos adesivos na calça e a miopia, mas apostava que, quando ele e Bruno começassem a conversar, nada disso teria a menor importância.

Vinícius os viu primeiro. Ergueu a mão no ar, em um aceno, e tomou impulso para longe da parede. Bruno, por outro lado, não desgrudou os olhos do celular. Estavam próximos o suficiente para que Otto notasse que o outro garoto passava uma das mãos pelo cabelo sem parar, mas sua expressão ainda era nebulosa.

Por que dera ouvidos à ideia *genial* de Khalicy?

— Aí estão vocês! — disse Vinícius, em um tom superanimado. — Achamos que iam dar pra trás.

Ele alcançou Bruno, parando ao lado do amigo com as mãos nos bolsos. Mas nada parecia desviar a atenção de Bruno do celular; seja lá o que ele estivesse vendo, devia ser muito interessante.

— Foi mal — Khalicy se apressou em dizer, assim que pararam na frente deles. — Tivemos uma pequena emergência.

Vinícius estava sorrindo? Otto não tinha certeza. Estreitou ainda mais os olhos, mas a impressão que tinha era a de que as cores se espalhavam para além do contorno.

Deu uma última olhadela para a amiga, que respondeu com um aperto gentil em sua mão.

— B-bruno...? — arriscou, a voz soando mais incerta do que pretendia.

Arriscou um sorrisinho, embora o outro garoto não tivesse esboçado nenhuma reação. Otto desconfiava que não era exatamente o comportamento de alguém que queria ver outra pessoa.

Com um suspiro alto, Bruno, enfim, ergueu o rosto, olhando direto em sua direção. Mesmo sem os óculos, Otto conseguiu perceber seus olhos injetados e estremeceu antes mesmo que ele o cumprimentasse com a voz cortante.

— Oi, Otto.

Foi em alto e bom tom, para que não restasse dúvida. Otto sentiu uma pontada forte no peito, como se alguém tivesse acabado de cravar uma adaga bem na altura do coração.

— O O-Otto? — perguntou, fingindo procurar enquanto olhava para os dois lados. — Ele, hum... pre-precisou ir embora antes. Tinha compromisso.

Vinícius riu, jogando a cabeça para trás, enquanto Bruno passava a língua nos dentes, parecendo inconformado demais para responder. Khalicy estava tão chocada que, pela primeira vez, não conseguiu pensar rápido como sempre fazia. Permaneceu com a mão na dele, como apoio moral.

Otto abriu e fechou a boca, incomodado com o silêncio desconfortável entre eles, até que finalmente soltou:

— É... você queria me ver?

Ao ouvir as próprias palavras, fechou os olhos, lamentando. Era melhor ter ficado em silêncio. Se era possível, o clima ficou ainda mais pesado. Mal conseguia respirar.

— Depende — respondeu Bruno, entredentes. — Estamos falando do Otto ou da Olga agora?

Engolindo em seco, Otto sentiu o rosto, o pescoço e as orelhas pegarem fogo. Um filme passou diante dos seus olhos, com todas as vezes em que se transformara em Olga, repassando se, em alguma delas, abrira alguma brecha para ser descoberto. Era impossível. Como Bruno poderia saber, sem ter visto com os próprios olhos? Até mesmo para ele, que tinha o poder, era difícil de acreditar.

— N-não sei do que você tá falando — resmungou, por fim, a voz soando fraquinha.

Otto não poderia ter dito nada pior, nem mesmo se tentasse. Foi como ver o pavio de Bruno queimando lentamente até que ele explodisse em fúria.

— Ah, você não sabe?! — perguntou, quase aos berros. — Você não faz ideia, né? Que *porra* é essa?

Ao dizer isso, esticou o braço para a frente, trêmulo. Khalicy arquejou ao seu lado, levando as duas mãos ao rosto, como se Bruno a tivesse esbofeteado. A sensação que teve, da alma gelando, devia ser semelhante à de uma pessoa à beira da morte. Talvez ele tivesse essa sorte e caísse duro no chão, sem precisar enfrentar Bruno Neves.

Otto sabia que o estrago era imenso antes mesmo de buscar os óculos dentro da mochila, e encaixá-los no rosto. Mas só conseguiu compreender o quanto estava fodido quando se reconheceu na tela do celular que Bruno apontava em sua direção.

O tempo passou mais devagar, como se estivesse enxergando pelos olhos do Flash, ou do Mercúrio. Reconheceu a cabine do banheiro e, com um nó imenso na garganta, assistiu a seu rosto derreter e se moldar até que fosse outra pessoa. Os cabelos castanhos e bagunçados cresceram em um passe de mágica, mudando de cor gradualmente até ficarem verdes. As mãos encolheram, os seios cresceram, as linhas retas de seu corpo se transformaram em curvas suaves.

Não restavam dúvidas. Não dava para mentir, ele não teria uma boa desculpa nem mesmo se passasse o resto da vida pensando. O vídeo recomeçou, e Otto se viu outra vez virar outra pessoa. A imagem vinha de cima, de um ponto que ele não havia conseguido perceber, mas com uma ótima visão do seu rosto. Como? Quem...?

Então foi tomado por uma onda de entendimento. Olhou para Vinícius, que piscou para ele, com um sorriso vitorioso no rosto. Sentiu que pegava fogo e passou a enxergar tudo vermelho.

— Vamos começar de novo? — perguntou Bruno, com uma voz ameaçadora, e Otto finalmente pôde ver seu rosto com clareza. O ódio em seu olhar fez os pelinhos da nuca arrepiarem, e tudo o que ele quis foi correr dali e mudar de cidade. Quem sabe de país. — Oi, *Otto*.

Quando ele era mais novo, a mãe de Otto acompanhava uma novela em que as pessoas ficavam congeladas no final de cada capítulo, normalmente depois de uma grande revelação. Foi assim que se sentiu. Paralisou no lugar, lançando um olhar de súplica para Bruno, como se apenas isso fosse resolver todos os seus problemas.

Otto nunca havia se preparado para lidar com uma situação como aquela. Porque, para começo de conversa, ele achava que esse dia jamais chegaria. Era tão cuidadoso, e como alguém poderia pressupor que ele conseguia fazer algo que desafiava as leis da física?

Estava prestes a vomitar quando Bruno quebrou o silêncio outra vez.

— Você ainda não sabe do que eu tô falando? — rosnou Bruno, de olhos semicerrados.

— E-eu... eu n-não... — gaguejou, prestes a cair no choro, o que só o tornaria ainda mais patético.

— Só me responde, Otto! Você me deve isso. Não existe Olga, né?

Otto pestanejou, tentando aliviar o ardor nos olhos. Não sabia muito bem em que estava pensando cada uma das vezes em que virou Olga, mas em nenhuma delas considerou como aquilo afetaria Bruno, ou o quanto fora injusto com ele.

— Não.

Bruno fechou a mão em punho, em frente à boca, e o olhou de cima a baixo com o rosto retorcido de raiva.

— Em quem mais você se transformou? Com quantas pessoas falei sem saber que era você? — Ele passou a língua pelos dentes outra vez. Parecia prestes a entrar em colapso. — Há quanto tempo você tá brincando comigo?

Otto ficou sem fôlego.

De lábios entreabertos, sentiu a primeira lágrima escorrer pela bochecha.

Estava chocado por Bruno ter chegado àquelas conclusões sobre ele, e mais ainda porque faziam sentido. Se a situação fosse inversa, ele também ficaria paranoico, se perguntando quem era real e quem era uma pessoa disfarçada.

— Eu nunca *brinquei* com você — falou por fim, a voz baixa e insegura. Teve o cuidado de olhar direto em seus olhos, embora ficasse mais difícil a cada segundo. — Já me transformei em outras pessoas, mas perto de você, só a Olga. A primeira vez foi na festa na sua casa. Mas não foi por querer, fiquei com medo *dele*.

Ao dizer isso, Otto apontou com o queixo para Vinícius, que apenas revirou os olhos. Bruno esfregou o rosto, sacudindo a cabeça sem parar.

— Medo, aham. Mas e depois?! Qual a desculpa? — Sua voz soou esganiçada. — Caralho, Otto, você não tem noção de como foi difícil... e daí aparece essa garota... e manipula a minha vida. Eu sou um fantoche? É isso? O que você quer de mim?

Khalicy segurou seu braço quando Otto arriscou um passo para a frente. Instintivamente, Vinícius se aproximou, alisando a mão fechada em punho. Um aviso.

— Eu não queria te manipu...

— Não! — interrompeu Bruno, apontando o dedo em riste para ele. — Não quero ouvir! Dane-se o que você achou que tava fazendo. O que importa é o que você fez. Você estava me enlouquecendo. Comecei a duvidar da minha sanidade e não podia falar disso com ninguém, por que quem ia acreditar nessa merda? A cicatriz, os materiais iguais, todas as coincidências, assuntos que eu tinha certeza que você não teria como saber. Isso é abusivo pra caralho, Otto!

Otto não se importava mais em conter o choro. Com as mãos juntas em frente ao rosto, se libertou do aperto de Khalicy e se aproximou de Bruno, ignorando o olhar ameaçador de Vinícius. O caroço em sua garganta dificultou que encontrasse as palavras, mas ele se obrigou a falar mesmo assim.

— Eu só queria não ser eu. Tudo fica... *ficava* mais fácil quando era ela. — Ao dizer isso, Otto apontou para si mesmo com as duas mãos. — Não achei que as coisas fossem chegar tão longe assim. Só fui... empurrando. E, como você disse, quem ia acreditar nessa merda se eu voltasse atrás?

Bruno segurou a ponte do nariz, com um sorriso indignado, embora os olhos permanecessem cheios de raiva e mágoa. As mãos continuavam trêmulas e ele parecia desolado.

— Como você ia se sentir se descobrisse que a Khalicy e o Vinícius são a mesma pessoa?

A pergunta o pegou desprevenido. Otto encolheu os ombros, sem ter uma resposta. Ficou tão empolgado com o poder que nunca se perguntou como seria estar do outro lado.

— Ou que sua mãe e eu somos a mesma pessoa? E que os sinais estavam todos lá, bem no seu nariz. — Ele respirou fundo e, pela primeira vez, Otto percebeu que Bruno também parecia estar segurando o choro. — No dia dos nossos materiais iguais... cara, sério, isso não se faz. Passei semanas tentando *entender*.

— Desculpa.

Ficaram se olhando por uma eternidade. Otto nunca tinha visto Bruno daquela maneira. O garoto era sempre tão relaxado e brincalhão, e de repente estava soltando fogo pelas narinas. Por causa dele. Otto não parava de pensar: *estraguei tudo, estraguei tudo, estraguei tudo.*

— Desculpa? Otto, a gente pede desculpa quando tromba em alguém, ou sei lá, quando chegamos atrasado num compromisso. Você sabia muito bem o que tava fazendo, não foi um *acidente*. Eu fico aqui pensando... será que todas as vezes que falei com o Vinícius era ele mesmo? Será que esse é o seu rosto de verdade? E... — Bruno arregalou os olhos e se empertigou, como se tivesse acabado de lhe ocorrer algo. — Aquele dia no ônibus!

Otto concordou, com tanta vergonha e culpa que nem mesmo mil anos bastariam para que ele conseguisse se redimir.

— E na papelaria, eu jurava que tinha te visto... — resmungou, baixinho. — Meu Deus. Você não parou pra pensar em como ia mexer comigo, né? Tava ocupado demais brincando de faz de conta, ou sei lá o que é isso. Eu não te conheço. Não sei quem você é de verdade, ou quem era a Olga. Nem o que você quer de mim.

Com uma fungada, Otto balançou a cabeça em um movimento quase imperceptível.

— Acho que você já sabe, sim — se ouviu dizer, sem saber como havia encontrado forças. — Aquela noite na Festa das Nações...

Sua voz morreu no ar ao ver a expressão desolada de Bruno. Quis percorrer a distância entre eles, segurar seu rosto bem firme e prometer que tudo ficaria bem. Mas sentiu que nada voltaria a ficar bem depois daquilo. Para sempre teriam Olga pairando entre os dois. Ele não se surpreenderia se Bruno nunca mais olhasse em sua cara. Otto também não estava gostando muito de si mesmo, para falar a verdade.

Bruno assentiu, piscando sem parar. Quando uma lágrima escapou pelo olho esquerdo, ele se adiantou em usar a manga da blusa para secar, sem dar tempo que ela rolasse pelo seu rosto.

— Não sei, não. E acho que nem você. — Ele crispou os lábios, as sobrancelhas formando uma única linha. — Ou temos conceitos muito diferentes de como é gostar de alguém.

Otto deu um passo para trás, engolido pela vergonha.

— Se você gostasse mesmo de mim, nunca teria feito isso comigo, Otto. Aquela noite... é o que me deixa mais puto, de tudo isso. — Bruno esfregou os olhos, o nariz estava tão vermelho que parecia maquiagem. — Se você sonhasse, se tivesse ideia de como estou me sentindo agora... Não estou *suportando* te ver parado aqui na minha frente e saber que achou mesmo que precisava fazer isso. Que precisava virar outra pessoa e me cercar. Olha a que ponto você chegou, Otto! Caralho!

Khalicy e Vinícius nem ao menos pareciam estar lá. Os dois permaneciam tão estáticos que, por um instante, Otto se esqueceu deles. As coisas ficavam muito piores com duas testemunhas, mas ao menos o sorriso sarcástico tinha sumido do rosto de Vinícius.

Com um pigarro, Otto encarou Bruno. Se odiava por tê-lo deixado daquele jeito. Se pudesse voltar no tempo, jamais teria se transformado atrás da moita, no dia do churrasco. E tudo seria diferente.

— Eu tava desesperado — sussurrou.

Bruno endureceu a expressão e a postura, cerrando o maxilar. Otto soube que a conversa tinha acabado ali. Sentiu o lábio tremer, o choro entalado na garganta, esperando o momento certo para jorrar.

— Queria que você me visse.

— Ah..., mas eu te via. E eu gostava de cada coisinha que você decidiu esconder aí embaixo. Você nunca precisou dessa bizarrice. Nunca precisou me manipular... — Bruno devolveu o celular de Vinícius sem olhar na cara dele e enfiou as mãos nos bolsos da blusa. — Na verdade, você precisou de menos de cinco minutos, Otto.

Antes que processasse a informação, Bruno girou nos calcanhares e seguiu em direção ao ginásio, sem esperar pela resposta. E, enquanto o observava se afastar depressa, o entendimento o acertou em cheio.

Cinco minutos.

Os mesmos cinco minutos?

Cada pedacinho do seu corpo endureceu. Desesperado, buscou Vinícius em uma pergunta silenciosa. Vinícius se limitou a devolver o olhar, antes de dar no pé, deixando-o com uma Khalicy ainda mais atordoada ao seu lado.

Melhor se arrepender

Otto não soube quanto tempo ficou ali parado, olhando para o espaço vazio onde Bruno estivera. Os pés pareciam ter criado raízes. Não tinha energia para se mover, nem mesmo conseguia ouvir os encorajamentos de Khalicy, que acariciava seu antebraço enquanto falava com a voz branda.

Estava em choque. Quando se viu na tela do celular, pensou em mil desfechos diferentes, nenhum parecido com o que tinha acabado de acontecer. Aquela possibilidade nunca passou por sua mente. Para ele, não havia a menor chance de que Bruno o considerasse nada além de um mero colega de turma. Por que, se sonhasse com isso, Otto teria ido tão longe? Teria ficado tão desesperado e preferido desistir de si mesmo antes mesmo de tentar?

Ele ficou em cócoras e fechou os olhos com força, em negação. Com a respiração superficial, Otto caiu no choro, cobrindo o rosto com as duas mãos. Queria gritar até perder a voz. Não conseguia conceber a ideia de que, por todos aqueles anos, seus sentimentos eram correspondidos, e que tinha posto tudo a perder.

Sentiu os braços de Khalicy o contornarem, seguidos por um beijo em sua têmpora. Mas ele preferia que ela o deixasse sozinho, para que pudesse se encolher em posição fetal e ficar jogado no pátio da escola para o resto da vida.

— Vamos pra casa! — sussurrou ela, perto do rosto dele. — A gente entra embaixo das cobertas e você coloca tudo pra fora.

Os alunos da tarde começavam a chegar, desviando deles em meio a risadinhas e pedidos não muito educados para que saíssem do caminho. Não fosse por aquele pequeno detalhe, Otto teria ficado ali até o anoitecer.

Com uma fungada alta, ergueu o capuz da blusa, escondendo o cabelo e o rosto. Não conseguiria dar um único passo no corpo de Olga, que, de repente, passara a pinicar e apertar a ponto de beirar o insuportável.

Curvou o tronco para a frente e tentou se concentrar em meio aos sons do colégio voltando a ganhar vida. Então voltou a ser Otto Oliveira, no meio de todo mundo. Apesar dos acontecimentos recentes, foi um alívio estar outra vez no corpo que o acompanhou desde a barriga da mãe e que o levara até ali. Tudo era familiar e esperado. Ele sabia como as coisas funcionavam, sabia o que esperar, de bom e de ruim. Era como estar em casa. E, quando as coisas davam errado, estar em casa era o que ele mais queria.

Otto empurrou o capuz para trás, revelando o rosto para Khalicy, que se mostrou surpresa. Limpou o nariz com o pulso antes de levantar, desesperado para dar o fora dali. Não suportaria cruzar com Bruno. Não depois de descobrir que nunca precisou de poder. Dera uma volta imensa, quando tudo o que sempre quisera estava bem diante dele. Por que nunca tinha tentado? Por que preferiu ir pelo caminho mais difícil?

Teve a sensação de que o corpo tinha o triplo do peso enquanto saíam do colégio, carregando as bicicletas junto do corpo. Otto arrastava as pernas com dificuldade, e queria ter o poder de se teletransportar para a casa, mais especificamente para baixo das cobertas, sem precisar de toda a burocracia de se locomover até lá.

Não conseguia esquecer a expressão de Bruno. Uma mistura de decepção, raiva e tristeza. Como se pudesse esperar aquilo de qualquer um, menos dele. Otto agarrou o guidão com mais força, rangendo os dentes. O choque começava a passar, dando lugar a um sentimento mais visceral. Queria chutar coisas, socar o travesseiro, agir como um animal selvagem e extravasar sua cólera.

Sempre soube que não era uma boa ideia mexer com a metamorfose! Passou anos ignorando a existência dela, convicto de que, sozinho, já arrumava confusão o suficiente e não precisava dar uma mãozinha a mais para as coisas saírem do controle. No fundo, Otto tinha certeza de que era azarado demais para ser presenteado pelo universo com um dom, sem que houvesse letras miúdas profetizando caos e sofrimento se ele ousasse se transformar para valer.

Khalicy nunca entendeu o peso de carregar um poder. Só conseguia enxergar a parte boa, como se o fato de ele saber se transformar em outras pessoas automaticamente o transformasse em um super-herói, com uniformes coladinhos e uma legião de fãs. A amiga costumava encher a boca para chamá-lo de burro, como se a porcaria da metamorfose fosse a resposta para todos os problemas do mundo. Mas quem era burro agora? Se ele não tivesse dado ouvidos, se não tivesse escutado o conselho dela...

— Que foi? — perguntou Khalicy, alguns metros à frente.

Otto nem ao menos percebeu que havia parado no lugar, girando a mão para a frente e para trás como se fosse dar partida em uma moto. As palmas ardiam, mas, de certa forma, traziam um alívio para a dor esmagando seu coração.

— O que foi??? — repetiu, cuspindo ao falar — O que foi?! Você não tava lá? Não viu que eu ferrei com tudo?

Khalicy, que se aproximava outra vez, parou de supetão. Os olhos arregalados, em choque.

— Tá, calma. Não precisa descontar em mim, vamos pra casa, e...

— E o quê? Hein? — Sua voz ficava mais alta a cada palavra. — O que eu faço agora, Khalicy?

As bochechas de Khalicy ficaram coradas, e ela respirou fundo antes de responder:

— N-não sei. A gente pensa com calma, vamos dar um jeito.

— Quantas vezes você jogou na minha cara que eu era burro, que tava perdendo uma oportunidade, que qualquer pessoa daria tudo pra estar no meu lugar? Muito bom, parabéns por arruinar a minha vida!

Foi como se tivesse batido nela. O rosto da amiga ficou lívido, e ela abriu e fechou a boca, sem emitir som algum. Era uma das poucas vezes em que via Khalicy sem palavras.

— Eu sabia que não podia usar essa merda! Passei três anos numa boa, e poderia passar mais três. Mas não! A Khalicy é a sabichona, sabe o que fazer. Eu que sou um idiota. — Ele inclinou o tronco para a frente, se pendurando na bicicleta. — Se eu pudesse voltar o tempo, *nunca* teria te mostrado nada. É o meu maior arrependimento. Pelo menos você não teria me atormentado até eu concordar com essa maluquice.

— Pelo menos você tem algo pra se arrepender! — exclamou, a voz trêmula de raiva. Ali estava a Khalicy que ele conhecia. — Arrependimento é só pra quem vive de verdade, Otto! Pra quem se arrisca, e não fica num jogo idiota se contentando com migalhas da vida que gostaria de ter, apavorado demais pra lutar por ela. — Os olhos de Khalicy estavam marejados, mas ela parecia mais irritada a cada segundo. — É uma droga ter dado tudo errado? É! E eu sinto muito mesmo pelo que aconteceu hoje. Mas se não fosse por isso, você nunca teria tentado. Nunca teria ido na bosta do churrasco, ou na Festa das Nações, nunca saberia se existia ou não uma chance. — Khalicy umedeceu os lábios, fuzilando-o com o olhar. — Faz seis anos que você estuda na sala dele e a primeira vez que conversaram pra valer foi escondido em outro corpo. Tem noção de como isso é triste? Então, não, eu não me arrependo de ter insistido, faria igual mesmo sabendo como as coisas terminaram. É melhor se arrepender, mas ter tentado, do que passar a vida no *e se*.

Otto piscou, incrédulo com o atrevimento de Khalicy.

Além de ele estar no fundo do poço, ainda precisaria ouvir um sermão da melhor amiga? Precisaria ouvir dela que faria tudo de novo?

Vinícius a tinha envenenado, era isso. Não podia mais confiar em Khalicy. Ela jogava no time do inimigo.

Então, ao pensar nele, Otto percebeu um detalhe muito importante que deixara escapar. Para que Vinícius armasse aquele plano ardiloso para conseguir filmar sua transformação, ele precisava saber sobre ela, em primeiro lugar.

E para que ele soubesse...

Seu queixo caiu. Otto não esperava uma punhalada dessas. Não dela.

— Engraçado você dizer isso. O que mais você não se arrepende de ter feito? — Ele trocou a perna que usava para se apoiar no chão, enroscando o pé direito no pedal da bicicleta. — De ter estudado com o Vinícius? Ou de ter virado amiguinha dele? Quem sabe de contar meus dois maiores segredos pro cara que me detesta?

— Quê? — Ela ergueu as mãos no ar, desfazendo-se da postura ameaçadora de antes. — Não! Meu Deus, claro que não! Eu jamais faria isso, Otto!

— Será mesmo? Porque ele pareceu ter bastante consciência das duas coisas. Sabia exatamente como me atingir.

Khalicy desceu da bicicleta e se aproximou, encarando-o com urgência.

— Eu sei que é o que parece, mas juro que não falei nada! No fundo você sabe disso, eu sei que sabe. — Ela se adiantou e segurou a mão dele sobre o guidão. — Nunca falo de você pra ele, Otto. Nem a minha mãe sabe dessas coisas, por que eu contaria pro Vinícius?

— Você nunca faria isso, verdade. Foi uma iluminação divina. Raios dourados desceram do céu e mostraram pra ele a verdade. Não, não, não! Na real, acho que ele colocou uma escuta nas minhas coisas e tá me espionando desde o ano passado! Talvez desde o quinto ano.

Ele não se sentia orgulhoso por estar falando assim com Khalicy, mas o segundo estágio do luto era a raiva, e ele estava borbulhando de raiva naquele momento.

— Você vai continuar com ironia pra cima de mim? Tô tentando te ajudar, Otto! Mas se você continuar me dando patada vai ter que chorar sozinho, porque tô perdendo a paciência. Que merda. — Ela respirou fundo, se recompondo. — Não contei nada sobre você, mas preciso te contar uma coisa sobre ele.

Ele estava pronto para retrucar quando suas palavras o alcançaram, ganhando toda a sua atenção. Otto pigarreou, desconcertado.

— Como assim? Contar o quê?

— Eu não ia, pelo menos não tão cedo. Mas ele contou pro Bruno sobre você, então o que é justo é justo. — Khalicy brincou com os fios do freio, fugindo do seu olhar. — O Vinícius é igual a você. Quer dizer, mais ou menos. O poder dele é diferente. Ele deve ter descoberto sobre você sozinho, mas acho que contribuí pra isso sem querer. Ai, sério, que burra! Pensei... pensei que ele estivesse tentando ser uma pessoa melhor, mas pelo jeito você tinha razão.

Otto tinha os olhos arregalados. De todas as coisas que imaginou saindo da boca dela, aquela era a única que não tinha nem ao menos passado em sua cabeça. Sua primeira reação foi encarar a notícia com ceticismo, mas a expressão de Khalicy não era a de alguém que estivesse brincando. Pelo contrário, a culpa a corroía.

— Khalicy, com todo o respeito... as únicas palavras que ouvi foram *Vinícius* e *poder*. Na mesma frase.

— Ele... é difícil explicar, eu também não sei muito. Mas meio que enxerga o sentimento das outras pessoas, com cores. Ele sabe quando você tá bravo, ou feliz, ou com medo. E o mais doido é que ele não fazia ideia de que isso era incomum. — Khalicy mordiscou o lábio inferior, pensativa. — Tipo quando ele dizia que você ficava provocando, quando claramente você tava de boa na sua. Era por isso, ele enxergava uma cor muito ruim vindo de você. E como achava que todo mundo enxergava assim também, meio que tomou como uma afronta?

Khalicy deixou a voz morrer no ar quando uma mulher empurrando um carrinho de bebê se aproximou deles. Só então Otto se deu conta de que estavam tendo uma discussão no meio de uma calçada. Isso explicava os olhares atravessados que estavam recebendo desde que haviam parado.

Um silêncio pesado os rodeou enquanto desviavam para que a mulher passasse, e Otto o quebrou apenas quando ela estava longe demais para ouvir qualquer coisa.

— Mas como ele podia não ter percebido? — perguntou, enfaticamente. —Você tem certeza que ele não tava zombando de você, ou sei lá?

Khalicy negou com a cabeça, sem se abalar.

— Se você tivesse visto, ia entender. Ele disse que você era cheio de vermelho. E eu tava marrom. No começo achei que fosse brincadeira mesmo, mas depois perguntei mais sobre isso e ele ficou perdidinho. Explicou por cima, mas parecia que não tinha engolido que outras pessoas não enxergam sentimentos. Ele acertou os meus, sem o menor esforço.

— Mas ninguém ao redor dele percebeu? Como isso é possível?

— Otto, você, mais do que ninguém, devia entender. Você acha mesmo que se ouvissem ele falando que dor de barriga é laranja de bolinhas amarelas iam logo deduzir que é um poder? Ou que é verdade? Se você contar pra qualquer um, até pra sua mãe, que você e a menina de cabelo verde são a mesma pessoa, ela vai acreditar?

Otto tombou a cabeça para a frente, respirando fundo enquanto era bombardeado de perguntas. Era uma piada de péssimo gosto que o seu maior inimigo também tivesse dons especiais. Ele se sentia, mais uma vez, afrontado pelo universo.

— É por isso que você tá se sentindo culpada? Por ter contado?

— Sim. Acho que expandi os horizontes do Vinícius. Acabei explicando, sem querer, várias coisas que deviam estar martelando na cabeça dele. Tipo você aparecer fortão, mas com o mesmo rosto.

Sua garganta pinicou.

Sabia que a única razão para Khalicy nunca ter dado um sermão sobre o incidente no beco foi o fato de serem muito amigos e ela se sentir orgulhosa por Otto ter conseguido enfrentar Vinícius depois de tanto tempo. Porém, sempre que retomavam o assunto, havia aquele tom de censura por ter sido tão descuidado. Otto tentava argumentar que Vinícius acabaria se convencendo com alguma justificativa plausível e muito provavelmente não compartilharia com ninguém sobre o ocorrido, porque isso também acarretava admitir que fora amedrontado por ele. Mas era inútil. Quando se tratava de Khalicy, ela quase nunca mudava de opinião. Ainda mais quando tinha certeza de que estava certa, o que quase sempre era o caso.

Da última vez que haviam discutido a respeito, dividindo a cama dela, a amiga sentou abruptamente e atirou um ursinho de pelúcia na cara dele.

— Você não usava o poder porque tinha medo da CIA te usar pra testes, e agora tá se transformando pela metade, com testemunhas por perto! Você não faz sentido, Otto!

Os dois caíram na risada depois de um tempo, o que pôs fim à discussão, mas não um ponto final no assunto. Khalicy não conhecia o conceito de pontos finais.

A parte mais irritante era que ela estava mesmo certa. Talvez, se Otto não tivesse esquecido de mudar o rosto na ocasião, Vinícius não conseguiria matar a charada com peças faltando. Se Khalicy se sentia culpada por contar que Vinícius tinha um poder, Otto fora responsável por pintar um alvo bem grande na testa, enquanto pulava, apontando para si mesmo.

— Não foi inteligente manter o rosto, né? — resmungou, envergonhado.

— Não muito. — Khalicy entortou a boca para o lado, em uma careta de pesar. — Eu também não fui inteligente. O Vinícius me contou que via cores saindo das pessoas e minha reação foi dizer que isso era um superpoder. Deve ter percebido que eu estava familiarizada com a ideia.

— Se ele sabe o que os outros tão sentindo... ele sabia que eu gostava do Bruno? E vice-versa? — Otto se empertigou na bicicleta, de olhos arregalados. — Será que é por isso que ele me odeia?

Ela descartou a ideia com um aceno. Com um suspiro, montou a bicicleta outra vez, alinhando-a com a de Otto.

— Não sei. É que... se fosse o contrário, se você soubesse que gostamos um do outro há um tempão. Você ia fazer algo nesse sentido, sabendo que ia me deixar triste?

A única coisa em que Otto conseguiu se apegar foi *gostamos um do outro*. Um calafrio desceu por sua espinha.

— Tá querendo me dizer alguma coisa?

— Não! Eca! — Ela revirou os olhos, impaciente. — Depois de hoje, então, ele vai precisar se redimir se quiser mais ajuda com a matéria. Mas ele e o Bruno são tipo a gente, né? Não acho que ele teria atrapalhado, se soubesse desde sempre.

— Mas como? O poder dele...

— Acho que nunca saberemos. Deve ser menos óbvio do que parece.

Otto a encarou, sem ter uma resposta. Estava atordoado. Se ser desmascarado para o garoto de quem gostava já era bastante ruim, descobrir que o inimigo também tinha superpoderes parecia uma piada de mau gosto.

Soprou alguns fios de cabelo da testa, endireitando-se para voltar a pedalar.

★★★

Para a sorte de Otto, havia tantas provas marcadas que a semana voou. Ele e Khalicy passavam os dias juntos, imersos em livros e resumos enquanto assaltavam os armários da casa em que estivessem, e só se separavam na hora de jantar. Depois de comer e vestir os pijamas, ele aproveitava para ver alguma série com a mãe e o Anderson. Manter a mente ocupada era a melhor maneira de não se pegar pensando em *looping* que Bruno gostava dele, mas já não importava, porque tinha estragado tudo.

Então, deitava para dormir, onde era inevitável encarar as lembranças da discussão. Cobria a cabeça com o travesseiro, torcendo para que o sono chegasse rápido. Quase nunca vinha. Era difícil esquecer a cara de decepção de Bruno, mas pior ainda era ouvir a voz sussurrando em sua mente que bastaram cinco minutos. Corroído por tantos sentimentos conflitantes – quais cores Vinícius enxergaria? –, Otto acabava adormecendo, e a tortura continuava em sonhos. Embora nenhum deles fizesse sentido, quase sempre tinham dois elementos: ele e Bruno. Bastava para que Otto acordasse de péssimo humor, odiando o seu poder, odiando o maldito dia que se transformara em Olga.

No entanto, nenhuma parte do dia era pior do que chegar na sala de aula. Sentar tão perto de Bruno deixou de ser um motivo de excitação e passou a ser um objeto de tortura. Otto sentia seu olhar fulminante nas costas e não se atrevia a virar para trás por nada. Mas não era a única mudança. Os primeiros meses incríveis que teve, com Bruno puxando assunto durante toda a manhã, esticando os pés embaixo de sua cadeira e arrastando a mesa para formarem dupla, tinham ficado para trás.

Na última aula de química que tiveram, o professor pediu que todos fizessem duplas e, em questão de segundos, ouviu Bruno levar a mesa para perto de João. Com pesar, acabou tendo que fazer par com Duda, que sentava na fileira do lado, já que Mafe, sua melhor amiga, tinha faltado no dia.

Todas as pequenas mudanças eram lembretes dolorosos do quanto ele tinha perdido. Seu único consolo eram as férias de julho, dali a três semanas. Teria quinze dias longe de toda aquela bagunça. Otto mal podia esperar; havia se agarrado à ideia das férias como se fosse seu bote salva-

-vidas. Colou até post-its na parede do quarto, um para cada dia que o separava da liberdade. Quando voltava da escola, a primeira coisa que fazia era arrancar um deles, amassar e jogar fora, aliviado.

Infelizmente nada vinha de graça, e Otto descobriu, uma semana depois de ser desmascarado, que o colégio sediaria um jogo de basquete no último dia de aula. A ironia disso tudo era que ele nem podia considerar faltar, já que todos os alunos que estivessem presentes ganhariam cinco décimos na média da matéria que escolhessem. Como não estava indo nada bem em física, faria o esforço de ver o garoto de quem gostava e o que tinha arruinado a sua vida correndo juntos atrás da bola. Seria o maior torcedor do time do colégio Atena, se precisasse. As férias estavam logo ali.

— Você percebeu que eles não tão mais se falando? — perguntou Khalicy, durante o intervalo, na quarta-feira.

Otto virou o rosto para onde ela apontava discretamente e viu Vinícius sentado sozinho no pátio, recostado no prédio em que ficavam as salas do ensino médio, distraído com o celular. Depois, acompanhou o dedo da amiga até o outro lado do colégio, onde Bruno virava o resto de uma latinha de refrigerante, também sozinho.

— Evito olhar pro Bruno a maior parte do tempo. E o Vinícius... o que tenho a ver?

Ela sorriu, deitando a cabeça em seu ombro. O cheiro familiar dos cabelos de Khalicy impregnou seu nariz e Otto se sentiu grato por não terem brigado na semana anterior. Não aguentaria passar pelos últimos dias sem a companhia da amiga.

— Tão pior que antes, nem se olham na cara.

— Não sou o único que tá na merda, pelo jeito... — disse, entre uma mordida e outra em seu salgado. — Meio esquisito, né? Achei que fossem fazer as pazes de vez depois... daquilo.

— Eu também. Mas talvez seja uma coisa *boa*?

Cuidadosamente, Otto a afastou o suficiente para conseguir encará-la. Estava curioso para saber onde ela queria chegar.

— É que... talvez tenham brigado agora pelo mesmo motivo que brigaram em dezembro.

Ele uniu as sobrancelhas, descrente.

— Quê? Por *minha* causa? O Bruno não tá nem olhando na minha cara.

— Sim, mas acho que é mais pelo que representa, sabe? — Percebendo a confusão em seu rosto, ela prosseguiu: — Eles estavam se reaproximando bem devagar, nós dois sabemos que a briga toda foi pelo jeito que ele te tratava. Daí o Vinícius meio que fez um *exposed* seu ao vivo, para provar um ponto. E, ok, vamos supor que a intenção fosse defender o Bruno, o que dá pra entender e é um bom motivo... mesmo assim não precisava da parte da humilhação, né?

— Você acha que foi a gota d'água — concluiu Otto, ao mesmo tempo em que batia uma mão na outra para limpar os farelos. — É, faz sentido. Ainda mais depois de... hum... o que descobrimos.

Pelo canto dos olhos, Otto acompanhou Bruno jogar a latinha na lixeira da cantina, e então, caminhar em direção a Raissa, todo desajeitado. Ficou distraído olhando para os dois conversarem, a uma distância maior que o necessário um do outro, até que sentiu uma cotovelada nas costelas.

— Aproveitando que você tocou no assunto...

— Lá vem — falou por cima, mas Khalicy não se deixou abalar.

— ... o que você tá esperando pra falar com ele?

Precisou piscar algumas vezes para se certificar de que tinha ouvido direito. Como a amiga continuou a encará-lo com cara de quem não ia desistir tão cedo do assunto, Otto soltou um suspiro, dado por vencido.

— Não vou. Você precisa ver o jeito que ele me olha. Deve ser vermelho vivo, segundo o *nosso amigo*. Nada do que eu falar vai mudar que eu fiz merda.

— Não mesmo. Mas você deve um pedido de desculpas decente. E tem o direito de explicar o seu lado.

Com um novo suspiro, Otto jogou a cabeça para trás, observando o céu limpo e ensolarado que nada combinava com o frio intenso que fazia.

— Mas é o que eu tô dizendo, não muda nada contar o meu lado. Andei pensando bastante nisso e percebi que o que a gente pensa ou sente, nossas intenções, nossas motivações, nada disso vale tanto quanto as ações. — Ele engoliu em seco ao se lembrar de um exemplo perfeito. — Aquela noite, com o Anderson, se o policial não fosse amigo dele, ou se a gente tivesse capotado o carro... ia ser culpa nossa. Nada mais ia importar.

Khalicy apoiou o queixo nos joelhos, olhando-o de maneira carinhosa.

— Sim, eu sei. Não dá pra mudar o passado. Mas não é essa a questão... e se fosse o contrário? Se o Bruno fizesse algo que te magoasse muito, você não ia querer saber o motivo? — Ela fez uma pausa, enquanto encaixava uma mecha de cabelo atrás da orelha. — E daí, se a justificativa dele fosse boa o suficiente, você não ia se sentir melhor? Talvez até perdoar?

Suas palavras o acertaram em cheio. Otto olhou outra vez para Bruno, que via algo no celular de Raissa, junto dela. Será que ela sabia? Ou os seus pais? Será que, em uma realidade paralela em que o Bruno não o odiasse, Otto estaria nervoso com o primeiro jantar na casa dos Neves como *namorado* dele?

O sinal tocou, despertando-o de seus devaneios antes mesmo que ele tivesse respondido Khalicy. Caminharam juntos em direção ao bebedouro, enquanto alunos de todos os anos corriam de um lado para o outro e professores começavam a sair da diretoria com copinhos descartáveis de café em mãos.

— Você conversaria com ele? — perguntou, aproveitando que Khalicy estava abaixada para beber água e não poderia lançar um de seus olhares impacientes.

Ela levantou, com as bochechas infladas. Diferente do que Otto supôs, tinha uma expressão compadecida que o fez se sentir péssimo por esperar o pior dela.

— É melhor se arrepender, lembra?

Uma mensagem muito clara

Otto não concordava com a visão de Khalicy sobre arrependimento, e tinha seus motivos. Por mais que ela afirmasse que ele nunca teria se aproximado de Bruno sem um empurrãozinho (o que era totalmente verdade), ao menos o garoto não teria razão para odiá-lo. Quem sabe tivessem até se aproximado sem grandes dramas. Ou não. A questão era que não tinha como sofrer (tanto) por algo que não conhecia. E, em sua opinião, isso era melhor do que o gosto amargo de ter estado tão perto para então a possibilidade ser arrancada dele de uma só vez.

Mesmo assim, precisou dar o braço a torcer sobre o conselho de conversar com Bruno. Já que tinha jogado a merda no ventilador, a única coisa que podia fazer era tentar limpar um pouco da bagunça. Devia isso não só a Bruno, mas também a si mesmo. Precisava mostrar para si que era capaz de agir. Estava exausto de apenas reagir ao que acontecia com ele.

Khalicy também tinha razão sobre isso, assim como Anderson e sua mãe.

Mas ele nunca admitiria. Principalmente para a melhor amiga.

Sua primeira tentativa foi logo depois do intervalo, com um bilhetinho passado para trás no meio da aula de literatura.

Escreveu *"podemos conversar?"* em sua caligrafia feia e preguiçosa. Depois dobrou o papel até ficar minúsculo e o soltou perto do estojo de Bruno, com o coração acelerado. Otto não se orgulhava de seu primeiro ato de bravura ser tão... covarde. Mas era o começo. E todo mundo começava de algum lugar.

A resposta veio poucos segundos depois e não poderia ter sido mais clara. Bruno arrastou a cadeira e foi até a lixeira, em frente ao quadro negro, onde picotou o bilhetinho em pedaços minúsculos, sem nem ao menos olhar em sua direção.

Otto puxou os cabelos para trás, empalidecendo. Seria mais difícil do que previra.

Sua segunda tentativa também não foi um exemplo de ousadia. Assim que chegou em casa, Otto procurou o grupo da sala no WhatsApp e clicou no número do Bruno, com as mãos trêmulas. Encarou o celular por minutos, pensando se deveria mesmo seguir em frente. A vozinha de Khalicy soou em seu cérebro, estridente, lembrando-o outra vez do papo do arrependimento.

Revirando os olhos, Otto digitou a mensagem antes que se arrependesse e enviou. O Bruno da imagem sorria, mais amigável que o da vida real, vestindo o uniforme laranja do time de basquete. Mas o Bruno que visualizou sua mensagem e o bloqueou logo em seguida era o mesmo da escola, que estava irritado com ele.

Nos dias seguintes, Otto decidiu ser mais incisivo. Não chegaria a lugar nenhum mandando bilhetinhos. Precisava mostrar para Bruno que estava disposto a lutar por ele. Ao menos era o que tinha aprendido nos filmes de romance adolescente que Khalicy o obrigava a ver vez ou outra. Grandes demonstrações. Ou, se fosse mais realista, apenas *demonstrações*.

Sua próxima tentativa foi ficar depois da aula para esperar pelo treino de basquete. Assistiu da arquibancada, mas o clima não podia ser mais distante da primeira vez que esteve ali. Não era apenas Vinícius que atirava a bola na parede enquanto fazia contato visual com ele. O problema era que Bruno atirava com ainda mais força.

— É dessa energia que precisamos no jogo! — exclamava o treinador, em intervalos de tempo cada vez menores, parecendo mais e mais exaltado conforme o treino seguia. — Finjam que a bola é a cabeça de quem vocês mais odeiam e batam com força.

Otto tinha quase certeza de que o professor Lucca não podia dizer aquele tipo de coisa para os alunos. No entanto, o que realmente o perturbou foi a sensação agourenta de que seria a sua cabeça que Bruno imaginaria.

Quando o jogo acabou, esperou no corredor que Bruno passasse por ele.

— A gente pode conversar? — murmurou, para que apenas ele ouvisse.

Bruno continuou marchando para a saída, sem dar nenhum sinal de que havia escutado.

— Preciso muito falar com você — insistiu Otto. — *Por favor*.

Bruno abriu um zíper da mochila, de onde tirou os fones e os encaixou nos ouvidos. Outra mensagem muito clara que Otto decidiu ignorar. Talvez precisasse demonstrar um pouco mais.

No dia seguinte, voltou para casa com Khalicy depois da escola. Almoçaram juntos na casa dela e, quando a garota se preparava para voltar ao colégio para a monitoria, Otto aproveitou para sair também. No entanto, o colégio não foi o seu destino final. Em vez disso, pedalou depressa para o consultório do seu oftalmologista, mais especificamente para a recepção, onde explicou que estava esperando por Bruno.

— Temos um trabalho pra fazer — concluiu, com um sorriso simpático.

— Ah, acho que ele ainda vai demorar um pouco pra chegar do treino. Você não quer subir? — perguntou a recepcionista, tirando o telefone do gancho. — Eu aviso a Guilhermina.

— Não! Não precisa. Eu espero aqui, se não for atrapalhar.

Ela pareceu desconcertada ao devolver o telefone na base.

— Tá bom, então. Fica à vontade, tem bolachinha e café ali, se você quiser.

Otto assentiu, dando um último sorriso antes de se afastar do balcão. Escolheu o assento mais escondido e afastado, sem querer atrapalhar quem de fato estava ali para uma consulta.

Tentou se concentrar no celular, porém, em cada uma das redes sociais em que entrou, Bruno foi um dos primeiros a aparecer. Então, cansado de fugir de suas fotos, Otto se deu por vencido e alcançou uma revista para ler, com no mínimo dez anos de idade.

As horas se arrastaram. Quanto mais conferia o relógio atrás do balcão, mais devagar ele ficava. Tomar uma decisão por impulso era muito diferente de manter a decisão por bastante tempo. Ainda mais com a mente vazia o suficiente para arrumar um milhão de motivos para pedalar para longe o mais depressa possível.

Então, quando o ponteiro marcou três e meia e Otto estava a um passo de amarelar, Bruno entrou pela porta que dava para os consultórios. Não vestia mais o uniforme, e tinha os cabelos úmidos de quem havia acabado de sair do banho.

Ele se abaixou para conversar com a recepcionista, e logo em seguida acompanhou o dedo dela, apontado bem na direção de Otto. Seus olhares se encontraram e, no mesmo instante, Bruno fechou a cara.

Otto não sabia nada sobre linguagem corporal, mas qualquer um teria chegado a mesma conclusão de que tudo no garoto denunciava o quanto ele não era bem vindo ali. Com uma nova pontada de tristeza, Otto pensou em todas as outras vezes em que se encontraram na recepção, e na discrepância delas para aquele dia.

— Tá fazendo o que aqui? — perguntou Bruno, antes mesmo de parar em sua frente.

Fechando a revista, Otto fez menção de levantar, mas acabou mudando de ideia.

— Vim falar com v-você. Por favor, conversa comigo.

— Você não tem consulta hoje?

Otto negou com a cabeça, sem conseguir encontrar a voz.

Bruno respirou fundo e, por uma fração de segundo, um brilho de dúvida piscou em seu olhar enquanto ele parecia considerar. No entanto, tão rápido quanto surgiu, o brilho desapareceu, dando lugar à decepção rotineira.

— Não faz mais isso, sério. Se você não tiver horário agendado, não vem aqui, não. Por favor. — Apesar do rosto continuar rígido, o tom foi gentil. — Meus pais vão ficar bravos se souberem que você tava aqui de bobeira. E por minha causa.

De bobeira.

Otto concordou, com o rosto formigando. Ficou paralisado no lugar, até Bruno arquear as sobrancelhas como se perguntasse o que estava esperando.

— F-foi mal — resmungou. — Não queria causar nenhum transtorno.

Bruno não se deu ao trabalho de responder. Apenas o acompanhou até a saída e o observou montar na bicicleta e dar o fora dali, humilhado e triste.

Durante o final de semana, Otto e Khalicy combinaram de não tocar no assunto em hipótese alguma. E, caso um dos dois acabasse esquecendo e falando o nome proibido, precisava pagar um castigo escolhido pelo outro.

Felizmente, Otto só precisou pagar dois castigos, e Khalicy pegou bem leve. Um envolvia lamber uma colherzinha de sal e o outro, dar a volta na quadra usando a combinação de roupas mais caótica que ele tivesse no guarda-roupa. Ela, por outro lado, precisou pagar apenas um. Otto a maquiou antes de irem juntos ao mercado a alguns minutos de onde moravam.

Foi tão bom distrair os pensamentos, só para variar, que o final de semana passou em um piscar de olhos. Quando Otto menos esperava, segunda-feira voltou com o começo de uma nova semana e, consequentemente, novas oportunidades de se explicar com Bruno.

E elas se apresentaram na segunda mesmo, depois do intervalo. Quando os alunos do segundo ano do ensino médio voltaram para a sala, a professora de história já os esperava do lado de dentro, parecendo impaciente.

— Hoje vamos usar as duas aulas pra ver um filme!

Houve uma pausa enquanto todos comemoravam, alguns até batendo palmas. A professora sorriu, satisfeita.

— Podem deixar os materiais aqui, temos que começar logo para dar tempo. Fila lá fora. Anda, Vitor Hugo, vou trancar a sala.

De uma hora para a outra, a sala virou um caos de cadeiras arrastando no chão, pessoas se empurrando, risadinhas e materiais guardados às pressas.

Cinco minutos depois, Otto era o último da fila enquanto seguiam para a sala de informática, também usada para as sessões pipoca. A professora seguia na frente, abraçada a uma pilha de papéis, quase correndo.

De longe, viu, com pesar, as costas de Bruno e a ponta em forma de V que o seu cabelo marcava na nuca. Todo dia era uma nova tortura ir para a escola. Se antes já era doloroso ver Bruno de perto sem poder fazer nada, agora era dez vezes pior. Saber dos seus sentimentos e que ele conseguira arruinar tudo antes mesmo de começar o destruía.

A professora o esperava ao lado da porta quando entrou na salinha minúscula. Três das quatro paredes eram cercadas por computadores, formando um U. No ensino fundamental, quando ainda tinham aula de informática, estar naquela sala fazia parte de sua rotina. Mas, desde que entrara no ensino médio, as visitas ficaram escassas, de forma que estar ali tinha um gostinho de nostalgia que o pegou desprevenido.

Os computadores estavam todos desligados, e as cadeiras haviam sido reorganizadas em fileiras, voltadas para o telão branco na única parede vazia. Os alunos se atropelavam escolhendo em qual lugar sentar, mas o olhar de Otto permaneceu grudado em Bruno, acompanhando-o se dirigir a penúltima fileira, no lugar mais ao canto.

— Não quero ninguém ligando o computador. Se eu vir, mando direto pra coordenação! — disse a professora, com o controle do projetor na mão. — E nada de celular. Prestem atenção no filme, vou cobrar na prova.

Sem pensar muito bem no que estava fazendo, Otto se espremeu entre os colegas de turma e alcançou a última fileira. Apertando o passo, se jogou atrás de Bruno antes de Vitor Hugo, que o encarou com perplexidade. Otto deu de ombros, desviando o olhar para as próprias mãos.

Bruno tensionou os músculos e, sem nem tentar disfarçar, arrastou a cadeira um pouco mais para a frente e depois para o lado da mesa, abrindo distância entre eles.

Com uma careta, Otto cruzou uma perna sobre a outra, sem desviar o olhar das costas de Bruno. Não sossegaria enquanto não conversassem. Precisava explicar, ainda que não houvesse justificativa para o que havia feito. Tinha esperança de que, se contasse como se sentia e por quanto tempo, Bruno perceberia que nunca fora sua intenção brincar com ele.

Pacientemente, esperou que a professora desse play no filme, aumentando o volume até parecer que estavam no cinema. Houve uma comoção na sala quando ela apagou a luz e sentou meio de lado na cadeira, de modo que conseguisse ver o filme e cuidar dos alunos ao mesmo tempo.

Otto segurou a base da cadeira com as duas mãos e a levantou do chão, para que não fizesse barulho. Agachado, eliminou a distância entre ele e Bruno e só então voltou a se sentar, ignorando o olhar curioso de quem estava em volta. Seus joelhos tocaram na cadeira da frente e, dali, o seu perfume fresco o inebriou. Bruno se remexeu e olhou de esguelha por cima do ombro, medindo quão perto Otto estava. Soltou um suspiro impaciente e voltou a olhar para a frente, cruzando os braços sobre o peito.

Otto se debruçou sobre a mesa à esquerda, esperando até que os colegas estivessem muito entretidos com o filme para reparar nele e no que ia fazer. Apertou as mãos em punho e balançou as pernas, tentando aliviar a tensão de alguma forma enquanto reunia coragem.

Aos poucos, conforme o filme se desenrolava no telão, os cochichos diminuíram até cessarem. Otto espiou o rosto de quem estava mais próximo e os encontrou interessados. Qualquer que fosse o filme escolhido pela professora, estava de parabéns. Era raro ver a turma inteira engajada. Normalmente, as aulas em que assistiam a filmes eram vistas como vagas, o momento de conversar e relaxar das outras matérias.

Aproveitando-se disso, endireitou a postura e apoiou a bochecha na mão. Engoliu em seco e, apesar do frio, sentiu uma fina camada de suor nas costas. Olhou ao redor uma última vez. Percebendo que não tinha chamado a atenção de ninguém, deslizou o cotovelo pela mesa lentamente, como se fosse deitar para assistir ao filme. Inclinou o tronco para a frente, aproximando-se ainda mais de Bruno até que o rosto alcançasse sua orelha esquerda.

No segundo em que o ar saiu de seus pulmões, de encontro ao pescoço de Bruno, o sentiu estremecer inteiro. Ver sua reação o deixou sem fôlego. Otto fechou os olhos por um momento, sentindo todo o corpo esquentar. Não esperava ficar excitado naquela conversa, mas pelo visto Bruno não facilitaria para ele. A verdade é que nunca facilitava.

Quando subiu as pálpebras outra vez, seu olhar foi atraído no mesmo segundo para os antebraços de Bruno – o garoto arregaçara as mangas, revelando a pele arrepiada. Pigarreou, então, tentando recuperar o juízo. Mas, caramba, como era difícil, assim tão perto dele. De onde estava, Otto via cada pinta com exatidão. Havia duas perto da curva do pescoço e uma atrás da orelha, parcialmente escondida por uma mecha de cabelo rebelde.

Assim que se recuperou, Bruno virou minimamente a cabeça para a esquerda, sussurrando por cima do ombro:

— O que você tá fazendo?

— Tentando falar com você — respondeu Otto, se esticando um pouco mais para perto. — Não te encontro em lugar nenhum e você só me evita.

Bruno piscou, indignado.

— E mesmo assim você não entendeu? — cuspiu as palavras. — Não temos nada pra conversar.

Otto não estava conseguindo raciocinar direito. Estava com o rosto tão perto de sua orelha que achou ter roçado o lábio nela sem querer. O fato de Bruno ter estremecido outra vez confirmava sua suposição, além de deixar seu corpo inteiro em chamas.

— Temos, sim. Por favor, me deixa contar o meu lado — soprou, fazendo alguns fios de cabelo balançarem. — Você nem precisa responder, pode até continuar vendo o filme... só me deixa falar. Pra você saber que eu nunca quis brincar com você. Ferrei com tudo, e nunca vou me perdoar por isso.

Bruno permaneceu imóvel, o olhar passeando pelos monitores desligados. Umedeceu os lábios e, como se estivesse cansado demais para discutir, virou o rosto para a frente outra vez.

Havia um nó gigantesco na garganta de Otto quando colou os lábios na orelha de Bruno. Dessa vez, não foi sem querer. Não era assim que ele tinha imaginado seu pedido de desculpas, mas sua vontade de tocar Bruno era insustentável. Talvez fosse recíproco, já que o garoto deslizou um pouquinho na cadeira, sem mostrar nenhuma objeção.

Ainda assim, estava aterrorizado. Em todos aqueles anos, nunca esteve tão próximo do garoto. Exceto pela noite em que tentou beijá-lo no corpo de Olga. Mas isso não contava. Além do mais, ainda havia o pequeno detalhe de que estava prestes a se abrir.

— A-aquele dia, no consultório dos seus pais... foram só cinco minutos, mas nem consegui dormir à noite. Lembro direitinho. N-não por isso que você tá pensando. Enfim. Eu já sabia que gostava de meninos, e quando te vi na escola no dia seguinte, entendi que não era de qualquer menino. Era de v-você. Quis tanto você que doía, Bruno. Mesmo que, naquela época, isso significasse apenas segurar sua mão e dividir o lanche...

Ele umedeceu os lábios, se permitindo respirar fundo. Bruno continuava com os braços cruzados, imóvel e sem esboçar nenhuma reação, mas Otto percebeu que tinha o maxilar trancado. Não que esperasse nada diferente, mas ainda assim foi impossível evitar o desespero subindo por suas entranhas.

— Me agarrei à ideia de que talvez você pudesse gostar de mim também, e tentava ver sinais em toda parte. Mas o tempo foi passando e, hum... as coisas ficaram mais complicadas. — Otto respirou fundo, fechando os olhos. Fios do cabelo de Bruno roçavam em seu rosto, fazendo cosquinha. — Na sua casa eu contei um pouco do que o Vinícius fez, só que foi muito mais. Nem vale a pena falar tudo, só quero que você entenda que eu tinha medo dele. Ainda t-tenho um pouco. Não me orgulho em ser covarde e passivo, mas sou. E o Vinícius é o seu melhor amigo. Mesmo você sendo o oposto dele comigo, achei que... bom, não sei o que achei. Depois de um tempo me acostumei com a ideia de gostar de você de longe e aceitei que era impossível.

No projetor, soldados se enfiavam em uma trincheira às pressas segurando os rifles, enquanto bombas caíam por toda parte. A professora estava tão absorvida na história que, sem se dar conta, havia virado o corpo totalmente de frente para o telão, esquecendo de vigiar a turma.

— Daí você começou a namorar... Todo mundo diz que quando a gente ama alguém, quer ver feliz, mesmo se for com outra pessoa. Mas eu não queria te ver feliz com ela. *Eu* queria te fazer feliz! *Eu* queria te abraçar no intervalo e... e... — Um som de engasgo escapou de sua garganta.

Otto agarrou o espaldar da cadeira de Bruno, descontando sua frustração ali. — Ah, você não faz ideia. Eu até tentei seguir em frente, ficar com outras pessoas, mas não eram você. Caralho, isso soou meio assustador, né? Não era, eu juro. Era assustador de um jeito bom! Eu nunca faria nada de esquisito com você... quer dizer, ahn, além de me transformar em outra pessoa e tentar te beijar.

Apesar de Bruno continuar petrificado, Otto pensou ter visto um sorrisinho em seus lábios. Ele não queria deixar tudo ainda pior, mas estava perdendo para o nervosismo e ficando mais atrapalhado.

— Descobri a minha... *habilidade* pouco tempo depois da cirurgia nas orelhas. Não sei se já tinha antes. Espero que não, seria um desperdício de dinheiro, considerando que conseguiria arrumar sozinho, agora. — Otto mordeu o lábio inferior, reprendendo-se por pensamentos. Precisava parar com os devaneios, ou Bruno teria certeza de que se tratava de uma piada. — Demorei três anos pra usar. Se não fosse pela Khalicy, eu estaria até agora apavorado demais para aproveitar a parte boa do meu poder. Porque tem uma parte boa, sabe? Na primeira noite que me transformei pra valer, foi pra comprar bebida. Eu precisava disso, de gostar mais de mim. Consigo entender por que meu padrasto pegava tanto no meu pé. Acho que eu tinha só *aceitado* as coisas, mesmo que elas fossem uma merda.

Otto passou a mão pelos cabelos, grato por não estar de frente para Bruno. Embora tivesse sido sua intenção a princípio, ele percebia que era muito mais fácil ali, com poucas iluminação, sem ver direito suas expressões e o seu olhar duro. Era um pouquinho menos assustador revelar tanto de si e de suas fraquezas, que passou tanto tempo escondendo.

Bruno balançava a perna direita de leve, o único sinal de que ainda estava atento a ele. Precisaria se contentar com isso.

— Então chegamos ao dia do churrasco. Era a minha chance de me aproximar, tava decidido a ir como Otto. Até comprei as lentes. — Deixou escapar uma risadinha desanimada. — Eu me esforcei... e amarelei na frente da sua casa. Nem era para ter me transformado em uma garota, tanto que depois fiquei com o peito aparecendo o resto do dia e descobri que os garotos da nossa turma são muito depravados! Eu só queria ser alguém que o Vinícius deixasse em paz. Porque, mesmo se ele não agisse como um otário, ainda estaria entre nós dois de algum jeito. Como ainda está, no caso. E depois meio que... aconteceu? Nós passamos o dia todo juntos, e a gente nunca tinha conversado tanto! Foi tão bom que nem senti culpa, não parei para pensar no que ia dar. Porque achei que, bom, continuava sendo eu, não fazia diferença.

Sem se dar conta, apoiou o queixo no ombro de Bruno, de olhos fechados enquanto revivia as lembranças.

— Na papelaria, fiquei apavorado quando você me pegou te encarando. Nem precisei pensar muito. Não tenho nenhuma desculpa pra ter continuado, mas continuei mesmo assim. Minha vontade de ficar com você era maior que a razão, e sempre que a Olga aparecia, o Otto atrapalhado e tímido ia embora.

Ele se calou quando a professora ergueu a mão de súbito, estalando o dedo no ar três vezes para chamar a atenção da turma. Só então percebeu que estava apoiado em Bruno, com o estômago revirando.

— Fiquem de olho nessa cena. É muito importante pra vocês conseguirem entender a motivação da guerra. Prestem atenção nas *sutilezas*. — A última palavra se demorou em sua língua, como se ela sentisse um prazer especial em enunciá-la.

Otto aproveitou para descansar a garganta, que ardia de tanto sussurrar. A contragosto, ergueu o queixo do ombro de Bruno, voltando a ficar na altura de sua orelha. Como resposta, o garoto virou a cabeça poucos milímetros para a esquerda, de forma que a lateral do seu rosto ficou visível para ele.

Era um bom sinal? Devia ser. Ao menos significava que estava ouvindo.

Saber que não falava sozinho era um alívio.

— Você me disse que não sabe quem sou eu e quem é a Olga. Por um tempo eu também não soube. Mas agora está bem claro. — Engoliu em seco, agarrando o encosto com mais força. — Eu falo coisas inapropriadas quando estou nervoso e passo o dia de uniforme. Não tenho medo de cavalos, o que é um milagre, porque tenho de todo o resto. Já matei o Vinícius de todas as maneiras possíveis no *The Sims*, e eu e você casamos e temos uma mansão. Não tenho coordenação motora porque cresci muito rápido, não sei dançar, adoro como você leva piscina e batata frita a sério. E sou um idiota. Só pensei em mim e menti sem parar.

Bruno fechou os olhos, de lábios comprimidos. Otto viu seu peito subir e descer quando inspirou fundo. Quis ter a habilidade de Vinícius e saber o que o garoto sentia. Daria qualquer coisa por um único dia colorido. Era desesperador não ter nenhum indício, nenhum sinal.

— Eu te amo desde o quinto ano, por causa de uma conversa boba sobre super-heróis. Me odeio por ter estragado as coisas. Se o meu poder fosse voltar no tempo, eu faria tudo diferente. Teria chegado no churrasco assim mesmo e deixado acontecer. Talvez curtido a piscina com você e relaxado mais, sem precisar me esconder num personagem. Mas como não é... só posso pedir desculpas. — Otto contornou a borda do encosto com o dedo indicador, com os olhos ardendo. Piscou algumas vezes, se recusando a chorar ali, na sala de informática. — Saber que nunca precisei de poder nenhum é o que mais dói.

Hesitante, se endireitou em seu assento e as costas agradeceram. Mordeu o lado interno das bochechas, sem desgrudar os olhos de Bruno, atento ao menor sinal.

Esperou pacientemente. Quando o garoto abaixou a cabeça, deixando o último ossinho da coluna em evidência, Otto prendeu a respiração, angustiado.

Os segundos se transformaram em minutos e Bruno permaneceu inacessível. Qualquer migalha o teria deixado feliz. Até mesmo um olhar hostil. Ele precisava saber que o garoto se importava.

Sem saber o que fazer, Otto inclinou o tronco para a frente outra vez, mas, antes que alcançasse Bruno, ele se esquivou. Cutucou Heloísa, a menina sentada ao seu lado, cochichando algo em seu ouvido. Ela assentiu e se levantou, seguida por ele.

Então, sem nenhuma cerimônia, trocaram de lugar.

Foi o desespero

Na véspera do último dia de aula, Otto chamou Khalicy para dormir na casa dele. Somente a amiga conseguiria arrastá-lo até a escola, já que nem mesmo os cinco décimos em física pareciam valer o esforço, agora que o jogo de basquete estava logo ali. Otto precisava mesmo dos pontos, por mais que seu coração acelerasse cada vez que se imaginava cercado pela escola inteira tendo que disfarçar seu *gay panic* por Bruno.

Isso para não falar da conversa desastrosa (ou talvez ele devesse chamar de monólogo) com Bruno, durante o filme, duas semanas antes. Por mais que Otto tivesse tentado manter os pés no chão e não nutrir muitas esperanças quando decidiu se abrir, esperava ao menos que o jogador reagisse com alguma palavra, qualquer uma. Nem que fosse para pedir educadamente que Otto nunca mais se dirigisse a ele.

Tudo bem, talvez não isso.

Mesmo assim, foi muito doloroso passar o restante do filme lutando para engolir o caroço na garganta, cada vez maior. E, se era possível, o clima entre eles ficou ainda pior nos dias subsequentes, a ponto de Otto considerar seriamente pedir na direção para que trocassem o seu lugar.

Depois de jantar pizza com Joana e Anderson, assistindo a um episódio de uma série sobre a realeza com o qual ele não podia se importar menos, Otto e Khalicy seguiram para o quarto dele com Hulk.

Otto deixou a gata na cadeira do computador, distraído com o único post-it restante na parede. Por pior que fosse o dia seguinte, ele ainda tinha as férias de consolo. Precisava se concentrar nisso e a manhã passaria em um piscar de olhos.

— Você tá tornando as coisas muito piores do que elas são — falou Khalicy, logo depois de se atirar em sua cama. — Assim, eu entendo que não vai ser nada legal ter que ficar lá por... duas horas? Quanto dura um jogo de basquete?

Ele deu de ombros, desinteressado.

— Não faço ideia.

— Bom, não importa. Tô tentando dizer que, tirando a parte chata dele estar na quadra correndo, e tudo mais, o resto é basicamente paranoia.

Ninguém vai dar a mínima pra você. — Ela erguia um dedo para cada novo argumento. — Ele não vai ter como te encarar igual no treino porque vai estar literalmente o colégio inteiro lá. Até algumas pessoas do outro colégio. Só se ele olhar feio pra todo mundo, e vai parecer que tá com dor de barriga. E você tem sempre a possibilidade de usar o celular o jogo inteiro.

Otto se enfiou embaixo dos cobertores, esfregando as mãos duras de frio. Hulk pulou na cama, afofando a coberta entre suas pernas. Ficaram em silêncio por um tempo antes que ele se ouvisse dizendo baixinho:

— Nunca mais vou usar meus poderes.

Khalicy entortou o pescoço para cima, até encontrar o seu olhar, parecendo cética.

— Não me diga que por causa do que rolou com o Bruno?

Ele ergueu as sobrancelhas, atônito.

— Ahn... sim?

— Ai, Otto. — Ela fez uma cara que dizia claramente *lá vamos nós*. — Isso não tem *nada a ver* com o seu poder. E sim o que você fez com ele. Você pode usar ele de outras maneiras que não machuquem outras pessoas.

— Mas a questão é que eu não precisava de poder! — Ao perceber que tinha se exaltado, Otto respirou fundo, diminuindo o tom de voz outra vez. — Essa não foi a grande lição? Esse tempo todo achei que precisava ser outra pessoa, mas só precisava ser eu pra ele gostar de mim.

Ela girou o corpo até estar de lado no colchão, apoiando a cabeça na mão para ficar em uma altura boa.

— Tá, eu sei. Só que não foi só ruim. E a vez com o Henry Cavill? Duvido você não aproveitar mais nesse sentido.

O rosto de Otto queimou ao perceber sobre o que ela se referia. Ele não conseguia entender por que contava certas coisas para Khalicy se a conhecia bem o suficiente para saber que seriam usadas contra ele em algum momento.

— Não! Não preciso me transformar nele pra fazer... isso.

— Aham. — Ela tinha a sombra de um sorriso no rosto. — E na faculdade? Vai perder a oportunidade de se divertir?

— Eu queria tanto que você tivesse um poder pra, primeiro, descobrir que nem é tão legal assim e, segundo, parar de me encher o saco.

— Como não tenho, o jeito é te convencer que dá pra continuar usando. Não é porque deu errado uma vez que vai dar pra sempre.

Cansado de discutir, ele se limitou a esticar a mão e tatear a parede em busca do interruptor. O quarto virou um breu, no qual se viam apenas as silhuetas dos bonecos de sua coleção.

— Boa noite, Khalicy — disse, acariciando as orelhas de Hulk. — Melhor deixar um pouco de saliva pra continuar amanhã.

★★★

Otto e Khalicy desmontaram da bicicleta ao mesmo tempo em frente ao colégio, empurrando-as lado a lado. Assim que entrou no pátio, viu Vinícius ao longe, marchando direto para o ginásio.

Desde o seu *exposed*, Khalicy e Vinícius também haviam parado de se falar, embora as coisas não parecessem tão dramáticas como para ele e Bruno. Em vez de trocarem caretas e olhares mordazes, os dois apenas fingiam que o outro não existia e seguiam em frente sem muitos contratempos.

No entanto, sendo a amiga a pessoa que era, já havia admitido, em mais de uma ocasião, que estava com pena por ele precisar estudar sozinho para as provas finais do primeiro semestre. Embora esses comentários tivessem rendido pequenas discussões entre os dois, Otto tinha se conformado que Khalicy era assim e que talvez precisasse se acostumar com a ideia dos dois se tornarem amigos em algum momento.

Em silêncio, caminharam em direção ao bloco do ensino médio. A única coisa que o confortava em ter visto Vinícius de longe era saber que Bruno também não estaria em sala. Quanto menos tempo precisassem passar juntos naquela manhã, melhor. Isso tornava as coisas um pouco mais palatáveis.

— Boa sorte — disse ela, quando pararam em frente às salas. — Tenta não enfartar.

— Não prometo.

— O dia vai passar assim. — Para exemplificar, Khalicy estalou os dedos. — Foca na maratona de filmes dessa noite.

Otto sorriu ao lembrar que tinham combinado de assistir filmes de terror a madrugada inteira e só dormir quando o dia raiasse e já não tivessem mais com o que se preocupar.

Joana tinha até passado no mercado no dia anterior para comprar uma quantidade exorbitante de "comida de cinema", e prometido assistir pelo menos a um filme com eles, embora Otto duvidasse bastante. A mãe se assustava até com a própria sombra, com certeza aproveitaria a primeira oportunidade para fugir para a casa de Anderson enquanto eles ainda tinham o privilégio de morar em duas casas.

— Até depois — disse Otto, já com um pé para dentro da sala.

Desanimado, se arrastou até sua carteira, lançando um olhar demorado para o lugar vago de Bruno. Quando as aulas voltassem, os lugares seriam outros e talvez ele tivesse bastante sorte de se sentarem cada um em uma extremidade, longe o suficiente para que ele não pudesse nem mesmo espiar.

As duas primeiras aulas, de sociologia e biologia, respectivamente, foram uma perda de tempo. Apesar de a maioria dos alunos estarem presentes e os professores poderem, na teoria, começar o conteúdo novo, eles não eram bobos de achar que alguém fosse reter qualquer informação. Por isso, gastaram todo o tempo livre conversando com os professores, de uma maneira constrangedora e nem um pouco natural, sobre séries que estavam acompanhando e o que pretendiam fazer nas férias.

Ele começava a achar que não aguentaria a tortura por muito mais tempo quando o diretor enfiou a cabeça para dentro da sala, euforia estampada em seu rosto enquanto pedia ao professor para levar a turma até o ginásio porque tinha dado a hora.

Ao contrário dele, os demais colegas de turma receberam a notícia com entusiasmo, pulando para fora das cadeiras e se amontoando perto da saída no que deveria ser uma fila.

Otto secou as mãos na calça do uniforme, enquanto seguia o fluxo. Do lado de fora, seu coração deu uma nova guinada ao deparar com a multidão que aumentava conforme as outras turmas abandonavam as salas.

Esticou o pescoço, olhando ao redor em busca de Khalicy. Como a amiga era baixinha, ficava muito mais difícil reconhecê-la entre tantas outras cabeças que se moviam de um lado para o outro. Antes que conseguisse encontrá-la, foi empurrado para a frente por dois colegas e se viu caminhando em direção a sua condenação.

Quanto mais se aproximavam do ginásio, mais suas pernas bambeavam, e Otto nem sabia apontar o motivo. Khalicy tinha razão. Ele e Bruno nem estariam perto um do outro. Seria mais fácil do que as últimas semanas, a uma carteira de distância. No entanto, todo o sangue do seu rosto se esvaía em antecipação, só de imaginar como seria o jogo.

Otto não parava de se lembrar da mostra de ciências e de terem conversado sobre os jogos. Bruno dissera, na ocasião, que o obrigaria a estar na próxima final. Não era bem o caso, mas mesmo assim ele não parava de se odiar por isso. Quão diferente as coisas seriam se Bruno nunca tivesse descoberto sobre Olga? Era injusto que a verdade tivesse vindo à tona depois de Otto decidir que não se transformaria mais nela (ainda que tivesse, mesmo assim, se transformado na primeira oportunidade).

A massa de alunos começava a se afunilar para entrar no ginásio. Otto estava com dificuldade para respirar. Ergueu os óculos, desejando que seu poder fosse ficar invisível. Duvidava que Vinícius, ou qualquer um, teria descoberto. Estava a um passo da entrada quando ouviu a voz familiar de Khalicy gritar o seu nome.

— OTTO! AQUI! — Ela balançava os braços no ar, ganhando a atenção de todos ao redor. — VEM CÁ!

Seu suspiro de alívio foi tão alto que teve a sensação de que até os jogadores ouviriam dos vestiários. Girou nos calcanhares e nadou contra a corrente, levando cotoveladas no caminho, enquanto costurava entre grupinhos de amigos.

Assim que chegou perto o suficiente dela, Khalicy agarrou sua mão e o arrastou na direção oposta do ginásio, se enfiando na multidão sem a menor dificuldade.

— Tão vendendo pipoca na cantina! Fiquei com lombriga.

Otto tateou os bolsos com a mão livre, sentindo o estômago roncar.

— Tá com dinheiro sobrando?

— Aham. Depois você me paga. — Ela o arrastava com tanta força que parecia prestes a arrancar seu braço. — Vamos logo, não quero perder o começo.

Otto lançou um olhar feio para a nuca da amiga enquanto entravam na fila da cantina que parecia menor, embora todas estivessem abarrotadas de gente.

— Eu queria pegar lugares na última fileira da arquibancada, mas tô aqui te acompanhando.

— É! Eu vou te alimentar, é o mínimo. E da última fileira não dá pra ver direito.

— Eu sei? É o objetivo.

— Ai, Otto! Deixa de ser rabugento. Se já tá no inferno, que mal tem abraçar o diabo? — Então aproximou a cabeça dele e abaixou o tom de voz. — Esquece tudo o que rolou e encare isso como uma oportunidade de ver aquele gostoso todo suado, gemendo enquanto faz uma cesta, ou sei lá. Não só ele, aliás. Dez gostosos suados. Pelo menos *eu* vou encarar assim.

Pestanejando, ele a encarou. Suas bochechas coraram, mas um sorrisinho travesso surgiu em seus lábios.

Sabia que Bruno era popular entre as garotas, já tinha ouvido conversinhas sussurradas diversas vezes. Também não era segredo que Khalicy o achava bonito (quem não acharia?), mas a amiga nunca tinha se referido a ele assim. Talvez fosse por respeito a amizade deles e, agora que ele tinha decidido seguir em frente, ela se sentisse mais confortável para admitir. De qualquer forma, ele achou estranhamente agradável dividir esses sentimentos com ela. Na maior parte do tempo, os elogios eram unilaterais.

— Minha melhor amiga cobiçando o garoto de quem eu gosto! Que barbaridade.

Ela riu, encaixando o braço no dele e deixando um beijo em sua bochecha.

— Essa é a regra número um pra eu aprovar qualquer relacionamento seu. Preciso achar gostoso. Lide com isso.

— Você é ridícula. Essa regra vai valer pra mim também?

— Claro que não, né? Eu tenho privilégios nessa amizade — respondeu, em tom de brincadeira, enquanto a garota da frente tentava abrir espaço para sair de lá.

Enquanto Khalicy pagava pelas pipocas e dois copos de chá mate, Otto se pegou observando ao redor. As filas tinham dobrado de tamanho atrás deles, com alunos de todas as idades empinando os narizes para sorver o cheiro amanteigado e salgado de pipoca recém-estourada. As risadas e o burburinho de centenas de pessoas conversando o contagiaram; lembrava da última copa do mundo, em que a escola toda ia para o pátio assistir ao jogo em um telão. A atmosfera do último dia antes das férias, somada ao fato de que não estavam presos em sala de aula, o fizera esquecer, por um momento, de para onde estavam indo. Otto sentiu um friozinho na barriga de excitação, até olhar para o lado e ver duas meninas com listras laranjas pintadas no rosto, uma delas com um A enorme na bochecha.

Conforme se afastavam da cantina equilibrando as comidas, esbarraram em mais pessoas com tinta laranja no rosto. Finalmente, alcançaram a origem da maquiagem. Em frente ao ginásio, o diretor e dois professores do fundamental esperavam com potinhos de tinta, perguntando quem queria ser pintado.

Khalicy, que tinha acabado de notar a mesma coisa, olhou para ele com as sobrancelhas arqueadas.

— Não tem a menor chance! — tratou de falar, antes que ela se iludisse com a ideia.

— Otto! Por favor!

— Não, nem a pau. Pode pintar, eu tô de boa.

— Eu comprei pipoca! Você tem a obrigação moral de ser torcedor comigo.

Ele parou no lugar, indignado. Khalicy deu mais alguns passos antes de parar também e virar de frente para ele, com uma expressão descarada.

— Pode pegar de volta, não quero mais. — Otto esticou os braços no ar, derramando algumas gotas de chá no processo. — Fora que eu *não sou* torcedor. Não podia ligar menos pro nosso time. Na verdade, torço pro outro colégio. Será que tem tinta azul também?

Khalicy revirou os olhos, tentando manter a pose, mas foi traída por um sorrisinho.

— Nem você acredita nisso. Vamos logo, nem é pelo time em si, é mais pela *experiência*. Imagina as fotos, vão ficar bem Tumblr, *vibe* colégio americano.

O brilho em seu olhar o pegou desprevenido, e Otto caiu na risada. Andou até ela e deixou um beijo estalado em sua bochecha.

— Tá. Mas só porque eu te amo e quero contribuir pra suas fotos Tumblr. Se é que ainda existe isso. Que fique bem claro o meu não apoio ao time de basquete do colégio Atenas.

— Fechado — respondeu ela, sem esconder a empolgação.

Khalicy escolheu as pinturas deles, e ele acabou com um A pintado em cada bochecha. A tinta gelada não foi nada agradável, principalmente quando o vento soprou em seu rosto, fazendo-o estremecer inteiro.

O interior do ginásio estava bem mais quentinho que o lado de fora, com o calor de tantas pessoas reunidas. Otto sentiu como se tivesse acabado de receber um abraço, e até mesmo ele precisou deixar a rabugice de lado para reconhecer que aquela era uma imagem e tanto. Várias pessoas haviam levado cornetas e apitos, matracas e buzinas, vuvuzelas e cartazes, chapéus e pompons, além de bandeirinhas do colégio impressas em casa. Era como se tivessem sido transportados direto para um estádio de verdade. Havia algo de especial em ver todo o colégio reunido pelo mesmo motivo e, mesmo sem dar o braço a torcer, ele se arrependeu de não ter levado nada para fazer bagunça também.

— Eu vou te *matar*! — rosnou ela, queimando-o com o olhar. — Não falei pra gente passar na lojinha de 1,99? Acho que somos os únicos sem nada. Olha lá, até o outro colégio!

Ela usou o cotovelo para apontar. Do outro lado do ginásio, uma quantidade muito menor de alunos vestindo azul marinho e branco ostentava seus adereços de torcida, provando o argumento de Khalicy.

— Nossa, *que pena* — respondeu Otto, com um sorrisinho cínico.

Assim que alcançaram a escada de acesso da arquibancada, Otto a deixou seguir na frente, porque Khalicy tinha um olho melhor que o dele para encontrar as coisas. Subiram em um ritmo lento, tentando não derrubar pipoca pelo caminho. Mais ou menos na metade das fileiras, ela freou no lugar, olhando por cima do ombro para ele.

— Lá em cima tá cheio.

— Quê? — Otto espremeu os olhos.

Seu estômago revirou ao constatar que estava certa. Não havia lugares lá, nem nas duas fileiras de baixo. Como se tivessem combinado, os dois giraram o corpo ao mesmo tempo enquanto conferiam degrau a degrau, até perceberem que apenas as primeiras continuavam vazias.

Horrorizado, Otto arregalou os olhos para Khalicy. Atrás deles, os alunos que estavam na cantina chegavam em bandos, ocupando os últimos lugares restantes. Seu estômago deu uma volta de trezentos e sessenta graus. Embora quisesse entrar na frente de todo mundo e garantir um lugar razoavelmente afastado da quadra enquanto ainda dava tempo, suas pernas não obedeciam aos comandos do corpo.

Ele não sobreviveria. Era isso. Seu único consolo era estar longe o suficiente para que Bruno não conseguisse enxergá-lo na multidão. Percebendo seu estado catatônico, ela equilibrou a pipoca e o chá em uma mão só e, com a outra, segurou seu ombro, empurrando-o delicadamente para o caminho pelo qual haviam acabado de chegar.

O olhar de Otto foi atraído para o grupo enorme de alunos que vinha correndo, apressados pelo diretor. Num ato de desespero, ele se precipitou para a segunda fileira o mais rápido que pôde, antes que lhe restasse somente ficar com o nariz colado no piso de madeira. Com a sorte que tinha, conseguia até imaginar a bola voando em sua cara em algum momento do jogo.

Otto nem se importou com os olhares feios e resmungos não muito educados quando fechou três amigas prestes a entrarem naquele patamar, fazendo com que duas delas trombassem. Ouviu Khalicy pedindo desculpa enquanto se adiantava para o centro da fileira. Com um suspiro de alívio, se jogou em seu lugar, derramando algumas pipocas no colo. Ela sentou logo em seguida, parecendo um pouco assustada com ele.

— O que foi aquilo?

— Foi o desespero. Pior do que na fileira da frente, só estirado no meio da quadra.

— Não seria má ideia, né? — Ela deu um sorriso travesso e Otto soube que viria besteira antes mesmo que Khalicy abrisse a boca para continuar. — Uma coisa bem dramática, você deitado ali no meio, braços abertos, implorando pra ele te amar.

Otto riu, com a boca cheia de pipoca.

— Ou eu podia imitar aquele filme que o cara sai cantando na arquibancada. Esse lugar é ótimo pra um pouquinho de humilhação, a escola inteira consegue ver.

— Não é humilhação quando é por amor. É bonito.

— De toda forma, eu parti para outra, lembra? Não preciso de atos megalomaníacos envolvendo muitas pessoas.

Khalicy abriu a boca para falar, mas fechou logo em seguida, de olhos arregalados. Uma comoção se espalhou por todo o ginásio quase instantaneamente, e uma explosão de aplausos, assobios e buzinas feriu seus tímpanos.

Otto acompanhou o olhar da amiga, sabendo o que encontraria, mas sem ter certeza se estava preparado. O time do colégio Atena entrava enfileirado, rindo e acenando em todas as direções, guiado pelo treinador Lucca, que mal parecia caber em si.

Quando os últimos jogadores surgiram em seu campo de visão, Otto não conseguiu reparar em mais ninguém. Todo o ginásio virou um borrão, exceto por uma pessoa. Otto teve a sensação de que sua vida era controlada por alguém que decidiu, naquele momento, deixar tudo em câmera lenta e em um filtro dourado, como se o dia tivesse avançado e a luz do pôr do sol banhasse toda a quadra.

Bruno fechava a fila, em passadas confiantes e com um sorriso largo no rosto. Jogou a cabeça para trás, afastando os cabelos dos olhos em um movimento despretensioso que arrancou suspiros das garotas em quem Otto tinha trombado minutos antes – e dele, mais do que ninguém.

O uniforme laranja parecia pensado para ele. Embora Otto detestasse a cor, não podia negar que evidenciava o dourado de sua pele, deixando-o com o mesmo bronzeado de quando as aulas começaram. A regata deixava os bíceps delineados à mostra, e ele usava uma calça térmica preta embaixo da bermuda, além de munhequeiras nos dois pulsos. Quando parou ao lado de João Vitor, o peito estava aberto e o queixo um pouco para cima. Otto lamentou que nunca tivesse visto um jogo antes, porque Khalicy tinha razão sobre valer a pena. Bruno nunca esteve tão delicioso quanto parado no meio da quadra, o olhar tomado por um brilho selvagem.

Sentiu uma pontada entre as pernas e suspirou, ajeitando a pipoca sobre o colo. Na quadra, o garoto esfregava o pescoço, dando tchauzinhos aleatórios aqui ou ali. Otto quis se jogar no chão quando teve a impressão de que Bruno olhava direto para ele. A única coisa que precisava garantir era um lugar na última fileira, e mesmo assim tinha falhado. Otto não sabia se sobreviveria àquela manhã.

A atmosfera mágica sumiu no instante em que as pessoas ao seu redor começaram a vaiar o time adversário, que entrava na sequência. Otto pestanejou, como se tivesse acabado de acordar de um sonho muito bom. Ao se dar conta de que estava com a boca entreaberta, fechou-a rapidamente e olhou ao redor para se certificar de que ninguém tinha visto. Deparou com um sorriso irritante no rosto de Khalicy, assim como um olhar cheio de julgamento.

— Partiu para outra. Sei.

Envergonhado por ter sido pego no flagra, Otto afundou a mão no saquinho de pipoca e encheu a boca, para evitar mandar a amiga para lugares não muito agradáveis.

Um burburinho cheio de estática tomou conta de todo o ginásio quando um dos juízes segurou a bola de basquete sobre a cabeça, no meio da quadra, acompanhado por um pivô de cada time. Aos poucos, os outros jogadores foram assumindo suas posições, assim como o corpo docente da escola, que sentou na arquibancada do outro lado, junto dos alunos do colégio adversário.

Otto deu um gole no chá, mantendo os olhos colados em Bruno, mesmo quando a bola foi lançada para cima e o colégio Atena começou com o posse, tomando a dianteira. Vozes vinham de todos os lados, gritando palavras de incentivo para os garotos do time, mas nenhuma se sobressaía ao do professor Lucca. Ele gritava tão alto, na lateral da quadra, que o rosto tinha adquirido uma coloração vermelha arroxeada preocupante. A veia em sua testa estava estufada, e não fazia nem dois minutos do começo da partida.

— A DEFESA! OLHA A DEFESA, PEDRO! PRESTA ATENÇÃO NO PASSE, THIAGO! VAI, VINÍCIUS! É COM VOCÊ! NÃO HESITA. BOA, BRUNO!

— Como o professor Lucca ainda não teve um infarto? — cochichou para Khalicy, que riu, erguendo as mãos no ar.

— Nem ideia. Mas nunca vi alguém ficar tão vermelho. Será que ele fica mais?

— Aposto cinco reais que fica — respondeu, estendendo a mão no ar. — Ele ainda nem começou a arrancar os cabelos.

— Fechado. — Khalicy apertou sua mão, selando a aposta com um sorriso divertido.

Otto não queria dar o braço a torcer e acompanhar o jogo, mas estava difícil manter o olhar distante de Bruno. Cada movimento milimétrico parecia interessantíssimo em sua pele coberta por uma fina camada de suor. Por isso, dividiu seu tempo entre beliscar a comida e ficar com o celular na mão, fingindo para si mesmo que estava superatento nos vídeos do TikTok que passava sem nem prestar atenção.

Cada vez que o time deles fazia uma cesta, o colégio inteiro entrava em polvorosa. Algumas pessoas até se levantavam, pisando firme no chão para fazer mais barulho. Quando a cesta era do outro colégio, no entanto, a escola vaiava tão alto que mal conseguiam ouvir a comemoração do outro lado da quadra.

O primeiro quarto acabou tão rápido que Otto só se deu conta do que estava acontecendo quando viu os jogadores se agrupando em um canto da quadra, alcançando as garrafinhas de água enquanto o professor berrava sem parar no meio deles.

— E aí, tá tão ruim assim? — perguntou Khalicy, mas não havia deboche em sua voz. Otto olhou em sua direção para descobrir que a amiga tinha um olhar preocupado.

— O fato de eu estar com vontade de chorar responde a pergunta?

Ela fez um beicinho de pena e enlaçou o braço em seu pescoço, repousando a cabeça sobre o seu ombro.

— Mesmo com a vista?

— Principalmente por causa dela.

— Ainda dá tempo de ser melodramático, sabia? — brincou, cutucando suas costelas.

Otto viu Bruno usar a munhequeira para secar a testa e mordeu a parte de dentro da bochecha, pensativo. Se realmente apelasse para ações desesperadas, quais as chances de piorar tudo dez vezes mais? Considerando que toda a confusão tinha começado graças ao desespero, ele preferia continuar sofrendo da arquibancada, o mais discretamente que conseguisse. Além do mais, tinha quase certeza de que Bruno estava no armário. Ser arrancado dele na frente da escola toda talvez não fosse uma experiência positiva.

Dois minutos depois, o árbitro apitou do meio da quadra, anunciando o começo do segundo quarto. Otto ficou distraído com um grupinho de amigas na fileira da frente, que tinham os celulares apontados para a quadra. Uma delas tinha dado bastante zoom em Vinícius, até deixá-lo parecendo uma imagem de baixa qualidade. A maior parte dos elogios do professor Lucca eram direcionados para ele. Por mais que Otto odiasse admitir, dava para entender o motivo. Vinícius levava jeito para o esporte. Até mais do que Bruno.

Foram os gritos eufóricos que o chamaram de volta para o jogo. Otto subiu o olhar e viu Bruno comemorando uma cesta com Felipe, com dancinhas sincronizadas que fizeram várias pessoas rirem.

O time da casa tinha se saído melhor no primeiro quarto, mas os jogadores adversários voltaram do intervalo determinados a virar o placar. Otto viu Raissa roendo as unhas um pouco mais acima deles, ao mesmo tempo em que batia com uma das mãos nas pernas.

Ele sentia que estava traindo a si mesmo por estar tão entretido com o que acontecia lá embaixo, mas se surpreendeu ao descobrir que basquete era tão interessante quanto o futebol que assistia com Anderson. Não somente pelos garotos correndo suados, embora isso sempre contasse muitos pontos, mas principalmente porque não dava tempo de se entediar. Estava sempre acontecendo alguma coisa. Uma hora, o colégio adversário ganhava vantagem, para logo em seguida o time da casa disparar na frente, levando o colégio a loucura.

Otto trocou o restinho da pipoca pelas unhas quando o nervosismo apertou, sem nem perceber que torcia como os demais. Aplaudia, batia os pés no chão, cantava marchinhas toscas puxadas pelo pessoal do fundão.

Então, quando Otto se deu conta, estavam entrando no último quarto. O que desempataria aquele jogo acirradíssimo.

Na frente do colégio inteiro

A tensão no ginásio era palpável. Otto sentia que cada pessoa ali presente prendia a respiração enquanto a bola de basquete ia de um time para o outro. O treinador Lucca puxava os cabelos com força, tão vermelho que parecia o Visão. Mais um pouco e acabaria explodindo. A treinadora do time adversário não estava muito melhor. Otto conseguia ver as gotículas de saliva voando cada vez que ela berrava instruções para algum jogador, andando de um lado para o outro.

Então, faltando trinta segundos para o término do último quarto, Vinícius recuperou a bola e disparou para o outro lado da quadra. Bruno e João Vitor foram juntos, sem desfazer a formação, impedindo que outros jogadores se aproximassem.

Aconteceu tão rápido que Otto quase não conseguiu acompanhar. Assim que ultrapassou a linha de três pontos e se aproximou da cesta, Vinícius fingiu arremessar e, quando os jogadores do time adversário o cercaram, passou a bola para Bruno.

A câmera lenta e o filtro dourado estavam de volta. Como se cada movimento do jogo tivesse sido ensaiado para culminar naquele instante, Bruno agarrou a bola com as duas mãos e se adiantou para a frente. Quando parecia que ia passar a cesta, ele flexionou os joelhos, contraiu as panturrilhas e pulou. Ainda no ar, lançou o braço com a bola para trás e, na sequência, a enterrou direto na cesta, os músculos do antebraço saltados.

A bola caiu devagarzinho, quicando no chão ao mesmo tempo em que os pés do Bruno colidiam com o piso de madeira. No segundo seguinte, o árbitro apitou com toda a força dos pulmões, encerrando a partida.

O silêncio cheio de expectativa se transformou em uma explosão.

Ao seu redor, quase todo mundo levantou em um pulo, comemorando a vitória. Até mesmo Khalicy dava saltinhos no lugar, aplaudindo com as mãos em cima da cabeça.

Na quadra, o time todo tinha corrido para se agrupar em volta de Bruno, que sumira em meio a uniformes laranjas suados. Até os jogadores da reserva haviam se reunido à comemoração, junto do treinador Lucca, que estava à beira de um colapso. Seu choro era tão intenso que balançava o corpo inteiro. Quando o montinho se desfez, ele puxou Bruno contra si e o abraçou com devoção, como se o garoto fosse um anjo enviado do céu para desempatar o jogo.

Com o coração acelerado e sem querer ser o único sentado, Otto tomou impulso para levantar, com as pernas bambas. Ele se arrependeu no mesmo instante. Por que precisava ter espichado tanto? Era muito mais alto que as pessoas ao redor, parecia um poste no meio da arquibancada. A única maneira de chamar mais atenção era roubando a corneta do garoto da fileira de trás e o chapéu cintilante do amigo dele.

Ainda preso nos braços do professor, Bruno sorria como se tivesse acabado de passar a semana inteira na piscina comendo batata frita, tentando dar atenção aos colegas de time que não paravam de apertar seu ombro enquanto aproximavam o rosto para dizer coisas que faziam seu sorriso crescer ainda mais.

Então, enquanto ele lutava para se desvencilhar dos braços do professor, o olhar de Bruno foi parar direto em Otto. Não como se estivesse percorrendo a plateia em busca de alguém e de repente o tivesse encontrado. Não, ele sabia exatamente onde Otto estava.

Um arrepio percorreu o corpo de Otto. Ele espiou ao redor, tentando descobrir se tinha interpretado errado. No entanto, encontrou apenas uma Khalicy tão intrigada quanto ele.

Engolindo em seco, sustentou o olhar de Bruno, incapaz de decifrar sua expressão. Mesmo de longe, o brilho intenso em seu olhar era perceptível. Mais uma vez, desejou trocar de poder com Vinícius e ser capaz de ver o que o garoto estava sentindo. O que aquilo significava. Se é que significava algo. Talvez não fosse coisa boa considerando que Vinícius parecia alarmado ao acompanhar tudo a poucos centímetros de distância.

Bruno usou as próprias mãos para se libertar do professor Lucca, sem desviar os olhos de Otto por um único segundo. Umedeceu os lábios, secando o rosto com a munhequeira, ainda plantado no meio da quadra. Àquela altura, algumas pessoas começaram a perceber a movimentação esquisita e observavam, interessadas.

Otto sentiu o coração na garganta, as mãos apertadas em punhos. Era um sonho? Quando menos esperasse, os jogadores começariam a dançar sincronizados e ele descobriria que estava vivendo um musical em sua cabeça?

As perguntas não paravam de pipocar, mas ele não teve tempo de descobrir a resposta para nenhuma delas. Todo o seu corpo congelou quando Bruno tomou impulso e começou a correr. A correr! Em sua direção. Na frente do colégio inteiro.

Otto não estava preparado para aquilo. Sentiu que ia morrer. Não era forte como o treinador Lucca para aguentar emoções intensas. E acompanhar o garoto que amava vindo até ele em uma clara demonstração megalomaníaca era de longe uma emoção intensa. Ele tremia inteiro, os joelhos dando sinais de que cederiam ao peso do corpo a qualquer momento.

Bruno se enfiou entre os alunos do primeiro degrau um pouco mais à esquerda de onde ele e Khalicy estavam. Sem jeito, trombou aqui e ali, desviando de cornetas e confetes, mas sem perder a determinação. Conforme avançava, mais pessoas passavam a acompanhar seus passos. Na quadra, todos os seus colegas estavam voltados para a arquibancada, alguns de braços cruzados e um sorriso divertido, como se fosse mais uma de suas brincadeiras.

Ele chegou, então, na frente de Otto. Estava ofegante e vermelho, o peito subindo e descendo muito rápido. Gotículas de suor escorriam por entre as pintas de flocos quando engoliu em seco, movendo o gogó.

Perplexo, Otto o encarou de olhos arregalados. Tentou enviar perguntas silenciosas para Bruno, com a força do pensamento, e pelo jeito não deu certo, já que Bruno ergueu a camiseta e secou o rosto outra vez, sem dizer nada.

Antes mesmo que pensasse em impedir, seu olhar desceu. Foi tão instintivo que Otto só se deu conta quando Bruno reapareceu por detrás da camiseta e sorriu, corando um pouco mais. Ele firmou o pé direito no patamar em que Otto estava, apoiando as duas mãos nos joelhos. Parecia nervoso, e mesmo assim sorria com doçura para Otto, como se não existisse mais ninguém ali além dos dois.

Sem nenhum aviso, deu o segundo passo e terminou de subir, parando em sua frente. Tão perto que sua respiração inconstante batia direto em seu rosto. Foi a vez de Otto engolir em seco. Suas mãos estavam tão geladas que parecia um cadáver. Talvez ele tivesse morrido, sem se dar conta, quando Bruno começou a subir. Talvez, naquele exato segundo, estivessem tentando reanimá-lo e...

Bruno deu um passo para mais perto dele e seus pensamentos evaporaram. Depois outro. Como é que se respirava mesmo? Se estava morto, precisava respirar?

As mãos de Bruno vieram parar em seu rosto, uma de cada lado. Ele inclinou um pouco a cabeça para a direita, admirando-o como se Otto fosse a visão mais bonita do mundo. O sorriso vacilou, os olhos obscureceram um pouco mais. E então percorreu a distância entre eles, cobrindo os lábios de Otto com os dele.

O mundo parou. Tempo e espaço deixaram de existir.

Ainda em choque, Otto demorou um pouco mais para descer as pálpebras, com a imagem dos cílios espessos na cabeça. Segurou-o pela nuca e o puxou para mais perto, sorvendo o cheiro salgado que vinha dele. O suspiro que escapou do fundo da garganta de Bruno foi o suficiente para despertar cada partezinha do seu corpo. Estremeceu e, com um calafrio percorrendo-o feito uma onda elétrica, entreabriu os lábios, em um convite.

Bruno deslizou a língua para dentro de sua boca com urgência, aumentando a firmeza nas mãos, como se tivesse medo de que escapasse dali. Se ele imaginasse, se tivesse uma prova de como Otto se desmanchava um pouquinho mais a cada segundo, nunca teria esse receio. Se não tinha escapado em seis anos, não seria agora que faria. Precisava mostrar para Bruno que não havia a menor possibilidade. Como resposta, agarrou seu uniforme e o puxou para mais perto, até que estivessem com os corpos colados um no outro.

Sentiu as batidas frenéticas do coração do garoto se confundirem com as suas e sorriu contra seus lábios. Saber que Bruno partilhava do mesmo anseio, da mesma comoção, o desarmou completamente. Era como se estivesse em queda livre, sem paraquedas, e feliz por isso. Otto passara os últimos meses se escondendo, se humilhando como outra pessoa por uma migalha, uma partícula minúscula do que estava sentindo ali. A maneira como Bruno o consumia cada vez que aprofundava o beijo, ou como a respiração ficava mais e mais pesada e inconstante. O jeito que suspirava quando Otto brincava com sua língua, ou quando o puxava para mais perto, desejando que contrariassem as leis da física e ocupassem o mesmo lugar.

Deslizou os dedos pelos cabelos molhados dele e engoliu um gemido quando Bruno enroscou o antebraço em sua nuca, o aprisionando ali. O polegar passeava em sua bochecha com tanta delicadeza que foi surpreendido por uma vontade incontrolável de chorar. O que era bizarro. Chorar não era nem de longe um comportamento esperado para um momento como aquele. Ele se sentiria péssimo se fosse o contrário. Ainda assim, a emoção foi tão grande que Otto puxou o uniforme de Bruno com mais força, quase a ponto de rasgá-lo, tentando extravasar de alguma forma. Sentiu o peito expandir e derramar, jorrando aquele calor delicioso entre eles.

Era isso. Ele tinha certeza de que era assim que uma pessoa se sentia no céu. Estava mais certo que nunca de que tinha caído duro no meio do ginásio, mas não importava. Nada mais importava. Ele esperaria outros seis anos por isso sem reclamar.

No fundo da mente, vindo de um lugar bem distante, o ruído de pessoas comemorando e rindo o alcançaram. Fez um esforço sobre-humano para lembrar o que estava acontecendo antes disso. Mas era difícil pensar qualquer coisa com os lábios de Bruno roçando nos dele, ao mesmo tempo em que lufadas cada vez menos espaçadas tocavam sua pele. A contragosto, segurou o queixo do garoto e o afastou gentilmente, recostando a testa na dele.

O som amplificou dez vezes mais no momento em que se separaram, e ele se surpreendeu com o quanto o mundo parecia silencioso segundos antes. Pessoas gritando, rindo, chamando umas às outras para mostrar o que estava acontecendo. De alguma forma, o beijo deles despertou ainda mais alvoroço do que o jogo inteiro.

Otto abriu os olhos devagarzinho, com medo de que tudo não passasse de um delírio. Mas Bruno continuava enroscado nele, inteiro suado, vestindo o uniforme de basquete, com a ponta do nariz e as bochechas sujas de tinta laranja. Tinha os lábios corados e entreabertos, e o encarava com uma expressão entregue. Ficou tão encantado com essa imagem que, quando deu por si, tinha um sorriso enorme no rosto. O garoto devolveu o sorriso, se aproximando para deixar um último selinho antes de se separarem.

O tumulto aumentou no mesmo instante. A energia caótica do panorama que os esperava o deixou com um friozinho delicioso na barriga. Tinha tanta coisa acontecendo ao mesmo tempo que Otto não fazia ideia de para onde olhar primeiro. Logo ao lado deles, Khalicy os encarava de queixo caído e olhos esbugalhados. Parecia a ilustração exata de como Otto estava se sentindo enquanto Bruno percorria a arquibancada em sua direção. Ele achava até que a alma da amiga tinha saído um pouquinho do corpo naquele intervalo de tempo.

Os colegas de sala nas proximidades pulavam e se acotovelavam, sem esconder a surpresa. Até mesmo Raissa parecia fora de si, parada com o megafone na mão, ainda ligado.

Algumas pessoas ao redor puxaram aplausos e assobios, em tom de brincadeira. Otto estava dividido entre se sentir maravilhado por ter dado uns pegas em Bruno, e horrorizado por ter sido na frente da escola inteira (o diretor olhava para eles, um pouco chocado, do outro lado do ginásio). Em geral, ele gostava de não chamar muito atenção para si mesmo. Beijos apaixonados em jogos interescolares pareciam ir contra essa tendência.

Bruno, diferente dele, ostentava um enorme sorriso petulante e um brilho impagável no olhar. Girando nos calcanhares para contemplar todas as direções, fez um gesto com as duas mãos pedindo por mais aplausos, o que acabou puxando uma nova onda de risadas e gritos. Em questão de segundos, os apitos e cornetas passaram a somar na bagunça, assim como confetes, que voavam na direção dos dois.

Com as bochechas doendo de tanto sorrir, Otto cobriu o rosto com as duas mãos. Apesar de paralisado de vergonha, estava embriagado pela fumacinha mágica que somente Bruno conseguia proporcionar, que deixava tudo com jeito de sonho.

Ainda escondido no meio de todo alvoroço, foi puxado pelo pulso por Bruno, que o abraçou outra vez, repousando o queixo em seu ombro.

— Não vai se assustar e se transformar na frente de todo mundo, hein?

— Fica tranquilo, nunca mais vou me transformar em ninguém.

Otto sentiu saudade do calor de Bruno em seu corpo no instante em que o soltou outra vez, dando um passo para trás.

— Quê? — perguntou, em um sussurro. — Mas eu tava me acostumando com a ideia de ter vários namorados em um só. É injusto!

A única palavra que Otto conseguiu se apegar foi a que começava com N. Prendeu a respiração, ouvindo-a ecoar em sua mente. *Namorado, namorado, namorado.* Os pelinhos da nuca arrepiavam cada vez que repetia. Antes que pudesse tecer qualquer comentário a respeito, uma movimentação chamou a atenção deles.

Vinícius, estático até então, tinha acabado de recuperar os sentidos e dar sinais de vida. Era o único jogador que continuava em quadra naquela altura, e o único entre todos os presentes que não esboçava nem mesmo a sombra de um sorriso. Pelo contrário, o rosto lívido começava a ficar manchado de um vermelho vivo que subia pelo pescoço e orelhas.

Mesmo de longe, era perceptível que seus olhos ardiam de raiva. Mas Otto percebeu que, pela primeira vez, não era apenas para ele. Na verdade, agora que prestava atenção, o inimigo não parecia enxergar mais ninguém além de Bruno, com uma intensidade assustadora. Otto nunca o vira direcionar aquele olhar para mais ninguém que não ele. Se o poder de Vinícius fosse matar com o olhar, os dois teriam caído mortos ali mesmo.

Em vez de gastar o réu primário, no entanto, o garoto marchou até a bola de basquete esquecida perto da cesta e a agarrou com as duas mãos como se quisesse esmagá-la entre os dedos. Por um milésimo de segundo, Otto visualizou a bola voando em sua direção e acertando o nariz em cheio. Até chegou a ouvir o barulho da cartilagem quebrando em sua imaginação, e se encolheu em antecipação.

Mas Vinícius mirou na parede atrás da cesta e, com toda a sua força, atirou a bola nela. O barulho alto e seco fez o estômago de Otto embrulhar. Ele sabia, assim como na vez em que assistiu ao treino de basquete, o que Vinícius tinha imaginado em sua frente. Ou quem.

A bagunça parou subitamente. As risadas morreram, deixando um silêncio esquisito para trás, e todos os olhares se voltaram para o garoto loiro pisando duro para fora do ginásio, de punhos cerrados e cara de poucos amigos.

Antes de desaparecer pela saída, Vinícius passou por uma matraca caída no chão e, num impulso de raiva, pisou com força nela. Pedaços de plástico voaram pelo chão enquanto ele seguia em frente, sem se importar com os olhares embasbacados de todos.

Respirando fundo, Bruno procurou o olhar de Otto. A mágoa ficou evidente em seu rosto, assim como a preocupação, mas ele não disse nada a respeito. Em vez disso, olhou ao redor, para o burburinho crescente que tomava o ginásio de novo, e se empertigou, parecendo tomar uma decisão.

Otto nem teve tempo de entender o que estava acontecendo antes que os dedos de Bruno se entrelaçassem aos seus e ele o arrastasse pela arquibancada, entre os colegas, até que estivessem do lado de fora.

Enquanto se afastavam do restante do colégio, Otto se sentiu grato por Bruno ter pensado rápido. Sabia que a atenção dos colegas se voltaria para os dois com o dobro de interesse depois da reação de Vinícius. Ele tinha quase certeza que a maioria das pessoas sabia da amizade dos dois e, mais importante, da inimizade entre ele e Vinícius.

O pátio os recebeu com braços gelados que fizeram o jogador estremecer e abraçar o próprio corpo, encolhido. Andaram um pouco mais, até encontrarem um cantinho vazio perto da biblioteca. No automático, Otto abriu o zíper da blusa e o trouxe para mais perto, fechando-o dentro do moletom consigo, como fazia com Khalicy com frequência. O rosto queimou de vergonha ao perceber o que tinha acabado de fazer, mas o sorriso de Bruno o desarmou.

— Valeu. Eu ia pegar a minha blusa, mas assim é mais interessante.

Otto estremeceu, rindo baixinho, embora nada tivesse a ver com a temperatura. Não sabia apontar se estava mais feliz ou envergonhado. Ao mesmo tempo em que as bochechas doíam de tanto sorrir, mal conseguia encarar Bruno nos olhos. O que não fazia o menor sentido, já que tinham acabado de enfiar a língua na boca um do outro e estavam dividindo o mesmo moletom.

Percebendo sua timidez, Bruno se recostou na parede, acomodando-o entre as pernas. Otto engasgou ao sentir partes de seu corpo. Partes bem específicas. Principalmente pela maneira como estavam. Engoliu em seco, atordoado, e, se era possível, ficou ainda mais envergonhado. Aquele era um mundo tão novo que ele não sabia muito bem o que fazer. O coração continuava acelerado e os joelhos fracos, e o cheiro do perfume de Bruno, misturado a suor, estava impregnado em seu nariz. Era assustador e maravilhoso. E era de verdade!

Como se tivesse ouvido seus pensamentos, Bruno o abraçou com mais força, roçando o nariz de leve em sua bochecha. Aquele narizinho empinado e perfeito. Na bochecha dele. Otto não ia durar um dia se as coisas continuassem nesse ritmo. Estava latejando por ele, mas continuava fugindo de seu olhar feito um menininho assustado. Eram muitas emoções conflitantes para uma pessoa só.

— Ei. Que foi? — perguntou Bruno, com a voz rouca. — Não precisa ficar com vergonha de mim.

Seus dedos foram parar embaixo do queixo de Otto, em um pedido delicado que ele atendeu no mesmo instante. Bruno o esperava com um olhar intenso que nem em seus maiores devaneios Otto tinha conseguido imaginar.

Ficaram em silêncio, o olhar falando por eles. O tempo congelou e, outra vez, estavam sozinhos no mundo inteiro. Não existia mais ninguém além dos dois.

Então, uma fisgada nos lábios. Um suspiro. Um leve roçar de quadris. Antes que Otto conseguisse processar o que tinha acabado de acontecer no ginásio, estavam se beijando outra vez. Enquanto as mãos de Bruno o agarravam com firmeza, Otto chegou à conclusão de que não queria fazer nada no mundo além daquilo. Para sempre. Comer, dormir ou estudar pareciam detalhes mundanos demais quando ele podia gastar esse tempo com beijos. E outras coisas mais, talvez.

Sentiu uma pontada entre as pernas ao mesmo tempo em que o som de vozes conversando animadas se espalhava pelo colégio. Com um choque de realidade de onde estavam, Otto foi obrigado a se afastar o suficiente para que não voltassem a se pegar e as coisas saíssem do controle. O que parecia não estar muito longe de acontecer, se fosse franco consigo mesmo.

— E pensar que a gente podia estar fazendo *isso* em vez de fingir que não tinha nada rolando — murmurou, ainda zonzo.

Bruno riu, revirando os olhos.

— A gente nem tinha idade pra beijar na boca. E, de qualquer forma, temos tempo de sobra pra recuperar o tempo perdido.

— Temos, é? — Suas bochechas esquentaram pela décima vez no dia. Observou uma pinta em sua bochecha, parcialmente coberta por tinta, e estremeceu ao lembrar da palavra que Bruno tinha dito ainda há pouco. — Hum... me conta mais sobre aquela história... de ter vários namorados.

Sua risada calorosa o lembrou de quando Otto o via rir de longe, com os amigos, e o quanto desejava poder partilhar desses momentos. Agora tinha a risada só para ele.

— Bom, eu só conheci uma garota. E nem gosto de garotas. A gente podia testar as possibilidades do seu poder, né?

Otto cruzou os braços, de boca aberta.

— Bruno?! Você me deixou todo boiolinha me chamando de namorado e agora *isso*? Mal começamos e você já quer me trocar?

— Por você! — respondeu, rindo. — Quero te trocar por você mesmo.

Apesar do tom provocativo, Otto não conseguiu evitar se sentir apunhalado pelas costas. Olhando-o de cima, exclamou:

— Isso é traição! Você quer beijar outras pessoas!

— Não é traição se continua sendo você.

— Mas meio que não vai ser eu? Você beijaria a Olga assim?

Bruno caiu na risada ao perceber seu beicinho de mágoa. Sem dizer nada, segurou-o pelas duas mãos e o beijou. Em um passe de mágica, sua indignação evaporou, e Otto ficou desnorteado e feliz. Por que conversarem quando podiam se beijar o resto do dia? Por que não matavam o resto da aula pra isso? Por que não iam para um lugar onde poderiam se preocupar só com o que de fato importava?

— É claro que não. Nem ela, nem ninguém, seu idiota — falou, com a boca colada na dele. — O que eu preciso fazer pra você entender que é só em você que quero dar uns beijos?

— Se você acha que vai poder resolver tudo assim... — começou Otto, mas foi interrompido quando Bruno roçou os lábios levemente nos seus — ... está coberto de razão.

Bruno encolheu os ombros, como se pedisse desculpa.

— Não consigo parar. E não quero. — Ele fungou em seu pescoço como se fosse um cachorro, fazendo Otto se contorcer, rindo. — Era uma covardia sentar atrás de você, Otto. Alguém já te disse como você é cheiroso?

Uma risadinha escapou de sua boca. Um grupinho de garotos mais novos se sentou a alguns metros deles, carregando saquinhos de pipoca enquanto falavam empolgados sobre o jogo.

— Não posso dizer o mesmo de você. Ainda bem que o meu poder não é intensificar cheiros fedidos, ou teríamos um problema.

— Pelo menos eu tomo banho quando chego em casa. E troco de roupa.

— Mas eu não trocaria nunca. Uniforme de basquete te deixa gostoso. — Otto só percebeu o que tinha acabado de dizer ao se ouvir. As orelhas esquentaram de vergonha, e ele fingiu não ver o sorriso cínico de Bruno. Então, como já estava no inferno... — Só não mais que sungas.

— Olha só! Então quer dizer que você tava me cobiçando assim na cara de pau? — Bruno passou a língua nos dentes, deliciado com o rumo da conversa. — E nem me deu a chance de fazer o mesmo? Tsc, tsc.

— Não tem nada de muito interessante pra ver aqui. Só costelas saltadas e uma pancinha macia.

Bruno negou com a cabeça, olhando-o de um jeito que o fez perder um pouco mais da força nas pernas. Otto desabaria no chão logo, logo.

— É aqui que discordamos. Isso é *interessantíssimo*. — Sorriu, entrelaçando as mãos em suas costas. — Lembro quando você chegou. Eu ainda não sabia... mas, olha, era muito interessante mesmo. *Muito*. Fiquei todo nervoso quando te vi no consultório.

— Cala a boca! — Otto riu, batendo de leve com o ombro no dele. — Eu nem tinha arrumado as orelhas ainda. Não tava no meu melhor momento.

— Discordamos outra vez.

Otto ficou sem reação. Precisava fazer um esforço sobre-humano para continuar retribuindo o seu olhar.

Não sabia o que fazer com o corpo, tudo parecia desencaixado e esquisito. Mas sabia o que queria fazer. E envolvia os lábios avermelhados de Bruno. No entanto, Otto pressentia que se continuassem se pegando no meio do colégio, pais seriam chamados. E ele não queria isso. Não por enquanto.

Por isso, se forçou a sair do abraço e se afastar o suficiente para que conseguisse voltar a raciocinar.

— Você sabia sobre mim? — perguntou, então.

Bruno assentiu enquanto buscava sua mão. O polegar deslizou pela sua palma com leveza, em um movimento tão natural quanto o que fazia para girar a bola de basquete.

— Eu tinha minhas suspeitas.

— Sobre eu gostar de meninos ou... de você?

— As duas coisas. Mas acho que mais sobre a primeira.

— Eu achava que era tão misterioso! — retrucou, com um suspiro dramático.

— E era. — Bruno sorriu. — Eu só desconfiava. Na maior parte do tempo achava que tava vendo coisas. Até porque você tinha bons motivos pra me odiar, né?

De sobrancelhas arqueadas, Otto lutou para desviar a atenção das duas pintas que Bruno tinha perto da boca. Como ele podia afirmar uma barbaridade daquela quando tudo nele era tão adorável? Era impossível odiar qualquer detalhezinho de Bruno Neves.

— Só uma pessoa me deu motivos pra isso. E não foi você.

Bruno soltou o ar dos pulmões, em uma risada de uma nota só. Os ombros caíram um pouquinho, embora o polegar continuasse a traçar círculos em sua palma, incansavelmente.

— Mas eu era o melhor amigo e nunca fiz nada. Só aceitei o jeito que ele te tratava. Talvez tivesse sido diferente se eu... sei lá.

— O Vinícius escondia a maior parte, não tinha como você saber — disse, encolhendo os ombros. — E sempre tentava apaziguar as coisas quando via.

— Otto. Não. — Ele segurou a ponte do nariz, descendo as pálpebras por um segundo. — Se fosse a Khalicy. Se ela dissesse coisas horríveis sobre mim. E *pra* mim. Se tirasse sarro de tudo o que eu fizesse... você não ia ficar quieto, não adianta mentir.

Uma pontada em seu peito o fez se aproximar outra vez de Bruno, entrelaçando suas pernas nas dele.

— Não sei. Não, sério, não sei mesmo — completou, ao ver sua cara de descrença. — É fácil falar de fora, mas eu só saberia vivendo. A Khalicy é uma das minhas pessoas favoritas no mundo, é claro que eu ia tentar levar como desse. É o que a gente faz quando ama alguém, nem sempre a razão fala mais alto. — Otto afastou o cabelo grudado na testa de Bruno como uma desculpa para ver mais dele. — A mesma coisa pro que eu fiz. Sei que vendo de fora parece monstruoso, mas se você tivesse esse poder em mãos, não ia tentar dar uma ajudinha? Tipo... virando o Vinícius e tentando melhorar as coisas entre nós?

— Não faço ideia. Ainda é difícil processar, vou precisar de um tempo até engolir tudo. Você me magoou de verdade, Otto. Mas pelo menos se desculpou, se arrependeu. Eu pude escolher te perdoar. — Bruno levou a mão de Otto até a boca, e deixou uma mordida leve na almofada do polegar. — Tô tentando fazer o mesmo. Te dar a chance de me perdoar.

Otto acariciou seu antebraço, com o estômago revirando. Não conseguia acreditar que ele podia simplesmente pegar em Bruno sem mais nem menos. Apenas porque queria. Porque podia. Porque Bruno gostaria de ter suas mãos nele.

— Então tá — respondeu, em meio a um calafrio intenso. — Vá em frente.

Bruno passou a mão nos cabelos, perto da nuca, enquanto fisgava o lábio. Seus olhos percorreram o rosto de Otto e ele quis, mais do que nunca, invadir seus pensamentos, mergulhar e se afogar neles.

— Desculpa. Eu fui covarde. Achei que se ficasse na minha não magoaria ninguém, e acabei magoando vocês dois. Tive medo de gostar de você. Tive medo de atravessar um limite e nunca mais poder voltar atrás. Eu não sabia que nunca teve limite nenhum. E, se teve, eu nunca estive de outro lado além desse. — Ele pigarreou, desviando o olhar para baixo, para dentro do moletom que dividiam. Otto sabia que, na verdade, Bruno olhava para um lugar muito mais distante. — Tive medo de admitir pra mim mesmo que eu gostava de cada coisinha em você, principalmente das que você tentava esconder. E tive medo de te ver com outra pessoa. Te procurei em outros lugares e descobri que não importava o quanto eu me esforçasse, o quanto fechasse os olhos, meu coração ia continuar disparando cada vez que você chegava pra aula.

— Ah, droga... — Otto respirou fundo, piscando feito louco para não deixar que as lágrimas escorressem. — E eu achando que minha vida tinha pouca emoção. Olha a volta enorme que demos.

— Pelo menos chegamos onde a gente queria. E são nos conflitos que os personagens se desenvolvem. Sabe? Nos filmes de super-herói e tal. Já que você é um herói, né.

— Não sou herói coisa nenhuma. Tô mais pra vilão.

— Eu sempre preferi os antagonistas — disse Bruno, encostando a testa na dele. O brilho em seu olhar provocou uma nova fisgada em Otto.

— Só me promete que nunca mais vai tentar se passar por outra pessoa. Me deixa saber que é você.

Sem pensar direito no que estava fazendo, Otto esfregou o nariz de leve no de Bruno. De um lado para o outro, os olhos fechados para que conseguisse prestar atenção nas sensações.

— Se te conforta, esse risco é nulo. Por enquanto tô satisfeito sendo só o Otto mesmo.

— Se for por minha causa, não precisa — respondeu, a voz ficando mais grave. — De verdade.

— É e não é. Mas não vamos falar disso agora. Vamos falar... da gente. Estamos bem?

Bruno inclinou o rosto para cima, beijando o cantinho de sua boca.

— Isso parece estar bem pra mim.

— De acordo. — Otto o imitou, com as pontas dos dedos trêmulas. — Isso é um namoro? Estamos namorando?

— Bom, não tenho nenhuma objeção a chamar de outra forma se isso significa que somos duas pessoas que se gostam e querem ficar juntas. De preferência se beijando. Muito.

Ao dizer isso, entrelaçou os braços na nuca de Otto outra vez, parecendo contar os segundos para eliminar qualquer distância entre as bocas deles. Não que isso fosse um problema. Pelo contrário, na verdade. Era exatamente por isso que ele queria conversar tudo o que tinham de importante agora, porque não aguentaria tirar as mãos de Bruno tão cedo.

— Namorado tá bom pra mim. Bem bom. Acho até que quero tatuar essa palavra, de tanto que gosto dela.

Eles riram, sorvendo a respiração um do outro. O restante do colégio não passava de um ruído, como uma televisão chiando em outro cômodo, tão baixinho que é bobeira se dar ao trabalho de ir até lá desligar.

— Quer falar mais alguma coisa? Tá ficando difícil manter o autocontrole. Mais uns minutos e não respondo por mim.

— Vou pagar pra ver — Otto deixou escapar e, ao perceber o que tinha acabado de falar, deu um sorriso tímido e atrevido ao mesmo tempo. — S-seus pais sabem de você? Porque acho que... depois de hoje... vai ser difícil manter em segredo.

— Não sabiam, e não vão gostar muito de saber. Mas eu não ligo. Posso lidar com isso. — Bruno segurou o pescoço de Otto com a mão aberta, um dos dedos cobrindo sua orelha direita. — Você não foi o único fingindo ser outra pessoa. A diferença é que eu tava fingindo pra mim mesmo.

Otto abriu a boca para responder, mas não soube o que dizer. Era engraçado que, embora tão diferentes, eles também fossem tão parecidos e tivessem percorrido o mesmo caminho até ali, cada um a sua maneira.

Antes que encontrasse as palavras certas, Bruno se enrijeceu, alarmado.

— Eu, ahn... te coloquei em problemas? Com a sua família? Não pensei direito na hora. Tava cheio de adrenalina por causa da cesta, daí te vi e só percebi que queria muito te beijar.

Havia tanta culpa em seu tom de voz que Otto achou graça.

— Tá tudo bem. Eu contei pra minha mãe no dia da Festa das Nações. Ela foi incrível. Inclusive, é bom você se preparar, porque ela vai querer te conhecer e ter conversas constrangedoras de pais envolvendo bananas.

— Conversas cons... Otto, o que sua mãe anda conversando com você?!

Eles caíram na risada juntos. O peito de Bruno se expandia contra o dele a cada nova puxada de ar. Aos poucos, a atmosfera deixou de ser engraçada e ficou pesadíssima. Otto mal conseguia respirar.

— Bendita c-cesta! — brincou, com a voz esganiçada. — O único problema é que você elevou minhas expectativas. Agora vou querer essa comemoração sempre que o time ganhar.

Um sorriso torto estampou os lábios bem desenhados de Bruno. Ele os fisgou, olhando Otto daquela maneira desconcertante que o fazia querer dar pulinhos de felicidade e esconder a cabeça num buraco. Tudo ao mesmo tempo.

— Já que você tocou no assunto, acho mesmo que não comemoramos o suficiente. Ainda mais considerando que eu salvei o jogo, né? Acho que mereço uma atenção especial.

— Sério que essa é a sua forma de dizer que quer me dar uns beijos? — perguntou, rindo.

— Não. Na verdade é assim...

Ele mal tinha terminado de falar quando o puxou contra si. Otto sentiu o sopro da última palavra em seus lábios antes de entreabri-los, ansioso pelo gosto de Bruno em sua boca.

Agradecimentos

Otto você não foi fácil. Um típico adolescente, apareceu batendo o pé no final de 2015 e nunca mais parou de me perturbar. Eu vivia dizendo que não estava preparada, mas você nem quis saber. Então, cinco anos depois (parece familiar?), você me deu um ultimato e me venceu pelo cansaço.

Mesmo se achando fraco, chegou com os dois pés na porta e ditou tudo do seu jeito. Me desafiou em um novo gênero e narrativa, se rebelou contra mim quase todos os dias que passamos juntos. Se eu planejava uma cena, você decidia mudar o percurso. Discutia quando não devia, tomava decisões precipitadas, cagava para os meus prazos e para o quanto eu esperneava pedindo pra você colaborar.

Foram oito meses de muita provação.

Eu chorei. Chorei muito! Me descabelei. Duvidei de mim, da minha capacidade, perturbei a todos como se fosse o fim do mundo. Você me obrigou a sentir tudo o que estava passando. A urgência da adolescência, o medo, as incertezas e a intensidade. E como você é intenso, Otto!

Mas principalmente, a paixão. E se tem uma palavra que te descreve, é essa. É por isso que nunca desisti de você. Nem em 2015, nem agora. Sempre acreditei em você, na sua força e na sua personalidade doce. Você é engraçado, um pouco atrapalhado, mas é tão humano que é impossível não te amar. Te acompanhar descobrindo tantas coisas que estavam bem diante de você, mas que você se negava a ver, foi meu verdadeiro prêmio.

Obrigada por me deixar contar a sua história. E obrigada por ter esperado o meu tempo.

As coisas não teriam sido tão maravilhosas lá atrás como foram e estão sendo agora. Você merece todo o carinho e cuidado que tem recebido de todos. Acho que você vai concordar em dedicar um tempinho para essas pessoas agora.

Em primeiro lugar: obrigada, Charles. Ainda lembro da gente parado em pé na sala, discutindo sobre os poderes do Otto, que aliás foi ideia sua. De tempos em tempos você tornava a perguntar dessa história, porque também acredita pra caramba nela. E, sobretudo, em mim. É uma sorte imensa dividir a vida com o meu fã número um. Obrigada por tanto.

Alba, você vem logo em seguida. Das coisas mais lindas que a escrita me trouxe, você certamente foi uma delas. Ganhei a melhor agente do mundo, e uma amiga para a vida. Você nunca duvidou. Na verdade, você nunca duvida. Obrigada por tolerar mensagens de madrugada sobre como funcionam as escadas em tríplex e se adolescentes usam sungas. Esse livro (e todos os outros) não existiriam sem você.

À Malu, Chiara, Diana, Raquel e toda a equipe da HarperCollins, minha eterna gratidão. Nem sei se mereço tanto. Obrigada por continuarem apostando nas minhas histórias e cuidando delas com amor. É um privilégio enorme trabalhar com vocês e aprender tanto. Otto não poderia estar em mãos melhores, de pessoas apaixonadas por ele tanto quanto eu.

Sávio, você era um *crush* que eu nutria há muito tempo para ilustrar uma das minhas capas. Que bom que deu *match* logo nessa aqui. Talvez eu tenha gritado, chorado e lambido a tela do celular já no primeiro rascunho; mas não nego nem confirmo. Obrigada demais pela oportunidade de te ver dar vida a esses personagens tão queridos.

Por fim, aos meus leitores. Vocês são maravilhosos. Não existiria Lola Salgado sem cada um de vocês. Obrigada pelos surtos e pela empolgação cada vez que eu revelava um pouquinho mais dessa história. Obrigada por continuarem embarcando em cada nova viagem que proponho. Percorrer esse trajeto com vocês é o que me motiva a sair da cama dia após dia.

Espero que tenham se divertido muito e que a companhia do Otto, da Khalicy, do Bruno e do Vinícius tenha valido a pena.

Com amor,
Lola Salgado.

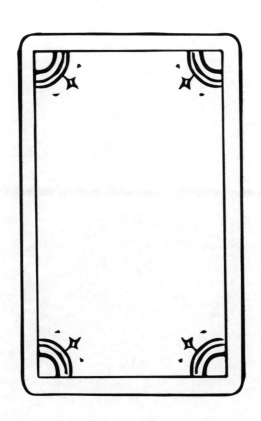

*Este livro foi impresso pela Lis gráfica, em 2022, para a
HarperCollins Brasil. O papel do miolo é pólen soft 70g/m²,
e o da capa é cartão 250g/m².*